HEYNE ‹

Christoph Marzi

Lyra

Roman

Originalausgabe

Wilhelm Heyne Verlag
München

FSC
Mix
Produktgruppe aus vorbildlich
bewirtschafteten Wäldern und
anderen kontrollierten Herkünften

Zert.-Nr. SGS-COC-1940
www.fsc.org
© 1996 Forest Stewardship Council

Verlagsgruppe Random House FSC-DEU-01000
Das für dieses Buch verwendete FSC-zertifizierte Papier *Super Snowbright*
liefert Hellefoss AS, Hokksund, Norwegen.

Originalausgabe 12/2009
Redaktion: Uta Dahnke

Printed in Germany 2009
Umschlaggestaltung: Nele Schütz Design, München
Umschlagillustration: Dirk Schulz
Karte: Andreas Hancock
Satz: Christine Roithner Verlagsservice, Breitenaich
Druck und Bindung: GGP Media GmbH, Pößneck

ISBN: 978-3-453-52623-5

www.heyne-magische-bestseller.de

Für Tamara

»Rock 'n' Roll!«

»It must be the Southern air. It's filled with rambling ghosts and disturbed spirits. It's like they are caught in some weird web – some purgatory between heaven and hell and they can't rest.«

Bob Dylan

Erstes Kapitel

Die Ballade von Sailor und Sunny

Then she steps into the river
And I just stand by the moon
Thinking 'bout a ghost I hear at night
And she says: »Your first sin was a lie you told yourself.«

The Gaslight Anthem, *The Navesink Banks*

Die meisten Lügen sind wie Träume, die ein Kind sich singt, um nicht allein zu sein. Sie sind wie fremde Länder, die zu erforschen keinen Sinn hat, weil niemand wirklich die Sprache spricht, die einen dort sicher reisen lässt. Keiner wusste das besser als Danny Darcy. Hat man erst einmal einen Schritt in diese Gefilde getan, dann ziehen einen die kunstvoll gesponnenen Geschichten in einen Sumpf aus spinnennetzartigen Erinnerungen, die alles an sich binden, was einem jemals Leben war. Und die Lieder, die man fortan singt, werden schwer wie der Regen, der an warmen Sommertagen zu weißem Dampf über den Wassern wird, jenen Wassern, in denen sich noch immer zitternd Gewitterwolken spiegeln.

Dessen eingedenk fühlte sich Danny Darcy an jenem Tag wie eine Gitarre, deren Saiten fast alle gerissen waren.

Nichts war mehr so, wie es sein sollte.

Das Leben, das ihm wie ein kostbares Lied gewesen war, hatte seine Stimme verloren.

Alles, was seit Tagen schon in ihm klang, war dumpf und schal geworden. Die Welt war ein müder Blues mit einer Stimme, die von Rauch und Whiskey krächzte wie ein Gebäude, dessen Wände dem Sturm nicht länger standzuhalten vermögen.

»Oh, Sunny.« Das waren die einzigen Worte, die ihm über die Lippen kamen. Er dachte an den Song, den er damals geschrieben hatte, als ihm Sunny über den Weg gelaufen war. Die wunderbare Suzanna Sutcliffe, die sich Soozie nannte und von denen, die ihren Sonnenschein erkannten, allzeit Sunny gerufen wurde.

My sweet Laura Lee.

Er schloss die Augen und ließ den kühlen Wind seine Haut berühren und sein dunkles Haar zerzausen. Die Melodie des Songs war noch immer da, als sei sie ihm gerade durch die Finger geflossen.

Life lay in your eyes,

in your smile and your anger and voice.

Dann blinzelte er ins Licht der bald untergehenden Sonne.

Jemand, der ihn dort hätte stehen sehen, wäre unweigerlich an alte englische Lieder erinnert worden. An Balladen, die Hobos unterwegs auf ihren Gitarren und Mundharmonikas spielen, wenn überall die Sonne am Horizont versinkt und das weite Land in braune und rote Farben taucht. An Geschichten, in denen Männer einsam an den steilen Klippen stehen und aufs Meer hinausblicken, schweigsam, mit bitterem Salz auf den Lippen, die Augen zusammengekniffen, weil die Sonne die Gischt berührt und Traumbilder funkeln lässt.

My sweet Laura Lee.

Ein ganzes Leben hatte er in diesem Song heraufbeschworen. Er hatte ihn ihr vorgesungen, am Ufer des Red Lake Creek, wo sie damals gezeltet hatten. Es war das

Lied ihrer Liebe und von allem, was noch vor ihnen liegen sollte.

Life was there

'cause of you.

Und jetzt?

Er schaute den Möwen hinterher, die über den Wellen im Wind segelten.

Sunny war fort.

Seit Wochen schon.

Die Scherben lagen überall herum. Unter jedem Schritt knirschten sie, leise Schreie, erstickt und krächzend und anklagend. Der dunkle Rhythmus, zu dem er regungslos dastand und den Gedanken nachhing, die nicht mal der Wind mit sich nehmen wollte.

Ja, Danny war noch hier, vor dem alten Leuchtturm, dessen Lichter schon lange nicht mehr über die sanften Wogen des Lake Superior glitten.

Von dort, wo er stand, konnte er die *Apostle Islands* sehen, zweiundzwanzig Eilande, die ihren Namen den französischen Missionaren aus dem siebzehnten Jahrhundert verdankten, die sich in dieser Gegend angesiedelt und irrtümlicherweise nur zwölf Inseln gezählt hatten. Da draußen gab es noch immer viele Schiffe, die Duluth ansteuerten, weil sie dort festmachen konnten.

Danny seufzte.

Davon sollte er singen. Genau davon *wollte* er singen.

Von den Männern, die nach Hause kommen. Von der glasklaren Liebe, die sie in den Augen ihrer Frau erkennen, von dem Glück, das jedes Wort sogar im Streit verheißt.

Danny schüttelte den Kopf.

Das dunkle schulterlange Haar trug er jetzt offen, der Vollbart, der zwischenzeitlich sein Gesicht bedeckt hatte, war wieder verschwunden und nur ein schmales Kinnbärtchen geblieben. Um den Hals trug er ein Lederband mit einem Stein, den Sunny ihm geschenkt hatte.

Seit Wochen hatte er nicht mehr arbeiten können.

Billy Ray Asther, sein Agent aus Nashville, hatte ihm vor nicht mal einer Stunde die Hölle heißgemacht: »Du hast gerade vier Songs, und wir brauchen mindestens zehn.«

»Ich weiß.« Er hatte aufgelegt, einfach so.

Billy Ray würde jetzt wütend in seinem Büro auf und ab laufen und allerlei Schimpfwörter benutzen, um die derzeitige Situation von Dylan's Dogs, Dannys Band, gebührend darzustellen. Treffend würden sie allemal sein, dessen war Danny sich sicher.

Erschöpft betrachtete er den Leuchtturm, in dem er lebte.

Er krallte sich an einer felsigen Anhöhe fest und war nicht ganz so hoch wie die Leuchttürme weiter nördlich, an den kanadischen Ufern des großen Sees.

Sunny und er hatten ihn gekauft, weil niemand ihn haben wollte.

Sie hatten mit den Restaurationsarbeiten begonnen und sich auf diese Art und Weise langsam ein Zuhause geschaffen. Viele Räume waren noch nicht fertig, weil sie im letzten Jahr mit Dylan's Dogs auf Tour gewesen waren.

Dazu war dann noch ein Studioalbum gekommen, eine Hommage an Pete Seeger – und, so viel sei angemerkt, kein schlechter Erfolg.

Doch das war jetzt alles Vergangenheit.

Und dies hier war einer von den langen Tagen, die niemals vorbeizugehen scheinen.

Nicht einmal der Anblick der Wellen konnte Danny heute beruhigen, nein, nicht mal der. Die Welt schien sich gegen ihn verschworen zu haben. Wie in den Liedern von Woodie Guthrie.

Danny atmete tief durch.

Ließ den Blick über die weite Küste schweifen.

Ja, das hatte er schon am Anfang gelernt. Die Leute hier sagten *Küste* und nicht *Ufer*, nicht zuletzt, weil der See so riesig war, dass das Ufer wie eine Küste aussah.

Und hier stand er nun.

Im Norden Minnesotas – hierher hatte es ihn also verschlagen. In die Welt der großen Seen und dichten Wälder, wo man noch immer Weißkopfseeadler und Schwarzbären sehen konnte.

Hier war er gestrandet.

Damals, vor mehr als sieben Jahren.

Er seufzte tief. Es klang wie der erste Takt eines Songs, der von einer *Wurlitzer* beherrscht wird.

Seit zwei Wochen war er wieder hier. An dem Ort, den er seit fünf Jahren sein Zuhause nannte.

Er konnte sich noch an den Tag erinnern, an dem er zum ersten Mal die *Küste* – nicht das *Ufer* – gesehen hatte.

»Du siehst aus, als würdest du hierbleiben wollen«,

hatte Sunny gesagt. Der Wind hatte mit ihrem Haar gespielt. Sie hatte eine karierte Bluse getragen, dazu Jeans und Cowboystiefel.

Danny hatte die Luft geatmet, als habe er genau das vermisst. »Es erinnert mich an Schottland.«

»Du hörst dich nicht mehr an wie ein Schotte.« Sie hatte gelächelt, jenes große und ehrliche Lächeln, das ihm schon beim allerersten Mal schier das rastlose Herz zerrissen hatte. »Ich dachte, dass Schotten sich alle wie Sean Connery anhören.«

»Tun sie nicht.« Er hatte gelacht und sich zu ihr gebeugt und mit tiefer Stimme und Sean-Connery-Akzent ihren Namen ausgesprochen.

»Schade.« Sie hatte gegrinst, frech und offen. Ihn flüchtig geküsst.

»Portpatrick ist ein kleines Kaff oben in den Rhinns of Galloway«, hatte er gesagt. »Man kann an klaren Tagen bis rüber nach Irland sehen. Das hier ist kaum anders.« Er hatte die Schatten seine Augen verdunkeln lassen, nur ganz kurz, doch Sunny hatte es bemerkt.

»Du redest nicht gern darüber.«

»Ich habe Portpatrick nicht verlassen, um zurückzuschauen.« Mehr hatte er an diesem Tag nicht gesagt. Mehr war nicht zu sagen gewesen. Die wenigen Worte hatten alles auf den Punkt gebracht. Das beschissene Verhältnis zu seiner Familie, die ihm nichts mehr bedeutete. Die Kindheit, die troff vor Geschichten, die ihm noch viel zu lebendig vor Augen standen.

Eines Tages war er einfach abgehauen.

Ravenscraig, ha!

Das große Anwesen seiner Familie, mit seinen mächtigen grauen Mauern, endlosen düsteren Korridoren, schattenbehafteten Erkern und einem Garten, in dem man sich verlaufen konnte. Wie sehr er dieses Haus noch immer hasste, das Haus, den Namen und überhaupt alles, was mit ihm zusammenhing.

Wie sehr er große Häuser mied!

Mit gerade einmal sechzehn war er in einer Nacht fortgegangen, die so dunkel und wolkenverhangen gewesen war wie die volltönende Stimme Mark Lanegans.

Er hatte sich seine alte Gitarre geschnappt, seine wenigen Habseligkeiten schnell in einen zerlumpten Seesack gestopft und war aufgebrochen. Nichts von alldem hatte er geplant. Er war gegangen, als der richtige Augenblick für ihn gekommen war.

Nur wenige Bilder waren ihm von diesen Tagen geblieben: der Bahnhof von Stranraer, der Geruch des Zugabteils, eine Mischung aus blauen Plastiksitzen und kaltem Rauch; später dann die Klippen von Dover, die in der Ferne entschwanden, weiß und nebelverhangen, unwirklich erleuchtet in der Nacht; die Ankunft in Paris, wo er sich in den nächsten beiden Jahren als einer der Straßenmusikanten in Montmartre und am Boulevard Saint Michel durchgeschlagen hatte.

Er war mit seiner Gitarre durch die Nachtclubs getingelt und hatte von der Hand in den Mund gelebt. Er hatte für Theatergruppen gespielt und auf Hochzeiten, in der Metro, wo ihn regelmäßig die Polizisten filzten, in den Straßen, wo an guten Tagen viele Münzen im Gitarrenkasten landeten.

Manchmal hatte er Freundinnen gehabt, aber niemals hatte er sie wirklich geliebt. Sie hatten nur die Leere ausgefüllt, die in ihm war, und das war für den Augenblick gut gewesen. Es war ihm nie schwergefallen, jemanden kennenzulernen; die Frauen in den Clubs kamen mit der Musik. Aber sie suchten den Rock 'n' Roll, keinen romantischen Schotten, der die Heimat verlassen hatte, um sein Glück irgendwo in der Welt zu suchen.

Es war wie in den Zeilen des Songs gewesen, den er in Frankreich geschrieben hatte.

I saw no pretty picture

That made my heart tick ticks.

Am Ende hatte er sich auch in Paris leer gefühlt. So leer wie in Ravenscraig.

Vielleicht hatte er auch einfach nur gespürt, dass er dort, wo er hinwollte, noch nicht angekommen war. Wer konnte das schon sagen? Er hatte Kerouac gelesen, Salinger und Burroughs. Er wusste also, dass schon andere vor ihm so empfunden hatten.

Also war er eines Tages in einen Zug nach Prag gestiegen, wo er die letzte Bastion der von ihm verklärten Boheme vermutete.

Sein Leben ging weiter, wie es in Paris geendet hatte, es *tröpfelte* dahin.

Danny hauste wieder in billigen Absteigen, einen ganzen Sommer lang unter Brücken und in einem verlassenen Güterwaggon auf einem Abstellgleis in der Nähe des Hauptbahnhofs. Manchmal übernachtete er in den rauchigen Kneipen, die ihn zuvor hatten spielen lassen, denn niemals verdiente er genug, um sich etwas Besseres leisten zu können. Immer reichte es nur, um von der Hand in den Mund zu leben.

Ein alter Straßenmusikant gab ihm schließlich einen Tipp, den er beherzigte. Lubos hatte einen Bart, der ihm bis zum Bauch reichte, trug eine Melone und einen alten Anzug und spielte Folk und Modern Jazz und alles andere auch. Er war hässlich wie die Nacht, und seine Stimme war auch nicht besonders gut, aber er arbeitete mit einer ehemaligen Prostituierten zusammen, die scharf aussah und für ihn das Geld einsammelte.

Danny war überrascht, wie einfach die Sache im Grunde genommen doch war.

Er lernte ein Mädchen kennen – Katinka –, die er anheuerte, damit sie ihn bei den Auftritten begleitete. Tink, wie er sie nannte, studierte mittelalterliche Geschichte an der Hochschule in Prag, in ihrer Freizeit führte sie Touristen durch die Stadt. Auch sie litt unter Geldnot, wie viele Künstler und Studenten in der Stadt. Fortan zogen sie gemeinsam durch die Kneipen. Danny spielte Songs von Seeger, Dylan und Springsteen und einige eigene Sachen, und Tink ging in ihren hautengen Jeans und einer prächtig weit ausgeschnittenen weißen Bluse und mit einer schwarzen Melone auf dem Kopf durch die Reihen und sammelte das Geld ein. Die Einnahmen teilten sie, und das, was für jeden dabei herauskam, war mehr, als Danny und Tink allein verdient hatten.

Hin und wieder telefonierte Danny mit seinem Bruder. Colin studierte damals Ökonomie in Cambridge, was irgendwie zu ihm passte. Er stürzte sich in die Welt der Modelle und Berechnungen, als hinge sein Leben davon ab, all die abstrakten Dinge zu begreifen. Colin war immerzu beschäftigt, hatte nie richtig Zeit. Danny wusste, dass er ihm nur halbherzig zuhörte, wenn er ihm von den tschechischen Weibern und der Musik und den Clubs und all dem, was damit zusammenhing, erzählte, aber er tat es trotzdem, weil es etwas war, was die beiden Brüder noch verband. Colin war acht Jahre älter als er und vernünftig, zielstrebig, ruhig. Das genaue Gegenteil von dem, was Danny so darstellte.

Am Ende war das Leben in Prag jedenfalls nicht so viel anders als das Leben in Paris.

Vielleicht wäre Danny noch einige Zeit dortgeblieben, aber dann starb sein Vater. Widerwillig kehrte er nach Portpatrick zurück, wenn auch nur für ein paar Tage.

Nach der Beerdigung brachte ihn ein Flieger von Prestwick aus nach Luton, zwei Tage später ging es von Heathrow über Bangor nach New York.

Ja, daran erinnerte er sich noch.

An die Skyline von New York, die alles darstellte, was Amerika immer für ihn gewesen war.

Spätestens als er dort angekommen war, hatte er mit allem, was mit seiner Familie und den Rhinns of Galloway zu tun hatte, gebrochen. Wenn Vergessen eine Kunst war, dann war Danny ihr Meister.

Er war jetzt frei!

Like a rolling stone.

Ja, er lebte in dem weiten Land, das in seiner Jugend von Helden wie Audie Murphy, Gregory Peck, Randolph Scott, Kirk Douglas, Dean Martin, James Stewart, Clint Eastwood und – natürlich – John Wayne bevölkert gewesen war. Er dachte an all die Filme, die er sich spätabends gemeinsam mit Colin angeschaut hatte. Amerika war wie die Freiheit. Es war wie die Songs, die er immer gehört hatte.

Von Anfang an hatte er das Gefühl gehabt, dass er irgendwo in diesem unermesslichen Land dort, wo er hinwollte, ankommen würde. Dass er hier finden würde, wonach er bisher vergeblich gesucht hatte.

»Amerika klingt magisch.«

Genau das war es, was er empfunden hatte.

Magie!

Es war diese rastlose Magie, die ihn, nachdem er einige Monate im Greenwich Village getingelt hatte, vorantrieb, die ihn westwärts reisen ließ. Mit einem Greyhound. Bis nach Chicago

Endlich!

Sein Bedürfnis, dort auszusteigen, war einfach übermächtig gewesen, und wie so oft während der vergangenen Jahre folgte Danny einfach nur seinem Bauchgefühl.

Er nahm verschiedene Gelegenheitsarbeiten an, um das winzige Zimmer in der Van Buren Street bezahlen zu können, wo ihn alle fünf Minuten die Hochbahn weckte. Abends spielte er in den kleinen Clubs im Loop, diesmal sogar mit einigen festen Engagements. Und dann, in einer Kneipe am Jackson Boulevard, wo Bilder von Hopper und Jasper Johns an den fleckigen Wänden hingen, fand er einen zerknitterten Zettel, der sein Leben veränderte.

Ja, manchmal gibt es wirklich Zufälle wie diesen.

Es war im Frühling, und Danny dachte langsam darüber nach, ob er sich einen alten Wagen kaufen und damit weiter westwärts fahren sollte. Die alte Unruhe ergriff wieder Besitz von ihm.

Also suchte er an einem der Schwarzen Bretter, die überall hingen, nach einem Wagen, vielleicht sogar einem alten Plymouth oder Buick.

Dort, wo die Anzeigenzettel für die Autoverkäufe hingen, hatte jemand ein abgerissenes Blatt angeheftet: Eine Band namens Rochester suchte einen Sänger. Songwriter-Songs. Dazu eine Telefonnummer, das war alles.

So lernte Danny die Band kennen.

Die Band, die damals noch gar keine richtige Band war, aber immerhin schon einen richtigen Namen hatte. Es gab Alex Fallon (Schlagzeug), Mike Jakubowski (Bass) und Carl Garris (Trompete und Saxophon). Mike gehörte der Keller, in dem sie probten, und Carl fuhr einen alten Pick-up aus Oklahoma, mit dem sie ihren Kram transportieren konnten. Danny, der singen und Gitarre spielen konnte, kam ihnen gerade recht.

So fing es an.

Rochester rockten die Clubs von Chicago. Sie spielten vornehmlich Cover-Versionen.

Später, als sie eigene Songs spielten, nannten sie sich

Dylan's Dogs. Was um Meilen besser klang und auch auf den Plakaten besser aussah.

Das Leben fand einen neuen Rhythmus.

Die Monate vergingen.

Nach einiger Zeit kam dann eine Violine dazu: Soozie Sutcliffe.

Wieder war ein Zettel an einem Schwarzen Brett dafür verantwortlich.

Danny traf sie in einem Club namens *Gaslight*, an einem Mittag im Herbst, der voller bunter Blätter war, die wie verwunschene Träume am nassen Asphalt klebten. Die ganze Nacht über hatte es geregnet, und als die Sonne ihre Nase in den Wind steckte, da stiegen die Dämpfe wie Feen von der Straße auf und tauchten Chicago in ein Licht, das noch nie so gülden gewesen war wie an diesem Tag.

»Sunny!« So stellte sie sich ihm vor.

Sie lächelte, ohne den Blick abzuwenden, und vermutlich war es bereits in genau diesem Augenblick um Danny geschehen. Vielleicht war es auch in genau diesem ersten Moment, dass ihm die ersten Takte des Liedes in den Sinn kamen, das später zu *My sweet Laura Lee* werden sollte.

Sunny trug ihre langen blonden Haare zu zwei Zöpfen geflochten. Ihre hellen blauen Augen waren wie schimmernde Seen, in denen Danny ertrank, bevor er sich dessen bewusst wurde. Bereits ihr erster Blick flutete über ihn hinweg, überwand die Rauchschwaden, die den Club in ein Schattenreich aus den Gedanken altehrwürdiger Beatniks verwandelten, und es war auch dieser Blick, der ihn an die Gestade ihrer Welt spülte, einer Welt, die frei war von allem, was er bisher mit sich herumgetragen hatte.

Saw you there in the store
As I'd seen you before
Thousand times, ev'ry day, endless hours.

Acht Jahre später heirateten sie.

Kurze Zeit darauf war Sunny schwanger.

»Ich liebe dich«, flüsterte Danny, als sie es ihm mitteilte. Er sagte es so, dass sie das güldene Licht jenes Herbsttages in den Worten erkennen konnte, so leise und deutlich, dass sie jedes seiner Worte festhalten und an ihr Herz drücken konnte.

Keine vier Wochen danach trennte sie sich von ihm.

Er stapfte mürrisch auf den roten Ford Pick-up zu, der neben dem Leuchtturm stand. Die Zigarette, die er sich gerade angezündet hatte, warf er auf den Boden. Er musste damit aufhören. Er würde sich bald schon für mehr verantworten müssen als nur für sein eigenes Leben.

Danny glitt in den roten Pick-up, knallte die Tür zu.

Er schaute auf die Uhr.

Zeit genug.

Der Laden müsste noch geöffnet haben.

Mit einem rumpeligen Krächzen, das sich wie der Rhythmus einer Steelguitar anhörte, sprang der Motor an. Danny gab Gas und raste die Auffahrt hinunter.

Im Rückspiegel sah er, wie der Leuchtturm kleiner wurde und schließlich hinter einer Reihe von Tannen verschwand, die den Weg säumten.

Er bremste ab, als er die Straße erreichte. Auch mit der Raserei musste er aufhören.

Er gestattete sich den Anflug eines Lächelns.

Vielleicht würde er schon bald wissen, was zu tun war. Ja, vielleicht würde er endlich erfahren, wie er aus dem Schlamassel herauskommen konnte.

Deswegen machte er sich jetzt noch auf den Weg nach Duluth. Er musste Sunnys Vertrauen zurückgewinnen. Er wollte sie wieder bei sich haben, sie und das Baby, das bald zu ihnen stoßen würde.

Dieses Mal würde er keine Fehler machen, nein, diesmal nicht.

Im Radio lief *Story and Pictures* von Woven Hand. Dannys Finger schlugen den Takt dazu auf dem Lenkrad.

Ja, er würde einen Ausweg finden. Er *musste* einen finden. Das war er sich und ihr nach allem, was gewesen war, schuldig.

Nach zwanzigminütiger Fahrt erreichte er die Stadt an den Felsen, quälte sich die Hauptstraße entlang und parkte dem Laden gegenüber.

Er stieg aus und konnte selbst von hier aus die Güterzüge hören, die irgendwo im Norden von Duluth rangiert wurden.

Er überquerte die Straße.

The Rolling Thunder.

Klasse Name für einen Musikladen.

Ein Schild hing hinter der Glastür. *Montag geschlossen*, stand darauf. Heute war nicht Montag, aber geschlossen war trotzdem.

Danny betrachtete das Schaufenster, bewunderte die Gitarren: eine Vintage Martin, zwei Yamahas, eine alte Washburn aus den 60ern. In der ganzen Gegend gab es keinen Laden, der mehr Gitarren führte und, besser noch, der all die exklusiven Modelle auch vorrätig hatte.

Danny selbst hatte hier schon oft eingekauft, aber den Mann, den zu finden er hergekommen war, hatte er hier noch nie gesehen. Dabei musste er in diesem Laden verkehren, eine andere Möglichkeit gab es nicht. Es gab eindeutige Hinweise, dass er dies tat.

Danny betrachtete das kleine Schild, das edel gerahmt hinter den Gitarren im Schaufenster hing. Er gestattete sich ein Lächeln, klopfte an die Tür, drückte das Gesicht gegen die Scheibe.

»Hallo?«, rief er. »Ist noch jemand da?«

Nichts.

Montag geschlossen. Na, klasse.

Er hämmerte erneut gegen die Tür. Mit Sicherheit war noch irgendjemand da. Er kannte diese Läden. Wenn nicht viel los war, dann machten sie einfach zu und störten sich nicht an den angegebenen Geschäftszeiten. Die Menschen in Duluth waren sehr praktisch veranlagt, so lief das hier nun mal.

Schließlich öffnete ihm eine junge Frau mit knallbunten Früchteohrringen. Ihr roter Lippenstift war zu dick aufgetragen, wie alles andere auch. »Wir haben geschlossen.« Sie zeigte auf das Schild, nicht unbedingt freundlich.

»Ich kann lesen«, antwortete Danny. »Aber heute ist nicht Montag, und ich muss mit Kramer sprechen.«

»Der Boss hat zu tun.«

»Sagen Sie ihm, dass Darcy hier ist und dass ich im letzten Monat eine Sunburst bei ihm gekauft habe, dann wird er schon herkommen.«

Die junge Frau musterte ihn abschätzig. Sie schien zu überlegen, was sie tun sollte. Schließlich murmelte sie: »Warten Sie einfach hier.« Sie schloss die Tür und verschwand.

Nur Augenblicke später erschien der Boss.

Willi Kramer. Korpulent, schütteres Haar, viel zu lang und zu einem mageren Zopf gebunden. Dunkelblauer Anzug, weißes Hemd, schwarze Krawatte, an jeder Hand einen Siegelring, fernab des guten Geschmacks. »Wir kennen uns?« Es war eine Frage.

»Ich suche jemanden«, sagte Danny, ohne Zeit zu verlieren.

»Wir haben geschlossen.«

»Ich weiß.«

»Hier ist jetzt sonst keiner.«

»Aber Sie könnten mir trotzdem helfen«, stellte Danny fest.

Kramer schüttelte den Kopf. »Kennen wir uns?«

»Bin schon mal hier gewesen. Hab ’ne Sunburst gekauft.«

Die Augen des Geschäftsmannes leuchteten auf. »Die J-45er.«

Okay, er erinnerte sich also. »Letzten Monat«, präzisierte Danny.

»Ja, gut.« Kramer nuschelte etwas, fragte dann: »Wie kann ich Ihnen helfen?« In den Äuglein blitzten Dollarzeichen auf.

»Ich suche jemanden«, versuchte Danny es erneut.

Willi Kramer ließ sich nichts anmerken. Fragte: »Wen denn?«

»Den Zimmermann.«

Stille.

Willi Kramer kratzte sich am Kopf, der auf einmal eine ungesunde Farbe angenommen hatte. »Ich kennen keinen Zimmermann.«

»Er kauft hier seine Gitarren, da bin ich mir sicher.«

»Hab ihn nie gesehen.«

»Manchmal gibt er auch eine alte ab. Eine, die er nicht mehr braucht.« Danny zog einen Zettel aus seiner Jackentasche. Er kritzelte etwas darauf. »Das hier ist meine Nummer.« Er schenkte Kramer einen eindringlichen Blick. »Rufen Sie mich an, wenn Sie mit ihm gesprochen haben.«

Willi Kramer starrte den Zettel an, streckte instinktiv die Hand danach aus, schüttelte aber den Kopf, ohne Danny aus den Augen zu lassen. »Hey, ich kenne keinen Zimmermann.«

Danny seufzte. »Hören Sie, das ist der einzige Laden im Umkreis von hundert Meilen, der eine gebrauchte Gibson Nick Lucas Special verkauft.« Er deutete auf das gerahmte Schild im Schaufenster. »Der einzige Musiker, der eine Gibson Nick Lucas Special gespielt hat, war der Zimmermann.«

Willi Kramer, der bemerkte, dass es keinen Zweck hatte, zu leugnen, sagte: »Von ’63 bis ’66.«

Danny nickte. »Genau. Er hatte die J-50 verloren und sich die Gibson Nick Lucas zugelegt.«

Willi Kramer überlegte, rang mit sich selbst. »Nehmen wir an«, sagte er nach einigen Augenblicken, die wie Stunden, so lang, gewesen waren, »nehmen wir also nur an, ich hätte wirklich einen Kunden wie den Zimmermann.« Er rieb sich nervös die Augen. »Sie können verstehen, dass er bestimmt nicht erfreut wäre, wenn ich ihm die Fans auf den Hals hetze.«

»Ich bin Musiker«, sagte Danny. »Und ich muss mit dem Zimmermann reden. Es ist wirklich wichtig.«

Willi Kramer nickte.

Danny versuchte es anders. Ruhig und bestimmt sagte er mit Bedacht: »Wenn Sie die Telefonnummer von jemandem haben, Mr. Kramer, von jemandem, den man den Zimmermann nennt, dann bitte ich Sie nur, ihn anzurufen. Sagen Sie ihm, dass ich ihn sprechen muss.«

»Warum sollte ich das tun?«

»Wenn der Zimmermann ein guter Kunde ist, dann werden Sie alles tun, um ihm nicht zu schaden oder ihn zu verärgern.«

Kramer wurde ernst. »Wollen Sie mir drohen?«

Danny schüttelte den Kopf. »Nein, will ich nicht.«

»Hm.«

»Wenn Sie den Zimmermann anrufen«, kam Danny jetzt schnell zur Sache, »dann teilen Sie ihm nur ein einziges Wort mit, sonst verlange ich nichts von Ihnen.«

»Nur ein einziges Wort?«

»Nicht mehr.«

»Was ist das für ein Wort?«

Danny beugte sich zu ihm vor und flüsterte: »Sherazade.«

Kramer blinzelte. »Das ist alles? Sheherazade? Die Lady aus *Tausendundeiner Nacht?*«

»Nein, nicht She*he*razade.« Danny betonte es richtig: »*She*razade.«

Kramer zuckte die Achseln. »Und dann?«

»Sagen Sie ihm, dass ich ihn sprechen muss. Wo immer es ihm recht ist.«

Kramer wand sich noch ein wenig. »Und wenn ich das nicht tue?«

»Dann«, pokerte Danny, »wird die Welt erfahren, was eine *Sherazade* ist.« Er lächelte wissend und überheblich. »Glauben Sie mir, niemand will, dass es so weit kommt, am allerwenigsten der Zimmermann.« Danny wartete eine Antwort gar nicht erst ab. »Und wenn er erfährt, dass Sie es vermasselt haben ...« Er deutete auf den Zettel, den Kramer in der Hand hielt. »*Sherazade*«, wiederholte er. »Sagen Sie ihm, dass jemand da war, der sich damit auskennt.«

Kramer nickte.

Danny Darcy lächelte freundlich. »Danke«, sagte er von ganzem Herzen, »Sie haben mir wirklich weitergeholfen.« Er drehte dem kleinen Laden namens *The Rolling*

Thunder den Rücken zu, ging zu seinem Pick-up, stieg ein und fuhr zurück zum Leuchtturm.

Im Radio lief Chris Isaak. *Wicked Game.*

Das Spiel hatte begonnen.

Der Abend kam schnell, als er zu Hause war.

Das Telefon klingelte nicht.

Er lief unruhig im Leuchtturm auf und ab, erledigte Arbeiten, die zu erledigen waren, auch wenn sie noch Wochen hätten warten können. Er sortierte alte Demo-Tapes, kritzelte unfertige Songtexte in sein Notizbuch, räumte die Küche auf, lungerte im Internet herum.

Nichts.

Kein Anruf von Kramer.

Stattdessen nur Erinnerungen an das, was ihn dies alles tun ließ.

Er seufzte.

Danny Darcy wusste, dass man eine Lüge niemals mit einer Lüge bekämpfen konnte. Er wusste jetzt, wie ein zerrissenes Herz sich anfühlte. Doch auch das half ihm nicht weiter.

Es war vorbei.

»Du bist so ein Arschloch!« Sunny hatte schon immer die Fähigkeit besessen, die Dinge auf den Punkt zu bringen.

Der Tag, an dem es geendet hatte, war ein heißer Sommertag gewesen.

Danny kam mit dem Flieger aus New York, wo er

Interviews gegeben und anschließend mit Wayne Detering gesprochen hatte, einem der Produzenten von Telegraph Records, dem Label, das Dylan's Dogs seit ihren Anfängen betreute.

Am Flughafen mietete er sich einen Buick. Er wollte im Tonstudio vorbeischauen, danach Sunny in der Innenstadt abholen und mit ihr gemeinsam die fast dreihundert Kilometer nach Hause fahren, zum Leuchtturm am Lake Superior.

Er traf Alex und Mike wie geplant im Studio in der Cleveland Avenue, ging mit ihnen einige Takes durch, die beide mit Sunny am Vortag schon abgemischt hatten, und fuhr danach zum vereinbarten Treffpunkt.

Er gabelte Sunny vor dem *Walker Art Center* auf. Sie sprang in den Wagen, knallte die Tür zu.

Als er sie küssen wollte, drehte sie den Kopf weg.

»Daniel Darcy!« Er wusste, dass etwas ganz und gar nicht in Ordnung war, wenn sie ihn so ansprach.

»Du bist sauer.«

Sie funkelte ihn mit ihren blauen Augen an. »Ich *bin* sauer.« Sie sagte es so leise, dass es der bedrohlichste Satz der Welt wurde.

Danny fuhr los, konzentrierte sich auf den dichten Verkehr.

Langsam fuhr er nordwärts. Mit ein wenig Glück würden sie aus der Stadt sein, bevor die Straßen vollends verstopft wären.

Er warf Sunny einen Blick von der Seite zu. Sie trug die Haare offen und wirkte müde.

»Ist alles okay?«

Sie funkelte ihn böse an.

»Warum bist du sauer?«, hakte er vorsichtig nach. Eine Menge Gründe gingen ihm durch den Sinn, keiner davon wirklich schlimm. Es gab Tage, da war Sunny eben sauer. Draußen war es heiß, sie war am Anfang ihrer ersten Schwangerschaft, und sie wollte vermutlich einfach nach Hause.

»Du warst im *Going going*.« Es war eine Feststellung, die die Stille wie ein Messer zerschnitt.

Er hatte keine Ahnung, wovon sie redete. »Ich war im Studio.«

»Das *Going going* ist ein Café.«

»Hm.« Er runzelte die Stirn.

»Ich habe dich gesehen.«

Jetzt warf er ihr einen besorgten Blick zu. Dies schien kein gutes Gespräch zu werden. Noch immer hatte er keine Ahnung, worauf sie hinauswollte. Er kannte kein Café namens *Going going*.

»Mit der Lady in Black«, sagte sie.

»Mit wem?«

»Dem Flittchen, Anfang zwanzig, *Tits on sticks* und geschminkt wie Morticia Addams.«

Danny starrte sie an und gab sich Mühe, trotzdem noch auf den Verkehr zu achten. Ein großer BMW schob sich vor ihm in die Schlange.

»Eine total verfickte Groupie-Schlampe, die absolut jeden, der ein Mikro halten kann, eben mal ranlässt.«

Ein außerordentlich ungutes Gefühl machte sich in

Dannys Magen breit. Er fühlte sich hilflos und durcheinander. »Sunny ...«

»Nenn mich nicht Sunny. Ich habe euch gesehen.«

»Blödsinn.« Das war genau das, was es war.

»Stell dich bloß nicht dumm, Daniel Darcy!«, schrie sie ihn an. »Ihr seid Arm in Arm die Straße entlanggegangen.«

Beinah wäre er auf den Wagen vor ihm aufgefahren.

»Was redest du da?«

Sie hatte Tränen in den Augen. »Ich habe euch gesehen. Du Arschloch! Es ist keine Stunde her, und du willst mir jetzt sagen, dass du dich nicht erinnern kannst? Klein und geil, mit frisch gemachten Titten.«

Danny ahnte, dass etwas nicht stimmte.

»Sunny!«

Sie stampfte mit dem Fuß auf den Boden. »Nenn mich nicht so, wenn ich sauer bin.« Dann sprudelten die Worte nur so aus ihr heraus. »Du hast sie geküsst, du Scheißkerl.«

»Ich habe niemanden ...«

»Ach, halt doch die Klappe!«

»Sunny!«

Sie schlug ihm mit der Faust aufs Bein. »Du sollst die Klappe halten. Ich habe euch beide gesehen, Daniel Darcy. Mit meinen eigenen Augen. Was, glaubst du, kannst du mir jetzt noch erzählen?«

»Ich ...« Seine Hände begannen zu zittern.

»Du hast sie geküsst, und es sah nicht so aus, als würdest du es das erste Mal tun.«

Danny begann zu schwitzen. Er wusste, dass er sich nichts zuschulden hatte kommen lassen. Aber wenn Sunny behauptete, dass sie ihn mit dieser fremden Frau gesehen hatte, dann … nun ja, dann konnte es nur so gewesen sein, oder?!

»Fickst du sie?«

»Scheiße, Sunny, was soll das?«

Der Verkehr kam zum Stillstand.

»Wolltest du deswegen nicht, dass ich mit ins Studio komme?«

»Was?«

»Du hast das alles geplant.«

»Du wolltest nicht mitkommen«, verteidigte er sich halbherzig. »Du hast die Takes doch …«

Sie fiel ihm ins Wort: »Ach, halt die Klappe!«

»Sunny, ich …«

Sie schlug ihm wieder mit der Faust aufs Bein. Tränen schimmerten in ihren Augen. »Du bist so ein erbärmliches Arschloch.« Sie schluckte. »Ich will dich nie wieder sehen.« Mit diesen Worten zog sie flink den Zündschlüssel, und der Wagen machte einen großen Satz nach vorn.

»Scheiße«, fluchte Danny.

Es schepperte laut und blechern, als sich der Buick ins Heck des vor ihm stehenden Wagens bohrte.

»Sunny, was soll das?« Danny lockerte den Gurt, der plötzlich viel zu straff saß.

Er sah sich um. Der Sitz neben ihm war verwaist.

Sunny war bereits draußen.

Lautstark schlug sie die Tür zu. »Und wenn du denkst, du kannst dir diese Nummer leisten, bloß weil ich jetzt schwanger und auf dich angewiesen bin, dann hast du dich geschnitten.«

»Ich ...« Er wusste, dass man nicht mit ihr reden konnte, wenn sie wütend war. Sunny konnte die Elemente entfesseln, wenn ihr etwas gegen den Strich ging. Sie konnte mit Gegenständen um sich werfen und mit Worten töten.

Sie hielt die Autoschlüssel in der Hand, schenkte ihm ein Lächeln, das kaum mehr als eine hilflose Grimasse war. Was immer sie gesehen hatte, es hatte sie bis ins Mark verletzt.

»Sunny ...« Danny ahnte, was jetzt kam.

Er kannte sie gut.

Sie holte ein wenig aus, dann waren die Schlüssel nur mehr ein fernes Aufblitzen über den Dächern der anderen Autos. Und bevor Danny noch etwas sagen konnte, drehte ihm Sunny den Rücken zu und wanderte hoch erhobenen Hauptes durch den Verkehr.

Danny starrte ihr wie gelähmt hinterher.

Sie hatte es wirklich getan.

Aber selbst jetzt bewunderte er Sunny. Sie hatte Schneid, das musste man ihr lassen.

Und sie war atemberaubend schön, wenn sie wütend war. Was ihm, das sah er ein, in seiner Situation nicht viel brachte.

Er spürte, wie die Verzweiflung an ihm zu nagen begann.

Ein hungriges Tier war sie, das seine Schwäche witterte und sie sich zunutze machte.

Denk nach!

Was, in aller Welt, war da passiert?

Seine Frau hatte ihn mit diesem Groupie-Flittchen gesehen, da biss die Maus keinen Faden ab, wie man in Portpatrick so schön sagte.

Aber ebenso wusste er, dass er nie dort gewesen war. Er kannte kein Café mit dem bescheuerten Namen *Going going*.

Das war das Tragische daran.

Danny Darcy wusste, dass er seine Frau niemals betrogen hatte, doch er wusste zugleich, dass es keinen Weg gab, ihr das zu sagen, ohne dass sie ihn für völlig verrückt erklärte. Denn was sie mit eigenen Augen gesehen hatte, konnte niemand leugnen.

Man glaubt, was man sieht.

Auch das gehörte zu den Dingen, die mit der Maus und dem Faden zu tun hatten.

Und irgendwo in dieser Sommerhitze war Danny sich sicher, dass Sunny ihn wirklich mit dieser Frau gesehen hatte.

Er wischte sich den Schweiß von der Stirn.

Was sollte er jetzt tun?

Er schloss die Augen.

Atmete tief durch.

Blickte der Wirklichkeit schnell wieder ins Angesicht.

Hitze waberte im Straßenverkehr. Aus dem Wagen vor ihm stieg ein wütender Anzugmensch aus.

Scheiße, das hatte ihm noch gefehlt.

Der Kerl sah aus wie ein Anwalt, der einen richtig miesen Tag hinter sich hatte. Er sah aus wie jemand, der sein Auto aufrichtiger liebt als jedes Wesen, das atmet.

Danny setzte ein Lächeln auf.

Der Anzugmann lächelte nicht. Der Wagen, den er fuhr, war ein BWM, ein Cabriolet, schwarz, schnittig, elegant. Teuer. Das Liebste, was der Anzugmann im Leben hatte.

Wie benommen schritt er seinen Wagen ab und betrachtete völlig fassungslos das zertrümmerte Heck.

Glasscherben bedeckten wohl den Boden, denn der Anzugmann kniete sich kurz hin und berührte mit schierem Entsetzen in den Augen, was immer dort auf der Straße lag. Dann erhob er sich wieder. Sein rundes Gesicht wurde rot.

Er lockerte die Krawatte.

Schnaufte.

Danny starrte das leere Zündschloss an.

Es war aussichtslos, die Schlüssel zu suchen.

Unnötig, auf Sunnys Rückkehr zu warten.

Sie würde nicht kommen.

Sie hatte ihren Stolz, o ja, den hatte sie. Sie war sauer, verletzt, wie von Sinnen. Sie glaubte, dass ihr Mann sie betrogen hatte. Die Fakten waren wie Fausthiebe mitten ins Gesicht.

Danny rieb sich erschöpft die Stirn.

Der Anzugmann starrte ihn an. In den bebrillten Augen des Mannes flammte unverhohlene Wut auf.

Danny lehnte sich aus dem Fenster und rief: »Tut mir leid, Mann.«

Was nicht unbedingt die Antwort war, die dem Anzugmann gefiel.

Aus einem Grund, der Danny verborgen blieb, begann der Anzugmann ohne Vorwarnung gegen den unschuldigen Buick zu treten. Er stieß dabei wüste Verwünschungen und Beschimpfungen aus, die im Gehupe der anderen Autos untergingen. Einige Passanten und viele der anderen Autofahrer kommentierten die Szene mit Ausrufen wie »Gib alles, Mann!« oder »Er hat dein Auto getötet!«, was den Anzugmann nur noch aggressiver machte. Die Tritte wurden zu einem Stakkato, und die Röte im Gesicht des Mannes nahm ungesunde Züge an.

Definitiv war Danny nicht der Einzige, dessen Tag ein wenig mies verlaufen war. So viel war sicher.

Doch was sollte er jetzt tun?

Sunny war fort.

Er steckte im Verkehr fest.

Was für ein Mist!

Er lehnte sich zurück und betrachtete den tobsüchtigen Anzugmann, der jetzt auf die Motorhaube des Buick kletterte und Beulen hineintrat.

Danny schüttelte den Kopf. Dann ließ er die Fenster herauffahren, drehte die Lautstärke des Players hoch und hörte sich *How Long Will She Make Me Wait* von Michael Holland an, was dem zerstörerischen Tanz des Anzugmannes etwas skurril Komisches gab und Danny beinah ein Grinsen entlockt hätte.

Nach fünf endlosen Minuten (*How Long Will She Make Me Wait* wurde gerade von *Please Please Please* abgelöst – und der Anzugmann tanzte noch immer über die Motorhaube des Buick) hatte Danny die Schnauze voll. Er nahm die CD aus dem Player, steckte sie in die Hülle. Auf dem Rücksitz lagen ein Rucksack und eine Jacke. Er schnappte sich beides. Mehr brauchte er nicht.

Er stieg aus.

Der Anzugmann hielt inne.

Vielleicht fürchtete er, dass Danny jetzt zurückschlagen würde.

Danny mit seinen langen Haaren und dem Kinnbärtchen und dem Lederband mit dem Stein um den Hals. Ja, Danny Darcy musste für den Anzugmann wie der Inbegriff des Schlägertypen vom Land aussehen.

»Wie gesagt«, murmelte Danny, »tut mir leid, Mann.«

Dann ging er einfach.

Hinter ihm hörte der Anzugmann mit dem Getrampel auf, womöglich dachte er über die etwas ungewöhnliche Reaktion seines Kontrahenten in den Country-Klamotten nach.

»Was glauben Sie, was Sie da tun?«, schrie er ihm schließlich hinterher. Ratlos stand er auf dem Buick und sah verwirrt aus.

Danny blieb stehen.

Für heute war es genug.

Er drehte sich um und sagte nur: »Weggehen.«

Die Polizei würde sich schon bei ihm melden. Irgendjemand würde den Leihwagen abschleppen, ob er nun drinsaß oder nicht. Er würde mit dem Zug nach Hause fahren. Er wollte seine Ruhe, er musste nachdenken.

Scheiße, verdammt!

Sunny war gegangen.

Schlimmer noch, sie war fort, weil sie ihn mit einer anderen Frau gesehen hatte. Ja, sie hatte etwas gesehen, was niemals geschehen war.

Danny konnte sich den Grund dafür denken.

Aber den konnte er niemandem erklären. Sunny am allerwenigsten.

Ihm schwindelte, als er den Gehweg entlangschlenderte.

Alles schien in Zeitlupe zu geschehen. Die Welt war eine Ansammlung von Bildern ohne Musik und richtige Bewegung und Ton geworden, erstarrt im Augenblick dieser dumpfen Gewissheit.

Sunny hatte ihn verlassen.

Die Worte waren wie Messerstiche. Jedes einzelne fügte ihm eine Wunde zu, deren Blut schimmerte wie das Herbstlaub an jenem Tag, der längst Vergangenheit war.

Kurz darauf war Danny nach Schottland gereist.

Um eine Familienangelegenheit zu klären.

Irgendwie hatte er gedacht, dass sich alles verbessern würde, wäre er wieder zurück in Amerika.

Aber das war ein Trugschluss gewesen.

Nichts war seither besser, alles war schlimmer geworden.

Er war in den leeren Leuchtturm zurückgekehrt. Während seiner Abwesenheit war Sunny noch einmal dort gewesen. Sie hatte die meisten der Sachen, die ihr wichtig waren, mitgenommen. Alles andere hatte sie dagelassen.

Danny hatte versucht sie anzurufen, ohne Erfolg. Sie hatte sich eine neue Handynummer zugelegt, alle Brücken abgebrochen. Sie würde erst wieder mit ihm reden, wenn *sie* es wollte. Danny hatte keine Ahnung, ob und wann dieser Tag jemals kommen würde.

Nachts konnte er nun nicht schlafen, weil es so still war.

Jeden Morgen ging er aufgeregt zum Briefkasten und atmete erleichtert auf, weil kein Brief vom Scheidungsanwalt darin lag.

Die Tage tröpfelten dahin, wie sie es früher getan hatten. Die Leere wurde so laut, dass sie kaum mehr zu ertragen war.

Und dann war der Anruf von Billy Ray gekommen.

»Wo warst du?«

»In Schottland.«

»Bei deiner Familie?« Billys Stimme hatte sich überschlagen.

»Meine Mutter ist verschwunden.«

Pause.

»Und?«

»Sie ist immer noch weg.«

Pause.

»Du hast gerade vier Songs, und wir brauchen mindestens zehn. Redet Sunny wieder mit dir?«

»Keine Chance.«

»Dann schreib was ohne sie. Trommel die Jungs zusammen. In zwei Wochen müssen die Takes fertig sein.«

»Ich weiß.«

»Wayne Detering macht mir die Hölle heiß.«

»Kann ich mir vorstellen.«

»Hast du noch irgendwelche Ausreden auf Lager?«

»Nein.«

»Danny?«

»Ich melde mich wieder.«

Er war müde gewesen. Hatte einfach aufgelegt.

Die Reise nach Schottland war anstrengend gewesen. Alles andere auch.

Jetzt stand er hier in dem Leuchtturm, in dem sie gemeinsam gewohnt hatten, und fragte sich, wohin seine Wege ihn führen würden. Die Melodie von *My sweet Laura Lee* hörte sich anders an, seit Sunny fort war.

Das Telefon trug er mit sich herum.

Ruf schon an!, fluchte er und dachte an Kramer.

Er ging nach draußen, hoch oben auf den Rundgang um das Leuchtfeuer, das seit Jahren schon ausgeschaltet war. Dort standen zwei Schaukelstühle. Einer würde nun immer leer bleiben.

Eine Weile betrachtete er den See, dann ging er zurück in den Leuchtturm, in dem jeder Schritt jetzt ohne Echo verhallte. Er ließ den angebrochenen Abend im Wind vergehen, kritzelte erneut einige Zeilen, die nicht gut waren, in sein braunes Notizbuch, trank Kaffee, hörte Musik, und das alles in der stillen Hoffnung auf einen brauchbaren Einfall, irgendwas, was ihn aus diesem tiefen Loch herausziehen würde.

She's the lady in my dream,

Ghostly echo, nightly scheme.

Sunny fehlte ihm.

Long lost words in my throat ...

Er wusste inzwischen genau, was geschehen war. Aber er wusste nicht, was er dagegen unternehmen konnte.

Vielleicht war ja der Zimmermann wirklich die Lösung.

Danny fragte sich, wie er reagieren würde, wenn Kramer ihm die Nachricht ausrichten würde.

Sherazade.

Er hoffte inbrünstig, dass der Zimmermann ihn empfangen würde.

Die Warterei machte ihn rasend.

Schließlich setzte er sich oben auf dem Leuchtturm in seinen Schaukelstuhl, hielt eine Flasche Budweiser in der Hand und betrachtete die Positionslichter der Schiffe auf dem Lake Superior. Der Schaukelstuhl neben ihm schrie seine Leere in die Nacht hinaus.

Danny hielt seine Gitarre fest an den Körper gepresst, und seine Finger glitten über die Saiten, ohne ihnen Töne zu entlocken. Er besaß eine ganze Reihe besserer Gitarren, aber diese hier war ihm die liebste. Auf ihr hatte er *My sweet Laura Lee* gespielt, nur für Sunny, zuletzt, als alles noch in Ordnung war.

Er leerte die Flasche, stellte sie neben den Schaukelstuhl.

Von drinnen hörte er, wie Bob Dylan *The Man in the Long Black Coat* sang. Er bereute es, sich für *Oh, Mercy* entschieden zu haben, aber seit Sunny nicht mehr da war, tauchte er ganz in die Musik ein, die nicht gut für ihn war.

Später dann vielleicht noch *Blood on the Tracks*, na, klasse, die Songs zur bevorstehenden Scheidung.

Danny verfluchte seine Familie.

Er dachte daran, wie seine Mutter mit Sunny telefoniert hatte. Sunny hatte ihm die Einzelheiten erzählt. Helen Darcy war schon immer gut darin gewesen, Lügen in die Ohren der Menschen zu träufeln.

Er prostete dem Mond zu.

Dann riss ihn das Telefon aus seinen Gedanken.

»Daniel?«

Mit einem Mal war er wieder nüchtern. »Amber?«

Die Stimme sagte nur: »Es geht ihr nicht gut.«

Danny setzte sich auf.

Amber Sutcliffe war Soozies Mutter. Sie lebte drüben in Superior, nahe Duluth. Normalerweise meldete sie sich nicht oft bei Danny. In letzter Zeit gar nicht mehr. Wohl kaum verwunderlich.

»Wo ist sie?«, fragte er.

»Sie will nicht mit dir sprechen.«

»Amber, bitte!«

»Und ich will es eigentlich auch nicht.«

Er seufzte. »Das ist …«

»Es geht ihr nicht gut.« Sie schwieg, es knackte in der Leitung. »Dem Baby geht es nicht gut.«

Verdammt!

»Was ist ...«

Jetzt klang sie verzweifelt. »Es ist nichts. Ich meine, die Ärzte sagen, es ist nichts. Aber Suzanna glaubt, dass etwas mit ihr und dem Baby nicht stimmt.« Ihre Stimme wurde leise, fast ein Flüstern. »Sie ist völlig durcheinander. Heute Morgen hat sie gesagt, dass sie böse Träume hat. Sie hat Angst, dass das Baby die gleichen Träume träumt und dass etwas passieren kann.«

Danny schwieg. Sunny war in der elften Woche.

»Sie fürchtet, dass etwas nicht in Ordnung ist. Etwas, was die Ärzte nicht erkennen können.«

Er ahnte es, hatte es die ganze Zeit über geahnt. Er kannte sich nicht gut aus mit dieser ganzen Sache. All die Schwangerschaftsbücher, die er sich vor wenigen Wochen so freudig besorgt hatte, gleich nachdem er davon erfahren hatte, beinhalteten keinerlei Informationen bezüglich der Art von Schwangerschaft, mit der er es hier zu tun haben würde. Und erst recht stand in diesen Büchern nichts von den Komplikationen, die eine Sherazade mit ihren Lügen heraufbeschwören konnte.

Oh, dieses verdammte Telefonat mit seiner Mutter. Sunny hätte das Gespräch nie annehmen dürfen. All die Geschichten und Lügen, die wahr werden konnten, wenn man den Worten eines solchen Wesens lauschte. Nein, Danny durfte gar nicht daran denken, was ihnen noch alles bevorstehen mochte.

Und doch war da ein Gefühl der Gewissheit. Er spürte es wie den Wind im Gesicht. Es hatte etwas mit der Lüge, die noch immer in Sunny lebte und atmete, zu tun. Mit diesem Seitensprung, dessen Zeuge sie gewesen war und den es niemals gegeben hatte.

Danny rieb sich müde die Augen. »Kann ich sie sehen?«

Stille.

Okay, dann eben nicht.

»Kann ich sie sprechen?«

»Sie will ihre Ruhe haben.«

»Weiß Sunny, dass du anrufst?«

»Ja.«

»Aber sie wollte es nicht.«

»Doch. Sie hat mich darum gebeten.«

Die ganze Zeit über hatte Danny geahnt, dass es so weit kommen würde. Er betrachtete den Mond und hätte ihn am liebsten verflucht.

»Ich sollte dir das mit den Träumen sagen«, gestand Amber. Danny stellte sie sich vor; sie sah so aus, wie Sunny irgendwann aussehen würde, wäre sie Ende fünfzig.

»Sonst nichts?«

»Nein, sonst nichts.« Die Hartnäckigkeit hatte Sunny wohl von ihrer Mutter geerbt.

Am liebsten hätte er das Telefon in den See geworfen. »Ist Sunny bei dir?«

»Nein.«

»Kannst du mir nicht sagen, wo ...«

Ein energisches »Nein« unterbrach ihn.

Danny berührte die Gitarre, das glatte Holz, das ihm schon Trost gespendet hatte, als er noch ein Kind gewesen und in den kalten Mauern von Ravenscraig aufgewachsen war.

»Sunny soll mich anrufen.« Er wusste nicht, was er sonst sagen sollte. »Bitte sag ihr das.« Er wollte mir ihr sprechen, ihre Stimme hören.

»Ich sag's ihr.«

»Amber!«

»Ja?«

»Es ist mir ernst. Sunny soll mich anrufen. Bitte!«

Sie grummelte etwas.

Dann verabschiedete sie sich. Das Gespräch war beendet.

Es wurde wieder still.

Danny rannte die enge Wendeltreppe hinab in den halbrunden Raum, der sein Arbeitszimmer war.

Er schaltete den Computer ein und schaute seinen Fingern zu, wie sie ungeduldig auf den Tasten herumhämmerten, Suchbegriffe eingaben und das Internet nach allem durchforsteten, was mit schwerwiegenden Komplikationen bei Schwangerschaften und Krankheiten bei Kindern zu tun hatte. Er las Artikel über den Einfluss der Träume auf die Psyche von Kleinkindern, rief Bilder auf, scrollte sich durch vorgebliche Wahrheiten in den Esoterikforen der Welt.

»Fuck!«, schimpfte er.

Dann sprang er auf und trat den Papierkorb durch den Raum.

Hielt inne.

Müde rieb er sich die Augen, atmete durch.

Dann hörte er das Telefon. Er hatte es oben auf dem leeren Liegestuhl liegen lassen.

So schnell es ging, rannte er die Treppe hinauf, stürzte nach draußen, drückte den Knopf.

»Hallo?«

»Mr. Darcy?«

Es war Kramer!

»Haben Sie ihn erreicht?«

»Der Zimmermann ist bereit, Sie zu treffen.«

»Wann?«

»Morgen.« Er nannte eine Uhrzeit.

»Wo?«

»Im *Little Swan*, oben bei Hibbing.« Kramer gab ihm eine kurze Beschreibung des Weges.

»Was hat er gesagt?« Danny konnte sich die Frage nicht verkneifen.

»Er ist neugierig.«

Danny atmete erleichtert auf. »Danke«, sagte er und meinte es aufrichtig.

»Seien Sie pünktlich«, antwortete Kramer. Dann legte er auf.

Das war alles.

Ein leichter Wind blies Danny Darcy die Haare ins Gesicht. Er trat an die Brüstung und schaute auf den See hinaus. Er würde den Zimmermann treffen, morgen schon. Mit einem Mal schien die Nacht kein ganz so dunkler Ort mehr zu sein.

Etwas mehr als eine Stunde später saß Danny in dem Schaukelstuhl, und die Sterne sahen ihm dabei zu.

Müde zupfte er an der Gitarre herum, die er an sich drückte. Er spielte eine winzige Melodie, fragil und noch unfertig. Etwas, was er *The Ballad of Sailor and Sunny* hatte nennen wollen.

Er musste an Ravenscraig denken.

Die Kindheit, die er so verdrängte.

Seine Eltern, die ihn in die Fremde getrieben hatten.

Die Lügen, die immer schon in den Wänden des riesigen Hauses gelebt hatten.

All die Lügen, die so schnell lebendig werden konnten, wenn man ihnen nur arglos und andächtig lauschte. Er wusste, was man anrichten konnte, wenn man Lügen erzählte. Er wusste, wie gefährlich die erfundenen Geschichten sein konnten. Deswegen hatte er niemals von seiner Fähigkeit Gebrauch gemacht, und er gedachte auch nicht, es in Zukunft zu tun.

Jetzt, da er selbst bald Vater wurde, erinnerte er sich öfter an all die Dinge, die er als Kind erlebt hatte.

An die allererste Lüge, die er bewusst gehört hatte.

Es gab sogar einen Song dazu: *The Unlucky Birth of David McDonald*. So hatte er die Melodie genannt, die schnell und irre daherkam, wenn man sie auf einer alten Fender Stratocaster spielte.

Wenn er die Augen schloss und dem Wind lauschte, dann konnte er sie noch immer hören, diese Worte, die zu einer Geschichte wurden, an die er so ungern erinnert wurde wie an vieles andere auch.

»Du warst schon immer ein schwieriges Kind«, hatte seine Mutter immer betont, wenn sie die Geschichte seiner Geburt erzählte. »Nicht wie dein Bruder. Du warst so eigensinnig, so *rebellisch.*«

»Colin hat doch auch immer Schwierigkeiten gemacht«, verteidigte er sich zumeist.

»Aber nicht wie du.« Sie hatte ihn eindringlich und abfällig gemustert. »Du warst *rebellisch*, ein *Tunichtgut*. Alle haben das gesagt.«

»Alle?«

Sie hatte genickt. »Die Leute.« Nachdenklich hatte sie an ihrem Tee genippt. »Vielleicht lag es nur daran, dass du eigentlich eine Deirdre hättest werden sollen.«

Die beiden Jungs hatten dann immer mit den Augen gerollt. Colin und Danny kannten die Geschichten ihrer seltsamen Geburten fast auswendig.

»In diesen Mauern«, pflegte Helen Darcy fast feierlich zu betonen, »bist du geboren worden. Nicht wie Colin seinerzeit. Mit ihm sind wir zu den Spezialisten nach Stranraer gefahren.«

Im Grunde genommen war Dannys Geburt kaum anders verlaufen als die seines großen Bruders. Sah man davon ab, dass Helen Darcy mit allen Mitteln versucht hatte zu verhindern, dass die Geburt *genauso* verlaufen würde wie die ihres ersten Sohnes, der, nebenbei bemerkt, ebenfalls ein Mädchen hätte werden sollen.

»Nie wieder betrete ich ein Krankenhaus«, hatte Helen Darcy gekeift. »Nicht nach der Sache mit Colin.«

Archibald Darcy, ihr Mann, hatte nichts anderes tun können, als mit ihr einer Meinung zu sein.

Also war Danny eine Hausgeburt geworden.

Colin, der sich aufrichtig darauf freute, bald nicht mehr allein sein zu müssen, befahl man, in seinem Zimmer im zweiten Stock zu bleiben, während ein Stockwerk tiefer die Wehen einsetzten.

Stunden harrte er dort aus, verließ den Raum nur, um auf die Toilette zu schleichen. Niemand kümmerte sich um ihn. Er sollte sich ruhig verhalten und einfach *nichts* tun. Und er sollte keine Musik hören. Das war überhaupt das Allerwichtigste. Auf keinen Fall durfte Musik erklingen.

»Das war wirklich das *Aller*allerwichtigste«, schaltete sich Archibald Darcy hier stets in die Erzählung ein und nickte seinen Jungs bedeutungsschwer zu. »Musik war nicht gut.«

»Warum?«, wollte Danny dann jedes Mal wissen.

Doch Archibald Darcy schüttelte nur den Kopf.

Helen Darcy jedenfalls lag in ihrem Bett im Schlafzimmer und schimpfte. Sie hatte Schmerzen und war wütend, weil sie nichts dagegen unternehmen konnte.

»Seid ruhig!«, schrie sie andauernd. Wenn sich jemand regte, dann begann sie zu schreien.

»Wir sind ruhig«, flüsterte ihr Mann, der an ihrer Seite stand.

»Ja, seelenruhig«, beruhigte sie Dr. Horowitz, der anwesende Arzt, der seit dem Nachmittag in Ravenscraig ausharrte.

»Noch leiser!«, zischte sie. »Leise, leise, leise, leise.« Nur ihr Keuchen lag wie schwerer Dampf in der Stille.

»Als Colin zur Welt kam, hast du die Carpenters gehört«, flüsterte Archibald Darcy ihr zärtlich zu. »Ich könnte doch vielleicht ... nur ganz kurz ...«

»Nein!« Ihre Stimme überschlug sich. Panisch, grell, laut. »Nein, nein, nein.«

»Aber vielleicht würde es Sie beruhigen«, schaltete sich Dr. Horowitz ein und schenkte ihr ein wohlmeinendes Lächeln.

Helen Darcy ergriff das Handgelenk des Doktors. Mit aller Kraft, die sie noch aufbieten konnte, richtete sie sich auf und spie ihm ins Gesicht: »Unterstehen Sie sich, Musik in diesem Haus zu machen.«

Dr. Horowitz zuckte die Achseln. Das Lächeln verschwand.

Archibald Darcy schaute betreten in die Runde.

»Musik lockt sie nur an.« Helen Darcys Stimme war ein Wispern, verschwörerisch und nervös.

Ihr Mann fand diese Bemerkung nicht sonderbar.

Dr. Horowitz schon. »Wen lockt die Musik an?«, fragte er neugierig.

»Psst, Sie dürfen ihre Namen nicht nennen. Sonst kommen sie.«

Der Doktor und der Ehemann tauschten Blicke.

»Ich verstehe nicht ganz«, meinte Dr. Horowitz.

Und Helen Darcy zischte ihn an: »Sie haben natürlich keine Ahnung!« Unruhig ließ sie ihren Blick durch den Raum schweifen. »Sie sind überall und warten nur darauf, dass es endlich passiert.«

Dann begann sie zu zählen. In den Pausen, in denen sie atmen konnte.

Die Wehen wurden stärker und stärker. Fluchend krümmte sich Helen Darcy bei jeder neuen Kontraktion.

Dr. Horowitz kramte emsig in seiner Arzttasche und beförderte ein Etui mit einer Vielzahl säuberlich beschrifteter kleiner Flakons hervor, die er ordentlich auf dem Beistelltisch neben dem Bett aufreihte.

»Bachblütenextrakte«, kommentierte er sein Tun.

Helen Darcy starrte ihn an, als habe er den Verstand verloren.

Dann zog er eine Art Kartenspiel aus der Tasche und begann die Karten zu mischen. Mit seinem Kinnbärtchen und dem schütteren Haar sah er aus wie eine moderne Inkarnation von Catweazle.

»Was tun Sie da?«, fragte Archibald Darcy.

Helen Darcy war zu verwirrt, um zu schimpfen. Sie starrte den Doktor nur an und schwieg.

Der Doktor hielt schließlich inne, fächerte die Karten auf und hielt sie ihr hin, mit der Aufforderung: »Ziehen Sie eine.«

Helen fauchte ihn an. »Sind Sie verrückt?« Eine erneute Kontraktion ließ sie verstummen.

Der Doktor schüttelte ruhig den Kopf. »Ziehen Sie eine Karte.«

»Behandeln Sie mich nicht, als sei ich gestört.«

Er fuchtelte mit den aufgefächerten Karten vor ihrem Gesicht herum. »Ziehen Sie eine Karte, na los.«

Helen verdrehte die Augen.

»Nun mach doch schon«, meinte jetzt auch ihr Mann.

»Idiot«, fauchte sie ihn an. Dennoch zog sie eine Karte.

Bevor sie sehen konnte, was die Karte zeigte, riss der Doktor sie ihr bereits aus der Hand. »Das ist Heidekraut«, erklärte er ihr. »Passt zu Ihnen.«

»Was soll das denn heißen?«

Er suchte auf den Etiketten herum, ergriff einen der Flakons, legte ihn zur Seite. Dann wandte er sich erneut seiner Patientin zu. Statt ihre Frage zu beantworten, mischte er die Karten weiter und forderte sie auf: »Ziehen Sie noch eine.«

Helen Darcy krümmte sich vor Schmerzen, stöhnte auf und nahm widerwillig die nächste Karte.

»Springkraut«, kommentierte der Doktor, zog den passenden Flakon hervor und legte ihn zu dem anderen.

»Was bezwecken Sie damit?«, wollte jetzt Archibald Darcy wissen.

Seine Frau litt unter der nächsten Wehe.

»Vertrauen Sie mir«, meinte Dr. Horowitz nur. Und wieder mischte er die Karten, und wieder musste Helen Darcy eine ziehen. »Wegwarte«, sagte er, »die Pflanze der werdenden Mütter.«

Beide starrten ihn an.

Unbeirrt von diesen Blicken mischte der Doktor die Inhalte der drei Flakons in einem vierten, schüttelte diesen genüsslich durch und reichte ihn Helen Darcy mit den salbungsvollen Worten: »Trinken Sie!«

Helen Darcy funkelte ihn wütend an, setzte den Flakon an die Lippen und trank.

»Gut so?«

Die nächste Kontraktion ließ sie aufschreien.

»Sie fühlen sich jetzt viel besser, habe ich Recht?« Dr. Horowitz nickte ihr aufmunternd zu.

Helen Darcy konnte nur keuchen. Die einzigen Worte, die ihr noch über die Lippen kamen, waren: »Es ist so weit.«

Archibald Darcy trat vom Bett zurück. Und Dr. Horowitz krempelte sich die Ärmel hoch.

Es ging also los.

Und während Helen Darcy auf die Geburt ihrer Tochter wartete, stahl sich, ein Stockwerk höher, der kleine Colin aus dem Zimmer, in das man ihn verbannt hatte. Er hörte die Schreie seiner Mutter seit Stunden, und er sah nur eine einzige Möglichkeit, dieses Gekreische zu übertönen. Flink wie eine Maus in der Nacht lief er nach unten in den Salon, wo sich eine Stereoanlage befand. Den Regler für die Lautstärke drehte er so weit auf, wie es nur ging. Dann legte er die Schallplatte auf, die ihm passend erschien.

Und während die Wehen schneller und schneller kamen, ertönte eine tiefe Stimme, die eindringlich wie eine fremde Beschwörungsformel durch die Gänge des großen Hauses schwebte und vor keinem Zimmer in Ravenscraig haltmachte. Sie war wie die Flut in der Nacht, strömte die Korridore entlang und ließ das Gemäuer erbeben.

Helen Darcy schrie.

Und Johnny Cash sang *Get Rhythm*.

»Ich brauche RUHE!«, kreischte Helen Darcy, und ihre Hände krallten sich in die Matratze.

Johnny Cash sang unbeirrt weiter.

Helen Darcy keuchte und schrie und tobte. Dr. Horowitz kümmerte sich um alles andere. Archibald Darcy stand nur herum.

Get Rhythm war zu Ende.

Dannys kleines Köpfchen zeigte sich der Welt.

Ring of Fire dröhnte durchs Haus.

Helen kreischte, als Dr. Horowitz sie von dem Baby entband.

»Ist es ein Mädchen?«, fragte Helen Darcy schließlich, als sie wieder Luft bekam. »Ist es eine Deirdre?«

Der Arzt stellte nüchtern fest: »Es ist ein Junge.«

Helen Darcy nahm es zur Kenntnis. »Ein Junge«, wiederholte sie. Mürrisch und enttäuscht fügte sie hinzu: »Ich habe es geahnt.«

Die Musik war noch immer laut.

»Kann jemand endlich dieses Gejammer ausstellen«, schrie Helen Darcy.

Aber Dr. Horowitz und ihr Mann hatten nur Augen für das Kind.

Den Jungen.

Und in dem Augenblick, in dem man ihr Danny, eingewickelt in ein weißes Tuch, in die Arme legte, dröhnte *Folsom Prison Blues* durch die Mauern von Ravenscraig.

Wie passend, dachte Danny auch heute noch.

Damals schrie er nur, wie es Neugeborene, die mit Johnny Cash konfrontiert werden, nun einmal tun. Er schrie so laut, schrill und gellend, als habe er bereits in diesem Augenblick geahnt, welche Bedeutung der Song für ihn haben würde. Als habe er in diesem Moment verstanden, dass er in eine Art Gefängnis geboren worden war.

»Sie können jetzt gehen«, sagte Archibald Darcy zu dem Doktor.

Dr. Horowitz wirkte überrascht. »Aber ich ...«

»Verlassen Sie das Zimmer, das ist alles.«

Der Doktor schien konsterniert. »Sie ist meine Patientin. Ich ...«

»GEHEN SIE!«, kreischte Helen Darcy, die das Kind im Arm hielt.

Der eingeschüchterte Doktor zögerte.

»Es geht jeden Moment los, verdammt.« Archibald Darcy, der jetzt keine Zeit mehr hatte, den äußerst verdutzten Doktor vor die Tür zu setzen, bewaffnete sich mit einem Tennisschläger, der neben dem Schrank auf diesen Einsatz gewartet zu haben schien, und harrte der Dinge, die sich da ankündigten.

»Wir haben aus Colins Geburt gelernt«, pflegte Helen Darcy an dieser Stelle zu sagen. »Wir wussten, dass eine von ihnen kommen würde.«

»Eine von ihnen?«, fragten die Jungs dann im Chor.

Woraufhin Archibald Darcy antwortete: »Eine Dschinni.«

Und Helen Darcy ergänzte: »Musik lockt sie an, dessen bin ich mir sicher.«

Wie auch immer – Johnny Cash war bei *Walk the Line* angelangt, als die Wände des Zimmers verschwanden. Sie lösten sich auf, im Bruchteil von Sekunden, und wurden zu einer Dschungellandschaft, die kein Ende zu haben schien. Palmen beugten ihre Blätter in einem monsunartigen Wind, Sandkörner wehten über den Boden, Papageien schrien laut auf, und bunte Vögel flatterten durch den Raum. Aus dem dichten grünen Dickicht schälte sich eine Gestalt heraus, und das Geräusch, das sie begleitete, nahm den pulsierenden Takt des Songs an. Die Gestalt war kaum mehr als ein Schemen, ein filigranes Wesen, das auf das Baby zuschwebte.

»Wir wussten, dass sie kommen würde«, pflegte Helen Darcy zu sagen, »weil sie auch anlässlich der Geburt deines Bruders schon zu uns gekommen war.«

»Sie hat mir die Stirn geküsst«, flocht Colin daraufhin ein.

»Genau.«

Was immer die Dschinni jetzt im Sinn hatte, Archibald Darcy gab sich alle nur erdenkliche Mühe, sie daran zu hindern. Er schlug mit dem Tennisschläger nach der Dschinni, doch diese erwies sich als flink wie ein Kolibri. Mühelos wich sie den Schlägen aus und stürzte sich auf das Baby. In Windeseile benetzte sie die kleine Stirn mit einem Kuss. Es geschah in einem Wimpernschlag, so zart und beiläufig, wie ein magisches Wesen nur jemals einen Menschen berühren konnte.

Dr. Horowitz indes war völlig durcheinander. Er trat mit den Füßen nach den Skorpionen und Schlangen, die auf ihn zukrochen. Dann traf ihn Archibald Darcy, redlich bemüht, die Dschinni doch noch niederzustrecken, mit dem Tennisschläger am Kopf.

Dr. Horowitz blinzelte kurz, verdrehte die Augen und ging zu Boden.

Ein Skorpion krabbelte ihm über das Gesicht.

Archibald Darcy stand fassungslos da.

Walk the Line war zu Ende.

Der Raum war wieder normal.

Nachdem die Dschinni den Jungen geküsst hatte, war alles, was kurz aufgeflammt war, wieder verschwunden.

»Was immer auch sie dir geschenkt hat«, sagte Helen Darcy später, »ich bin mir nicht sicher, ob es ein Geschenk ist.«

Danny seufzte.

Er wusste, dass Dr. Horowitz nie wieder einen Fuß nach Ravenscraig gesetzt hatte. Er verließ das Anwesen augenblicklich, nachdem er aus der kurzen Bewusstlosigkeit erwacht war.

Darüber hinaus wusste Danny mit Sicherheit, dass die Dschinni ihm wirklich etwas geschenkt hatte. Sie hatte ihm dasselbe zum Geschenk gemacht wie acht Jahre zuvor schon seinem Bruder.

Er wusste, *was* es war.

Aber er hatte es verdrängt. Deswegen war er nach Amerika gegangen, in der Hoffnung, dass es ein Ende haben würde.

Nicht einmal Sunny hatte er davon erzählt. Zu seltsam hätte sich angehört, was er ihr gebeichtet hätte.

Nichts, was mit seiner Familie zu tun hatte, sollte in seinem neuen Leben Platz haben.

Doch dann war alles anders gekommen.

Er legte die Hand flach auf das warme Holz der Gitarre. Er musste an Sunnys Bauch denken. Danny hatte von Anfang an seine Hand auf ihren Bauch gelegt und sie so leise atmen gespürt, dass ihm jeder Moment wie eine Ballade vorgekommen war.

Sunny hatte ihn verzaubert, sie hatte ihn nach Duluth gelockt, hoch in den Norden von Minnesota.

Girl from the North Country.

Jetzt war er hier, wie in dem Song von Bob Dylan.

I'm a long way from home.

Ja, dies eine war gewiss: Danny wusste, wie wahr eine Lüge sein konnte. Ebenso wusste er, dass man eine Lüge nicht mit einer Lüge heilen konnte. Doch irgendetwas musste er tun, es lag jetzt an ihm, zu retten, was noch zu retten war.

Aber wie?

Die Frage war ein Refrain, den er nicht mehr hören konnte.

Plötzlich klingelte das Telefon.

Er starrte auf das Display. Keine Nummer, die er kannte.

»Hallo?«

Es war ihre Stimme, die ihm fast Tränen in die Augen trieb. »Sailor?«

Sofort sagte er: »Sunny!«

Meine Güte, sie hatte ihn früher manchmal Sailor genannt; einmal, weil er den ganzen langen Weg aus Schottland zu ihr über den Ozean gesegelt war, und darüber hinaus, weil er bei ihren ersten beiden gemeinsamen

Konzerten eine alte abgewetzte und überaus hässliche Schlangenlederjacke getragen hatte. Wie der Typ in *Wild at Heart*.

»Wie geht es dir?«, fragte sie.

»Beschissen.« Warum lügen?

»Was machst du gerade?«

»Ich bin oben auf dem Leuchtturm und schaue auf den See.« Er verkniff sich den Hinweis auf *Blood on the Tracks*. »Deine Mutter hat eben angerufen«, sagte er stattdessen.

Stille.

Er konnte ihren Atem hören. »Der Kleinen geht es nicht gut.« Sunny sprach ganz bedächtig und langsam, wenn sie wirklich außerordentlich beunruhigt war. So wie jetzt.

»*Ihr?*« Danny war bisher davon ausgegangen, dass sie einen Sohn bekommen würden.

»Der Arzt hat sich geirrt.«

»Es ist doch noch viel zu früh dafür.«

Sie lachte kurz auf. »Du hast selbst behauptet, du würdest schon fühlen, wie er zappelt.«

Er hatte beide Hände auf ihren Bauch gelegt und wirklich geglaubt, dass sich da etwas bewegt hatte. Sunny hatte gelacht und ihm versichert, dass dies nur Einbildung gewesen sei, doch Danny hatte darauf beharrt, etwas gespürt zu haben.

»Ich weiß«, war alles, was er hervorbrachte. Er *hatte* es gefühlt, da war er sich ganz sicher.

»Wir bekommen ein Mädchen.«

Danny schluckte. Sie hatte *wir* gesagt, und nicht *ich*. »Bist du dir sicher?«

»Ja.«

»Was sagt der Arzt?«

»Ist doch egal, was der Arzt sagt. Ich weiß es einfach.«

»Wie kannst du ... Ich meine ...«

»Man kann auf dem Ultraschall noch nichts erkennen.« Sie hielt inne. »Aber ich weiß es.«

Er nickte, schwieg.

Ein Mädchen.

Wow!

In der Ferne rauschte der See sein nächtliches Lied. Eine unsichtbare dunkle Brandung.

Sunny sagte leise: »Es geht ihr nicht gut, Danny. Und mir geht es auch nicht gut.«

»Wo bist du?«

Sie beantwortete seine Frage nicht. Ihre Stimme klang rau und brüchig. »Was ist nur mit uns passiert? Es war doch alles so gut.«

Er holte tief Luft. »Sunny, hör mir zu.«

Sie schwieg.

»Wenn ich dich in den nächsten Tagen um etwas bitte, dann ...«

»Danny, keine Versprechungen.«

»Sunny.«

»Du willst mich hinhalten.«

»Nein, nein, keine Versprechungen. Aber es könnte sein, dass ...« Er wusste selbst nicht genau, was er ihr sagen wollte. »Tu mir einen Gefallen. Leg jetzt nicht wieder auf, okay. Hör mir einen Moment zu. Wenn du auflegen willst, dann tu es danach.«

»Du machst mich neugierig.«

»Das habe ich gehofft.«

»Ich weiß.«

Stille.

»Du wirst also nicht mittendrin auflegen?«, fragte er.

»Nein.«

»Ganz sicher?«

»Ja, ganz sicher.«

»Okay.«

Er betrachtete die Lichter draußen auf dem See. Sie bewegten sich durch die Nacht wie Sterne, die sich verlaufen hatten.

»Danny?«

»Ja.«

»Du wolltest mir etwas sagen.«

Er zögerte. Doch dann brachte er es auf den Punkt: »Vielleicht gibt es einen Weg für uns. Ich meine, eine Möglichkeit, wie wir aus alledem herauskommen können.«

Sie sagte nichts. Fragte dann: »*Wir?*«

»Lass nicht zu, dass es so endet, Sunny.«

»Okay«, sagte sie mit erstickender Stimme. Und leise, ganz leise, flüsterte sie ein weiteres »Okay«, das noch viel schwächer klang als das erste.

Dann hörte er nichts mehr von ihr.

Zweites Kapitel

Die Farbe vergesslicher Herzen

Forgetful heart, lost your power of recall,
Every little detail, you don't remember at all.
The times we knew
Who would remember better than you?

Bob Dylan, *Forgetful Heart*

Die Wege, die ein Mann gehen muss, sind oft steinig – und nicht selten haben sie die matte Farbe vergesslicher Herzen.

Danny Darcy wusste, welchen Weg er gehen musste, noch ehe die Worte seiner Frau am Telefon verklungen waren. Er hielt das Telefon noch in der Hand, als sie schon längst aufgelegt hatte, und später dann ließ er es an seine Brust sinken, geradeso, als könne ihn dies Sunny näherbringen.

Am nächsten Morgen dann brach er rechtzeitig auf.

Er hatte nicht gut geschlafen, und ob dieser Tag wirklich die Wende bringen würde, konnte er nicht sagen. Aber er hatte das Gefühl, seine letzte Chance zu ergreifen. Dies war der Weg, den er jetzt gehen musste.

My sweet Laura Lee.

Die Sonne stand schon hoch über Duluth und tauchte die Güterbahngleise in ein güldenes Licht.

Danny Darcys Herz war nicht so vergesslich, wie er es sich gewünscht hätte, und die Farben dessen, was noch gar nicht lange Vergangenheit war, leuchteten ihm noch immer in den Augen.

Er legte eine CD von Mark Lanegan in den Player, nahm sich vor, die Strafgebühren an die Stadtkasse von

Minneapolis zu überweisen (der zerknüllte Brief lag noch immer ungeöffnet auf dem Beifahrersitz, begraben unter einem Haufen CDs und Demos und Zeitungen), und fuhr mit halb geöffnetem Fenster nach Norden.

Die Luft trug die Kühle des Sees in sich, und die Wolken waren kaum mehr als einsame Schiffe am Firmament. Langsam segelten sie ihrem Ziel entgegen und blickten hinab auf eine Welt, die gerade aus dem Schlaf erwachte. Schwere Laster donnerten die Straße entlang, drüben an den Bahnhöfen rollten die Züge über die Gleise.

Danny lauschte der Musik.

Something to believe.

Als sei es gestern gewesen.

When the Sailor saw Sunny in the dawn of that day ...

Danny schüttelte den Kopf.

Konzentrierte sich auf den Verkehr.

Hinter Duluth, auf der nördlichen Route 53, wurde die breite Straße ruhiger. Briefkästen standen verlassen da, Häuser waren keine zu sehen. Die Menschen hier oben lebten versteckt hinter den Pinien und Fichten und hohen Tannen. Ein verrosteter Mähdrescher lag wie ein riesiger Kadaver auf einem Feld.

Er würde den Zimmermann treffen!

Meine Güte, er konnte es kaum glauben.

Bereits vor Wochen hatte er in Erwägung gezogen, den Zimmermann aufzusuchen, doch war sein Versuch, den alten Mann ausfindig zu machen, nicht von Erfolg gekrönt gewesen. Stattdessen war Danny spontan und unüberlegt einen anderen Weg gegangen, einen, der ihn nach Schottland geführt hatte. Er hatte sich nicht unbedingt mit den richtigen Leuten eingelassen, einiges dazugelernt, sich eine Menge Ärger eingehandelt und war wieder heil nach Amerika zurückgekehrt. Trotzdem hatte sich die Beziehung zu Sunny nicht geändert.

Jetzt war er auf dem Weg in den Norden.

Zu Tyler Blake höchstselbst!

Ja, das war sein Name.

Ein Name, der magisch war.

Er war eine Legende. Er war der Zimmermann.

Er lebte im *Little Swan*. So hieß die Gegend südlich von Hibbing, ein großes Waldgebiet, urwüchsig und unberührt.

Als Danny zum ersten Mal eines seiner Lieder gehört hatte – den Klassiker *Heaven's Heart* –, da hatte er gemerkt, wozu Musik wirklich fähig war. Er hatte geweint, weil er etwas in sich gespürt hatte, was vielleicht seine Seele war. Er hatte geweint, weil etwas in ihm sich unweigerlich verändert hatte. All die Fragen, die ihn bis dahin bestürmt hatten, jene gnadenlos nagenden, gleichsam an Herz und Verstand zehrenden Fragen, die einen Teenager zu einem mit zittrigen Buchstaben vollgekritzelten Blatt im Wind machen, sie alle waren mit einem Mal beantwortet worden. Und es waren keine Worte nötig gewesen; nein, es war die Melodie gewesen, die ihn mit sich gerissen hatte. Die Worte (»*Hope dies easy, worlds will part, when angels eat their heaven's heart*«) waren nur die Pfeilspitzen gewesen, aber die Kraft, die jene Pfeile zu blitzenden Geschossen gemacht hatte, die wahrhaftig Herzen zu durchbohren wussten, diese Kraft, das spürte Danny, war in der Musik geboren worden. Sie war grenzenlos und wild gewesen, unbändig und tosend, entflammt von dem, was verborgen im Innersten eines jungen Mannes brannte, der noch nicht wusste, dass er gerade gesehen hatte, welchen Weg zu nehmen ihm im Leben bestimmt war.

Von dem Moment an – und eingedenk der Tatsache, dass Johnny Cash die erste Stimme gewesen war, die er wahrhaftig vernommen hatte – hatte Danny Musiker werden wollen.

Er war elf Jahre alt gewesen. Und er hatte nur eine ungefähre Ahnung von dem gehabt, was er beginnen sollte.

Der erste Schritt war damals der schwierigste. Er bat seine Eltern, ein Instrument erlernen zu dürfen.

Noch immer konnte er diesen Tag riechen, jenen Nachmittag im Herbst, als die Blätter um Ravenscraig wehten und die Brandung an den Klippen von Blackhead toste.

Seine Eltern saßen im Salon, tranken Earl Grey und starrten ihn an, als habe er etwas durch und durch Unanständiges von ihnen verlangt.

»Du kannst Schach spielen.« Archibald Darcy war keine große Hilfe, gewiss nicht.

Helen Darcy schlug Violine vor.

»Nein«, sagte Danny sofort. Und nach einer kurzen Pause, in der sich seine Eltern wissende Blicke zuwarfen, fügte er hinzu: »Warum denn ausgerechnet Violine? Ich mag Johnny Cash.«

»Die Violine ist ein klassisches Instrument. Johnny Cash macht Krach.«

»Ich mag den Krach.« Und überhaupt: Dies waren die 90er. In der Regel war der Krach da elektronisch.

Helen Darcy verdrehte die Augen. »Ich will aber nicht, dass du dieses Zeug spielst.«

»Ist es denn nicht die Musik, die eure Generation mag?«

»Du musst nicht frech werden«, schalt ihn sein Vater.

Helen Darcy indes schwieg. Sie nippte an ihrem Tee und sagte dann: »Ich mag Johnny Cash eben nicht.«

Archibald Darcy sagte natürlich nichts, wie so oft, wenn er besser den Mund aufgemacht hätte. Immerhin hatte ihm das Johnny-Cash-Album gehört, das Colin während der Geburt seines Bruders aufgelegt hatte. Manchmal kam es Danny so vor, als schwebten die schrammenden Klänge von einst noch immer durch die Mauern von Ravenscraig.

»Ich mag Tyler Blake.« Danny blieb hartnäckig.

»Der kann nicht singen.«

»Man muss nicht singen können, um ein guter Musiker zu sein.«

Helen Darcy schüttelte den Kopf. »Man muss singen können, um ein Sänger zu sein.«

»Ich will Songwriter werden.«

»Du bist elf. Du weißt noch gar nicht, was du werden willst.«

»Ich bin fast zwölf. Und ich will Gitarre spielen lernen.«

Die Antwort kam schnell aus zwei Mündern und wie ein Schlag ins Gesicht: »Nein!«

»Aber warum nicht?« Er schluckte seine Enttäuschung hinunter und ließ nur die Wut an die Oberfläche.

»Eine Gitarre ist ein Instrument, das man überhaupt nicht kontrollieren kann«, antwortete Helen Darcy.

Was sollte das denn nun bedeuten? »Aber ...«

»Wenn du dich unbedingt musikalisch weiterbilden möchtest«, betonte Helen Darcy, »dann bekommst du eine Orgel.«

Danny starrte sie an.

Musikalisch weiterbilden?

Meinte sie das ernst?

»Eine elektronische Orgel.« Ja, seine Mutter meinte es ernst.

»Du musst ohnehin erst lernen, wie man Noten liest.«

»Ich will Songs schreiben«, sagte Danny.

»Erst die Theorie.«

»Eine klassische Ausbildung ist niemals falsch.«

Danny sah seinen Vater an, dann seine Mutter. Er kannte diesen Ausdruck in ihren Gesichtern. Also gab er sich geschlagen. Eine andere Möglichkeit gab es nicht für ihn. Er war immerhin erst elf. Und besser eine elektronische Orgel als eine Violine. Oder gar kein Instrument.

Er seufzte.

Außerdem konnte Tyler Blake die *Wurlitzer* spielen, als sei der Teufel gerade erst aus der lodernden Hölle entkommen. Eine elektronische Orgel war also nicht das Schlechteste und durchaus kompatibel mit Folk.

»Ist das in Ordnung für dich?«, hakte sein Vater nach, falsches Verständnis in der Stimme.

Danny sagte: »Ja.«

Was er dachte, ließ er sich nicht anmerken.

»Kann es wenigstens eine *Wurlitzer* sein?«, fragte er.

Seine Eltern lächelten salbungsvoll, sagten unisono: »Lass dich doch einfach überraschen.«

Er nickte nur.

Dann ging er in sein Zimmer und legte eine Platte von Neil Young auf. Das half vorerst.

Zwei Wochen später kam die Orgel nach Ravenscraig. Sie war groß, sperrig und hatte viele bunte Knöpfe. Es war natürlich keine *Wurlitzer*, was aber nicht weiter schlimm war. Er setzte sich davor, schaltete sie ein und begann wahllos die Tasten zu drücken und dem Gerät Töne zu entlocken. Man konnte die Tremoli und die Klangfarben verändern, was nicht schlecht war. Danny experimentierte und fand schnell heraus, welche Akkorde und welche Harmonien seine Eltern wünschen ließen, ihm doch eine Gitarre gekauft zu haben.

Wie Tyler Blake es einst besungen hatte.

Be a rebel, don't be dead.

Leider fand Danny ziemlich schnell heraus, dass Helen Darcy sich wohlüberlegt für eine elektronische Orgel entschieden hatte. Sie konnte jederzeit frei entscheiden, ob und wie lange Danny in seinem Zimmer Musik machte. Spielte er etwas, was ihr nicht gefiel, schaltete sie einfach den Strom ab. Spielte er zu laut, stellte sie den Strom ab. Sollte er es auch nur wagen, etwas von Johnny Cash zu spielen – *Get Rhythm* und *Folsom Prison Blues* standen ganz oben auf der Liste –, dann schaltete sie den Strom ab.

Ja, Helen Darcy liebte es, die Macht in Händen zu halten. Das war überhaupt das Allerwichtigste für sie.

Und Danny?

Er war sauer.

Rebellisch sauer und *sehr, sehr* ruhig.

Die Tage vergingen.

Sand rann durchs Glas.

Trotzig spielte er weiterhin Folk, auch wenn seine Mutter ihm den Strom abgeschaltet hatte. Er musste seine Fingerfertigkeit trainieren. Die linke Hand, die in der Regel die begleitenden Akkorde spielte, musste noch unabhängiger von der rechten Hand, die die mehrstimmigen Melodien produzierte, sein. Deswegen übte Danny Tag und Nacht und ließ sich auch nicht davon abhalten, wenn die Orgel mangels Strom keine richtigen Töne, sondern nur leises Geklapper produzierte. Es gab sogar Nächte, da spielte er im Dunkeln. Blind zu spielen war eine gute Übung für die Finger, die bald schon ihren Weg wie von allein fanden.

Dann wurde er älter.

Die Zeit sprang panthergleich durch die Gitter.

Und als er vierzehn war, verliebte er sich zum ersten Mal. Es traf ihn einfach so, an einem Nachmittag im Frühsommer.

In Portpatrick, der nächsten Ortschaft, die diesen Namen verdiente, gab es einen Secondhandladen namens *The Spyglass*, unten in den verwinkelten Gassen am Hafen, und dort sah Danny an besagtem Tag die Gitarre, die sein werden sollte. Es war eine alte Gibson, die auf der Stelle sein Herz eroberte.

So fing es an.

Fortan dachte er nur darüber nach, wie er in den Besitz der Gitarre gelangen konnte. Er schwänzte hin und wieder die Schule – das war zumindest ein Anfang – und fuhr mit dem Milchmann durch Portpatrick. Er stapelte die Dosen im Supermarkt, mähte fremder Leute Rasen, trug Zeitungen aus, kehrte die Straße, mistete Ställe aus. Hatte jemand eine Frage, dann zeigte er seinen in puncto Alter gefälschten Schülerausweis. Es funktionierte ganz gut.

Irgendwann nach Ablauf des Sommers hatte er dann endlich das Geld für die Gibson zusammen.

Er ging in den Laden, fühlte sich wie Bruce Springsteen in einem Video-Clip und kaufte sich seine erste Gitarre von seinem ersten selbst verdienten Geld. Im Laden roch es nach Staub und all dem Zeug, das irgendwer dort für ein paar Pfund abgegeben hatte.

Und da war sie: seine Gibson.

Sie war aus dunklem Holz gefertigt und sah wunderschön aus. Als er ihr zum ersten Mal eine Melodie entlockte, da fühlte er sich, als habe er gerade eine neue Welt betreten.

Und jetzt, nach all den Jahren, besaß er genau diese Gitarre noch immer, und meist war es die alte Gibson, mit der er oben auf dem Leuchtturm saß. Ja, er liebte die Gibson, die mittlerweile voller Kratzer und tiefer Schrammen war, er liebte sie wie jemanden, den man sehr lange und gut kennt und der einen selbst auch sehr lange und gut kennt. Sie hatten einiges durchgemacht, gemeinsam. Natürlich besaß er eine Reihe besserer Gitarren, die er sich im Laufe der letzten Jahre zugelegt hatte und die er nicht mehr missen wollte. Auf den meisten Konzerten spielte er hauptsächlich auf einer schwarzen Fender Stratocaster, einer American Vintage '57, daneben benutzte er eine knallrote Rainsong, die einzige Akustik-E-Gitarre, die er mochte, und darüber hinaus stand immer noch eine elegante Martin Dreadnought irgendwo herum. Doch was es an Instrumenten auch geben mochte – keine Gitarre würde jemals seiner alten Gibson das Wasser reichen können.

So viel war sicher.

»Sie wird durchdrehen«, prophezeite ihm Colin, als er von der Gitarre erfuhr.

»Sie wird nichts davon erfahren.«

»Irgendwann wird sie davon erfahren«, meinte Colin, der nie ein richtiger Rebell gewesen war.

»Dann erfährt sie eben davon.«

»Sie wird durchdrehen, wenn sie's erfährt.«

»Dreht sie eben durch«, antwortete Danny.

Colin wurde ernst. »Du weißt, wie sie dann ist.«

»Ja, weiß ich.«

»Du weißt, was sie dann tun wird.«

»Yep!« Dannys Blick verdunkelte sich wolkenschwer.

Keiner der beiden Jungs würde jemals vergessen, *wie* Helen Darcy sein konnte, wenn sie wütend war.

Dennoch – erst einmal gab es kein Problem, weil niemand etwas erfuhr.

Danny schmuggelte die Gibson ins Haus und übte leise in seinem Zimmer. Er berührte die Saiten, streichelte sie, als handele es sich um eine verbotene Berührung. Nur wenn seine Eltern das Haus verlassen hatten, konnte er ungehindert spielen. Nur dann entfalteten sich die Melodien und trieben durch sein offenes Fenster über die Wiesen und Moore zur See hinaus.

Viel zu selten waren diese kostbaren Augenblicke des Alleinseins, das wusste er.

Trotzdem!

Er machte Fortschritte.

Übte die Bünde, die ihm leichtfielen, und das Zupfen, das ihm größere Mühe bereitete. Schlagen und Dämpfen erwiesen sich als nicht so schwierig. Die Finger waren von der Orgel trainiert und wie Sportler, die ihre Aufwärmphase hinter sich hatten.

Er begann eigene Melodien zu spielen, später dann summte er dazu, und noch viel später formte sich das Summen zu Worten, die Geschichten erzählten. Er konnte förmlich sehen, wie das, was er sich ausdachte, Gestalt gewann.

Ja, Danny fühlte sich unbesiegbar.

Er trug schwarze Jeans und schwarze Stiefel und ein schwarzes Hemd und kam sich mit seinen vierzehn Jahren vor wie der junge Johnny Cash, der eben erst den

Folsom Prison Blues geschrieben hatte. Er hatte es sogar geschafft, im *The Spyglass* zu der Gitarre einen Koffer rauszuschlagen, ein sperriges schwarzes Ding, das wie ein Sarg in Gitarrenform aussah, ihn aber an die Western von Sergio Leone erinnerte.

»Der ist stilecht«, pflegte Danny zu sagen, noch Jahre später, als er durch Prag und Paris tingelte.

Dann kam der Tag, an dem er es wissen wollte.

High Noon.

Seine Finger trommelten den Takt zu *Wild One* auf dem Lenkrad. Jerry Lee Lewis, auch ihn hatte er vergöttert.

Er schaute nach vorn, wo die Straße sich krümmte.

Warum musste er gerade jetzt daran denken? Hier, im St. Louis County von Minnesota?

War er nicht der Meister des Vergessens?

Seit fast zwei Stunden war er jetzt unterwegs, folgte der Route 53, und nun tauchte vor ihm die Stadt Hibbing auf. Im Norden war die Landschaft zerklüftet von den metallenen spitzen Zähnen, mit denen der Bergbau der Erde einst ihre Erze entrissen hatte, im Süden erstreckte sich ein Waldgebiet. Die Stadt selbst war seit Stunden erwacht und begrüßte den Reisenden mit Farben, die rot und braun und weiß und blau waren. Fahnen wehten flatternd im Wind, und Backsteingebäude glänzten im Sonnenlicht. Die Menschen, die von schwedischen, norwegischen, irischen, ungarischen, italienischen und finnischen Einwanderern abstammten, gingen ihrem Tagwerk nach.

Danny wendete den Pick-up auf der Hauptstraße.

Er war viel zu weit gefahren. Irgendwo weiter südlich hätte er eine Abfahrt nehmen sollen.

Also fuhr er den Weg ein Stück zurück.

Wie eine dürre Natter wand sich die Straße durch die Landschaft, vorbei an Feldern und Tümpeln und vereinzelt in der Einsamkeit erbauten Häusern mit breiten Dächern und großen Scheunen. Dies war das Land, das Walt Whitman in Verse gekleidet hatte; hier erahnte man noch die Natur, in der Thoreau hatte frei sein wollen.

Alles sah gleich aus für jemanden, der nicht von hier war.

Im Radio lief Emmylou Harris.

How she could sing the wildwood flower.

Danny musste zugeben, dass er nicht die geringste Ahnung hatte, wo er war.

Als er dann einen alten Farmer am Straßenrand stehen und frisch gepflückte Erdbeeren feilbieten sah, bremste er ab und hielt an.

Der Alte trug einen Strohhut und eine blaue Latzhose. Eine Kippe hing ihm im Mundwinkel wie ein Grashalm. Als Danny sich ihm näherte, winkte er ihm zu, wie es die Einheimischen tun, wenn sie einen Fremden sehen.

»Entschuldigen Sie«, begann Danny, »ich habe mich, glaube ich, verfahren.«

»Du bist fremd hier, Junge, was?«

»Könnte man sagen.«

Der Alte zeigte ihm ein nahezu zahnloses Lächeln. »Nach Hibbing geht es da entlang.« Er deutete in die Richtung, aus der Danny gekommen war. »Und überall sonst hin geht es in die andere Richtung.«

»Ich muss nach *Little Swan*«, sagte Danny.

»Oh, *Little Swan* ist hier überall.«

»Es soll eine Straße geben.« Er kramte schnell nach dem zerknüllten Zettel, der irgendwo in seiner Hosentasche steckte, entfaltete ihn, las den Namen: »Antilla Road.« Er sah den Alten hoffnungsvoll an. »Haben Sie eine Ahnung, wo das ist?«

Der Blick des alten Mannes verfinsterte sich augenblicklich. »Antilla Road?«

»Ja.«

»Du solltest da nicht hingehen, Junge.« Die zahnlose Stimme klang besorgt.

Danny verkniff sich ein Schmunzeln. »Ich suche jemanden, der dort wohnt.«

»Da lebt niemand.«

»Doch«, widersprach Danny ihm. »Ich bin mir sicher.« Für einen Augenblick beschlich ihn die Angst, dass Kramer ihn belogen haben könnte.

»Es geschehen seltsame Dinge in dieser Gegend«, warnte ihn der alte Mann.

»Können Sie mir sagen, wo ich diese Straße finde?« Mehr verlangte er doch gar nicht.

»Du solltest da nicht hingehen, Junge. Ehrlich.«

Okay.

»Was für Dinge meinen Sie denn?«

»Na, Dinge, die seltsam sind«, knurrte der Alte unheilschwanger.

»Ich habe eine Verabredung.«

Der alte Mann beförderte eine neue Zigarette aus seiner Latzhose hervor. »Es ist nicht gut, dahin zu gehen.« Er zündete die Zigarette an und nahm einen tiefen Zug. »Ich helf dir nicht, dich ins Unglück zu stürzen.«

»Heißt das, Sie sagen mir nicht, wie ich den Weg finden kann?« Das war doch verrückt.

»Du musst den Weg allein finden.«

Danny starrte ihn an.

»Und wenn du Sachen siehst, dann tritt aufs Gas und verschwinde. Glaube nichts, auch wenn du es siehst.«

Hört sich nach Sherazade an, dachte Danny nur.

»In Hibbing gibt's 'n schönes Diner«, versuchte es der Alte erneut.

Doch Danny hatte das Interesse an dem Gespräch verloren.

Er ging zum Pick-up zurück.

Der alte Farmer sah ihm nur traurig hinterher.

Danny startete den Motor und fuhr los. Zum Abschied winkte er dem Alten nochmal zu, und dann rollte der Pick-up auch schon in die Richtung, die überallhin führte.

»Dinge, die seltsam sind«, hatte der Alte gesagt.

Danny kannte sich aus mit Dingen, die seltsam waren, vielleicht hätte er ihm das einfach sagen sollen?

Während er die Route 53 zurückfuhr, dachte er an den Tag, an dem für ihn als Jungen High Noon gewesen war.

Unausweichlich.

Er erinnerte sich, als sei es gestern gewesen ...

Im Alter von vierzehn Jahren hatte er eines ruhigen Tages aufrecht und mit wild abgewetzten Cowboystiefeln und dem sperrigen Gitarrenkoffer samt Gibson den eleganten Salon von Ravenscraig betreten und mitten in der Mittagszeit, zu der Helen Darcy gewöhnlich zu ruhen pflegte, laut und deutlich und aggressiv wummernd *Get Rhythm* gespielt.

Danny hatte zu der Zeit schon eine tiefe Stimme, und er nuschelte und brummte die Worte, wie sein Vorbild es getan hatte. Es dauerte keine zwei Minuten, und Helen Darcy kam in den Raum gestürmt, außer sich vor Zorn.

»Das ist meine Gitarre«, verkündete Danny trotzig. Er hielt die Gibson wie eine Waffe.

»Du wirst auf diesem Ding nicht spielen.« Helen Darcy sah äußerst gereizt aus.

»Und wenn doch?« Er hatte keine Probleme damit, beim Reden weiterzuspielen.

»Daniel Darcy!«

Er spielte zwei Takte und sah seiner Mutter dabei fest in die Augen.

»Du kennst die Geschichte vom *Mariachi*«, sagte sie.

Danny dachte nur *Fuck!*, doch es geschah so schnell, dass er nichts anderes tun konnte, als sich fallen zu lassen. Er hatte gehofft, mit seiner Musik auf ihre Geschichte reagieren zu können. Was immer er aber zu tun vermochte, es reichte noch nicht an das Können seiner

Mutter heran. Er hätte das wissen sollen, aber Geduld hatte noch nie wirklich zu seinen Tugenden gezählt.

Ob er die Geschichte kannte? Natürlich kannte er die Geschichte des rastlosen *Mariachi*. Sie war eine der Geschichten, die seine Mutter seinem Bruder und ihm schon viele Male erzählt hatte.

»Fuck!«, sagte er so laut, dass Helen Darcy es auch hörte.

Langsam, drängend kroch ihre Stimme aus seiner Erinnerung hervor.

Die Geschichte des rastlosen *Mariachi*.

Sie handelte von einem jungen Mann namens Don Diego, der in Mexiko auf der Suche nach seiner Geliebten war. Denn einst war Don Diego ein reicher Grundbesitzer gewesen. Doch dann wurde in der Hochzeitsnacht seine Braut Isabella von einer Bande berüchtigter Banditen entführt. Niemand wusste, wohin man sie verschleppt hatte. Alle fürchteten sich vor den Banditen, die einem Mann namens Zacatecas folgten.

Und so wanderte Don Diego umher und suchte seine Isabella.

An einem verlassenen Ort namens La Campana, traf er schließlich auf eine Zigeunerin, die ihm eine Gitarre schenkte. Er würde seine Braut finden, wenn er in jeder Stadt, durch die er käme, ein Lied spielen würde. Denn dies sei eine magische Gitarre, eine, die Menschen nicht nur zum Tanzen, sondern auch zum Reden bringen konnte. Die Menschen, die der Melodie, die ein *Mariachi* auf dieser Gitarre spielte, lauschten, gaben ihre Geheimnisse preis, wenn er die richtigen Fragen stellte.

Don Diego nahm die Gitarre und zog mit ihr los. Wenn er Menschen traf, so fragte er sie nach der schönen Isabella. Die Menschen fürchteten die Banditen des Zacatecas wie den Tod, doch wenn sie den Klang der Gitarre hörten, dann wurden ihre Zungen lose. Don Diego folgte der Spur. Nach wochenlanger Suche stieß er auf das Lager der Banditen in Otaéz. Er trat mutig vor ihren Anführer und verlangte seine Braut zu sehen. Zu seiner Verwunderung rief Zacatecas sie sofort herbei, ohne Schwierigkeiten zu machen. Doch dann, als Don Diego seiner Isabella gegenüberstand, wandte sie sich voller Abscheu von ihm ab.

Denn die Gitarre hatte ihm jedes Mal, wenn er auf ihren Saiten gespielt hatte, ein Stück seiner Jugend und ein Stück seiner Schönheit und ein Stück seiner Seele geraubt. Isabella erblickte nicht mehr das Gesicht ihres hübschen Don Diego, nein, sie sah einen hässlichen alten Mann mit faltigem Gesicht und gebeugtem Gang, der die knochige Hand nach ihr ausstreckte und ihr ein Lächeln schenkte, das voll fauliger Zähne war. Nicht einmal seine Stimme erkannte sie wieder, denn auch die Stimme hatte sich durch den Gesang verändert.

Zacatecas trat auf ihn zu. Wenn Isabella aus freien Stücken mit ihm gehen wolle, so solle sie dies tun. Mitleid lebte in den dunklen Augen des gefürchteten Banditen.

Don Diego verzweifelte. Denn Isabella erkannte ihn ganz und gar nicht mehr.

Zacatecas schüttelte traurig den Kopf. Don Diego, so

offenbarte er ihm, sei dem Zauber der Musik erlegen, aber er habe nicht verstanden, wovon sie sang. Es sei der uralte Fluch des *Mariachi*, dem er so bereitwillig gefolgt sei.

Stille legte sich über das Lager der Banditen.

Don Diego zertrümmerte die Gitarre, die er all die Monate mit sich getragen hatte. Dann zog er den Revolver und schoss Isabella in die Brust. Doch bevor er sich selbst das Leben nehmen konnte, packten die Banditen ihn und knüpften ihn am nächsten Baum auf.

So endete die Geschichte, die Helen Darcy ihrem Sohn erzählte, als dieser acht Jahre alt war.

Und nach all den Jahren reichte allein die Erwähnung jener Erzählung aus, um die Geschichte wieder mit Leben zu füllen.

Ja, Danny kannte die Geschichte nur zu gut. Er begann die ersten Takte von *All Along the Watchtower* zu spielen, um seiner Mutter in einer Art verzweifeltem Duell gegenüberzutreten, doch lösten sich die Wände des Salons auf, und durch staubige Dämmerung erblickte Danny eine fremde Stadt. Weiß getünchte Häuser säumten eine sandige Straße, an deren Rändern Fackeln brannten.

Danny wusste, dass dies alles etwas war, was seine Mutter für ihn erschuf, um ihn zu strafen. Die Finger wurden ihm lahm. Alt und faltig sahen sie mit einem Mal aus, und sie schmerzten, als würde ein Feuer unter der Haut lodern.

Die Einwohner der kleinen Stadt starrten ihn an, als

sei er eine Monstrosität. Mit jedem Schritt, den er ging, verwandelte er sich weiter in etwas, was kein Mensch mehr war.

Ein Pulk von Menschen bildete sich um ihn herum. Danny, der ahnte, was sie vorhatten, versuchte zu fliehen.

Ein Steckbrief wehte ihm um die Füße, und er bemerkte, dass jeder der Anwesenden einen solchen Steckbrief in der Hand hielt. Er zeigte sein Gesicht.

Danny begann zu laufen. Der Mob kam ihm hinterher. Mit Fackeln jagten sie ihn. Er wusste, was sie mit ihm tun würden. Danny hatte Angst. Jemand packte ihn, wie in einem bösen Traum. Er stürzte, hustete, weil er Sand schluckte. Hände wie Klauen kamen über ihn, von überallher. Er spürte eine klebrige Hitze auf seiner Haut. Fürchterlich heiß brannte der Teer, aber Danny war zu kraftlos, um sich zu wehren. Sie traten ihn mit schweren Stiefeln und schlugen mit Stöcken auf ihn ein. Sie stopften ihm Dreck in den Mund, und er keuchte und spuckte. Der Mob war außer sich wie ein hungriges Tier, und Danny war nur ein Spielball der wütenden Menge, und alle Augenpaare waren die seiner Mutter.

Stiefel traten ihn, und dann hoben ihn Hunderte von Armen hoch und trugen ihn zu einem knorrigen Baum, der aus dem Boden gewachsen war, wo vorher noch Windhexen herumgefegt waren. Ein Ast, der wie eine Kralle aussah, reckte sich über den Hügel. Eine Schlinge baumelte an ihm herab. Man hob Danny in die Höhe, steckte seinen Kopf durch die Schlinge. Dann ließen ihn die Hände los. Die Schlinge um seinen Hals zog sich enger. Seine

Beine zappelten hilflos in der Leere. Sein Körper spannte sich an. Tränen traten ihm in die Augen. Er zappelte weiter. Die Angst zerhackte ihm den Verstand. Er wollte wimmern, doch nicht mal das konnte er tun. Er verlor das Bewusstsein.

Als er aufwachte, lag er auf dem Boden im Salon.

Allein. Die Gitarre hielt er fest umklammert.

Vergessliche Herzen, dachte Danny, sind rosenrot, das waren sie schon immer.

Er hatte Sunny nie davon erzählt. Ja, das war es, was er jetzt dachte, als er hinter dem Lenkrad saß und auf die Route 53 hinausstarrte. Er hatte es Sunny verschwiegen, weil ...

Er stockte.

Weil?

Sie es nicht verstanden hätte.

Niemand würde es verstehen. Es war verrückt und unwirklich. Das, was Helen Darcy, seine Mutter, tun konnte. Sie erzählte einem all diese Geschichten, und sie konnte jede dieser Geschichten wahr werden lassen. Sie konnte alles damit anfangen, alles, was sie nur wollte.

Ihn fröstelte, obwohl es warm war im Auto.

Nein, Danny hatte seiner Frau niemals davon erzählt.

Lügen waren nun mal geschickt und verschlagen. Und für den, der sie glaubte, waren sie die Wahrheit, so einfach war das. Und dass es mit der Geschichte, die Sunny sich am Telefon angehört hatte, ebenso gegangen war wie mit zahllosen anderen Geschichten seiner Mutter, lag auf der Hand.

Ja, vor Sunnys ahnungslosen Augen war der ihm angehängte Verrat tatsächlich Realität geworden.

Dabei hatte er sie nie betrogen.

Und während er dies dachte, hörte er in Gedanken das Lied, das er für sie geschrieben hatte, den Refrain, der alles sagte, was es zu sagen gab.

My sweet Laura Lee,
life lay in your eyes
in your smile and your anger and voice.

Sie war jetzt irgendwo da draußen in der Welt, ohne ihn. Vielleicht bei ihrer Mutter in Superior, vielleicht in Minneapolis, vielleicht anderswo.

Life was there 'cause of you,
never dull, sometimes blue,
always honest and brave, the right choice.

Er dachte daran, wie sich ihr Bauch angefühlt hatte unter seiner Hand. Er dachte an das Leben, das bald geboren werden würde. Er dachte an all das unentdeckte Land, das vor ihnen lag, und an die Sonnenuntergänge, die sie verpasst hatten, und an all die Lieder, die für sie zu schreiben er noch keine Zeit gehabt hatte. Er würde alles nachholen, ja, er würde Worte finden und Wege, und am Ende, das glaubte er von Herzen, würden Sunny und er tanzen. Nur so durfte es enden, nur so sollte sich die Melodie ihres Liedes anhören.

Er trat auf die Bremse.

»Antilla Road«, sagte er laut.

Ein verwittertes Schild, das von einem Baum baumelte.

Die Straße führte geradewegs in die Wälder hinein.

»Seltsame Dinge also«, murmelte Danny.

Irgendwo in dieser verlassenen Gegend lebte der Zimmermann.

Er lenkte den Pick-up von der Route 53 und folgte der Straße, die an manchen Stellen so schmal war, dass die Äste der Bäume die Seiten des Wagens streiften. Es gab hier keine Häuser, keine Farmen, nichts. Nur das Dröhnen seines eigenen Wagens zerschnitt die Stille.

Der Pick-up rollte über eine Brücke, unter der ein schmaler Fluss oder Bach verlief. Danny konnte das Wasser riechen, klar und frisch wie der Nebel am Morgen, wenn er über den Boden streift.

Red Lake Creek.

Er musste lächeln.

Weil er gerade jetzt daran denken musste.

Ja, einmal waren Sunny und er hinauf zum Red Lake Creek gefahren, das war nicht lange her, aber Danny kam es vor, als sei es in einem anderen Leben passiert. Dylan's Dogs hatten ihr erstes richtiges Album aufgenommen, *The Devil is Dancing the Night*. Die Besprechungen in der Fachpresse waren nicht schlecht, und alles ging seinen Gang. In den großen Zeitschriften waren sie plötzlich der Independent-Tipp, die neue Stimme in der Szene.

Mit dem alten Pick-up, den Danny sich damals, als er dort angekommen war, in Duluth gekauft hatte (und den er heute immer noch fuhr, weil er alte Autos mochte), waren sie in die Wälder gefahren, nur ein kleines Zelt und jede Menge Krimskrams im Gepäck.

»Nur wir beide«, hatte er ihr versprochen.

Nach all der Hektik, die ihr Leben in den letzten Wochen bestimmt hatte, brauchten sie beide Ruhe. All die Stunden im Tonstudio, das immer wieder neue Abmischen der Titel, bis nach all den Takes endlich ein Song fertig war. Die Pressetermine, der Vertragskram, all die wilden Dinge, die einen überrennen konnten, wenn man nicht darauf vorbereitet war.

Sunny und er waren der Route 2 Richtung Crookston gefolgt, um fünfzig Meilen hinter Grand Rapids in die Wälder abzubiegen. Immer urwüchsiger wurde die Gegend. Hohe Bäume säumten die Straße, schmale Schatten reckten sich über den Asphalt.

Sie ließen den Wagen schließlich auf einem Parkplatz am Waldrand stehen und gingen zu Fuß weiter.

Es war ein schöner Frühsommertag. In den Wäldern war es wärmer als am Lake Superior, wo man immer das Gefühl hatte, direkt am Meer zu leben.

Sie gingen einen kaum ausgetretenen Pfad entlang, und die Wipfel der Bäume wiegten sich sanft im lauwarmen Wind. Die Stille hier war urtümlich und wie ein leises Versprechen, das noch keinem über die Lippen gekommen war. Die weiten Nadelwälder mit duftenden Pinien und Fichten waren durchwoben von Birken und Pappeln. Hin und wieder huschten flinke Fichtenmarder durchs Unterholz, es raschelte überall.

Sunny trug enge, abgeschnittene Bluejeans und eine

Bluse mit Karomuster. Ihr blondes Haar hatte sie zu zwei Zöpfen gebunden, die unter dem Schlapphut, den sie auf dem Rücksitz des Pick-ups gefunden hatte, herauslugten.

Danny konnte nicht damit aufhören, sie einfach nur anzuschauen.

In den Wochen, die hinter ihnen lagen, war er immer tiefer in Sunnys Leben eingetaucht.

Ihrem Vater, das hatte er erfahren, war sie nie begegnet, sie hatte nur einige alte Bilder von ihm gesehen. Er war eines Abends nach draußen gegangen und nicht mehr zurückgekehrt. Das war alles. Sunny war nicht mal ein Jahr alt gewesen.

»Er wollte Zigaretten holen«, hatte sie sich an die Geschichten erinnert, die ihre Mutter ihr erzählt hatte, »mehr gibt es da nicht zu sagen. Die klassische Story. Er war einfach weg.« Nachdenklich hatte sie nach einer Weile hinzugefügt: »Er führt womöglich ein anderes Leben, irgendwo, mit einem Haus und einer Familie, die einfach nichts von Superior und seinem alten Leben weiß.«

Sunny war in Superior aufgewachsen, in einem kleinen Haus am Stadtrand, wo die Züge zur Küste vorbeikamen. Sie kannte fast jeden Schienenstrang in Duluth, der Stadt der unendlichen Bahngleise, und konnte die Güterzüge anhand ihrer Geräusche auseinanderhalten.

»Das können alle, die hier aufgewachsen sind«, pflegte sie zu sagen.

Nach der Highschool war sie dann nach Chicago gegangen, um Kunst zu studieren, moderne Malerei, doch hatte ihr Herz schon immer der Musik gehört.

»Die erste Geige«, hatte sie ihm anvertraut, »habe ich von meiner Tante bekommen. Sie hat mir immer eine Geschichte erzählt, echt verrückt. Sie sei durch Illinois gefahren, und dort habe sie die Geige gepflückt.«

»Gepflückt?« Womöglich waren die Darcys nicht die einzige Familie, in der man sich seltsame Geschichten erzählte.

»Ja.« Sunny hatte lachen müssen. »Die Geige sei dort an einem mächtigen Ahorn mit roten Blättern gewachsen. Und Tante Eusebia habe sie nur pflücken müssen.«

So viel zur Geschichte der Geige. Tatsache war jedenfalls, dass Sunny auf der Geige alles spielen konnte.

»Das Malen konnte ich dennoch nicht aufgeben.«

Schon damals hatte sie Danny einige ihrer Bilder gezeigt. Sie waren bunt, ja, immer sehr bunt, ein Gemisch aus warmen Farben und Formen, die einen an ferne Sommer denken ließen. In den Pinselstrichen konnte man das Leben im Norden erkennen, in dem Grün spiegelten sich die Hügel, und die Blautöne wurden meist grau wie die Fluten, die draußen gegen die hohen Klippen von Duluth schlugen.

»Ein paar davon habe ich sogar schon verkaufen können. Hat mich zumindest die Miete zahlen lassen. Was will man mehr?!«

»My Girl from the North Country«, so hatte Danny sie manchmal genannt.

Nach einer Stunde Fußmarsch erreichten sie den Fluss, der einige Meilen weiter nördlich in den Red Lake mündete. Hier in den Wäldern, eingebettet in Steine und hohes

Gras, war er ein ruhiger Strom, der nur nach Regenfällen zu einem wilden Ungetüm werden konnte.

»Red Lake Creek.« Danny atmete durch.

Fliegen surrten in der Luft, Bienen schwebten wie Versprechen in der Sonne.

»Hier sagen sie *Crick*«, erklärte ihm Sunny.

»Dann also Red Lake *Crick*.«

Sie stellten ihre Rucksäcke ab und schlugen das kleine Zelt auf. Danny sammelte Feuerholz für den Abend, Sunny breitete eine Decke aus. Sie ließen sich darauf nieder, und die Zeit verging. Danny schaute Sunny beim Schlafen zu, und es war so ruhig überall um ihn herum, dass er das unbestimmte Gefühl hatte, zum ersten Mal im Leben sich selbst zu hören. Tausende von Gedanken bestürmten ihn in diesem Moment, aber keiner der Gedanken wollte lange verweilen. Sie waren zu leicht und zu beschwingt, um dies tun zu können. Er las Kerouac und markierte die Stellen in dem Buch, die sich wie Songtexte anhörten.

Als Sunny wach wurde, aßen sie Brot mit Schinken.

»Hast du gewusst«, fragte er sie, »dass Gott Pu der Bär ist?« Er küsste sie auf die Nasenspitze.

»Klar.« Selbst verschlafen konnte sie so lächeln, dass man sich einfach nur gut fühlte.

Sie tranken Wasser und Rotwein und rauchten Gras, redeten und ließen die Nacht hereinbrechen.

»Erzähl mir eine Geschichte«, bat sie ihn schließlich, als es schon dunkel war.

Danny sah sie lange an. »Warum?«

»Weil ich deine Stimme mag, wenn sie mir etwas erzählt.« Sie sah ihn an wie der Himmel, der bei Tag im klaren Wasser des Creek schwamm.

Danny überlegte kurz. Die Gedanken, die er vorher nicht hatte fassen können, hielten inne.

»Du möchtest also eine Geschichte hören.«

»Ja.«

»Eine aus der Gegend?«

»Vielleicht.« Sie betrachtete ihn erwartungsvoll.

»Okay.« Er nahm erneut einen Schluck Rotwein. Dann begann er: »Es ist eine sehr alte Geschichte, musst du wissen. Sie hat sich vor langer Zeit zugetragen, aber die Menschen erzählen sie sich immer noch.«

»So ist das wohl.«

»Man erzählt sich«, fuhr Danny fort, »dass sich einmal ein junger Mann in den Wäldern verirrt hatte.«

»In diesen Wäldern hier?«

Er nickte. »In *genau* diesen Wäldern.«

Es war die Zeit der großen Depression. Auf der Suche nach Arbeit fuhren die Männer in Güterzügen durch das Land. Sie kletterten in die Waggons, wenn die Kontrolleure und die Schaffner unachtsam waren. Oder sie warteten dort, wo die Züge eine Anhöhe erklimmen mussten und langsamer fuhren. Dann sprangen sie auf und verbargen sich in den Waggons. Oftmals saßen mehrere von ihnen in den Waggons, sahen draußen die Landschaft vorbeiziehen, unberührte Gegenden, die sonst kaum ein Mensch zu sehen bekam, und sie träumten ihre staubigen Träume von einem besseren Leben, in dem sie einer geregelten Arbeit nachgehen konnten und für ihre Familie sorgen durften.

»Einige von ihnen aber genossen dieses rastlose Leben.«

Sie liebten es, auf die Züge aufzuspringen, den Wind im Gesicht zu spüren und mit dem Rattern der Züge und dem Schaukeln der Waggons einzuschlafen. Sie waren auf der Suche, aber sie wussten nicht, wonach sie suchten. Sie waren Rastlose, Landstreicher, Hobos, für die der Weg das Ziel war. Sie wollten nie wirklich ankommen, wenngleich sie vorgaben, genau davon zu träumen.

»Mike Driscoll«, erklärte Danny, »war einer von ihnen.«

Er war aus Irland nach Amerika gekommen und in New York gestrandet. Er hatte bei den Docks in Brooklyn gearbeitet, doch dann trieb es ihn westwärts. Er sprang auf einen Zug nach dem anderen auf, war wie ein Blatt, das der Wind vor sich her wehte. Er nahm Gelegenheitsarbeiten in Pittsburgh, Detroit und Chicago an. Er lebte von der Hand in den Mund, wie alle anderen auch.

»Bis er etwas tat, was sein Leben ändern sollte.«

Sunny lauschte gespannt mit angewinkelten Beinen, auf denen ihr Kopf ruhte.

»Eines Nachts stieg er in einen Waggon, in dem er ganz allein war.«

Draußen glitt die Nacht vorbei, Orte mit Namen wie Baraboo, Eau Claire und Rice Lake, wie St. Clouds und Grand Rapids tauchten aus der schweigsamen Dunkelheit auf wie verwunschene Reiche, die voller Lichter waren und wieder in der rauchigen Vergangenheit verschwanden, bevor Mike auch nur einen einzigen Gedanken daran verschwenden konnte, dort auszusteigen.

»Du musst wissen«, erklärte Danny, »dass Mike Driscoll einen Traum hatte, der zu ihm kam, seit er in Amerika lebte.«

»Klingt spannend.«

»Er träumte von einer wunderschönen Frau mit einer Stimme, die Lieder für ihn sang.«

Er wusste, dass es die Suche nach dieser Frau war, die ihn antrieb, die ihn rastlos umherreisen ließ. Im Traum war es immer ihre Stimme, die ihn betörte, und die Frau war schön, weil ihre Stimme wie ein Wunderwerk aus allem Schönen war, was er jemals in den Liedern, die sein Leben begleitet hatten, gehört hatte. Sie lachte, und dieses Lachen war wie Musik, zu der er tanzen musste, und wie Licht, das ihn im Dunkeln sehen ließ. Er träumte, dass er ihr Gesicht inmitten einer Wolke aus Glühwürmchen erblickte, leuchtenden Wesen, die wie Sterne die Nacht mit winzig feinen Punkten bedeckten.

»Doch dann«, sagte Danny, und seine Stimme wurde dunkler, »dann holte ihn das Pech ein.«

Der Zug fuhr durch dichte Wälder, als ein Kontrolleur die Waggons einzeln abschritt und Mike entdeckte. Bisher war es ihm immer gut gelungen, sich vor den Kontrolleuren zu verbergen, doch war ihm bewusst, dass die Eisenbahner nie zimperlich waren, wenn sie Hobos in ihren Zügen erwischten. Jeder Hobo kannte eine Geschichte, die böse endete. Jeder Hobo kannte jemanden, den es erwischt hatte.

»Wie dem auch sei, Mike hatte geschlafen.«

Er hatte von der wunderschönen Frau mit der singenden Stimme geträumt, als schwere Stiefel ihn in den Bauch traten. Er riss die Augen auf und stöhnte vor Schmerzen, die überall in seinem Bewusstsein explodierten. Ein Kontrolleur in einer blauen Uniform zerrte ihn auf die Beine. Er beschimpfte ihn, schlug ihm mit der Faust hart ins Gesicht und in den Magen. Mike hörte benommen, wie die Schiebetür des Waggons aufgerissen wurde. Er spürte den kalten Nachtwind, der nach ihm griff.

»Dann fiel er.«

Er hörte das hämische Gelächter des Kontrolleurs hinter sich verwehen und fiel bodenlos in Nacht und Nichts. Jegliche Orientierung hatte er verloren. Steine bremsten seinen Fall. Er schlug hart auf, schnappte nach Luft, schluckte Staub und Dreck, schürfte sich die Haut blutig, fiel weiter, rollte einen Abhang hinunter. Da waren knorrige Äste und spitze Steine. Die Erde roch feucht wie in einem Grab, und es war ihm nicht möglich, den Fall zu bremsen. Die Welt war eine einzige Nacht, die ihn herumwirbelte. Er verfing sich in einer riesigen Dornenhecke, die nichts war als ein einziger unsichtbarer Schmerz in der hungrigen Finsternis. Etwas stach ihm in die Augen, und er spürte das Blut, das ihm über die Wangen rann.

Sunny verzog das Gesicht. »Keine schöne Geschichte.«

»Sie ist noch nicht vorbei«, hielt Danny ihr entgegen.

»Okay.«

Er fuhr fort: »Mike blieb irgendwann reglos am Boden liegen.«

Die Schmerzen in seinem Kopf waren ohrenbetäubend, und die Erschöpfung übermannte ihn mit bitterem, traumlosem Schlaf, der rostrot und dumpf war wie die Wunden, die seinen Körper überall bedeckten.

Er wusste nicht, wie viel Zeit vergangen war. Als es warm wurde, war ihm noch immer wie Nacht zumute.

Er spürte die Sonne auf seinem Gesicht, aber er konnte nichts sehen. Da war nur ein heller Fleck.

»Und er wusste, dass er erblindet war.«

»Oh, Danny!«

Er verteidigte sich. »Ich erzähle die Geschichte, wie sie passiert ist.«

»Schon gut.«

Danny lauschte in den Wald hinein, betrachtete Sunny. »Die Dornen hatten ihm die Augen zerstochen.«

Doch tot war Mike Driscoll nicht. Noch nicht.

»Er bekam es mit der Angst zu tun.«

Er wusste nicht, wo er sich befand. Vom Zug aus hatte er nur dichte Wälder gesehen. Er wusste, dass zwischen Grand Rapids und Crookston nur Wildnis war, so weit das Auge reichte. Und er hatte Geschichten gehört. Es gab Grauwölfe und Schwarzbären und noch viele andere Gefahren. Die Hobos in den Zügen erzählten sich andauernd Geschichten von Reisenden, die in der Wildnis aus den Waggons geworfen wurden und ihr Schicksal in diesen kaum bewohnten Landstrichen fanden, wo irgendwann vielleicht irgendjemand über ihre Knochen stolpern würde. Alle diese Geschichten endeten immer gleich: Niemals wieder hörte irgendwer etwas von den armen Seelen, die das übellaunige Schicksal gleichermaßen aus dem Zug und dem Leben geworfen hatte.

»Mike war verzweifelt.«

Blind torkelte er vorwärts, still der Hoffnung nachhängend, dass er auf eine Siedlung stoßen würde.

»Doch stattdessen stürzte er ein weiteres Mal.«

Ein Fluss fing seinen Sturz auf und zerrte ihn in die Tiefe.

»Der Creek«, sagte Danny, aber er sprach es aus wie *Crick*.

Die kalten Fluten waren überall, sie packten ihn und nahmen ihm die Luft. Das Rauschen, das ihn umgab, war laut und boshaft und wild, und er konnte nichts anderes tun, als hilflos mit den Armen zu rudern. Steine schlugen ihm ins Gesicht, die Gischt nahm ihm den Atem.

»Doch dann«, sagte Danny, »geschah etwas, womit er nicht gerechnet hatte.«

Sunny setzte sich gerade hin und hörte aufmerksam zu.

»Etwas packte ihn und zerrte ihn ans Ufer.« Danny deutete auf den Fluss. »Dort drüben muss es gewesen sein.«

Sunny lächelte, weil sie wusste, wie Geschichten wie diese manchmal erzählt wurden.

»So ist es jedenfalls überliefert«, stellte Danny fest.

Mike hörte etwas wuseln, rascheln. Hilfesuchend und

kraftlos streckte er die Hand danach aus und berührte ein kleines Tier, das neben ihm saß. Erschrocken zog er die Hand zurück.

Da summte das Tier eine Melodie.

Und Mike erkannte sie. Hier, an diesem verlassenen Ort, mitten in den tiefen Wäldern.

»Ich habe dich gefunden«, krächzte er mit letzter Kraft und streckte die Hand erneut nach dem Tier aus. Und er wusste, dass er am Ende der Reise angekommen war. Er spürte es, im Augenblick des nahen Todes, dass er endlich die Frau aus seinen Träumen gefunden hatte.

Als er sie erneut berührte, da war ihre Haut weich und warm und noch feucht vom Wasser, und sie war nicht mehr das Fell, das er noch vorhin gespürt hatte. Eine Hand ergriff seine, und eine andere Hand strich ihm das Haar aus dem Gesicht.

»Du hast mich gefunden«, erwiderte eine Frauenstimme, die wunderschön war.

Mike gestand: »Ich habe von dir geträumt.«

Ihre Hand, die seine hielt, zitterte. »Dann bist du es wirklich«, hauchte sie, und er spürte, wie sie vor Glück zu weinen begann. Ihre Tränen waren wie Musik im Wind, und dann wurde das leise Weinen zu einem Lachen, in dem das Glück wilde Sprünge machte. Die Luft war von einem leichten Surren erfüllt und von Wärme, und Mike wusste, dass genau das geschah, wovon er so oft geträumt hatte. Es war überall, und er musste es nicht sehen, um zu wissen, was es war.

Er wusste, dass ihr Lachen zu Hunderten von Glühwürmchen wurde, die eine leuchtende Wolke waren. Mike spürte die kleinen Körper auf seinem Gesicht. Sie bedeckten seine Augen und brachten das nahe Licht ihres Lachens in seine Augen zurück.

»Zum ersten Mal sah er sie vor sich«, sagte Danny. »Sie sah aus wie in seinen Träumen.«

Moonglow war ihr Name.

»Sie war eine Anishinabe.«

Ihr Vater hatte sich einst mit den weißen Siedlern eingelassen und ihnen dabei geholfen, die Sioux und die Ojibwe, die Anishinabe und die Algonkin nach Nebraska zu verbannen. Ein Schamane hatte ihn daraufhin mit einem Fluch belegt. Die Tochter, die ihm im Sommer des folgenden Jahres geschenkt würde, sollte sich in ihrem neunzehnten Sommer in einen Otter verwandeln, der so lange einsam in den Seen und Flüssen und Wäldern leben müsste, fernab seiner Familie und andauernd in der bangen Angst, getötet zu werden, bis jemand sie von diesem Schicksal erlöste. Es müsste ein Weißer sein, der seine Heimat in einem fernen Land verlassen hatte.

»Nur wenn jemand in diese Gegend käme«, erklärte Danny, »der sie suchen und ihre Schönheit in der Ottergestalt erkennen würde, wäre sie, so hieß es, von dem Fluch befreit.«

Sunny schenkte ihm einen verträumten Blick.

»Es war Schicksal, dass sie einander begegneten.«

»Schicksal?«

»Bestimmung«, sagte Danny.

»Glaubst du daran?«

Er hielt ihrem Blick stand. »Du etwa nicht?«

Sie sagte nichts.

Danny beugte sich zu ihr. »Siehst du, dort drüben?«

Etwas plätscherte in dem dunklen Wasser des Creek.

»War das ein Otter?«, fragte Sunny überrascht. Sie sprang auf. »Und das dort drüben ...«

Auch Danny sah die Glühwürmchen, die am Ufer des Creek in der Nacht schwebten und alles mit Licht besprenkelten. Wie winzige Sterne, die durch die Dunkelheit glitten.

Sie kamen auf sie zu.

Sunny bewegte sich nicht. Wie in Trance streckte sie die Arme aus. Ihre Finger berührten die schwebenden Sterne.

Die Glühwürmchen bedeckten ihr Gesicht, bis alles an ihr gülden und warm schimmerte, und als sie blinzelte, da waren sie verschwunden.

»Herrje, Danny, was war das?«

»Was?«

»Habe ich wirklich gesehen, was ich gesehen zu haben glaube?«

»Es war nur eine Geschichte.«

Sie starrte ihn an. »Das war magisch.« Ihre Augen leuchteten.

Er beugte sich zu ihr. Seine Hand begann ihre Bluse aufzuknöpfen. Sie ließ sich niedersinken ins Gras, und Dannys Finger streiften ihr den Stoff von den Brüsten. Dann küsste er ihren Bauch.

»Alles«, flüsterte er, »ist magisch.«

Sie lachte, hauchte: »Hör nicht auf damit, okay?!«

Er versank in ihren Augen, die gerade einen flüchtigen Blick auf die Wunder erlangt hatten, die man mit den Geschichten heraufbeschwören konnte. Sie neigte den Kopf und zog ihn zu sich, packte seine Haare, und dann küssten sie sich leidenschaftlich. Sie streiften sich die restlichen Kleider ab und liebten sich laut und hemmungslos im hohen Gras, während der Red Lake Creek irgendwo in der Finsternis jenseits des Lagerfeuers rauschte. Sunnys Körper war der einer Katze in der Nacht. Sie kratzte und biss und ließ Danny all die Dinge tun, die von Poeten in Worten verborgen werden, weil sie für niemandes Augen bestimmt sind außer für jene, die ihren Verstand in winzige Splitter explodieren lassen, während sich ihre schweißnassen Körper ineinander verschlingen, so tief und fest wie Tiere, die einen Kampf austragen, es tun, und das alles nur, um später ruhig beieinanderzuliegen und die Haut des anderen zu riechen und zu liebkosen, als könnten sie nicht fassen, wie nah sie einander gekommen waren.

Als es vorbei war, blieben sie erschöpft im Gras liegen.

Danny betrachtete ihren nackten Körper im flackernden Licht des Feuers. Schatten wanderten auf ihr entlang und ließen ihn wünschen, diesen Anblick in einen Song kleiden zu können.

»Du musst niemals wieder etwas anziehen«, flüsterte er.

Sie spielte mit seinem Haar herum. »Könnte kalt werden im Winter.«

Er griff hinter sich, wo irgendwo der Rucksack lag. Dann nahm er ihre Hand, küsste sie und steckte ihr einen Ring an den Finger.

»Du musst nur den hier tragen, nichts sonst.«

Sie starrte ihn an. Die bissige Katze bekam Tränen in die Augen. »Oh, Danny, ich ...«

»Heirate mich«, sagte er.

Sie betrachtete den Ring an ihrem Finger und sagte nur: »Wow!«

»Wow?«

Sie küsste ihn, umarmte ihn. »Ja«, flüsterte sie, »verdammt, Danny, ja.« Sie schloss die Augen, und dann schrie sie es in die Nacht hinaus: »Ja!« Damit es alle hören konnten, die nicht lauschten. »Ja, ich heirate dich, du verrückter Kerl.« Und während die Nacht um sie herum ein taghello neuer Song wurde, begleitete Sunnys laut klingendes Lachen jeden der Küsse, die sie noch lange Zeit im Gras versinken ließen.

Wie Mike Driscoll, so war auch Danny in dem Moment am Ende seiner langen und rastlosen Reise angelangt. Er wusste, was er all die Jahre über gesucht hatte. Dort, mit ihr, wusste er es. Endlich, endlich hatte er für immer ein Zuhause gefunden.

The Ballad of Sailor and Sunny.

Er seufzte und richtete den Blick auf die immer schlechter werdende Straße vor ihm.

Sunny hatte nur ein kurzes Aufflackern dessen erblickt, was er tun konnte. Die Fähigkeit, andere in die Geschichten hineinzustoßen, die man ihnen erzählte, war etwas, was er niemals anwandte.

Helen Darcy hingegen hatte es getan.

Danny konnte sich noch gut an den Tag erinnern, an dem sein altes Leben das neue vergiftet hatte.

Er war nach Hause gekommen, und Sunny hatte ihn bereits erwartet. Seine Mutter hatte angerufen. Zwei Stunden hatten die beiden schon miteinander telefoniert. Er hatte sofort geahnt, dass etwas nicht stimmte. Sie war noch in der Leitung, und er hatte sich den Hörer geben lassen.

»Warum rufst du an?« Danny war nicht höflich gewesen.

»Ich wollte euch zur Hochzeit gratulieren.«

»Lass uns in Ruhe.«

Helen Darcy hatte zuerst geschwiegen, und dann hatte sie ihren Sohn gewarnt. »Sei vorsichtig.«

Danny hatte gar nicht wissen wollen, *wovor* sie ihn warnte.

»Woher hast du die Telefonnummer?« Er hatte seit Jahren nichts mehr mit seiner Mutter zu tun gehabt. Und das war gut so gewesen.

»Eine Mutter weiß so was«, hatte sie nonchalant von sich gegeben.

Mittlerweile wusste er, woher sie die Telefonnummer gehabt hatte.

Diese Hexe!

Sie hatte Sunny jedenfalls eine Reihe von Anekdoten

von früher erzählt, und daneben hatte sie kurz und beiläufig erwähnt, dass Danny früher als Jugendlicher hinter jedem Rock zwischen Prestwick und Stranraer hergewesen wäre. Danny sei immer ein so liebenswerter Junge gewesen, doch wenn er eine Freundin mit einem anderen Mädchen aus der Schule betrogen hätte, nein, das wäre bei ihr nie auf Verständnis gestoßen. Sie fände es so schön, dass er es nun endlich geschafft habe, einer Frau treu zu bleiben, was, das hatte sie dann auch noch angemerkt, bei einem Musiker bestimmt nicht einfach sei, weil er ja permanent auf den Konzerten von weiblichen Fans belagert würde. Das waren die Punkte, die sie ganz besonders betont hatte.

Das war alles gewesen.

Aber Danny wusste, wie kurz die Geschichte sein musste, um ihre Wirkung zu entfalten.

Helen Darcy hatte es geschafft, dass Sunny ihn mit dieser anderen Frau *gesehen* hatte.

Das war das Problem.

Nächtelang hatte Danny, nachdem Sunny gegangen war, überlegt, ob er es ihr einfach sagen sollte.

Kurz und knapp, auf den Punkt gebracht.

»Hey, Sunny, meine Mutter ist eine Sherazade, das heißt, sie kann dich in eine Geschichte, die sie dir erzählt hat, hineinversetzen, und du musst am eigenen Leib erfahren, was da passiert. Klingt verrückt? Ist es auch. Sie erzählt dir Dinge, und später dann bedarf es nur einiger Stichworte, um die Magie freizulassen und zu bewirken, was immer sie will.«

An dieser Stelle würde Sunny ihn bereits böse anstarren.

»Ich weiß, das klingt verrückt, aber weißt du, diese Sache am Telefon war die Vorarbeit. Der *hidden track*, sozusagen. Diese Schlampe, mit der du mich angeblich gesehen hast, das war nur eine Vision.«

Na, wie hörte sich dieser letzte Satz an, wenn man ihn laut aussprach? *»Die Schlampe, mit der du mich gesehen hast, war nur eine Vision, die du meiner Mutter verdankst.«*

Nein, Danny wusste, dass es keinen Zweck hatte, es Sunny zu sagen. Sunny hatte gesehen, was sie gesehen hatte. Die Lüge, die sie erlebt hatte, war für sie Wirklichkeit. Eine Wirklichkeit, die so stark war, dass man sie nicht allein mit Worten verändern konnte. Danny hatte keine Ahnung, welche Auswirkungen das alles auf ihr ungeborenes Kind hatte. Vielleicht lebte die Lüge in der Kleinen fort. Meine Güte, Sunny war wirklich davon überzeugt, dass sie eine Tochter bekamen – ein kleines Mädchen, er konnte es noch gar nicht ganz fassen.

Der Kleinen geht es nicht gut. Und mir auch nicht.

Ihre Stimme hatte so ängstlich geklungen, so panisch und hoffnungslos.

Wie verrückt das alles war.

Er starrte nach draußen auf den Weg.

Im Geäst einer Fichte hockte ein filigranes Wesen mit Flügeln und hielt ein schlagendes Herz in den Klauen.

When angels eat their heaven's heart.

Deswegen hatte der Alte ihn vor dieser Gegend gewarnt. Manche der Geschichten, die Tyler Blake erfunden und in Songs gekleidet hatte, lebten hier draußen in der Wildnis wie Tiere, die aus ihren Käfigen entkommen waren und sich die Freiheit erkämpft hatten.

Danny hatte es geahnt. Man musste die Geschichten, die man erfand, gut hüten.

Das Wesen starrte den Pick-up aus roten Augen an.

Danny dachte an die zahllosen Geschichten, die der Zimmermann in seinem Leben erzählt hatte. Er entsann sich der fast dreißig Alben, die er veröffentlicht hatte.

Wie viele dieser Geschichten lebten hier draußen in den Wäldern?

Bevor er sich die Frage beantworten konnte, sprang das Wesen auf die Motorhaube des Wagens. Danny bremste ab und blickte in die roten Augen, die warm loderten wie das Herz, das die Zähne Stück für Stück zerrissen.

Eine Stimme, die guttural und schmatzend klang, sagte: »Es schmeckt bitter.« Die kleine Engelskreatur verschlang gierig ein weiteres Stück des pochenden Herzens. »Es schmeckt bitter, weil es mein Herz ist.« Das Wesen starrte ihn an, breitete die Flügel aus und erhob sich in die Lüfte.

Bevor Danny wusste, wie ihm geschah, hatte die Kreatur sich in Luft aufgelöst.

So fuhr er weiter die holprige Straße entlang. Nun, da seine Augen für die wundersamen Dinge geöffnet waren und er wachsam war, sah er die Dinge, die sich im Unterholz herumtrieben. Überall wuselten sie, raschelten. Sie lugten zwischen den Ästen der Bäume hervor und verbargen sich vor dem Wagen und den Blicken neugieriger Wanderer.

Songs, die verklungen waren.

Das Werk einer alten, müden Sherazade, die das Interesse an ihren Schöpfungen verloren hatte.

Danny trat auf die Bremse, wieder mal.

Die Straße endete an einer Lichtung.

Hohe Fichten umsäumten eine Wiese, in deren Mitte ein großes Haus stand. Zwei Türme besaß es, mit spitzen Dächern, die wie Hüte aussahen, und große Fenster, die wachsame Augen sein konnten. Es gab eine riesige Scheune, gleich neben dem Haus, und einen hohen Zaun, der das Anwesen umschloss. Ein Chevy stand neben dem Haus, rostig und grün.

Aus einem Grund, den Danny nicht kannte, musste er an etwas denken, was Sunny in jener Nacht draußen am Red Lake Creek gesagt hatte. Er selbst war fast eingeschlafen gewesen, und ihr Kopf hatte auf seiner Brust geruht.

»Danny?«

»Hm?«

»Die Geschichte von Mike Driscoll«, hatte sie gesagt, »ist dir aufgefallen, dass es hier gar keine Schienen gibt?« Ihr warmer Atem hatte seine Haut berührt. »Der *Crick* ist nahezu fünfzig Meilen von der nächsten Schienenstrecke entfernt.«

»Das ist gar nicht wichtig«, hatte er gemurmelt. »Die Geschichte hat sich genau so zugetragen.«

Sie hatte ihn geküsst. »Ich weiß.«

Irgendwo hatten die Grillen gezirpt.

When the Sailor saw Sunny in the dawn of that day …

Das Leben, das wusste Danny Darcy, war manchmal nur ein winziges Stück von einer Lüge entfernt.

Doch Lügen, auch dessen war er sich bewusst, waren nur schlimm, wenn sie Böses bewirkten.

Drüben, im Haus, öffnete sich eine Tür.

Danny konnte etwas erkennen; die schmale Silhouette eines Mannes.

Er trat auf den Weg hinaus, der zum Tor führte.

Langsam kam er auf den Zaun zu.

Er trug einen Hut, so viel war sicher, einen Fedora.

»Am Ende«, hatte Sunny einmal gesagt, »ist eigentlich immer alles ganz einfach.«

So lenkte Danny Darcy, der sich all der Farben seines vergesslichen Herzens bewusst war, den Pick-up vor das Anwesen des Mannes, den man ehrfürchtig den Zimmermann nannte, und während er dies tat, blickte er nach vorn, weil hinter ihm alle Brücken eingestürzt waren.

Drittes Kapitel

Geschichten aus Zeit und Sand

Yes, some say I'm sinking
to the muddy bottom
but somehow I'm sailing
to shores of white sand.

Emmylou Harris, *Shores of White Sand*

Sein ganzes Leben lang hatte er die Songs von Tyler Blake gehört, doch zum ersten Mal erlebt hatte er ihn in Amsterdam. Danny hatte in Paris gelebt, und als er gesehen hatte, dass *Tyler Blake – in Person And His Band* in der Heinecken Music Hall in Amsterdam *in Show and in Concert* gastierten, da hatte er die Warnung, die ihm überall auf den kunstvoll und schlicht gestalteten Plakatankündigungen erteilt wurde, berücksichtigt: *DON'T YOU DARE MISS IT!*

Er hatte sein weniges Erspartes zusammengekratzt und war nach Amsterdam gefahren. In einer überfüllten Straßenbahn war er vom Bahnhof direkt zur Halle gefahren, hatte dort stundenlang im Regen gestanden, um schließlich einen guten Platz vor der Bühne zu ergattern. Schnell hatte sich die Halle gefüllt. Das Publikum war aus vielen Ländern dorthin gepilgert, um dem Zimmermann zu huldigen.

Die Bühne war riesig, außer den Instrumenten stand dort kein überflüssiger Schnickschnack. Die fünfköpfige Band marschierte auf, alle gediegen mit Hüten und hellen Pretty-Boy-Floyd-Anzügen. Dann betrat Tyler Blake die Bühne, er war ein Prediger, mit flachem Hut, dünnem Bärtchen, Ohrring, Halstuch. Er warf nicht einen einzigen Blick ins Publikum. Er trat hinter sein E-Piano, entlockte ihm Töne, wie es sonst niemand zu tun vermochte. Eine Hardrock-Version von *Dirty Kitty, Sinner, Saint* machte den Anfang und ging in eine psychedelisch hämmernde Nummer namens *Red Skies Bleeding* über. Wütende Harmonika-Riffs peitschten das Publikum von einer Vision zur nächsten. Allein die Gegenwart des Mannes in Schwarz lud die Menschen mit Energien und Emotionen auf, die wie eine Flammengischt in der Dämmerung des riesigen Konzertsaals flimmerten. Die Musik verwandelte alles, was dort war, in eine andere Welt. Blake und seine Band schickten das Publikum auf eine Reise an Orte, die sie mit ihren eigenen Augen zu sehen vermochten. Da waren mexikanische Dörfer, Schienenstränge, die niemals enden würden, Gestalten mit Leopardenfellhüten auf den Köpfen, Gesichter, die sich hinter Masken verbargen, Joker, Diebe, Schattenspieler, Hobos und Outlaws, in den Städten des Westens, die ein Traumland waren, gebannt auf Celluloid und in Musik.

Danny hatte sofort gespürt, was dort vor sich ging.

Tyler Blake war jemand wie er.

Eine *Sherazade*.

Seine Gitarre tauchte die Menschen in alle Geschichten, von denen er sang, doch statt sie dort alleinzulassen, führte er sie bei der Hand. Keiner ahnte, was er da wirklich erlebte.

Tyler Blake war ein Magier.

Wenn er zu spielen begann, dann folgte die Menge ihm. Arme wurden in die Höhe gerissen, ekstatische Schreie ausgestoßen. Der Rhythmus pulsierte allen in Leib und Seele. Die Menschen, die ihn sahen, neigten die Köpfe und folgten ihm, wohin auch immer er sie führte. Deswegen nannte man ihn den Zimmermann – er konnte Menschen fischen. Er schenkte ihnen Geschichten, die sie gefangennahmen und nicht mehr losließen.

Eine *Sherazade*, in der Tat.

Jetzt stand Danny an dem Zaun, und er kam auf ihn zu.

Er!

Tyler Blake, der in der Welt da draußen ein Mythos war. Tyler Blake, der eine Ikone des Folk gewesen war und sich Woodstock verweigert hatte, ohne mit der Wimper zu zucken. Tyler Blake, der Zigeunerkönig, der die akustische Gitarre verstieß und eine elektrische Stratocaster ergriff, um die Zuhörer des Newport Folk Festivals allesamt gegen sich aufzubringen.

Tyler Blake, der sich von niemandem zu einem Fürsprecher oder Messias hatte machen lassen. Tyler Blake, der vor etwas mehr als fünf Jahren einen Werbespot für Damenunterwäsche gemacht und dafür den Vorwurf geerntet hatte, die Ideale einer ganzen Generation zu verraten. Ha!

Blake.

His Blake-ness.

Jetzt kam er auf Danny zu, hier, an diesem Ort am Ende der Welt, wo Fuchs und Hase gemeinsam den Blues spielten.

Er sah weitaus weniger elegant aus, als Danny ihn in

Erinnerung hatte. Natürlich war er auch älter, ein Gentleman mit klaren blauen Augen, denen nichts, aber auch wirklich gar nichts, zu entgehen schien. Ja, die Augen waren von dem Blau, das Gold zu schneiden vermochte, wenn es darauf aus war. Auf den Seiten des *Rolling Stone Magazines* sahen diese meist zusammengekniffenen Augen mit den Krähenfüßen irgendwie farbmanipuliert aus. Waren sie aber nicht. Denn das Blau war tief, lebendig, ewig. Als habe man ein Stück des vollen Mondes gestohlen, wenn er sich in den Wassern der Seen spiegelt.

»Du bist also Danny Darcy«, sagte eine Stimme wie altes, trockenes Holz, das im Feuer leise knistert. »Willi Kramer hat dich angekündigt.« Er sah Danny in die Augen, wenn er sprach. »Ich kenne deine Musik, Junge. Die Seeger Sessions, letztes Jahr, die waren wirklich nicht übel.« Hinter ihm schob sich das Haus mit seinen Erkern und Türmen vor die Silhouette des Waldes. Hohe Bäume reckten ihre Äste nach den Dächern.

Ein richtiges Addams-Family-Anwesen, dachte Danny. Er stellte fest, dass er große Häuser noch immer nicht mochte.

Tyler Blake öffnete das riesige Tor mit einem Schlüssel, der aussah wie ein Requisit aus einem Hollywood-Gruselfilm der 40er Jahre.

»Als ich das Haus gekauft habe«, sagte er, »da wollte ich einen Platz, wo niemand mich findet.« Er verzog das Gesicht. »Hat funktioniert, oder?!« Er grinste, irgendwie väterlich. »Tritt ein«, forderte er Danny auf, und die Krempe seines Huts pinselte ihm Schatten in das hagere Gesicht.

»Mein Manager schlug vor, dass ich alles hier mit neuester Elektronik sichern sollte. Digitale Kameras, elektrische Toröffner, all diese Gadgets, technischer Krempel ohne Ende.« Er lachte auf. »Alle schlugen mir das vor. Ha! Keiner von denen hat verstanden, warum ich hier wohne.«

Danny sagte: »Sie wollten leben.«

Wie in dem Song. *Life in the Wilderness.*

Ein Leuchten erhellte die blauen Augen. »Wie Thoreau sagte: *Ich ging in die Wälder, um zu leben.* Oder so ähnlich.«

Danny trat ein.

»Willi Kramer konnte mir nicht genau sagen, was du von mir willst. Hat nicht danach gefragt, oder?!« Blake schloss das Tor wieder, drehte den Schlüssel um und wandte sich seinem Gast zu. »*Sherazade*«, sagte er. »Du hast da ein Wort benutzt, das ich nicht oft höre.« Abwartend musterte er ihn. »Man könnte es als Drohung verstehen. Mit etwas weniger Weitsicht, als ich sie besitze, könnte man leichtfertig annehmen, dass jemand mich erpressen will.« Er zwinkerte Danny Darcy verschwörerisch zu wie ein Mann, der ihn durchschaut hat. »Aber wenn du weißt, was eine Sherazade ist, Junge, dann wäre es nur töricht, so was zu tun.«

»Ich brauche Ihre Hilfe«, sagte Danny offen heraus. Er fühlte sich klein in der Gegenwart des Zimmermanns.

»Hm.« Blake drehte sich um, betrachtete Dannys alten roten Pick-up. »Gutes Auto«, stellte er fest. »Lässt einen nie im Stich.« Er ließ den Wind sein Gesicht streifen. »Sagt viel aus über jemanden, der Wagen, den er fährt.«

»Kann sein.«

»Ist so, Junge, glaub's mir. Siehst du meinen Chevy da drüben? Gehört seit zwanzig Jahren zu mir.«

Sie gingen ein Stück aufs Haus zu.

Schweigend, der Stille Raum lassend.

»Meine Mutter war eine«, sagte Danny schließlich, weil er etwas mit der Stille anfangen musste. »Eine Sherazade, meine ich.« Warum sollte er lügen? »Und ich kann es auch tun, ein wenig.« Er beschloss, ehrlich zu sein. »Aber ich tue es normalerweise nicht. Konnte mich nie damit anfreunden.« Er hielt dem Blick der blau klirrenden Augen stand. »Ich habe Sie damals in Amsterdam gesehen. Sie haben es getan, einfach so. Mit jedem, der in der Heinecken Music Hall war.« Danny stand auf dem Weg und fühlte sich irgendwie seltsam. Er redete mit Tyler Blake, erzählte ihm von seinen Nöten. Die Zahl der Menschen, die mit der Legende reden wollten, war sicherlich Legion, und er ging einfach so neben ihm her, und sie redeten, als würden sie sich schon lange Zeit kennen, wie Nachbarn, die sich jeden Tag zunickten, aber selten längere Gespräche führten, einander allerdings gut genug kannten, um das Misstrauen, das man normalerweise anderen Menschen gegenüber hegt, ablegen zu können. Dabei tat es gut, darüber reden zu können. »Sie haben den Menschen Geschichten geschenkt.«

»Ich habe sie hinters Licht geführt.« Blake nickte nachdenklich. »Ja, ich habe sie verzaubert, könnte man sagen.« Er vergrub die Hände in den Hosentaschen und blickte zum dichten Wald hinter dem Haus. »Aber ich habe damit aufgehört«, bekannte er. »Komm, Junge, lass uns rüber ins Haus gehen.«

Danny folgte ihm. Sie gingen weiter den breiten Weg entlang.

»Woher wusstest du, wie du mich findest?«, wollte Blake wissen.

»Glück«, sagte Danny nur und versuchte dabei, abgeklärt und lässig zu klingen.

Blake blieb abrupt stehen. Die blauen Augen waren jetzt Klingen, die in der Sonne blitzten. »Keine Spielchen, Junge, dafür bin ich zu müde. Es war mehr als Glück.«

Danny erzählte es ihm.

Tyler Blake konnte sich ein Grinsen nicht verkneifen. »Du bist pfiffiger als die meisten jungen Musiker.«

»Glaub ich nicht.«

Blake musterte ihn. »Du hast die Seeger-Songs so gespielt, als würdest du verstehen, was Pete meint.«

»Es hat Spaß gemacht.« Danny senkte verlegen den Blick.

»Du bist nicht von dir selbst überzeugt, das ist gut.« Blake schmunzelte und ging weiter. »Weißt du, man braucht Zweifel, um etwas Neues zu erschaffen.« Er schaute zu den Bäumen hinüber. »Sieh dir die an, Junge«, sagte er. »Die Pinien sind bestimmt vierhundert Jahre alt. Sie graben ihre Wurzeln bis rüber zum Haus. Unten im Keller stecken sie ihre Nasen hinein, brechen durch die Wände. Was immer sie tun, sie tun es langsam. Sie wachsen langsam, sie breiten ihre Äste langsam aus. Sie beherrschen die

Kunst, unauffällig zu sein. Sie sind ein Teil der Landschaft.« Er hob belehrend den Finger. »Doch die jungen Bäume, die können jederzeit brechen. Dumm nur, dass sie es nicht wissen. Ein Sturm genügt, und sie knicken ein.«

Danny nickte nur. »Ich brauche wirklich Ihre Hilfe.«

Dann erzählte er von Sunny und dem Telefonat und seiner Mutter und all den Dingen, die passiert waren. Von dem Baby und der Lüge, die so tief in Sunny lebte.

Tyler Blake hörte ihm geduldig zu, ohne ihn zu unterbrechen.

Während Danny redete, erreichten sie die Treppe zur Veranda, stiegen die wenigen Stufen empor, betraten das Haus durch die Tür mit dem Fliegengitter. Es roch nach Zigarettenqualm. Sie gingen durch Räume, die fast leer waren, sah man von den wenigen Möbeln und den Bildern ab, die die Wände bedeckten und auf dem Boden standen, an Staffeleien gelehnt.

»Ich male, das wissen die wenigsten. Na ja, geht auch niemanden was an.« Er trat auf ein Bild zu, das eine karge Landschaft zeigte: Schienenstränge, verzweigte und endlose Wegstrecken, dem fernen Horizont zugeneigt, gesäumt von Häusern, die wie gestotterte Worte einsam blieben. »Ich kannte mal jemanden, der malte immer nur das gleiche Bild. Immer seine Gitarre. Als ich ihn fragte, warum er das mache, sagte er, dass er die absolute Perfektion zu erreichen versuchte.« Blake lachte kratzig auf. »Was für ein Idiot. Seine Zeit so zu vergeuden.«

Sie durchquerten einen Korridor und gelangten in die Küche, die nicht groß war, aber auch nicht klein.

»Die Küche ist der beste Ort im ganzen Haus«, stellte Blake fest. »Sie ist das Herz, weißt du?« Und dann bekannte er: »Du hast wirklich ein Problem, Junge.«

»Können Sie mir helfen?«

Blake wirkte erstaunt. »Vielleicht sollte ich zuerst mal einen Kaffee machen, was?!« Er ging zur Anrichte, füllte Wasser in einen Kessel und stellte ihn auf den Herd. »Ich bin eine Sherazade, ja, so ist das wohl. Aber ich mache das nur noch selten. Die Musik spielt heute von ganz allein, da brauche ich diesen magischen Kram nicht mehr.« Er nahm Filtertüten und Kaffeepulver, roch daran, häufte einige Löffel auf und füllte den Filter. »Ist besser, der Kaffee, wenn man ihn so macht. Hey, ich mahle die Bohnen sogar selbst.« Er nahm eine Kaffeemühle und drehte sie eine Zeit lang, öffnete die kleine Schublade, hielt Danny das Pulver hin. »Riech mal dran. So was findet man heute kaum mehr.«

»Ja«, stimmte Danny ihm zu.

»Mit dem Leben«, sagte Blake, »ist es genauso. Alles ist neu, aber nichts ist mehr real.« Er lachte auf, und es klang wehmütig und brüchig. »Ist wie mit unseren Geschichten. Sie sind nur Lügen und doch so wahr, dass man sich daran das Fleisch schneiden kann.« Er machte den Kaffee und servierte ihn in großen Tassen. Beide nahmen an dem kleinen Tisch vor dem Fenster Platz, tranken den schwarzen Kaffee, solange er noch heiß war.

Draußen konnte man einen kleinen Teich erkennen, die Scheune und den alten Chevy.

»Helfen, Junge, kann ich dir nicht.« Blake schlürfte

den Kaffee. Die schmalen Augen funkelten unternehmungslustig, zusammengekniffen und geheimnisvoll. »Aber ich kenne da welche, die es vielleicht können.« Er wurde ernst. Seine Blicke aus dem Fenster ließen die nahe Welt sich mysteriös im hellen Blau seiner Augen spiegeln. »Na ja, sie sind nicht ungefährlich, aber du könntest es bei ihnen versuchen.«

»Bei wem?«

»Manche sagen, sie seien weise Frauen.«

Danny starrte ihn an.

Hatte er richtig gehört? *Weise Frauen*?

»Sirenen«, brachte Blake es auf den Punkt. »Schon mal von ihnen gehört?«

»Die singenden Weiber aus der griechischen Mythologie?«

»Ja, irgendwie schon.« Es war ihm ernst. »Genau die. Sie lauerten Odysseus auf, sangen für ihn, machten ihm schöne Augen, ihm und seiner tumben Mannschaft. Dabei hatten sie nur Hunger.« Blake schüttelte den Kopf, schnarrte: »Alte Geschichten, wer weiß schon, wie wahr sie sind.«

»Was ist mit ihnen? Den Sirenen, meine ich.«

»Es gibt sie wirklich, so viel ist sicher.«

»Sind Sie einer begegnet?«

Schatten beträufelten die alten Augen. »Nein, Junge, nein.« Er fuhr sich mit der Hand durch die grauen Locken, die ihm wirr vom Kopf abstanden. »Aber ich habe Geschichten gehört. Überall im Süden erzählt man sie sich. Sie handeln von achtlosen Wanderern, die sich zu tief in die Sümpfe wagten, und von himmlischen Gesängen, die im Tod endeten.« Er betrachtete den Rest Kaffee in seiner Tasse. »Da unten kennt man diese Geschichten.« Seine Stimme wurde zu einem Flüstern: »Geistergeschichten.« Es schien ihm nicht zu behagen, darüber zu sprechen. »Von Oak Grove bis Pecan Island, von der Küste bei New Iberia bis zum Mississippi-Delta, drüben in Florida, tief in den Everglades und am Okeechobee.« Er schaute auf. »Ja, Junge, überall am Golf hat man sich früher von ihnen erzählt.«

»Sind sie gefährlich?«

Blake schwieg.

Lange.

Leerte die Tasse Kaffee.

»Komm«, schlug er vor, »wir gehen nach draußen auf die Veranda. Der Wind riecht nach Regen, findest du nicht auch?«

Also folgte Danny ihm nach draußen.

»Die Menschen«, erklärte Blake, und seine Stimme war wie ein Lied, dessen Intro gerade ganz leise erklang, »die Menschen ließen sich schon immer gern von Geschichten verzaubern. Und in der alten Zeit, da wurden Geschichten gesungen. Es gab keine Bücher oder CDs. Keine iPods und all das neumodische Zeug, an dem die Menschen heute hängen. Man erzählte sich eine Geschichte, und es war die Stimme, die den Zuhörer mit Magie für sich gewann.« Er sagte abfällig: »Es gab immer einen Preis, den die Zuhörer dafür zahlen mussten. Odysseus und seine Mannschaft berauschten sich am Gesang der Sirenen, und der Preis wäre der Tod gewesen. Tja, wie gesagt, einen Preis gibt es immer. Nichts ist umsonst. Und eigentlich hat sich nichts Wesentliches geändert in all den Jahrhunderten. Die Menschen müssen noch immer einen Preis zahlen. Doch früher waren sie sich der Tragweite ihrer Handlung noch bewusst. Sie wussten, dass man nicht leichten Herzens den Sirenen lauscht. Sie wussten, dass Magie in ihren Stimmen sang.« Er knurrte: »Und heute? Sie wissen nicht mehr, dass sie auch heute noch einen Preis für alles zahlen müssen. Sie fühlen sich frei und ungebunden, das ist der beste Trick, der größte Beschiss aller Zeiten. Sie hängen an ihren iPods, verbringen die Zeit vor dem Fernseher oder mit all diesen Videospielen. Sie haben verlernt, zu leben. Sie begeben sich freiwillig in die Sklaverei. Ist doch verrückt, oder? Sie glauben, dass sie frei sind und alles, aber auch wirklich alles um sie herum selbst bestimmen können, und dabei sind sie nichts als Gefangene. Sie kriegen nichts mehr mit von der wirklichen Welt, sie erzählen sich selbst nur Lügen und glauben dem, was sie selbst erlogen haben. Sie verbringen ihr kurzes Leben mit all diesen Gadgets, diesem Mist. Das ist alles, was sie interessiert. Und all diese Dinge, die so tot sind wie nur irgendwas, diese Dinge saugen ihnen das Leben aus.« Er zwinkerte ihm zu. »Und haben sie davor etwa Angst? Nein, denn sie sind blind und dumm. Aber sie fürchten sich vor den Sirenen, vor den Wesen, die ihnen angeblich irgendwo in der Dunkelheit auflauern. Ist das nicht eine Ironie des Schicksals?«

Danny hatte es nie so gesehen.

Er fragte: »Was ist mit den Sirenen? Sind sie gefährlich oder nicht?«

Blake schnalzte mit der Zunge, seine Finger trommelten einen Rhythmus auf das Geländer.

»Deine Mutter, Junge, ist eine Sherazade – schöner alter Begriff für das, was wir sind.« Er blickte in die Ferne. »Ich bin auch eine Sherazade.« Er betrachtete Danny »Und du, Junge, bist auch eine.« Er ging auf zwei Schaukelstühle zu, ließ sich in einen hineinfallen. »Mach's dir bequem«, forderte er Danny auf. »Weißt du, es gibt keine männliche Bezeichnung für Sherazade. Für das, was wir beide sind.«

»Wissen Sie, warum?«

Er nickte. »Meine Mutter hatte nur Söhne«, sagte er.

Danny fragte sich, worauf er hinauswollte. »Lebt sie noch?«

»Ja, aber ich habe keinen Kontakt mehr zu ihr.«

Danny fragte nicht, warum dies so war.

»Sie wollte immer nur eine Tochter haben«, erinnerte sich Blake. »Ja, das war für sie überhaupt das Allerwichtigste im Leben. Ich habe noch ein paar Brüder, musst du wissen. Na ja, Halbbrüder, um genau zu sein. Meine Mutter hat in ihrem Leben viele Männer gehabt, aber keiner von ihnen schaffte es, ihr eine Tochter zu schenken.«

Danny dachte an seine Mutter.

»Meine Mutter, Roberta Kassandra«, sagte Blake, »war eine Sherazade. Sie wuchs tief im Süden auf, in einem Ort namens Hazelhurst. Sie musste ihre Familie verlassen, als sie zehn Jahre alt war, ist einfach davongelaufen.« Seine Stimme wurde zu einem Song, der seinen Rhythmus sucht und mit jedem Wort, das die Lippen verlässt, mehr und mehr findet. »Sie hat es mir niemals richtig erklärt. Nur eines hat sie immer wieder gesagt: *Mammadee hat mich fortgeschickt.*« Die Melodie der Worte stockte. »*Mammadee*, das war meine Großmutter. Ihren Namen habe ich nie erfahren. Sie hat sie immer nur *Mammadee* genannt. *Sie war dumm*, hat meine Mutter immer gesagt, *und zugleich war es gut so, denn sonst würde ich nicht mehr leben. Sonst hätte ich auch nie zu mir selbst gefunden, nicht so.*«

Danny hörte nur zu. Lauschte dem Song, der gerade mit Worten für ihn gespielt wurde.

»Ich weiß, das ergibt nicht unbedingt einen Sinn, ist aber so. Genau so hat sie es mir immer erzählt. Mammadee war blutjung, als ihr Bauch dick wurde.«

Sie arbeitete auf einer Plantage, irgendwo im Süden. Es war ein hartes, aber ein gutes Leben. Dann, als Roberta Kassandra ungefähr zehn Jahre alt war, nahm Mammadee sie beiseite und schickte sie fort. *Pack deine Sachen und verschwinde*, trug sie ihr auf, *und kehre nie mehr zurück. Du verstehst jetzt nicht, warum du es tun musst, aber eines Tages, meine Kleine, wirst du es vielleicht verstehen.* Die kleine Roberta Kassandra weinte, weil sie nicht begriff, warum ihre Mutter so mit ihr sprach. Mammadee packte das Kind und flüsterte: *Es ist ein Fluch.*

»Ein Fluch?«

Blake zuckte die Achseln. »Ja, ein Fluch. Das waren ihre Worte.«

»Wissen Sie, was sie damit gemeint hat?«

Er lachte. »Ich habe mir lange den Kopf darüber zerbrochen. Keine Ahnung. Roberta Kassandra war jedenfalls eine Sherazade. Sie fuhr als blinder Passagier auf einem Raddampfer, wanderte allein über das Land, und schließlich wurde sie schlafend in einer Scheune von Farmern gefunden. Sie wuchs in Tennessee auf, bei einer neuen Familie, die sich ihrer annahm, ging Jahre später, als die Große Depression Amerika in ihren Klauen hielt, nach Chicago, wo sie in den Clubs auftrat. Sie hatte viele Männer in ihrem Leben. Manchmal sagte sie später, sie sei ein *leichtes Mädchen* gewesen, aber ich glaube, dass da mehr dahintergesteckt hat. Sie wollte eine Tochter, ja, genau das war ihr Antrieb.«

»Und sie bekam nur Söhne.«

Blake nickte. »Fünf meiner Halbbrüder leben noch, zwei sind bereits vor Jahren gestorben.«

Danny starrte ihn an.

»Waren sie alle ...?«

»Ja, sie konnten es alle tun.«

Danny dachte an die Tochter, der Sunny bald das Leben schenken würde.

»Vielleicht hat es ja einen Grund, weshalb es keinen Namen für uns Männer gibt«, sinnierte Blake. »Nur *Sherazade* für die Frauen, aber kein eigenes Wort für die Männer.«

»Meinen Sie, dass Sherazaden sonst nur Frauen waren?«

»Wäre doch möglich.«

»Und?«

Er zuckte die Achseln. »Keine Ahnung. Vielleicht wollen sie deswegen nur Töchter und keine Söhne.« Er seufzte mit dem Wind. »Am Ende jedenfalls wissen wir es nicht. Aber wie für alles im Leben wird es einen Grund geben, so viel ist mal sicher.«

Danny nickte nachdenklich. Seine Gedanken waren abgeschweift.

»Glauben Sie, dass die bösen Träume, die eine Sherazade einer Frau gibt, in ihrem Kind fortleben?«, fragte er Blake.

Die Wipfel der Pinien wankten im Wind. Regen lag in der Luft wie ein leises Versprechen aus der Ferne.

»Ein kleines Kind«, sagte er, »ist wie ein Schwamm. Es saugt alles auf, was um es herum passiert. Wenn die Eltern sich nicht wirklich lieben, dann wird diese Unruhe das Kind ein Leben lang erfüllen. Glaub mir, Junge, ich weiß, wovon ich rede. Das Kind wird gespalten sein, auf immer und ewig. Es sieht in das Gesicht seiner Mutter und erkennt dort nur die Abscheu vor dem Vater. Sieht es in seines Vaters Gesicht, so wird es dort die Wut auf die Mutter erblicken. Daraus entsteht immer ein Zwiespalt, rot und wütend. Das Kind wird niemals wissen, wohin es wirklich gehört. Meine Mutter hat keinen ihrer Männer geliebt, sie waren alle nur da und irgendwann wieder fort.« Er seufzte, rieb sich die müden Augen. »Und schau dir die Menschen an, wenn du in der Stadt bist. Du siehst ihnen an, ob sie Eltern hatten, die sich liebten, oder nicht. Bei Gott, du siehst es ihnen wirklich an. Jedem.«

»Und die Lüge?«

»Ist wie ein Gift. Deshalb musst du die Sirenen aufsuchen, gemeinsam mit deiner Frau. Es gibt keinen anderen Weg.« Er lehnte sich vor und flüsterte laut: »Damit wir uns richtig verstehen, ich habe keine Ahnung, was die Sirenen tun werden. Sie sind unberechenbar, seltsam, eigennützig. Aber es ist die einzige Chance, die du ergreifen kannst.«

Danny nickte. Er sah Sunny vor sich, seine Hand auf ihrem Bauch.

»Warum ausgerechnet die Sirenen?«, fragte er.

Blake antwortete schnell. »Man sagt, dass wir von den Sirenen abstammen. Ich habe die alten Bücher gelesen, aber schlauer bin ich dadurch nicht geworden. Homer, Vergil, das ganze Zeug. Leonardo da Vinci schrieb, dass sie des Nachts die Seefahrer in den Schlaf singen, um anschließend an Bord zu klettern und sie zu töten. Und Franz Kafka war davon überzeugt, dass nicht nur ihr Gesang, sondern auch ihr Schweigen tödlich sein kann.« Er lächelte trocken. »Orpheus trat ihnen entgegen, andere auch.«

»Woher wissen Sie so viel über die Sirenen?«

»Meine Mutter hat mir immer Geschichten erzählt, ähnlich wie deine es getan hat.«

»Hm.«

»Niemand weiß, von wem die Sirenen abstammen. Wie die Götter, so waren sie einfach da. Die Griechen glaubten, sie seien die Töchter des Wassers und der Erde. Andere glauben, dass Himmel und Wasser ihre Eltern sind. Meine Mutter glaubte, dass immer dann, wenn eine Sirene mit einem Menschen ein Kind zeugt, jemand mit unseren besonderen Talenten entsteht. Und dieses Erbe wird dann weitergegeben.«

»Die Sherazaden stammen also von den Sirenen ab.«

»Du sagst es. Die Sirenen haben Geschichten gesungen und einen Preis dafür verlangt, seit alter Zeit schon. Sie haben ihre Geschichten gesungen, wie wir es tun. Hey, im Grunde genommen waren die Sirenen die allerersten Songwriter überhaupt.« Er lachte laut auf. »Nun ja, die Logik des Plans liegt also auf der Hand. Wenn wir von den Sirenen abstammen, dann müssten sie doch etwas gegen das tun können, was deine Mutter getan hat.«

»Sie sind mächtiger als wir, weil wir von ihnen abstammen?«

»So läuft das nun mal im Leben, auch bei den mythischen Wesen. Es gibt immer einen größeren Fisch im See. Hast du Ärger, dann such dir den größeren Fisch.«

»Die Sirenen sind also der größere Fisch.«

»Sie sind ein größerer Fisch, als ich es bin. Ein größerer Fisch, als du es bist. Und mit Sicherheit sind sie auch ein viel größerer Fisch als deine Mutter.« Blakes Finger trommelten auf der Lehne des Schaukelstuhls.

»Es gibt wirklich viele Geschichten«, erinnerte sich Blake, »na ja, die gibt es wohl immer. In einer wurden die ersten Sirenen von den tiefen Wassern und dem weiten Himmel in gleichen Maßen erschaffen. Das ist auch der Grund, weshalb sie nur dort leben, wo beide Elemente aufeinandertreffen.«

»Auf Inseln, in Meerengen.«

Blake nickte. »In Flüssen und Seen, aber auch in Sümpfen.«

Danny wartete ab.

»Sie sollen eine Mischung aus Vögeln und Frauen sein. Gefährlich. Schön. Die alten Mythen besagen, sie seien Wesen, die sich niemals an einen Ort binden. Sie sind zwar Frauen, aber sie fliegen fort, wohin sie nur wollen. Sie sind zwar Erde, aber das Wasser kann jederzeit über sie hinwegfluten. Nichts ist sicher, alles ist eine Geschichte, eine Lüge kann sich überall verbergen.«

»Klingt sehr vage.«

»Ja, tut es, nicht wahr?« Er lachte schallend. Wurde schnell wieder ernst. »Sie sind mächtig, vergiss das nie!«

Schweigend sahen sie einander an. Die alte Legende und der junge Musiker. Ein Eichelhäher schrie im Wald.

»Wo finde ich die Sirenen?«, fragte Danny.

»Das«, meinte Blake mit erhobenem Zeigefinger, »ist immer die erste Frage, die man stellt.«

»Aber?«

»Du solltest dich fragen, *ob* du sie wirklich finden willst.« Er zwinkerte ihm zu. »Das ist die Frage, die du dir stellen solltest. Das ist die wichtige Frage, auf die du eine Antwort finden musst. Eine Antwort, die dein ganzes Leben verändern kann.«

Danny starrte ihn an. »Wenn sie die Einzigen sind, die mir helfen können …«

»Sie sind heimtückische Wesen.«

»Okay.«

»Du musst sie gemeinsam mit deiner Frau aufsuchen.«

Danny schluckte. Das könnte sich allerdings schwierig gestalten. »Warum?«

Blake zuckte die Achseln. »Hey, ich bin auch kein Experte in diesen Dingen. Aber was in deiner Frau lebt, ist eine Lüge. Eine Art von böser Magie. Wenn sie dir helfen sollen, dann müssen sie deine Frau sehen. So läuft das, Junge. So lief es schon immer.«

»Wo finde ich sie?«

Tyler Blake zündete sich eine Zigarette an. »Sie leben in Louisiana, einige von ihnen auch in Florida. Im Marschland am Golf, in den Bayous. Irgendwo da unten.«

»Wo genau?«

Er zuckte die Achseln. »Das weiß ich nicht. Aber ich kenne jemanden, der es vielleicht wissen könnte.«

»Wer ist es?«

»Er lebt in New Orleans. Sein Name ist Mr. Jones.«

Danny warf ihm einen skeptischen Blick zu. »Mr. Jones?«

»Ja, Mr. Jones.«

»Klingt irgendwie unecht.«

»Ist aber sein Name, auch wenn er unecht klingt.«

»Wird er mir sagen, wo die Sirenen sind?«

»Das weiß ich nicht. Er ist sehr ... eigensinnig. Aber womöglich ja. Er könnte es wissen.«

»Heißt das, Sie sind sich nicht sicher, ob er es überhaupt weiß?«

Tyler Blake sagte nur: »Es gibt keine Gewissheiten im

Leben. Alles fließt, in alle Richtungen. Alles verändert sich. Aber ... Na ja, wenn es jemand weiß, dann ist er derjenige.«

Danny starrte zu Boden. »Wo finde ich diesen Mr. Jones?«

»Geh ins *Café du Monde*. Frag nach ihm. Wenn er will, wird er dich finden.«

»Was hat er mit den Sirenen zu tun?«

»Keine Ahnung.«

»Sie wissen nicht gerade viel.«

»Mr. Jones ist der Mann, der vieles weiß.«

»Klingt vielversprechend.«

»So läuft das in der Welt, Junge. Ich weiß, dass die Welt nicht von einem Gott regiert wird. Aber ich weiß auch, dass sie nicht vom Teufel regiert wird. Die Welt, Junge, ist irgendwas *dazwischen*. Etwas, was man schwer fassen kann, wie ein Gefühl, das einen ganz plötzlich beschleicht und fort ist, bevor man es schmecken kann. So ist das.« Er drückte seine Zigarette aus. »Mr. Jones wird dich finden oder nicht. Du gehst ins *Café du Monde*, fragst nach ihm, hinterlässt deinen Namen. Wenn er dich findet, dann kannst du ihm die Fragen stellen, die du mir gestellt hast.«

»Hm«, machte Danny, sonst nichts.

Eine Weile saßen sie noch schweigend da und schaukelten in ihren Stühlen, als seien sie auf See, als wären es die Wellen der Ozeane, die tief unter ihnen alles in Bewegung hielten.

»Ich mache dir noch einen Kaffee«, sagte Blake schließlich, »einen zum Abschied.« Er stand auf, und ohne Dannys Reaktion abzuwarten, begab er sich nach drinnen in die Küche. Danny konnte durch das leicht geöffnete Fenster die Mahlgeräusche der Kaffeemühle hören, das blubbernde Kochen des Wassers auf dem Herd.

Klar, dachte Danny.

One more cup of coffee for the road.

Tyler Blake kehrte kurz darauf auf die Veranda zurück. Wieder schwiegen sie, schlürften den Kaffee, der heiß und schwarz war wie die Nacht, da, wo sie am dunkelsten ist.

Dann, nachdem Augenblicke in Stille verweht waren, begleitete Blake seinen Gast zum Tor.

Beide verloren nur die Worte, die nötig waren und die doch alles sagten, was es zwischen ihnen jetzt zu sagen gab.

»Danke«, sagte Danny.

Blake, der jetzt wieder den Hut von vorhin trug, tippte mit dem Zeigefinger an die Krempe. »Bitte«, erwiderte er.

Nur wenige Minuten später, als Danny Darcy den roten Pick-up zurück nach Duluth lenkte, kam es ihm vor, als habe er die letzte Stunde geträumt. Die Stimme des Zimmermanns war noch nicht verhallt, und die Geschichten aus Zeit und Sand hatten gerade erst begonnen, ihre Melodie zu finden.

Danny betrachtete die holprige Straße, die vor ihm lag. Noch bevor er wieder zurück auf der Route 53 war, telefonierte er mit Billy Ray und bat ihn, einen Flug nach New Orleans zu buchen.

Die Bestätigung des Fluges kam, als er Superior bereits ein gutes Stück hinter sich gelassen hatte.

»Heute Abend, ab Minneapolis-Saint Paul«, gab Billy Ray ihm am Handy die Flugdaten durch. »Mit Delta Airlines, direkt nach Louis Armstrong New Orleans International Airport, ist das okay?! Der Flieger startet um 21:15 Uhr, Check-in ist eine halbe Stunde früher. Der Schalter befindet sich am Lindbergh Terminal, du kennst den Weg, denke ich.« Er hielt kurz inne und fügte dann hinzu: »Für zwei Personen. Das war doch richtig so? Und nur der Hinflug. Okay?«

»Danke, Billy.« Er drehte die Musik aus dem Radio leiser. Wie immer, wenn er Radio hörte, hatte er WZON eingeschaltet.

»Die Tickets kannst du am Schalter von Delta Airlines abholen. Hab denen schon gesagt, dass es vermutlich knapp wird und du auf den letzten Drücker erscheinen wirst. Sicher ist sicher.« Es rauschte und knackte aus dem Handy. »Hey, bist du noch da?«

»Klar.«

»Du hast nicht vor, den ganzen restlichen Sommer dort zu bleiben, oder?«

Danny verdrehte die Augen, was Billy Ray natürlich nicht sehen konnte. »Ich weiß, dass wir noch einige Songs machen müssen. Vertrau mir einfach.«

»Sagte der Alligator zur Ente.«

»Billy Ray, du weißt, dass ...«

»Nein, nein, ich will es gar nicht erst hören, Danny. Erst die Abreise nach Schottland und jetzt das hier. Erledige einfach, was du da unten tun musst, und dann komm wieder zurück, schau im Studio bei Carl vorbei und bring zu Ende, was letzten Monat schon hätte fertig sein sollen.«

»Okay.«

»Die Zeit ist nicht mehr auf unserer Seite, das muss ich dir nicht erst sagen, oder?!« Beide schwiegen bedrückt, bis Billy Ray sagte: »Hey, mein Arsch kann nur eine begrenzte Anzahl von Tritten verkraften.«

»Schon klar.«

»Gut. Freut mich, dass dir das bewusst ist.«

Danny verlor das Interesse an dem Gespräch. Er wusste, was los war. »Ich bleib nicht lange da unten.«

»Versprochen?«

Danny zögerte einen Augenblick, ehe er antwortete: »Versprochen.«

Billy Ray schnaubte. »Ist gut«, sagte er. Und dann: »Pass auf dich auf, Mann.«

»Mach ich.«

»Und melde dich.«

»Mach ich auch.«

Sie verabschiedeten sich, und Danny legte auf.

Blickte nach vorn.

It's not easy kicking someone out, erinnerte er sich der Zeilen aus dem Song. *Gotta wait a while – it can be an unpleasant task.*

Die Straße wand sich der Küste entgegen, dem Ufer. Es ging bergab, und da war schon der See, der bis zum Horizont reichte. Die Bäume, die an der Straße wuchsen, krallten sich in den Boden und duckten sich, weil die Winde im Winter eine Macht hatten, die nicht zu unterschätzen war.

Danny rieb sich müde die Augen.

Während der ganzen Fahrt hatte er über das, was der Zimmermann ihm eben gesagt hatte, nachgedacht.

Okay, es gab also Sirenen in dieser Welt. Mythische Wesen, uralt und nicht böse und nicht gut. Nach allem, was Danny bisher in seinem Leben gesehen hatte, verwunderte ihn das nicht so sehr. Er akzeptierte diese Dinge, wie sie waren. Man hatte es einfacher, wenn man das tat.

Far down the street we stray ...

Er dachte an Sunny.

Wählte während des Fahrens die Nummer an, die seit gestern Nacht, als sie ihn angerufen hatte, gespeichert war.

Die Box sagte *Hallo*.

»Sunny, ich bin's. Ruf mich zurück, bitte. Es ist wichtig.«

Seine Hand zitterte, als er das Handy auf den Beifahrersitz legte. Meine Güte, er hatte Sunny seit der Sache in Minneapolis nicht mehr gesehen. Er vermisste sie so schmerzhaft, dass er keine Worte dafür fand, geschweige denn eine Melodie.

I followed the winding stream ...

Die Zeilen sprangen ihn förmlich an. Er hatte den Song schon lange nicht mehr gehört: *When the deal goes down*, aber er war noch da, Note für Note, mit jeder einzelnen Harmonie, die wie ein kleiner Schuss ins Herz war.

Keine zehn Sekunden, nachdem er sie angerufen hatte, klingelte das Handy.

Er ging ran.

Hastig.

»Sunny?«

»Was gibt's?«, wollte sie nur wissen. Es tat gut, ihre Stimme zu hören.

Danny holte tief Luft. »Ich fliege nach New Orleans«, sagte er.

Pause.

»Wohin?« Sie klang ungehalten.

»New Orleans«, wiederholte er.

»Ich wollte nur sicher sein, mich nicht verhört zu haben.«

»Dachte ich mir.«

»Was, zur Hölle, willst du in New Orleans?«

»Eine Lösung finden.«

»Wofür?«

»Uns«, sagte er nur.

Stille.

»Sunny?«

»Ja, ich bin noch dran.«

»Hör mir einfach nur zu, bitte.« Erneut holte er tief Luft. »Ich war gerade bei Tyler Blake.«

Sie klang erstaunt: »Dem Zimmermann?«

»Ja, genau. Er hat …«

»Er hat mit dir gesprochen?«

»Ja, hat er.«

»Du hast mit *His Blake-ness* gesprochen?«

»Yep.«

»Wow«, tönte es aus dem Handy.

»Sunny, ich muss dir etwas sagen.« Er überlegte fieberhaft, *wie* er es ihr sagen sollte.

»Schieß los.«

»Ich habe dich nicht betrogen.« Blöder Anfang! »Stell dir einfach vor, jemand hätte dich verhext.«

»Danny?«

»Ja.«

»Hast du getrunken?«

»Blödsinn, nein. Hör zu – lassen wir das Gerede. Blake weiß, wie wir alle aus dem Schlamassel wieder rauskommen können. Es gibt jemanden in New Orleans, der uns helfen kann.«

»Danny, das klingt alles völlig idiotisch.«

»Weiß ich.«

»Du hast wirklich nichts getrunken?«

»Nein.«

»Du hast mir gerade gesagt, dass ich verhext worden bin.«

»Na ja, so ähnlich.«

Sie schwieg.

»Wo bist du gerade?«

»Im Wagen.«

»Geht's dir gut?«

»Sunny, wir können das, was uns auseinandergebracht hat, bekämpfen.«

»Klingt sehr pathetisch.«

Danny seufzte. Ihm fiel keine bessere Möglichkeit ein, es ihr zu sagen. »Okay, Billy Ray hat gerade eben zwei Tickets für den Flug nach New Orleans reserviert. Heute Abend.« Er nannte die Daten.

»Hast du gerade *zwei Tickets* gesagt?«

»Ich bitte dich, komm mit.«

Eine kurze Pause trat ein.

»Was hast du vor?«

»Ich treffe jemanden in New Orleans.«

»Einen Eheberater, den besten aus dem Süden?«

Oh, Sunny!

»Nein, einen gewissen Mr. Jones.«

»Mr. Jones?«

Warum musste sie alles so ungläubig und skeptisch wiederholen?

»Ja, nur Mr. Jones. Das ist sein Name. Er wird uns zu den Sirenen bringen.«

»Sirenen.«

Da war er wieder! Dieser Unterton in ihrer Stimme.

»Ja, Sirenen. Weise Frauen.«

Wieder entstand eine Pause.

»Danny, du spinnst.«

»Nein«, sagte er nachdrücklich. »Ich weiß genau, was ich tue. Ich versuche, unsere Beziehung zu retten.« Er wollte hinzufügen: *und unser Kind*. Aber er sagte es nicht.

»Von welchen Sirenen sprichst du? Sind das etwa diese Weiber aus der griechischen Mythologie?«

Er nickte, dachte, dass diese Weiber aus der griechischen Mythologie wirklich bekannter waren, als er angenommen hätte. »Ja, irgendwie schon.« Als er es aussprach, merkte er, wie dämlich das alles klang.

Und Sunny?

Sie sagte zuerst nichts. Und dann schließlich: »Danny, das ist verrückt.«

»Ich weiß. Aber die Kleine ...«

»Es geht auch ihr nicht gut.«

Er wollte jetzt nicht am Telefon darüber reden. »Sunny, wirst du da sein?«

»Ich weiß es nicht. Es ist ...«

»Wo bist du jetzt? In diesem Augenblick?«

Sie schwieg.

»Verdammt, es geht um uns!«, schrie er sie plötzlich an.

Sunny schrie instinktiv zurück: »Verdammt, Danny, *du* hast *mich* betrogen, nicht umgekehrt. Ich hoffe doch, du hast das nicht vergessen!«

Danny seufzte.

»Du willst wirklich, dass ...«

Er wusste, wohin das führen würde. Sie würde ihm all die Dinge vorwerfen, die sie ihm bereits Hunderte von Malen vorgeworfen hatte. Deshalb unterbrach er Sunny. Es würde sie auf die Palme bringen, gewiss, aber das musste er in Kauf nehmen. »Wenn dir noch etwas an dem liegt, was zwischen uns war, dann sei einfach da. Vor neun am Lindbergh Terminal. Bei Delta.« Er lauschte, ob sie etwas erwiderte. »Sei einfach da.«

Er legte auf.

Seufzte.

Vor sich konnte er schon den Leuchtturm erkennen.

Sunny würde, wo auch immer sie gerade war, toben. Sie hasste es, wenn man sie unterbrach. Aber das war die einzige Möglichkeit gewesen, die ihm eingefallen war, um sie zum Mitkommen zu bewegen.

Suzanna Sutcliffe-Darcy war ein zutiefst neugieriger Mensch. Sie würde fluchen und schimpfen und ihm die Pest an den Hals wünschen – aber sie würde neugierig sein.

Er konnte nur hoffen, dass sein Plan aufging.

Wenn etwas sie zum Flugplatz bringen würde, dann ihre Neugierde.

Er fuhr zum Leuchtturm und packte eine Tasche, mehr nicht. Die Gibson, die noch immer in dem alten Koffer aus Schottland steckte, würde er auch mitnehmen, sie war seine Verbündete, jetzt und für immer.

Noch eine Stunde, dann würde er aufbrechen.

Plötzlich fiel ihm spontan eine Zeile ein, die er aufschrieb.

The beasts of past, once dead, reborn, in wonderous flowers never seen.

Er kritzelte sie auf einen Notizblock, der in der Küche auf dem Tisch lag.

Their breath sets heaven all on fire, like the seers had long forseen.

Er starrte auf die Zeilen. Vielleicht würde ein Song

daraus werden, in ferner Zukunft, wer konnte das schon sagen?!

Er machte sich einen Kaffee mit der Maschine und dachte an all die Dinge, die Tyler Blake ihm gesagt hatte. Sein Kopf drehte sich wie ein Karussell, und auch die Musik, die in ihm erklang, war der eines Karussells sehr ähnlich.

Um Sirenen kreisten seine wirren Gedanken, um Sherazaden, ihre Kinder, unerwünschte Söhne und willkommene Töchter. Um Flüche, unentdeckte Länder, Sand der Zeit, der ständig verrinnt und selbst im Schweigen Geschichten gebiert.

Er betrachtete seinen Ehering, der silbrig glänzte im Licht der Sonne, die sich auf den Wellen des Sees ausruhte und durch das Küchenfenster brach.

»In guten wie in schlechten Tagen«, hatte der Priester gesagt, als sie sich das Jawort gegeben hatten, in dieser kleinen Kirche unten in Nashville.

Weder Danny noch Sunny hatte sich ernsthaft Gedanken darüber gemacht, was er damit sagen wollte.

Danny, der jetzt unruhig durch den Leuchtturm wanderte, die Tasse Kaffee in der Hand, blieb vor dem Klavier stehen, müde und melancholisch, klimperte einhändig auf den Tasten herum und stellte sich dabei Sunny vor, wie sie dasselbe tat.

Dann ging er nach oben ins Schlafzimmer, holte die Tasche und die Gitarre, warf keinen Blick zurück, nahm den Pick-up und fuhr nach Minneapolis.

Über dem Land ging der Tag zur Neige. Am Horizont berührten die Wolken die schroffen Felsen.

Der Verkehr auf der Route 53 war dicht und hektisch. Danny fragte sich, wo Sunny jetzt wohl lebte und ob sie auch diese Strecke nehmen würde. Er hatte nicht die geringste Ahnung, wo sie gerade war.

Teufel auch!

Hinter Rice Lake fuhr er auf die Route 8, die ihn bis zu den Zwillingsstädten brachte: Minneapolis und St. Pauls. Dort kämpfte er sich durch den Verkehr, der zäh wie Sirup war. Ihm fiel ein, dass die Strafe, die er zweifellos an die Stadt Minneapolis zu zahlen hatte, noch immer nicht überwiesen war und der Umschlag, der den Bescheid enthielt, ungeöffnet auf dem Beifahrersitz lag. Der Gedanke an den Vorfall schmerzte ihn. Das war das letzte Mal gewesen, dass er Sunny gesehen hatte. Mit Tränen des Zorns in den Augen, den Autoschlüssel in der Hand, im gestauten Verkehr in der Innenstadt.

Danny suchte unter den CD-Hüllen nach dem Brief, fand ihn, betrachtete ihn.

Er kurbelte das Fenster herunter, zerriss den Umschlag in viele kleine Fetzen Papier und ließ diese aus dem Fenster wehen.

Return to sender, dachte er nur.

Anschließend kurbelte er das Fenster wieder hoch.

Fühlte sich erleichtert, immerhin.

Nach einer Dreiviertelstunde zermürbenden Stadtverkehrs erreichte er dann endlich den Minneapolis-Saint Paul International Airport.

Danny stellte den Pick-up in dem Parkhaus am Lindbergh-Terminal ab, packte sein Zeug und rannte durch die mit hektisch umhereilenden mürrischen Menschen gefüllten Hallen zum Delta-Airlines-Schalter, wo ihn eine müde und sichtlich gelangweilte, aber dennoch auf routinierte Höflichkeit mit rotem Lächeln dressierte Angestellte empfing.

»Danny Darcy«, nannte er seinen Namen. »Zwei Tickets sind hinterlegt.«

»21:15 Uhr nach New Orleans?«

Er fragte sich, wie viele andere Flüge wohl noch auf seinen Namen für den heutigen Tag gebucht waren, verkniff sich aber die Bemerkung, die ihm auf der Zunge lag, und sagte nur: »Ja.«

Die Dame am Schalter hackte gelangweilt auf die Tastatur ein.

»Geburtsdatum?«

Er sagte es ihr.

»Wohnort?«

Auch gut.

»Passwort?«

Mist! Hatte Billy Ray ihm ein Passwort genannt? Nein!

Die Angestellte schaute auf. »Das Passwort. Ich brauche das Passwort.«

»Dylan.«

Sie tippte es ein. »Tut mir leid.«

Danny zog ein Gesicht. »*Deadline*.«

Diesmal tippte sie es ein, schenkte ihm ein Lächeln und druckte die Tickets aus.

Billy Ray und seine Scherze!

Sie schob ihm die Tickets zu. »Guten Flug.«

»Na, hoffentlich«, sagte er.

Er schlenderte durch den Terminal und strandete schließlich in einem Café, wo er sich einen Kaffee aus dem Automaten zog. Einen Moment lang überlegte er, sich an einen der runden Tische zu setzen, doch dann entschied er sich dagegen, weil er gleich zwei Stunden im Flugzeug sitzen würde. Stattdessen blickte er unruhig in die Menschenmengen, die sich durch den Terminal schoben.

Würde Sunny kommen?

Er dachte an all die Versprechen, die sie einander gegeben, an die Zukunft, die sie sich ausgemalt hatten. An das Kinderzimmer, das sie neben dem Schlafzimmer im zweiten Stock des Leuchtturms hatten einrichten wollen. Durch das Fenster wäre das Rauschen der Brandung in den Raum geschwebt, wäre den Träumen ihres Kindes eine sanfte Begleitung gewesen.

Doch dann, auf einmal, war alles anders gewesen. Wie in den Liedern, die alle gleich klangen.

Do you know where we're headin'?

Lincoln County Road or Armageddon?

Dann sah er sie.

War augenblicklich hellwach.

»Danny!« Sie kam durch die Halle gehetzt, wie immer zu spät. Sie trug Jeans und ein kariertes Hemd, die blonden Haare waren mit einem bunten Tuch nach hinten gebunden. Sie trug hohe Stiefel. Wenn sie sich reckte, dann gab das Hemd ein kleines Stück ihres Bauches frei.

Er war noch nicht richtig rund, aber man konnte ahnen, dass er es bald sein würde. Danny verspürte sofort das Verlangen, ihren Nabel zu küssen, doch er wusste, dass die Zeit, da er dies getan hatte, nicht die Zeit war, in der sie beide gerade gefangen waren.

Trotzdem.

Danny musste schmunzeln, als er die Frau sah, die er geheiratet hatte, die *ihn* geheiratet hatte. Er musste es tun, weil die Frau, die auf ihn zukam, durch und durch Sunny war. Weil sie wieder zu spät war; weil sie vermutlich schon wieder den Schlüssel verlegt hatte, was sie meistens tat; weil sie nun mal so war, wie er sie immer geliebt hatte – manchmal laut und immer chaotisch und so hemmungslos sie selbst, dass er es nicht fassen konnte, an diesem Punkt hier zu stehen und sie nicht umarmen zu können, wie er es gern getan hätte. Es verwirrte ihn, als läge ein Flimmern in der Luft, das ihm den Blick unscharf machte und ihn schwindeln ließ.

Er lief ihr entgegen, blieb abrupt stehen, als er sie erreichte.

Sunny blieb ebenfalls stehen.

»Hi«, sagte sie, die Augen unruhig, aber blau wie das Meer.

»Hey«, sagte Danny.

Verlegen standen sie da.

Die Menschen strömten um sie herum wie Wasser um einen Fels in der Mitte des Flusses.

»Du bist gekommen.« Danny konnte die Freude, die in dieser Feststellung lebte, nicht wirklich verstecken.

»Na ja, ich hatte sonst nichts vor.« Sie lächelte kurz, zögerlich. Auch sie war nervös.

»Ich nehme deine Tasche«, sagte er.

»Danke.«

»Du siehst toll aus.«

Ein Lächeln.

Danny trat auf sie zu.

Sie umarmten sich ungelenk. Sofort roch er ihr Haar, ihre Haut, den Duft, der ganz und gar Sunny war.

»Du hast die Tickets?«

Er nickte, nahm die Tasche.

Beide gingen sie zum Einchecken. Die Schlange war kurz. Sie standen nebeneinander und starrten auf die große Anzeigetafel, als würden dort in Kürze die bahnbrechenden Schlagzeilen des Tages auftauchen.

Als sie sich ihres Gepäcks entledigt hatten, fühlte Danny sich noch nackter als zuvor. Erst jetzt fiel ihm auf, wie hilfreich es gewesen war, die Taschen und die Gibson in dem Koffer zu tragen. Jetzt wusste er nicht so recht, wohin mit den Händen. Er steckte sie in die Hosentaschen.

»New Orleans also«, sagte Sunny, der es wohl ähnlich ging.

»Ja.« Danny schaute sich um. »Da drüben geht's zum Flieger.«

»Ich kenne mich hier aus«, sagte Sunny und grinste.

»Ja, stimmt.«

Stille.

Schon wieder.

Dann fragte er: »Wo warst du die ganze Zeit?«

»In St. Pauls.«

Danny schnippte mit den Fingern, als er nach dem Namen suchte. »Bei …«

»Judy.«

»Der Malerin!« Er erinnerte sich. Sie kannten sich von der Uni. Danny hatte sie nur einmal gesehen, nach einem Konzert.

»Genau. Bei Judy, der Malerin.«

»Du hast bei ihr gewohnt?«

»Sie hat ein Zimmer frei, mehr habe ich nicht gebraucht.«

Danny murmelte: »Tja.« Sonst nichts.

Sie gingen langsam zum Gate.

»Hast du mich vermisst?«

Er zuckte die Achseln, versuchte cool zu wirken. »Geht so.«

»Du blöder, mieser Lügner, Danny Darcy«, sagte sie und knuffte ihn in die Seite.

Er ging neben ihr her und blickte nach vorn. »Es war die Hölle.« Langsam begannen die Worte zu sprudeln.

Er berichtete von Billy Ray, dem die Produzenten das Leben schwermachten, vom Leuchtturm und all den Dingen, die sich in der Leere aufgestaut hatten. Nur unwichtiges Zeug, natürlich. Von dem Hund, der immer noch am Ufer des großen Sees entlangstreunte, von den Nachbarn, die einen alten Baum fällen mussten, von belanglosen Dingen wie diesen eben.

Und Sunny?

Sie hörte ihm zu.

Mit großen Augen saugte sie all den unbedeutsamen Krempel auf, als habe sie seit Wochen darauf gewartet, dies endlich tun zu können.

»Wir sind da«, stellte Danny schließlich fest. Sie gingen durch die Sicherheitskontrollen und betraten das Flugzeug.

Quälten sich durch den Gang, fanden endlich die Plätze.

Sunny wurde zusehends nervöser.

Sie hasste es zu fliegen.

Selbst wenn die Band auf Tournee war, zog sie es vor, mit dem Bus oder dem Zug zum nächsten Ort zu fahren.

»Wir sind«, pflegte sie zu sagen »nicht zum Fliegen erschaffen.«

Danny wartete geduldig, bis die Stewardessen ihren Vortrag gehalten hatten, bis die Maschine über das Rollfeld in Startposition gegangen war, bis die Beschleunigung einsetzte, die Turbinen laut dröhnten und der Schub sie alle sanft in die Sitze drückte.

Sunny blickte angespannt auf die Rückseite des Sitzes vor ihr. Der Sitz neben ihr war frei geblieben.

Gut so!

»Darf ich dir etwas sagen?« Die Frage war rein rhetorischer Natur.

»Kann ich dich daran hindern?« Sunny hielt sich verkrampft an den Armlehnen des Sitzes fest.

»Also ...«

Sie schloss die Augen, als das Flugzeug zu schaukeln

begann. »Du bist so ein Schuft, Danny Darcy«, sagte sie leise und spähte heimlich durch das Fenster nach draußen, wo die Landschaft in die Schräge kippte.

»Kann sein, dass es sich seltsam anhört.« So begann er. Und dann brachte er alles auf den Punkt: die Sache mit der Sherazade, das Telefonat mit seiner Mutter, seinen Besuch bei Tyler Blake.

Er erzählte ihr von dem Fluch und von den Sirenen und dem Plan und von allem anderen auch.

Sunny hörte ihm die ganze Zeit über zu. Denn das Flugzeug war noch beim Aufstieg.

Als er fertig war, starrte sie noch immer auf die Rückseite des Sitzes vor ihr.

Die Reiseflughöhe war erreicht.

»Du denkst wirklich, dass ich dir das alles abnehme?«, fragte sie und atmete ein wenig auf.

Danny nickte. »Warum sollte ich mir das alles ausdenken?«

Sunny musterte ihn sprachlos.

Einen Moment lang war es wie früher.

Blicke, die ineinander versanken, Worte, die nicht erst ausgesprochen werden mussten. Magie schwebte leise überall und wisperte Märchen, die schon immer da gewesen waren.

»Ich weiß nicht«, flüsterte sie. Ihre Stimme verlor an Kraft.

»Erinnerst du dich an den Film, den wir in Nashville gesehen haben?«

»*Casablanca*.«

»Ich will dich nicht verlieren«, sagte er. Dann fasste er sie bei der Hand.

Das Flugzeug war noch immer ein Flugzeug, aber ein anderes.

Alles war jetzt schwarz-weiß und viel enger.

Da war Wind, der sie frösteln ließ.

Danny trug einen hellen Anzug mit Hut, Sunny ein Kostüm.

In den Gängen standen große Kisten, es gab nicht so viele Sitzplätze, wie man hätte annehmen können.

»Wir sind schwarz-weiß«, sagte sie nur, und ihr Gesicht verriet die grenzenlose Überraschung.

Danny bedeutete ihr, aus dem Fenster zu schauen. »Siehst du?!«

Sie staunte mit offenem Mund.

»Hast du das gemacht?«

Das laute Rotorengeräusch erfüllte die Kabine.

Unter den hohen Tragflächen klebten bullige Propeller. Durch das winzige runde Fenster konnte man in der Ferne die blinkenden Positionslichter eines Flugplatzes erkennen.

Nebel lag über allem.

Die Lichter des Towers waren matte Inseln in der Nacht. Unten, auf dem Rollfeld, konnte man zwei Gestalten erkennen. Sie standen da, setzten sich in Bewegung.

»Danny, wer ist das?«, fragte sie.

»Claude Rains und Humphrey Bogart«, antwortete Danny.

»Wo sind wir hier?«

»An Bord des Flugzeugs, das Ilsa und Victor László in die Freiheit bringt.«

Sunny betrachtete ihre Hände, die immer noch schwarz-weiß waren. »Wo ist die Farbe hin?«

»Es ist wie im Film. So, wie die Geschichte erzählt wurde.«

»Wo sind die anderen Passagiere?«

»Noch immer an Bord von Delta Airlines.«

»Und wir?«

»Sind hier.«

»Wo ist *hier*?«

»Irgendwo *dazwischen*«, antwortete Danny nur. »Es ist ein Stück meiner Fantasie – und deiner natürlich auch. Wir beide erschaffen diesen Ort.« Er ergriff ihre Hand. »Sunny, das ist es, was ich tun kann. Ich habe dir nie davon erzählt, weil es nicht richtig gewesen wäre. Aber jetzt, in Anbetracht der Umstände, bleibt mir keine Wahl.«

»Du wolltest es mir nicht sagen?«

»Ich musste es dir *zeigen*. Damit du verstehst.«

Sie wirkte durcheinander. »Aber ich habe dich und dieses Flittchen gesehen. Ich weiß es. Es war keine Geschichte, die irgendjemand mir erzählt hat. Sie war da und du auch und …«

Das Flugzeug legte sich auf die Seite, als es den Kurs änderte und in die Wüste hinausflog.

Die Umgebung veränderte sich wieder.

Delta Airlines war wieder da.

Sunny sah bleich aus. Ihre Hand hielt noch immer die ihres Mannes.

»Ich weiß, dass du mich mit dieser Frau gesehen hast«, sagte Danny. »Ich kann es nicht ungeschehen machen. Es ist eine Lüge, die in dir lebt. In dir und dem Baby.«

»Du meinst, dass ich etwas gesehen habe, was gar nicht da war?«

»Ja.«

»Aber ich kann mich an den Geruch erinnern, an alles, was da war. Danny, ich kann das nicht vergessen. Es ist nichts, was man mit dem Verstand lösen kann. Ich habe es gesehen. Es ist passiert.«

»Deswegen fliegen wir nach New Orleans«, sagte er. »Deswegen sind wir hier.«

Sunny starrte wie benommen aus dem Fenster.

Sie sagte nichts, schloss nach einer Weile ihre Augen, schlief aber nicht eine einzige Minute, wenngleich sie vorgab, genau dies zu tun. Sie wollte einfach nur nicht reden, das war alles. Erst als das Flugzeug nach knapp zwei Stunden zur Landung ansetzte, öffnete sie die Augen wieder.

Dannys Hand indes ließ sie die ganze Zeit über nicht los. Kein einziges Mal.

Viertes Kapitel

Southern Gothic

Because something is happening here
But you don’t know what it is,
Do you, Mr. Jones?

Bob Dylan, *Ballad of a Thin Man*

Nach der Landung ging es Sunny ein wenig besser. Draußen, vor dem Fenster, blinkten die Positionslichter des Louis Armstrong International Airport, New Orleans. Der Verkehr auf dem Rollfeld sah unwirklich aus, die hektische Betriebsamkeit, all die Gefährte, die Busse, eingefangen wie Motten von dem künstlichen Licht. Ein leichter Nieselregen lag in der Luft. Sie konnten es beide noch nicht richtig fassen, nicht nach den zwei Stunden, die erst seit Minneapolis vergangen waren. Ihrer beider Seelen schwebten noch irgendwo in den Sphären zwischen den *Great Lakes* und den *Great Plains*. Sie waren sogar über Jackson hinweggeflogen.

Und nun?

Waren sie hier.

Im tiefsten Süden.

»Es riecht nach Sommer«, stellte Sunny fest, als sie das Flugzeug verließen und über die Gangway in den Nieselregen schritten.

»New Orleans«, sagte Danny.

Es dauerte fast eine Stunde, sich durch das Gewirr in den Terminals zu kämpfen, das Gepäck zu sichern, über Laufbänder zu laufen, und sie fühlten sich in die Irre geführt.

Doch schließlich ließen sich beide auf den Rücksitz

eines Taxis fallen, das sie zu ihrer Unterkunft in New Orleans Downtown bringen würde.

Danny starrte müde in die Nacht hinaus, die voller Lichter war. Das Fenster des Taxis war halb offen, und eine frische Brise, die nach warmem Regen roch, strömte nach drinnen. Nach zwei Stunden klimatisierter Flugzeugluft war es eine Wohltat, das wirkliche Leben zu riechen. Ja, es roch tatsächlich nach Sommer, wie Sunny festgestellt hatte.

Er lehnte sich zurück und betrachtete Sunny, die neben ihm saß und ebenso müde die Aussicht auf sich wirken ließ.

Meine Güte, dachte Danny, sie ist wirklich mitgekommen.

My sweet Laura Lee.

Er betrachtete sein Spiegelbild in der halben Autoscheibe.

Draußen, vor dem Fenster, zog eine Welt vorbei, die nicht weiter von Duluth und Minneapolis hätte entfernt sein können als die eisigen Winter in Klondike von den sonnigen Stränden in Key West.

Große Palmen säumten die Straßen, und auf den Gehwegen tummelten sich die Menschen in sommerlicher Kleidung; helle Stoffe, bunte Gesichter, ein Potpourri wie die Stadt selbst: Spanier, Kreolen, Franzosen, Amerikaner. Die sanfte Hitze der Nacht flimmerte im Vorhang aus Lichtinseln und Nieselregen und benetzte die Scheiben des Taxis mit winzigen Tränen. Geschäfte, Restaurants, Bars und Büros flogen vorbei, erleuchtet wie die

Eingänge zu fremden Welten. Da waren Stände mit Obst und Gemüse und allerlei exotischen Gewürzen, die selbst zu dieser Nachtstunde noch feilgeboten wurden; alte Kirchen und prächtige Häuser, kunstvoll verziert mit schmiedeeisernen Geländern, die Figuren, Früchte und Gegenstände zeigten, traditionelle Geschichten, ineinander verwoben, Blüten und Pflanzen, kunstvoll im Eisen eingefangen.

Leise und laute Musik streifte den Wagen von jeder Ecke, die er passierte: Gospel, Barrelhouse, Jazz, Soul, Bebop. Farbige Straßenmusiker spielten Cajun Music oder Zydeco.

Wie die Luft, die Dannys Gesicht streifte, so war auch die Musik. Schwül und drängend und voller glühender Leidenschaft, wie heiße Körper, die langsam ineinander eindringen, wie Licht, das sich im Schweiß bricht, der die Haut duften lässt und die Lust geschmeidig macht.

Sunny blickte verträumt nach draußen.

Ein heimliches Lächeln umspielte ihre Mundwinkel.

Danny konnte den Blick kaum von ihrem Nacken abwenden. Perfekt war er, wie die Musik da draußen. Kleine Härchen, die sich in der Zugluft aufstellten, wie Versprechen und Lockungen, blond und nahezu unsichtbar.

Das Taxi raste weiter durch die Nacht.

Im Radio lief Woven Hand.

Blue Pail Fever.

Sunny lehnte den Kopf an seine Schulter.

Ihr Geruch war ein eigenes Wunderland, machte Danny benommen und so leicht.

Ein Gewirr von Straßen, die sich zu Gassen verengten, tat sich vor ihnen auf.

Das Leben wurde dichter und dichter.

Schuhputzer saßen am Straßenrand, Trödler verkauften ihren Tand in Bauchkästen, ein Mann ging auf Stelzen daher, und jemand spielte Drehorgel.

Danny atmete die Regenluft ein. Das Prasseln auf dem Dach des Taxis war beruhigend.

Kaum zu glauben, dass er noch vor wenigen Stunden an der Küste des Sees gestanden hatte. Kaum zu glauben, dass man im Leben so große und gewagte Sprünge machen konnte.

Er seufzte.

Woven Hand wurde von Dr. John abgelöst.

In the Night.

Oh, wie passend!

Irgendwo in diesem Meer von Stadt hatten sie eine Unterkunft.

Billy Ray hatte seine Kontakte spielen lassen und ihnen eine Wohnung besorgt.

»St. Peter Street 632«, hatte Danny dem Taxifahrer mitgeteilt.

Da mussten sie hin.

Die Wohnung gehörte Gerard Babtiste, einem guten Bekannten Billy Rays, der dieses Jahr während der Sommermonate als Session-Musiker mit Springsteen durch Europa tourte.

Die Wohnung stand also leer, den Schlüssel würden sie vom Hausmeister bekommen, alles kein Problem.

Billy Ray war ein guter Mann, auf den man sich verlassen konnte.

Gequält dachte Danny daran, dass Billy Ray auf die nächsten Songs wartete, dass Detering, der Produzent von Dylan's Dogs, ihm die Hölle heißmachte. Doch er gelobte sich selbst Besserung. Dies hier würden sie schnell hinter sich bringen und dann das neue Album einspielen. Die Kreativität würde sich schon einstellen, sobald alles andere geklärt war.

Sunny hatte die Augen geschlossen.

Ihre Hand lag still und ruhig auf Dannys Oberschenkel.

Das Taxi quälte sich weiter durchs Nachtleben der Metropole, die nie zu schlafen schien.

Sie erreichten Downtown, nördlich des French Quarter.

Das Taxi hielt vor einem langgestreckten Haus.

Je ein schmaler Balkon zog sich im ersten und im zweiten Stockwerk um das gesamte Gebäude. Blumenkästen hingen an den schmiedeeisernen Gittern, die wild von Pflanzen umrankt waren. Laternen brannten an den Wänden, so leichten Herzens, als wären sie nur ein Flüstern.

Danny bezahlte den Taxifahrer.

Und folgte Sunny, die schon auf der Straße stand.

»Hier sind wir also«, sagte sie.

Danny schulterte die Gibson, ergriff die beiden Taschen. »Lass uns klingeln.«

Ein überdachter Hauseingang präsentierte sich ihnen, mit Blumentöpfen und einer Palme.

Danny schellte.

Jemand stapfte zur Tür.

Öffnete.

Ein alter Mann, der aussah wie Woodie Guthrie, hielt ihnen einen Schlüssel entgegen.

Danny stellte sich vor, ein wenig verwundert.

»Dachte ich mir«, murmelte der Alte. Er trug eine zerknitterte Hose und hatte die Träger über ein weißes Unterhemd gezogen. Seine dürren Arme waren von roten Flecken und blauen Äderchen überzogen.

»Woher wussten Sie, dass wir es sind?«

»Das Taxi«, antwortete er. »Es gibt nicht viele Fremde in diesem Haus. Nicht viele, die mit dem Taxi kommen.« Er grinste.

Danny nahm den Schlüssel, bedankte sich.

»Im zweiten Stock«, wies der Alte ihnen den Weg. Er war unrasiert und roch nach Tabak.

»Wir finden es schon.«

»Der Name steht an der Tür.«

»Ist gut.«

Sunny folgte ihm ins Haus hinein.

Im Treppenhaus standen auf jeder Stufe Blumentöpfe, aus denen Efeu rankte. Das leise, aber dennoch beständige Rauschen des warmen Regens erfüllte den Hauseingang; die dicken Tropfen trommelten auf das eiserne Geländer, in dessen Geflecht exotische Früchte erkennbar waren: Orangen, Bananen.

Den Schlüssel in der Hand, stiegen sie die Treppe empor und folgten dem Balkon, von dem aus man über die

Dächer des Viertels bis zum Mississippi sehen konnte. Laternen hingen an der Decke, ließen die Schatten unruhig zwischen den schlichten braunen Blumentöpfen tanzen.

»Hier ist es.«

Danny öffnete die Tür.

Sie betraten die Wohnung.

Ließen im Halbdunkel noch ihre Taschen fallen.

Danny stellte die Gibson behutsam neben die Tür. Es roch nach Holz und Farbe, Putzmittel und frischem Staub.

Er knipste das Licht an.

Dann öffnete er die Fenster.

Ein frischer Wind ließ die bodenlangen Vorhänge in den Raum wehen.

Sunny streckte sich, entblößte ihren Bauchnabel.

Die Möbel in der Wohnung waren alt und schwülstig, massiver Südstaaten-Schick. Das Wohnzimmer wurde von einer Plattensammlung beherrscht, die eine ganze Regalwand einnahm.

Auf einem runden Tisch stand ein uraltes Grammophon.

Bilder hingen gerahmt überall an den Wänden: Gerard Babtiste mit anderen Musikern: Springsteen, Young, Waits, Lanegan, Mellencamp.

»Hier sind wir also«, stellte Sunny fest.

»Ja.«

Sie sahen sich um.

Wohnzimmer, Küche, Schlafzimmer, Bad. Regale mit Büchern. Ein Balkon, hohe Fenster.

Danny wollte ins Bad gehen, doch auf dem Weg dorthin streifte seine Hand Sunnys.

Es war eine flüchtige Berührung, ein Versehen, etwas, was einfach so passierte. Eine Berührung, so leicht und doch elektrisierend; eine Berührung, die im winzigen Bruchteil eines ganzen Lebens einen neuen Song erschuf. Plötzlich und unerwartet und heiß und rasend, wie der reinste Rock 'n' Roll.

Das, was dann passierte, überraschte sie beide. Es ging schnell, pulsierte wie der Klang einer Steelguitar.

Sunny packte ihn mit beiden Händen, zog ihn zu sich. Sie presste ihre Lippen auf seine, und ihre Zunge wisperte ihm wortlos Fantasien mitten ins Gesicht.

Danny spürte ihre Finger, überall, rastlos, ungeduldig. Sie öffneten seinen Gürtel, rissen und zerrten daran, bis eine Hand ihm zwischen die Beine gleiten konnte. Er streifte sich Hemd und Hose ab, so schnell es nur ging. Ein Paar Stiefel flog hektisch scheppernd gegen die Kommode. Dannys Körper fühlte sich an, als wäre er, nach wochenlanger Wanderung durch eine endlose Wüste, nun in einen Teich mit frischem, kühlem Wasser gestoßen worden.

Die Bilder, die er wahrnahm, waren verwackelt und von dem Regenrauschen erfüllt.

Sunnys Bluse fiel zu Boden. Danny bedeckte ihre nackten Brüste wie fiebrig mit Küssen. Der Duft ihrer Haut entriss ihn jeder Wirklichkeit, brannte ihm heiße und sinnliche Lieder ins Bewusstsein. Sie krallte sich in seinen Haaren fest, riss ihm den Kopf nach hinten, küsste ihn wieder und wieder so tief und fest, bis er sie zum Bett schob und beide dort niedersanken.

Ihre Körper waren verschlungen, gaben sich kampfeslustig dem hin, was sie beide vermisst hatten.

Sunny verteilte kleine Bisse, ihre Fingernägel kratzten ihm die Haut blutig. Die dunkelrote Wut, die sie während der vergangenen Wochen in sich getragen hatte, entflammte nun in ihrer ungezügelten Leidenschaft für ihn.

Danny presste sie so behutsam, wie es die drängende Hitze ihm nur erlaubte, auf die Matratze, er entwand sich kraftvoll ihren Bissen und Küssen, hielt sie wie eine Gefangene, so fest, eine Gefangene, die sich ihm hingab, wie eine Katze es tut, mit spitzen Krallen und Widerstand und einem Blitzen in den Augen, das ein wütender Schrei, ein lustvolles Kreischen war.

Er packte ihre bebenden Schenkel, drehte ihren Körper, lag nun hinter ihr und fand den Rhythmus, der sein einziges Lied war. Sie stöhnte auf, schrie ins Kissen. Ihre Hand zerrte an seinen Haaren, als sein Atem ihr den Verstand glühen ließ.

Beide hörten nicht auf, rutschten langsam vom Bett auf den Holzboden, der angenehm kühl war unter ihnen.

Der Regen prasselte den Takt zu den drängenden Bewegungen ihrer Körper, die einander nicht eher freigeben wollten, als bis sie beide des schweißtreibenden Ringens müde wären. Stunden sollte es dauern, Ewigkeiten, so lange, bis die Engel unter Tränen zu wimmern begännen. Danny schmeckte die salzige Haut, die so heiß war wie Glut, und seine Hände bewegten Sunnys feuchte Hüften zur pulsierenden Musik dieses Augenblicks, der immer lauter wurde; sie bewegten sich zu einer Musik, die all die flüsterhaften Geräusche, all die drängende Schwüle der tiefen Sümpfe erahnen ließ, jener so geheimnisvollen Wildnis aus Verlangen und Mysterium, die New Orleans zu einer wirklich brennenden Göttin unter den Städten des Südens machten.

Er spürte, dass er der Hitze nicht länger nachzugeben vermochte, dass sich die Lieder wie Sterne am Nachthimmel entzünden würden, doch als cr Sunny erneut zu sich zog, ihr über die Schulter leckte, sie sich drehte, so dass sie ihm in die Augen blickte; als sie ihn erneut in sich eindringen ließ, da sah er plötzlich einen Schatten über ihr Gesicht huschen, etwas, das vergangen und noch nicht ganz gestorben war; etwas, das alles veränderte.

Shoo Raa.

»Nein!« Sie riss sich von ihm los. »Oh, Scheiße, nein!«

»Was ...«

Sunny stieß ihn mit einem Mal gewaltsam von sich fort, kroch rückwärts über den Boden. »Nein, nein, nein«, schrie sie wie wild, panisch und ängstlich. Dicke Tränen standen in ihren Augen, bittere Tränen der Wut und der Verzweiflung. »Nein, Danny, das bin nicht ich«, wimmerte sie.

»Sunny.«

Sie kroch so weit von ihm fort, bis sie mit dem Rücken an der Wand auf dem Boden sitzen blieb.

Er schnappte nach Luft. »Sunny, was hast du?«

Sie schlang die Arme um ihre angewinkelten Beine. »Das eben, das war nicht ich«, murmelte sie.

Danny, der keine Ahnung hatte, wovon sie redete, kroch zu ihr hin, berührte sie, und sie zuckte zusammen.

»Sunny?«

Sie schüttelte den Kopf.

»Sunny!« Wie eine magische Beschwörungsformel, leise und heimlich, nah und so fern.

Jetzt sah sie ihn an. »Was war das eben?«, fragte sie.

»Was meinst du?«

»Du hast gerade ...« Sie kämpfte mit den Tränen. »Ich war jemand anders.«

Danny wusste noch immer nicht, was sie meinte. Das Licht zauberte Schatten wie Schleier auf ihre Haut.

»Als du in mir warst«, flüsterte sie, »da war ich eine andere.«

»Sunny.« Er hielt sich an diesem Namen fest, weil es sonst nichts gab, woran er sich festhalten konnte.

»Ich habe mich selbst gesehen, und ich war nicht ich.« Sie schnappte nach Luft, suchte nach Worten. »Ich war diese gottverdammte Schlampe, mit der ich dich gesehen habe. In der Stadt.« Sie zitterte. »Es war nicht mein Körper, mit dem du ...« Sie stockte. »Es war ...« Sie schluckte, Tränen brachen erneut hervor. »Du hast dieses Flittchen gefickt, Danny, aber ich war diejenige, die es gespürt hat. Du hast ... Ich habe in *mir* gespürt, wie du *sie* gefickt hast.«

Danny schwindelte.

Hatte er gedacht, dass sie die Lüge so einfach würden überlisten können?

War er so töricht gewesen zu glauben, dass nun alles wieder so gut wie früher werden würde?

Er nahm sie in die Arme, und sie ließ es zögerlich geschehen. »Es war nicht real«, flüsterte er.

»Doch«, schluchzte sie. »Das war es.« Sie schlug ihm halbherzig auf die Brust und fügte wütend hinzu: »Du Dreckskerl, ich habe es gesehen.« Sie hielt sich den Kopf mit beiden Händen, als müsse sie schreckliche Schmerzen vertreiben. »Es ist hier drinnen.«

»Nein.«

»Nein?«

»Das warst die ganze Zeit über *du selbst*. Du bist hier bei mir. Du, Sunny. Das ist die Wirklichkeit. *Wir* sind die Wirklichkeit.« Die Hilflosigkeit schlug ihre Zähne in sein Herz.

»Und was war das, was ich eben gesehen habe?«

»Es war gelogen.« Er wusste, wie falsch sich das anhörte.

»Aber ich habe es *gefühlt*.« Sie klang verzweifelt.

»Sunny.«

»Es war *echt* ...«

»Ich ...«

»Ich habe es *gefühlt*.« Sie presste die Hände gegen die Schläfen. Weinte. »Es war so real, Danny. Tief in mir drinnen. Diese Schlampe, es war ihr Gesicht und mein Körper. Was sollen wir nur tun?«

Er nahm sie in die Arme, drückte sie an sich.

Sie ließ es geschehen. Ihre schweißnasse Haut war kalt.

»Du warst die ganze Zeit über nur du selbst.«

Sie schüttelte den Kopf. »Nein, Danny, ich habe dich gesehen, wie du mit *ihr* geschlafen hast. Es war ihr Körper, der sich da gewunden hat, und ich habe alles gespürt, so eine Scheiße, verdammt, ich habe gespürt, was sie fühlt, wenn du sie fickst.«

Er drückte sie fester an sich. Ihr Haar roch nach Heu und Regen.

»Es war eine Lüge.«

»Ich weiß«, wimmerte sie. »Aber trotzdem war es wirklich.«

»Oh, Sunny«, flüsterte er nur.

»Es muss aufhören«, flehte sie ihn an. »Versprich es mir, los! Versprich mir, dass es irgendwie aufhören wird.«

»Das wird es.«

Sie nickte, schluchzte. »Es ist wie mit den Träumen.«

»Du meinst ...«

»Die Träume der Kleinen.«

Unbewusst wanderte Dannys Hand hinab zu ihrem Bauch, blieb sanft dort liegen, spürte ihren Atem.

»Da sind Bilder, die nicht mir gehören«, sagte sie. »Gefühle, so rot wie ein See aus Blut.« Heiße Tränen rannen ihr übers Gesicht. »Ich wache jeden Morgen schreiend auf, weil ich träume, was ein Kind träumt. Unser Kind. Menschen, die riesengroße Schatten sind, streiten laut miteinander. Sie schlagen sich voller Wut, schreien einander an. Da sind diese Geräusche, die ...« Sie stockte. »Danny, das sind Geräusche, die sich anhören, als sei es ein Horrorfilm. Sie sind um mich herum, hinter der Tür des Zimmers, in das man mich gesperrt hat, und ich weiß, wenn die schattenhaften Erwachsenen mit dem fertig sind, was sie einander antun, dann wird das, was von ihnen übrig ist, sich mir zuwenden. Sie werden das, was diese glitschigen, nassen Geräusche verursacht, auch mit mir machen. Sie werden mich packen und mit den Geräten, diesen Dingen, die sie benutzen, über mich kommen.« Sie klammerte sich an ihn. »Ich sehe diese Dinge, diese Geräte, was immer sie auch sind, nie. Ich höre immer nur das, was sie tun können, aber ich weiß, dass sie scharf sind und spitz und dass sie in alles hineinschneiden können. Ich weiß, dass sie einem wehtun können. Dass sie einem ganz, ganz lange wehtun, bevor man dann endlich nichts mehr spürt. Ich höre diese nassen Geräusche und ahne, was da in der Dunkelheit passiert.« Sie weinte jetzt hemmungslos, und die Worte kamen nur in Bruchstücken aus ihr hervor. »Da ist ein Zimmer, das ganz rot ist, und ich bin in diesem Zimmer. Danny, in diesen Träumen, da bin ich ein Kind, ein kleines Mädchen, ungeboren, ich weiß es. Es ist völlig verrückt, ich bin UNSER kleines Mädchen, und ich habe solche Angst, weil ich in eine Welt geboren werde, in der es Dinge gibt, die so scharf und spitz sind und die alles schneiden, was sie nicht leiden können.«

»Oh, Sunny!«

»Ich träume das in jeder verdammten Nacht, Danny. *JEDE VERDAMMTE* Nacht.«

Danny spürte, wie sie zitterte.

»Und weißt du, was das Schlimmste ist?«

Er schüttelte den Kopf.

»Ich weiß, dass *sie* es auch träumt.« Sie berührte ihren Bauch. »Ich weiß, dass die Kleine es auch träumt. Nicht so, wie ich es tue, aber ähnlich. Es sind ähnliche Bilder. Sie tun ihr weh, ich weiß es. Sie ist zwar nur winzig, aber sie träumt es. Ja, ich weiß, was die Ärzte jetzt sagen würden. Ich bin in der achtzehnten Woche, und ich kann eigentlich noch gar keine Tritte spüren. Aber du hast die Tritte auch gespürt, schon vor Wochen. Vielleicht spürt man sie, wenn man besonders darauf achtet. Vielleicht sind es ja keine richtigen Tritte, sondern einfach nur winzige Hände, die unsichtbar ausgestreckt werden und von uns ergriffen werden wollen.«

Der Wind, der von draußen ins Zimmer wehte und den Regen mit sich brachte, wurde unangenehm kalt.

»Es geht ihr nicht gut, Danny. Diese Bilder müssen verschwinden.«

»Ich weiß.«

»Ich halte das nicht mehr aus«, wimmerte sie leise. »All diese Sachen, die in meinem Kopf sind.« Sie sah ihn verzweifelt an. »Ich will, dass sie verschwinden. Ich will, dass es wieder so wird, wie es war.«

Danny küsste sie auf die Stirn, dann hielt er sie fest, das war alles. Eine Weile lagen sie still da und schwiegen.

»Als ich dich am Flugplatz gesehen habe«, sagte sie schließlich, »da hätte ich am liebsten sofort mit dir geschlafen. Irgendwo, scheißegal wo, nur sofort, auf der Stelle, weil ich dich so vermisst habe.« Sie seufzte. »Aber jetzt«, sie stockte, »sieh doch, was mit uns passiert. Was, verdammt nochmal, ist das nur?«

»Es ist die Lüge, die in dir lebt.« Dannys Stimmte bebte. »Sie wird nicht von allein verschwinden.« Er hätte niemals gedacht, dass die Lüge, die von Sunny Besitz ergriffen hatte, so mächtig war. Dass sie so weit reichte.

»Glaubst du, dass diese Sirenen uns helfen können?«

»Ich hoffe es«, flüsterte er. Sie mussten es auf jeden Fall versuchen, denn sonst würde es keine Zukunft geben für sie, so einfach war das.

»Danny?« Das Trommeln des Regens war wie Nadelstiche.

»Ja?«

»Halt mich einfach nur fest.«

»Ist gut.«

Die Vorhänge wehten im Wind, wie blasse Nebel, durch die zu sehen einem kaum möglich ist.

Und Danny hielt Sunny in den Armen. Sonst nichts. Er hielt sie fest, als käme ein Sturm auf und könne sie mit sich nehmen. So fest, als gebe es in der Welt kein Morgen mehr.

Irgendwann schlief sie dann ein. Sie sagte nichts mehr, und ihr Atem ging langsamer.

Danny trug sie zum Bett zurück, legte sich neben sie. Ihr nackter Körper war wie Elfenbein im Mondlicht.

Danny konnte nicht schlafen. Er drehte sich unruhig im Bett hin und her. Er betrachtete Sunny.

Sie hatte Träume, die nicht gut waren, die ganze Zeit über.

Ihre Lider flackerten, und sie stöhnte ängstlich auf, wenn sie das Kopfkissen drückte. Ihre Finger waren wie Krallen im Betttuch.

Einen Moment lang hatte Danny überlegt, die Nacht zu nutzen und die Bar aufzusuchen.

Das *Café du Monde*, rund um die Uhr geöffnet.

Doch dann hatte er sich anders entschieden.

Er würde bei Sunny bleiben.

Würde sie jetzt nicht allein lassen.

Wenn sie besonders unruhig schlief, dann legte er ihr eine Hand auf die Schulter, den Arm, den Bauch. Sie wurde dann sofort ruhiger.

Er stellte sich vor, wie die Kleine, die langsam in ihrem Bauch heranwuchs, diese Berührung ebenso spürte, wie seine Frau es tat. Ja, denn das war sie, noch immer, trotz all der Misslichkeiten, mit denen sie zu kämpfen hatten. Sie trug den Ring am Finger, wie er es tat. Das Zeichen ihres Bundes, geschlossen mit ganzer Seele und singendem Herzen, an diesem güldenen Tag in Nashville, der eigentlich grau und kalt und regennass gewesen war.

In guten wie in schlechten Tagen. Genau das hatte der Priester gesagt. Jetzt begann Danny zu ahnen, was er damit gemeint hatte. O ja, jetzt erst erkannte er es wirklich.

Irgendwann am Ende dieser Nacht setzte sich Danny auf die Bettkante.

Betrachtete den Aufgang der Sonne.

When the Sailor met Sunny …

Langsam stieg die glühende Scheibe auf und übergoss die Stadt mit ihrer warmen Farbe.

Dann öffnete Sunny die Augen. Sie wirkte verkatert, räkelte sich müde. »Ich habe geträumt«, sagte sie.

»Ich weiß.« Danny küsste ihr sanft die Nasenspitze. »Ich weiß. Deswegen bin ich hier.«

Sie schenkte ihm ein Lächeln, gegen das der Sonnenaufgang keine Chance hatte.

So begann der Tag.

»Wie geht es dir?«

Sie kam gerade aus dem Bad. »Mir ist übel«, antwortete sie.

»Schlimm?«

»Normal.«

Sie zog sich an. Langer Rock, Shirt, die Haare mit einem Tuch nach hinten gebunden. Schminkte sich schnell.

»Ich kann allein ins Café gehen.«

»Ich komme mit.«

Er grinste. »Das hatte ich gehofft.«

Sie knuffte ihn. »Lass uns gehen.«

Um das *Café du Monde* zu erreichen, mussten sie bloß die Straße hinunterschlendern, Richtung Mississippi. Sie befanden sich mitten im French Quarter. An einer Ecke boten jugendliche Breakdancer Akrobatik dar, schon früh am Morgen. Die Straßen waren schmal, und in den Hinterhöfen konnte man leise Springbrunnen plätschern hören. Verträumte Patios, Balkone mit Rankgewächsen, Grünflächen mit Statuen.

The Big Easy.

Genau so wirkte es.

Die Stadt um sie herum erwachte langsam zum Leben.

Von den starken Regengüssen der letzten Nacht waren nur feine Nebel übrig geblieben, die über der Straße wehten wie verirrte Gespenster. Oben auf den Balkonen und Balustraden wurden die Pflanzen gegossen, Wasser tropfte von den Palmen und Akazien herunter. Die Sonne stand am wolkenlosen Himmel und würde bald alles getrocknet haben. Schon jetzt konnte man erahnen, wie heiß es um die Mittagszeit sein würde.

»Ist schon seltsam«, sagte Sunny nach einer Weile.

»Was?«

»Na, das alles hier.« Sie sah ihn an. »Wir beide.«

Er schwieg.

»Weißt du, Danny, ich habe mich immer so *unvollständig* gefühlt. Als Kind, meine ich.«

»Wegen deines Vaters?«

»Ja. Es hat ihn nie gegeben. Nur Amber und mich. Aber das war zu wenig.« Sie nannte ihre Mutter immer beim Namen, das hatte Danny schon früh bemerkt. Immer Amber, niemals *Mutter.* »Ich habe ihn immer vermisst. Ich hätte gern ganz normale Eltern gehabt.«

»Sind Eltern das denn jemals?«

»Du magst deine nicht.«

»Das ist etwas anderes«, betonte Danny, »ich hasse sie.«

»Aber sie waren immer für dich da.«

»Sie waren da.«

»Ist das nicht das Gleiche?«

»Nein, ist es nicht.« Er wusste, dass es bitter klang, wenn er das sagte. Aber es war die Wahrheit.

Sie blieb stehen. »Ich will nicht, dass unser Mädchen so aufwächst, wie ich aufgewachsen bin. Ein Kind sollte doch zwei Elternteile haben. Und … na ja, vielleicht sollte sie auch nicht so aufwachsen, wie du aufgewachsen bist.«

»Ich weiß«, sagte er. »Ich weiß sehr gut, was du meinst.«

Sie gingen die Peter Street hinunter zum Fluss.

Am Jackson Square blieben sie stehen, um einem Musiker zu lauschen. Er sah aus wie Courtney Pine und spielte etwas von Johnny Favorite, wie passend.

Girl of my Dreams.

Eine leise, ruhige Melodie.

»Woran denkst du?«, fragte Sunny.

»An den Namen.«

»Welchen Namen?«

Er sah sie an. »Na, den Namen der Kleinen.«

»Du fragst dich, wie wir unser Mädchen nennen sollen?«

Hey, sie hatte wieder *unser* gesagt.

»Ja.«

»Und?«

»Weiß nicht.«

Sunny lächelte. »Wie wäre es mit Joan?«

Versonnen sagte er: »Joan Darcy.« Er überlegte, schüttelte den Kopf.

»Besser als Johnny«, grinste sie.

Beide mussten lachen. Es tat gut zu lachen. Sie sollten das wieder öfter tun.

Dann fiel es ihm ein. »Jenny«, sagte er plötzlich. »Jenny Darcy.«

Das Sonnenlicht entfachte ein Leuchten in ihren Augen. »Jenny«, murmelte sie. »Ja, warum nicht.«

Der Musiker spielte auf seinem Saxophon schwere Melodien, die mit sich selbst rangen, wie Krieger es im alten Griechenland miteinander taten, nur mit Kraft, ohne Waffen, nackt. Er entlockte dem Instrument seufzende, drängende Töne, eine Kakophonie aus Harmonien, aus denen die Hitze schwitzte.

Jenny.

Danny fühlte sich mit einem Mal gut.

Girl of my Dreams.

Meine Güte!

New Orleans, dachte Danny, hier lebte die Magie noch. Hier wurde der Jazz geboren.

Ja, fast war es, als könne man die alte Stadt greifen. Jene Stadt, die New Orleans einst gewesen war.

Er spürte, wie Sunny seine Hand ergriff.

Ein neues Lied begann.

Honey Man Blues.

Die alte Stadt, die noch immer da war.

Überall.

New Orleans mit all seinen Vergnügungsvierteln, den riesigen Show-Booten und den Tanzpalästen, wo heute noch Dixieland und Jazz wie scharfe Gewürze die Luft trübe machten. Damals war etwas Neues geboren worden.

Etwas ganz und gar Großartiges, das gemeinsam von

den Franzosen, Spaniern und ehemaligen Sklaven erschaffen wurde. Die *créoles de couleur* ließen die Schöpfung neu entflammen.

Alles, was sich hier traf, verschmolz wie in einem riesigen Topf zu etwas Neuem. Die alten Lieder der frühen Plantagensklaven, die munteren Shanties der Seeleute von den Westindischen Inseln, die *Work Songs* der Eisenbahnarbeiter, all diese Lieder, vermischt mit den Spirituals der schwarzen Baptistengemeinden, dem krächzenden Blues, den sie auf dem afrikanischen Banjo spielten, untermalt von der Mundharmonika und dem Waschbrett, in allem ein Echo der europäischen Marschmusik. Man nannte es *Ragtime*, *Fake Music* und *Low down Music*. Manche nannten es *Jass*. *Jass*, wie leidenschaftlicher Sex. *That's Jass*. Ein guter Fick. Aus *Jass* wurde *Jazz*, aber die schwülstige Atmosphäre blieb.

Die Musik war wie Körper, die einander hemmungslos liebten, schwarz und schweißtreibend, in den Amüsiervierteln, wo Brass Bands und Tanzkapellen wummerten und ekstatische Tänzer ihre glänzende Haut zeigten, wo im schummrigen Licht Gedanken um lange Beine, feste Hintern, volle Brüste und tiefe Geheimnisse kreisten. Eine Welt, die von Buddy Bolden begründet wurde, die von Joseph King Oliver, Sidney Bechet, Edward King Ory und Warren Baby Dodds erobert wurde. Eine Welt, deren König Louis Armstrong wurde, lange Zeit, nachdem die ersten Entdecker dem Mississippi gefolgt waren, den ganzen langen Weg aus Kanada hinab zum Golfstrom.

Und alles, was einst gewesen war, lebte jetzt in jedem Musiker fort, der die Straßen sein Zuhause nannte.

»Alles ist so vergänglich«, flüsterte Sunny.

Danny ging zu dem Musiker hin und ließ einige Münzen in den geöffneten Saxophon-Koffer fallen.

»Komm«, forderte er Sunny auf.

Der Musiker nickte ihnen zum Abschied zu und spielte die ersten Takte eines Liedes, das sie beide kannten.

Your are my Sunshine.

Wie angewurzelt blieben sie stehen. Die Augen des Alten lächelten warm, als würden sie alle Geschichten, die jemals erzählt wurden, bereits kennen. Als würden sie ahnen, dass die Geschichte, in der sie beide vorkamen, gut endete.

So gingen sie weiter, beschwingter als vorhin noch, als die Musik zu fern gewesen war, um zu ihr tanzen zu können.

Jenny.

Danny beschloss einen Song zu schreiben, in dem eine Jenny vorkam.

Jenny Darcy.

Er berührte Sunnys Bauch.

Die Sonne schien.

»Da ist es!«

Sie hatten gerade die St. Louis Cathedral hinter sich gelassen, als sie es sah. Ein Gebäude, dessen Vergangenheit mit Sicherheit schillernd war. Das *Café du Monde.*

So früh am Morgen tummelten sich noch keine Massen im dem Café, das in jedem Reiseführer Erwähnung fand. Die Wände waren von einer warmen Farbe, und die hohen Fenster ließen das Licht großzügig hinein. Es roch nach Kaffee und Gebäck, das Gemurmel der Gäste war ein Teppich mit buntem Muster. Unter den Arkaden waren noch Tische frei, dort nahmen sie Platz.

Danny wartete, bis eine der Bedienungen an den Tisch kam.

Er bestellte, was alle bestellten, die sich hierher verirrten: *café au lait* und *beignets*.

Sunny verzog das Gesicht, als er den Kaffee auch nur erwähnte, bestellte einen Orangensaft und ebenfalls die *beignets*. Als die Kellnerin alles zu ihnen an den Tisch brachte, fragte Danny sie nach Mr. Jones.

»Wir kennen nicht alle Gäste mit Namen.«

»Man sagte mir, dass Sie diesen einen kennen.«

Sie überlegte, musterte Danny eindringlich. »Kann sein.«

»Ich muss ihn treffen«, betonte Danny, »es ist sehr wichtig.«

»Mr. Jones.« Sie sprach es aus wie *Mista Johns*. »Ja, ich denke, ich kenne ihn.«

»Kommt er oft hierher?«

»Nein.«

»Können Sie ihm meine Telefonnummer geben?«

Sie nickte. »Wenn er auftaucht, kann ich das tun.«

»Sagen Sie ihm, dass Tyler Blake mir ihn empfohlen hat.«

»Ja, kein Problem. Er wird sich bei Ihnen melden. Oder auch nicht. Er ist etwas seltsam.«

»Danke.«

Sie ging weg, bediente den nächsten Tisch.

»Sehr geheimnisvoll«, meinte Sunny. Und dann: »Mir wird richtig übel, wenn ich den Kaffee rieche.«

»Tut mir leid.«

»Muss es nicht. Wir können ja schnell wieder gehen.«

Sunny leerte rasch ihren Orangensaft, knabberte an den *beignets* herum.

»Komm, wir laufen zum Fluss«, schlug sie vor.

Er war einverstanden.

Sie zahlten, betonten der Bedienung gegenüber noch einmal, wie wichtig es war, dass besagte Person die Telefonnummer auch wirklich bekam, und dann verließen sie das *Café du Monde*, bevor die ersten Touristen in Schwärmen dort auftauchten.

»Glaubst du, er meldet sich?«, fragte Sunny.

Die Antwort kam schneller, als sie erwartet hatten.

Sie hatten das *Café du Monde* keine fünf Minuten verlassen und das Ufer des Mississippi noch nicht erreicht, als Dannys Handy klingelte.

»Mr. Jones ist mein Name«, sagte die Stimme. Dann folgte sogleich eine Anweisung. »Kommen Sie in den Garden District. Ich treffe Sie in einer Stunde in *Anthony's Café*. Drüben in der Magazine Street.« Die Verbindung riss ab, mehr sagte er nicht.

»Das war also Mr. Jones«, stellte Sunny fest.

Danny nickte. »Sehr redselig.«

»Immerhin wissen wir jetzt, *dass* er mit uns redet.«

Und Danny Darcy, der voller Tatendrang war, ergriff Sunnys Hand und zog sie mit sich, hinein in die Stadt, die jetzt in Musik und Leben erblühte. Wie immer diese Geschichte auch enden würde, sie steckten jetzt beide mittendrin.

Sie verließen Downtown eine halbe Stunde vor dem vereinbarten Zeitpunkt mit der Straßenbahn, die noch immer zwischen dem French Quarter und dem Garden District verkehrte. Die Holzbänke in der historischen *Streetcar* waren so hart, wie sie es vor mehr als hundert Jahren schon gewesen waren. Die Zeit schien hier nicht richtig zu vergehen, nicht einmal in der Straßenbahn.

So erreichten sie das Wohnviertel mit den riesigen vornehmen Herrenhäusern, die einst von den reichen Pflanzern und Händlern erbaut worden waren, eleganten Villen, mal im viktorianischen Stil mit Säulen aus poliertem Stein, mal im wärmeren New-Orleans-Stil, der eher auf Holz vertraute.

Überall wuchsen Magnolienbäume und Kamelien, es roch nach Azaleen und Jasmin. Die hohen Gitter aus Gusseisen zeigten Maisstängel und alles andere auch.

Sie verließen die Straßenbahn in der Magazine Street, fuhren nicht bis zur Endstation.

Den Treffpunkt fanden sie sofort.

Anthony's Café war ein kleiner Laden im Kolonialstil, wie es ihn auch vor hundert Jahren schon gegeben hatte.

Dort wurden Tee und Gebäck und alle Sorten von Kaffee verkauft. Eigentlich war der Laden gar kein richtiges Café, aber der Name klang gut, und er sah auch gut aus, auf dem Schild mit den geschwungenen Buchstaben.

»Toll«, murmelte Sunny, »schon wieder Kaffee.«

Danny sagte nichts.

Vor dem Laden standen kleine Tische auf dem Bürgersteig, mit Korbstühlen.

Ein Mann saß dort.

Beobachtete sie.

Er trug einen hellen Anzug. In der Hand hielt er eine Papiertüte und fütterte die Vögel, die auf der Straße auf und ab hüpften. Ein geflochtener feiner Strohhut bedeckte seinen Kopf. Die kleinen Augen blinzelten wachsam in die Sonne. Ein Gehstock lehnte an seinem Stuhl.

»Mr. Jones?«, fragte Danny und trat vorsichtig auf ihn zu.

»Mögen Sie Vögel?«, fragte der Mann, der nicht alt und nicht jung war, nur sehr adrett. »Sie sind uns Helfer, oftmals, in vielen Lebenslagen.« Er grinste, als habe er gerade einen vortrefflichen Scherz verlauten lassen.

»Ja«, murmelte Danny, ein wenig verdutzt, aber höflich. »Na ja, ich habe bisher nie darüber nachgedacht. Ich habe jedenfalls nichts gegen sie, die Vögel, meine ich.«

»Ich auch nicht«, sagte Sunny.

Der Mann lächelte freundlich. »Sie sind auf der Suche, habe ich Recht?«

»Ja.«

»Sie beide?«

Sunny sagte: »Ja.«

»Dann nehmen Sie Platz.« Er bot ihnen zwei Stühle an. »Ich bin Mr. Jones.« Er reichte ihnen die Hände.

»Tyler Blake hat uns zu Ihnen geschickt.«

Mr. Jones nickte.

Sein Händedruck war fester, als Danny erwartet hatte. »Das geht in Ordnung.« Sein glatt rasiertes Gesicht mit der runden Brille ließ ihn wie einen Missionar aus einem Film mit Deborah Kerr aussehen. »Blake hat mir einmal einen Gefallen erwiesen. Ich stehe in seiner Schuld, sozusagen.«

»Können Sie uns helfen?«

»Ob ich Ihnen helfen kann? Ha! Ich bin Mr. Jones.« Als wäre das die Antwort auf alle Fragen dieser Welt.

»Mister?«

»Jones«, betonte er. »Das sollte genügen. Ich hatte viele Namen, aber der hier ist mir der liebste.«

»Okay.« Das *sollte* genügen.

Ein junger Mann mit schwarzer Hose, weißem Hemd und Schürze kam an den Tisch und nahm die Bestellung auf. Solange er da war, sprach Mr. Jones kein Wort, doch sobald er im Laden verschwunden war, begann er zu reden.

»Sie suchen die Sirenen.« Es war keine Frage. Er kam also direkt zur Sache.

Gut so.

»Woher wissen Sie davon?«, fragte Danny.

Er zog ein Gesicht. »Ich bin Mr. Jones.«

Okay, dann eben so.

Danny sagte: »Es ist wichtig.«

»Das ist es immer.« Mr. Jones winkte energisch ab, wedelte mit der Hand vor dem Gesicht herum. »Ihre Gründe, die Sirenen aufzusuchen, gehen mich nichts an.«

Wieder Schweigen, als die Bedienung frischen Eistee und einen weiteren Kaffee für Mr. Jones brachte.

»Dann können Sie uns sagen, wo wir sie finden?«, wollte Danny wissen, als sie wieder unter sich waren.

Mr. Jones nickte, suchte in seiner Jacke nach einer Zigarette, fand sie und zündete sie an. »Natürlich kann ich das. Sie leben in den Sümpfen, wo sonst! Sie leben *immer* in der Nähe des Wassers.«

»In welchen Sümpfen?«

»Im Bayou Atchafalaya.«

»Wo ist das?«

»Louisiana.«

»Wo genau?«

»Ich muss mich verbessern, Mr. Darcy. Im Bayou Atchafalaya sollten Sie mit Ihrer *Suche* beginnen. *Finden* werden Sie die Sirenen bestimmt nicht so einfach.«

»Wie meinen Sie das?«

»Die Atchafalaya Bay ist ein großes Gebiet.« Er nippte am Kaffee. »Mitten im Cajun Country.«

»Die Suche wird also nicht einfach sein.« Sunny wirkte ungeduldig.

»Sie müssen ein Haus finden, das die Cajuns *La Maison Rouge* nennen.«

Sunny sagte süffisant: »*Maison Rouge?*«

Klingt anrüchig, dachte auch Danny.

»Es liegt versteckt in den Sümpfen.« Mr. Jones beugte sich vor, klopfte die Asche über der dafür aufgestellten Schale mit Wasser ab.

»Versteckt«, echote Sunny.

»Irgendwo.«

»Irgendwo versteckt.«

»Ihre Frau ist sehr skeptisch, Mr. Darcy.«

»Das liegt mir im Blut«, antwortete sie.

Mr. Jones nahm es zur Kenntnis, nicht mehr. »Fahren Sie nach Morgan City. Dort gibt es einen Laden. *L'Acadie*, so heißt er. Der Besitzer des Ladens ist ein Kreole namens Henri Lafitte. Macht alles Mögliche in der Gegend.«

»Alles Mögliche?«

»Repariert Autos, verkauft Krimskrams und Schnickschnack an die naiven Touristen, fährt in die Bayous, fischt, jagt. Alles Mögliche eben.«

»Weiß er, wo die Sirenen leben?«

Mr. Jones schmunzelte. »Er kennt die Gegend, ja. Er führt Sie bis in den Bayou Atchafalaya, gewiss. Doch weiter als bis in den Bayou Atchafalaya?« Er zischte durch die Zähne. »Niemand, Mr. Darcy, weiß genau, wo sich das *Maison Rouge* befindet. Es ist ein uraltes Geheimnis.« Er zündete sich eine weitere Zigarette an. »Niemand geht freiwillig dorthin.«

»Warum?«

»Es ist nicht geheuer.« Er blies Rauchkringel in die Luft. »Man sagt, dass dieses alte Haus tief in den Sümpfen liegt, in einem Bayou, der nicht einfach zu finden ist für jene, die ihn suchen. Die Cajuns nennen es ehrfurchtsvoll *La Rouge*. Oder *L'Histoire*. Niemand hat es je erblickt, und diejenigen, die es bis dorthin geschafft haben, sind nicht wieder zurückgekehrt, um jemandem davon zu berichten. Legenden ranken sich um dieses Haus. Man sagt, dass Hexen dort leben. *Sirenen*.« Er grinste. »Die Sorte Frauen jedenfalls, die Sie beide suchen.« Er blies Rauch in die Luft. »Das *Maison Rouge* ... Man sagt, es sei aus Geschichten entstanden.« Er nippte an seinem Kaffee. »Ja, ja, das ist es, was die Menschen dort glauben. Fragen Sie Lafitte.« Er lehnte sich zurück. »Fremde seien einst in diese Sümpfe gekommen und hätten sich das Haus *erzählt*. Ja, ja, so heißt es. Böse Magie hinge wie ein Schleier über dem Anwesen.« Er zwinkerte ihnen zu. »Schauergeschichten eben.«

»Toll, Schauergeschichten.«

Mr. Jones lachte. »Ja, *Southern Gothic*. Das, was den Süden ausmacht, wenn die Sonne untergeht.«

Sunny fragte: »Ich dachte, das wäre der Jazz?«

Er schmunzelte. »Nein, es war schon immer das, was in den Schatten lebt, was die Menschen fasziniert. Und das *Maison Rouge*, so viel ist sicher, liegt irgendwo da draußen.« Er schaute sich um, als wolle er sich vergewissern, dass keine Lauscher in der Nähe waren. »Ein Schiff ist angeblich einst vor der Küste gestrandet, vor langer, langer Zeit, und die Überlebenden sind auf ihrer Suche nach einem Ausweg und einer Siedlung tief ins Innere der Sümpfe vorgedrungen.« Seine Stimme war zu einem

Flüstern geworden. »Sie haben sich natürlich verirrt, und einige sind von den Spinnen und den Alligatoren gefressen worden. Aber diejenigen, die überlebt haben, die haben Geschichten erfunden, um sich Mut zu machen.«

Danny stellte sich vor, wie sie ihren Ängsten Gestalt verliehen und sie in Worte gekleidet hatten. Man musste über die Dinge reden, die einen das Fürchten lehrten, denn dann waren sie weniger furchteinflößend. Jeder wusste das.

»Man sagt, dass schon damals Hexen in den Sümpfen lebten. In den Nächten haben sie den Schiffbrüchigen aufgelauert. Sie haben deren Geschichten in Netzen an Stöcken eingefangen und in mit Pech verfinsterte Laternen gesperrt, und aus all diesen Geschichten haben sie dann das Haus errichtet.« Mr. Jones machte eine Pause, beobachtete neugierig seine Zuhörer, als suche er nach etwas Bestimmtem in ihren Gesichtern. »So ist das *Maison Rouge* angeblich entstanden, und mit den Jahren ist das Haus natürlich gewachsen, weil sich immer wieder Menschen in den Sümpfen verirrt haben. Man erzählt sich, dass eines jeden stille Furcht und jeder einzelne Albtraum, und sei er noch so klein gewesen, zu einem eigenen Zimmer wurde.«

Danny fröstelte heftig.

»Und da gibt es noch eine Geschichte«, ergänzte Mr. Jones. »Eine, die besagt, dass das Haus nicht nach *außen*, sondern *nach innen* gewachsen sei.« Die kleinen Augen musterten die beiden. »Man erzählt sich, dass es von innen größer sei als von außen.«

»Wer sind Sie?«, fragte Sunny ihn unvermittelt.

»Mr. Jones«, sagte Mr. Jones.

»Was tun Sie?«

»Ich helfe Leuten wie Ihnen«, antwortete er.

»Sie sind ein Rätsel.«

Er lachte. »Kennen Sie die Stadt, die Riddle heißt?«

Danny schüttelte den Kopf.

»Da komme ich her.«

»Und Tyler Blake?«

»Hat mich in Riddle getroffen, das war vor vielen Jahren. Aber wenn er es Ihnen nicht erzählt hat, dann werde ich das auch nicht tun. Man muss nicht alles ausplaudern, nicht wahr?!«

Danny stimmte ihm zu.

Es war Sunny, die die Frage stellte: »Und dieser Henri Lafitte?«

»Keine Ahnung. Ich persönlich habe nichts mit Henri Lafitte zu schaffen. Aber jeder kennt ihn. Wenn jemand raus in die Bayous will, dann heuert er Lafitte an. Doch Sie müssen vorsichtig sein, Mr. und Mrs. Darcy. Ich bin sicher, dass es das *Maison Rouge* wirklich gibt, und den Sirenen, so heißt es, ist nicht zu trauen.«

»Wie meinen Sie das?« Sunny beugte sich vor.

»Sie sind verschlagen.« Mr. Jones zwinkerte ihnen geheimnisvoll zu. »Sagt man.« Er nippte an seinem Kaffee. »Wie schon erwähnt, das sind natürlich alles nur Geschichten, aber die Leute hier unten wissen, wie ernst man die Geschichten, die des Nachts an den Feuern erzählt werden, nehmen muss. Es ist nicht mit ihnen zu spaßen, nein, niemals. Geschichten sind zu lebendig, um sie links liegen zu lassen. Nicht umsonst entzünden die Menschen in den Bayous große Feuer. Die Dunkelheit kann sehr unangenehm sein.«

»Was hat es mit den Sirenen auf sich?«, hakte Sunny nach.

»Sie neigen dazu, die Dinge, die man sich von ihnen erhofft, auf eine, sagen wir mal, sehr eigene Art und Weise auszulegen.«

Sie musterte ihn neugierig.

»Das sagt man«, ergänzte er.

Sunny legte den Kopf schräg. »Sagt man das, ja?«

»Ich sehe es Ihnen an, Sie wollen wirklich alles hören, nicht wahr?! Doch bedenken Sie, dass Sie manches erleben müssen.« Mr. Jones' Stimme war wie Honig. »Nun ja, lassen Sie mich Ihnen trotzdem noch eine kleine Geschichte erzählen.« Er bestellte einen weiteren Kaffee. Neue Zigaretten.

Dann begann er mit leiser Stimme: »Viele Arkadier kennen sie, doch Ihnen, denke ich, ist sie noch nicht bekannt.« Er räusperte sich. »Also gut. Diese Geschichte, nun ja, sie handelt von einem Mann namens Alec Merieult.«

Doktor Merieult.

»Sie trug sich vor vielen Jahren zu, keine Ahnung, wie lange es her ist. Als ich in diese Gegend kam, da war die Geschichte um den Doktor und das, was ihm widerfahren war, schon eine recht alte Geschichte.

Alec Merieult lebte – ich glaube, es muss in den 50er

Jahren gewesen sein – auf einer alten Plantage in der Nähe von Humphreys. Er war Botaniker, sein Beruf war seine Leidenschaft, und die meisten Tage verbrachte er damit, die Flora der umliegenden Bayous zu erkunden. Er unternahm tagelange Exkursionen in die Wälder und Sümpfe, untersuchte die Gewässer, machte sich Notizen.« Der neue Kaffee wurde gebracht. »Und auf einer dieser Reisen, so erzählt man es sich, da begegnete er einer wunderschönen Frau namens Calypso. Sie lebte in einer Hütte, irgendwo in den Sümpfen.«

»Also nicht im *Maison Rouge*.«

»Nein, woanders.« Er sah Sunny in die Augen. »Dies hier ist keine *Maison-Rouge*-Geschichte.«

Nun denn ...

Als er mit seinem Boot an dem Steg vor ihrer Hütte festmachte, da begrüßte sie ihn und kochte für ihn. Fisch und Frösche aus den Sümpfen, dazu Okras und Maisbrot. Sie redeten, während des Essens, während des Weins, während der Stille, und als sie ihn dann verführen wollte, da gestand er ihr, dass er sich bereits verliebt hatte.

Calypso forderte ihn auf, ihm von seiner Liebe zu erzählen.

Und das tat er.

»Sie war ein Mädchen aus Baton Rouge.«

Sie hieß Belinda Thatcher, ihr Vater war Richter. Wunderschön war sie, aber, wie das so oft der Fall ist, sie beachtete ihn nicht.

»Und so geschah, was geschehen musste.«

Calypso erbot sich, ihm einen Gefallen zu erweisen. Dafür musste der Doktor aber einen Preis zahlen.

»So läuft das immer.«

»Was für einen Preis?«, wollte Sunny wissen.

Danny konnte ihr die Besorgnis ansehen.

»Calypso wollte ein Kind haben.«

Das war der Preis.

Er würde *eins werden mit dem, was er am meisten liebte.* Und sie würde ein Kind haben.

»Sie meinen …?«

»Ja, das tue ich.« Mr. Jones sah Sunny eindringlich an. »Genau das, was ich sage.«

Calypso wollte ein Kind haben.

Das war der Preis, den Alec Merieult zahlen musste. Sie würde sich ihm lustvoll hingeben und überdies noch einen Wunsch erfüllen.

Sie gab ihm Wein zu trinken und umgarnte den guten Doktor, der nicht lange ihren Reizen widerstehen konnte. Sie umschlang ihn mit ihrer dunklen Haut und dahingehauchter Lust. Sie liebten sich bis zum Anbruch des Tages, wie Tiere.

Am nächsten Morgen legte Alec Merieult mit dem Boot ab.

Dein sehnlichster Wunsch, versprach sie ihm zum Abschied, *wird schon sehr bald in Erfüllung gehen. Du wirst eins sein mit dem, was du von ganzem Herzen liebst.*

»Bingo!«

Alec Merieult fuhr durch die Bayous, suchte den Weg zurück nach Calumet.

Er brauchte nicht lange, um herauszufinden, dass er sich in den verzweigten Bayous verirrt hatte. Die Sümpfe waren schon immer ein einziges Trugbild gewesen.

»Die nächste Nacht verbrachte er irgendwo in der Nähe des Bayou Blanc.«

Er schlug ein Zelt auf, bereitete sich ein karges Nachtlager. Am nächsten Tag würde er nach Hause zurückfinden, dessen war er sich gewiss. Er hatte alle Zeit der Welt.

Glaubte er.

»Doch dann erfüllte sich *sein sehnlichster Wunsch.*« Mr. Jones grinste übermütig.

Es war offensichtlich, dass die Geschichte nicht gut enden würde.

»In der Nacht«, erklärte Mr. Jones genüsslich, »weckte ihn ein Geräusch.«

Es war ein Wispern, wie von feuchten Blättern und moosbedeckten Ranken. Es klang vertraut und süß, und wenn jemals ein Geräusch einen Geruch verströmt hat, dann erinnerte ihn dieser Geruch an den Schoß der mysteriösen dunklen Frau, die sich Calypso nannte.

Er ging nach draußen. Kalte Nachtluft empfing ihn.

»Im Flackern des Feuers bemerkte er, wie etwas seine Füße umschlang.«

Ja, es passierte etwas mit ihm. Gräser und Wurzeln berührten seine nackten Füße, und dann sah er, wie ihm die Pflanzen unter die Haut krochen. Er sah ihre schlangenhaften Bewegungen im Schein des Feuers. Wurzeln wölbten sich unter seiner Haut, Blätter drückten sich gegen ihn. Säfte und Gifte, die in den Stängeln und Blättern lebten, durchströmten ihn. Als er den Mund zu einem Schrei öffnen wollte, da brachte er nur ein raschelndes Keuchen zustande.

Bilder überfluteten ihn.

»Pflanzenträume.«

Seine Haut veränderte sich, wurde grün wie Laub und an manchen Stellen so braun wie die Erde. Knospen, verschlossenen Versprechen gleich, öffneten sich aus diesem tiefen dunklen Grün, und die bunten Blüten, die sie fast stumm schon hervorbrachten, ließen neue Wurzeln in ihm sprießen.

»Die Natur vereinigte sich mit ihm«, erklärte Mr. Jones, »wie er sich in der Nacht zuvor mit dem Körper der Calypso.«

Sie hatte ihm versprochen, dass er eins werden würde mit dem, was er liebte.

»Sie hat ihn ausgetrickst.« Eingedenk der Inbrunst, mit der Mr. Jones ihnen die Geschichte zum Besten gab, musste sie eine seiner Lieblingsgeschichten um die Wesen aus den Bayous sein. »Ja, richtiggehend ausgetrickst hat sie ihn.«

Denn nichts auf der Welt liebte Alec Merieult so sehr wie die Pflanzen, die sein Leben bestimmten. Er konnte die Worte und Empfindungen in dem Rascheln verstehen.

»Calypso hatte also ihr Wort gehalten. Auf eine gewisse Art und Weise.«

»Und dann?« Sunny rutschte unruhig auf ihrem Stuhl hin und her.

»Nun, schließlich erblickte er sein Spiegelbild im Wasser.«

Und erschrak.

Denn das, was er dort sah, war ein Monster aus Wurzeln und Astwerk. Eine Kreatur, die zwar eine menschliche Gestalt erkennen ließ, deren abstoßendes Äußeres aber weder Haut noch Haare besaß. Gräser wuchsen auf ihr und in ihr, die Augen waren Blüten von seltsamer Farbe.

»Von dieser Nacht an war Alec Merieult kein Mensch mehr, nie wieder.«

Er war zu einem abscheulichen Ding geworden; einem Ding, das im Sumpf lebt und sich von dem Getier ernährt, das es dort findet.

»Man sagt, dass er noch immer da draußen haust«, wisperte Mr. Jones. »In den Weiten des Bayou Blanc.«

Manche behaupten, dass man ihn ums Haus von Richter Thatcher hat schleichen sehen, in den mondlosen Nächten, wenn die Schatten regieren; eine Pflanze in menschlicher Gestalt, unfähig, ein Mädchen auch nur je anzusprechen.

»Sehen Sie?«, beendete Mr. Jones seine Erzählung. »Das ist es, was ich gemeint habe. Seien Sie sehr, sehr vorsichtig.«

»Dann war Calypso eine Sirene?«

»Sirene, Hexe, Namen gibt es viele.«

Danny bemerkte, dass er die ganze Zeit über nichts getrunken hatte. Der Tee stand noch immer vor ihm. Sunny war es ähnlich ergangen.

»Was geschieht jetzt?«, wollte sie wissen.

Mr. Jones erhob sich. Nahm den Stock. »Sie zahlen die Rechnung«, lachte er. Dann lüpfte er den Hut. »Ich empfehle mich.« Er zündete sich eine neue Zigarette an. »Sie wissen alles, was Sie wissen müssen. Den Weg müssen Sie jetzt allein gehen.« Mit diesen Worten drehte er sich um und schlenderte die Straße hinab, ohne noch einmal zurückzuschauen.

Sunny schüttelte den Kopf. »Guter Abgang«, stellte sie fest. »Der Kerl weiß, wie man geheimnisvoll bleibt.«

»Ja, sieht so aus.«

»So weit, so gut«, fasste Sunny das alles zusammen.

»Bayou Atchafalaya.«

»*Southern Gothic*«, murmelte sie. »Diese Geschichten, glaubst du, dass sie wahr sind?«

»So wahr, wie Lügen eben sein können«, antwortete Danny.

»Und was tun wir jetzt?«

Danny leerte das Glas mit dem Tee in einem Zug. »Wir essen zu Mittag. Packen unser Zeug, mieten einen Wagen.« Er lehnte sich im Korbstuhl zurück, verschränkte die Hände hinter dem Kopf, streckte genüsslich die Beine aus. »Und dann fahren wir nach Morgan City.«

»Das ist der Plan?«

»Yep«, ließ er verlauten, »das ist der Plan.«

Sie betonte es wie eine Frage. »Wir fahren nach Morgan City, suchen diesen Henri Lafitte und treiben uns mit ihm in den Bayous herum, bis wir die Sirenen gefunden haben?«

»Das ist der Plan im Einzelnen.« Er musste laut lachen. »*Herumtreiben* klingt nicht schlecht.«

Sunny betrachtete eine Weile die Passanten, ließ die Sonne ihre Nase kitzeln. Dann sagte sie entschlossen: »Okay, Rumtreiber. Komm, treiben wir uns rum.«

Und Danny, der das Funkeln in ihren Augen sah, wusste, dass sie genau das tun würden.

Fünftes Kapitel

So ziemlich in der Mitte von allem

Tell me stories, tell me lies,
silence will not shine tonight,
give me kisses – time that flies
will not hurt us if we fight.

Tyler Blake, *Storyteller*

Der Plan war, wie die meisten Pläne, die sich im Nachhinein als gute Pläne erweisen, ein einfacher Plan. Nun ja, eigentlich war es überhaupt kein richtiger Plan, denn ein richtiger Plan, darf er sich denn so nennen, erfordert eine genaue Planung, sorgfältige Gedanken bezüglich der weiteren Vorgehensweise und, noch darüber hinaus, einen kühlen Kopf, der alle möglichen Eventualitäten zu Ende denkt.

Und Danny Darcy?

Er tat nichts von alledem.

Keine langen Überlegungen, keine sorgfältige Planung. Es war so, als würde er einen neuen Song komponieren. Alles war Bauchgefühl, die Melodie entstand, wenn er sie zu spielen begann, nicht vorher.

Er mietete sich einen grünen Dodge, und dann fuhren sie los. Das war alles.

On the road again.

Willie Nelson und Jack Kerouac waren wohl ähnlich gestrickt gewesen. Ja, manchmal war das Leben so.

Just do the right thing.

Nothing's easier.

Dylan's Dogs hatten es auch erkannt.

The Ballad of Sailor and Sunny.

Die Melodie begann zu fließen, die Rhythmen vibrierten, die Bässe rollten, die Gitarren jaulten auf.

Sie kamen sich vor wie ein Paar in einem Road Movie, heute hier, morgen da. Nichts hielt sie in New Orleans, alles war im Fluss. Was immer die Zukunft ihnen an Trost oder anderen Verheißungen versprach, es wartete auf sie irgendwo da draußen, in den Sümpfen von Louisiana. Die Welt war ihnen ein entzündetes Streichholz, das die Nacht erhellte.

»Glaubst du ihm?«, fragte Sunny, als sie losfuhren.

»Mr. Jones?«

»Er war so ... unecht.«

»Ich weiß, was du meinst.« Mr. Jones war aufgetaucht wie ein Schatten, wie ein Geist in der Maschine, der alles vorantreibt, von dem aber niemand weiß, welcher Art seine Rolle ist.

»Und?«

»Warum sollte er uns belügen?«, fragte Danny.

»Warum sollte er uns die Wahrheit sagen?«

»Tyler Blake hat mich zu ihm geschickt.«

»Du kennst *His Blake-ness* nicht.«

»Warum sollte Tyler Blake mich anlügen?«

»Die Tatsache, dass wir den Grund nicht kennen, weshalb er das tun sollte, heißt nicht, dass er es nicht getan hat.«

»Gutes Argument.«

»Sehe ich auch so.«

Er deutete nach vorn. »Aber wir haben uns auf den Weg gemacht«, sagte er. »Wir treiben uns rum.«

Sie lächelte. »Ja, das ist wohl so.«

»Nur das zählt.«

Sie drehte das Radio auf.

Lehnte sich zurück.

Beobachtete, wie die Welt da draußen vor dem Fenster vorbeizog.

»Buddy Holly«, sagte sie sehnsüchtig.

Everyday.

Manchmal lohnte es doch noch, das Radio einzuschalten. Danny trommelte den Takt auf dem Lenkrad. Ja, die Musik beruhigte ihn, das hatte sie schon immer getan.

Was immer auch geschehen mochte, die Musik würde sie nie im Stich lassen, so viel war gewiss.

Also entspannte er sich.

Der Highway 90 führte aus New Orleans heraus, aus dem Gewirr all der Umgehungsstraßen geradewegs in das riesige und unüberschaubare Gebiet der Flussarme und Seen und Sümpfe.

Der Mississippi und all die anderen kleinen Flüsse verzweigten sich zu einem undurchdringlichen Labyrinth aus Wasserstraßen, die zu verborgenen Ortschaften in den Sümpfen führten.

Sie fuhren über den Bayou Segnett, und die Landschaft veränderte sich sofort. Das Land schien hier unendlich weit zu sein, auf der einen Seite die Ebenen, irgendwo auf der anderen Seite der Golf von Mexiko, blau und schimmernd, so dass die Sonne alle Farben von dort in die entlegenen Gegenden der Region zu bringen vermochte. Ja, weit wie die Welt, so weit wie die

Träume. Weit und so feucht wie die Hände eines Akkordeonspielers.

Die Sonne spiegelte sich fortwährend in den Wassern, die alles, sogar die Wälder, zu umschließen schienen.

Nach einer Weile schlief Sunny auf dem Beifahrersitz ein. Ihr Kopf lehnte am Fenster, ihre Lider flackerten unruhig. Sie sah aus wie ein Traum, den Danny nie zu träumen verlernt hatte.

Er musste an den Nachmittag denken, den sie gemeinsam im Tonstudio in Minneapolis verbracht hatten.

Alex, Mike und Carl waren kurz nach draußen gegangen, um eine Pause zu machen. Sie lungerten auf der Treppe vor dem Haus herum, rauchten Zigaretten, tranken Kaffee aus Pappbechern und quatschten.

Danny war im Studio geblieben. Er hatte auf seiner Gibson eine lustige Melodie gespielt, die zu einem Text passte, der ihm schon ein halbes Jahr zuvor während einer Wanderung durch die Wälder eingefallen war.

The Wolf and the Squirrel.

So hieß der Song.

Danny spielte die Melodie, übte einige Riffs, probierte gewisse Harmonien aus. Es war ein Lied, das von der Freiheit handelte. Von einem Wolf, der die Tiere des Waldes unterdrückt, und von einem Eichhörnchen, das eine Revolution auslöst, weil es sich nicht unterordnen will.

Sunny beobachtete ihn durch die Trennscheibe. Sie trug die Haare offen an jenem Tag.

Danny spielte auf der Gitarre und sang leise dazu.

Sie überprüfte die Einstellungen am Mischpult, schlürfte leise ihren heißen Kräutertee und knabberte Erdnüsse mit Erdbeeren und Käse. Das allein hätte ihm schon auffallen müssen.

Tat es aber nicht.

Als Danny erneut mit dem Refrain einsetzte, hörte er eine Stimme in seinem Kopfhörer.

Sie sagte: »Ich bin schwanger.«

Woosh!

Einfach so.

Helter Skelter.

Donnergetöse.

Flutwellen.

Vulkanausbrüche.

Tornados.

Mit einem Klimpern erstarb die Melodie. Unbeholfen rutschte er von den Saiten ab.

Er starrte durch die Glasscheibe.

Hatte er richtig gehört?

Unsicher klopfte er mit dem Finger gegen den Kopfhörer.

»Funktioniert«, hörte er sie sagen.

Sunny saß da und wirkte verlegen.

»Du wirst jetzt Daddy«, sagte sie.

Woosh!

Noch einmal.

Danny starrte sie an.

Seine Hände zitterten.

Und all seine Gefühle, all die Ängste, Erwartungen, Lieder; all die Gedanken, die kunterbunter nicht hätten sein können; all die Jahre, die noch vor ihnen lagen; alle Freude, alle Unsicherheit, alle Schreie und alle Worte, die geordnet zu sagen ihm nicht mehr möglich war; all die Dinge, die er in diesem Augenblick tun wollte; all die Szenen aus Filmen, an die er sich zu erinnern versuchte; all die Songtexte, die jetzt geeignet gewesen wären, kunstvoll und cool zitiert zu werden; all die Lässigkeit, die er so gern zur Schau stellte; alle Momente, die er mit Sunny, oh, mit dieser wundervollen Frau verband – dies alles manifestierte sich in nur einem einzigen Wort.

»Wow!«

Sunny stutzte. »Wow?« Er sah ihr Lachen, es wirkte nervös.

Er nickte. »Ja, wow!«

Dann stand er auf, spürte, wie seine Beine bebten, öffnete die Tür, ging zu ihr hin, hob sie behutsam hoch. »Wow«, wiederholte er, definitiv uncool, absolut hemmungslos.

»Wow«, echote sie.

»Wow«, sagte er erneut.

Sie musste lachen, ein wenig erleichtert. »Ich hoffe, dass unser Baby einmal einen größeren Wortschatz haben wird.«

Er küsste sie.

»Wow«, sagte er.

»Ehrlich, Danny, wie fühlst du dich?«

»Wow.«

»Das weiß ich jetzt.«

Er ließ sie wieder zu Boden.

»Wow, wow, wow!« Er wurde ernst: »Ich habe Schiss.« So, jetzt war es raus.

Sie berührte seine Lippen.

Küsste ihn.

Flüsterte: »Und ich erst.«

Er starrte an ihr vorbei auf das Mischpult. Auf den Zettel mit der Set-Liste. All die Songs, die sie erst noch einspielen mussten. All die Songs, die noch gar nicht geschrieben waren und von denen sie nicht wussten, ob sie jemand hören wollte.

»Wir schaffen das«, versprach er ihr. Manchmal musste man die Zuversicht beim Schopfe packen, auch wenn sie sich wehrte.

»Klar«, war ihre Antwort.

»Ich meine es ernst.«

Ihre Antwort kam zögerlich. »Wirklich?«

»Wir schaffen das.«

Sie sagte laut: »Wow!«

Die Erleichterung darüber, wie er die Neuigkeit aufgenommen hatte, brach nun hervor. Eine Fülle von Lauten, die alle Lieder gleichzeitig in sich vereinten, so klar wie das Lachen, aus dem Feen geboren werden.

»Sunny, wir schaffen das.«

Tränen flossen ihr übers Gesicht. »Wir können alles schaffen.« Sein Blick auf die Set-Liste war ihr nicht entgangen.

Er drückte sie an sich und murmelte noch einmal nur ein einziges Wort in ihr Haar. »Wow.«

Das war alles, was er sagen konnte.

Nur: »Wow!«

So oft, bis ihm der Atem stocken würde.

Denn das war es, was in ihm vorging. Das Leben war Rock 'n' Roll, gleich hier und jetzt, in diesem Moment, und er spürte es, wie er es nie zuvor im Leben gespürt hatte.

Er umarmte Sunny und fühlte ihren Herzschlag, und es gab nichts mehr zu sagen an diesem sonnigen Nachmittag, an dem alles, was sie beide stammeln konnten, sowieso nur zu fassungslosen Wiederholungen einsilbiger Worte der Begeisterung wurde.

Und jetzt?

Er musste ebenfalls lächeln.

Doch anders als bei dem Lächeln, das ihn damals im Tonstudio hatte erstrahlen lassen, flossen jetzt Schatten darin herum, unruhige Geister, die Zweifel flüsterten und Ängste fütterten.

Er bemerkte, dass Sunny ihn beobachtete.

»Du bist wach?«, fragte er.

»Seit einigen Minuten.«

»Hm.«

»Du siehst so ernst aus.« Sie berührte seine Schläfe. »Da ist eine kleine Falte, die vorher nicht da war.«

»Ich habe an die Kleine gedacht.«

»Jenny.«

Er nickte. »Ja, das ist sie jetzt wohl ... eine Jenny.«

»*Unsere* Jenny.«

Er legte eine Hand auf ihren Bauch. »Hey, Jenny.«

Einen Moment schwiegen sie.

Im Radio sangen Pearl Jam.

Man of the Hour.

Wenn nicht jetzt, wann dann? »Ich muss dir etwas sagen.«

Sunny horchte auf. »Ein Geheimnis?«

Er schüttelte den Kopf. »Nein, eigentlich nicht. Na ja, nicht wirklich. Ich habe es dir bloß noch nicht erzählt, das ist alles.«

»Jetzt bin ich aber neugierig.«

Er seufzte. »Ich war in Schottland, um einige Dinge zu klären.«

»Ich weiß.«

»Meine Mutter ist verschwunden«, sagte er. Es klang so banal. »Sie wird uns nicht mehr behelligen.«

»Dein Bruder hat mich kurz angerufen, als du dort warst.«

»Ich weiß.«

»Klang sehr britisch.«

»Ja, das ist er.«

Sie schaute nach vorn. »Wo ist deine Mutter jetzt?«

Er kicherte, und es klang wie ein Jitterbug. »Sie lebt jetzt im Mond.«

»Muss ich das verstehen?«

Er wurde ernst. »Nein, musst du nicht«, antwortete er schnell und konnte sich ein Grinsen nicht verkneifen. »Sie ist fort. Verschwunden, einfach weg. Das ist alles, was wichtig ist.«

»Dein Bruder und du, ihr habt nicht ...« Sie machte ein Hitchcock-Gesicht.

»Herrje, Sunny, nein. Wir hätten zwar allen Grund dazu gehabt, denn unsere Mutter war ein böser Mensch, wirklich. Und was sie dir angetan hat, das hat sie absichtlich getan. Aber ihr Verschwinden war einzig und allein ihre Sache.«

Sunny zog die Schuhe aus und legte die Füße hoch.

Sie legte den Kopf schräg, sah Danny an und nickte.

»Und trotzdem«, sagte er, »müssen wir jetzt einen Ausweg suchen. Bis es uns gelingt, ihre Macht über dich und unsere Kleine zu brechen.«

Sie erreichten Morgan City, Louisiana, am späten Nachmittag. Die Schilder an der Straße priesen die kleine Stadt, die sich an die Ufer des Atchafalaya River schmiegte, als *So ziemlich in der Mitte von allem* an, was den nicht geringen Stolz der Einwohner, hier leben zu dürfen, erahnen ließ.

Plakate kündigten für den nächsten Monat das große *Louisiana Shrimp and Petrolium Festival* an.

»Nette Gegend«, murmelte Danny.

»Du sagst es.«

Sie fuhren die Hauptstraße entlang. Geschäfte, Supermärkte, Parkanlagen, Menschen, die ruhig ihrem Tagwerk nachgingen. Fahnen hingen müde an Stangen, in den Scheiben der parkenden Autos drifteten dünne Wolken wie Schiffe am Himmel entlang.

Es roch nach den Küstenmarschen, ein Geruch, den Danny aus seiner Heimat kannte, der hier aber warm und schwer war. Schlick und Morast, darüber ein Echo von Ebbe, wie Regen, der aus der Ferne die Spitzen der Gräser berührt, an einem Sommertag voller Gewitterwolken.

Sie suchten den Laden, den Mr. Jones ihnen empfohlen hatte. Keine leichte Aufgabe, denn der Ort war größer, als sie ursprünglich gedacht hatten.

L'Acadie.

Danny parkte den Wagen am Rathaus.

Sie stiegen aus und gingen langsam die Hauptstraße entlang, betrachteten die Schaufensterauslagen der Geschäfte. Klamotten, Bücher, Angelzeug, das waren die Sachen, die hier verkauft wurden. Es gab Postkarten, auf denen man den breiten Atchafalaya River und die Ölbohrtürme erkennen konnte, die meisten der Aufnahmen stammten allerdings aus den 50er Jahren, waren schwarz-weiß oder schrill koloriert. Es gab helle Hüte, karierte Hemden, traditionelle Cajun-Kleidung. Dazu Alligatoren aus grünem Plastik, Zypressenstückchen mit dem Namen des Ortes, Wasserschildkröten, noch so klein, dass man fünf von ihnen in einer Handfläche tragen konnte. Alles für die Touristen. Auf den Speisekarten der Restaurants standen Jambalaya, Crawfish, Raison d'être of Oysters Bienville oder Rockefeller, Po-Boys und Red Beans and Rice. Die Buden, die überall aus dem Boden wuchsen, verkauften Gumbo, Muffulettas, Plantain sowie Andouille und Boudin. Café au lait wurde hier serviert, und *beignets* gab es in allen Variationen.

»Wo finden wir jetzt den Laden?«, fragte Sunny. Sie war müde.

»Wir fragen irgendwen.«

Die einfachste Lösung.

Ein alter Mann, der auf der Bank vor einem Store saß, konnte ihnen weiterhelfen. Er sah aus wie ein Monument für die Menschen, die hier lebten, das faltige Gesicht wettergegerbt von den Fahrten mit dem Kutter hinaus aufs Meer.

»Ah, *américains*«, sagte er in einem gedehnten Dialekt. Cajun.

Keine fünf Minuten später hatten sie den Laden gefunden.

L'Acadie.

Es war ein kleiner Laden, nicht weit vom Turn-of-the-Century House entfernt.

An der Tür, die offen stand, hingen Zettel und Notizen, Zeitungsausschnitte, Anzeigen, Verkaufswünsche, Kaufgesuche. Es ging um alles Mögliche: um Autos, gebrauchte Boote, diverse Gerätschaften aller Art. Jobgesuche, Kontaktanzeigen, Tipps fürs Wochenende.

»Hey, Zettel«, sagte Sunny. Sie mochte Zettel.

Sie betraten den Laden.

Drinnen war es angenehm kühl.

Der enge Raum war mit langen Regalreihen zugestellt. Überall standen Säcke und Kisten herum, halb geöffnet, so dass man einen kurzen Blick auf den Inhalt erhaschen konnte.

»Hier gibt es ja fast alles«, staunte Danny.

In der Tat, die Regale quollen über vor Waren.

Neben Konservendosen, Fleisch, Gemüse, Brot und

Bier, gab es Schrauben, alle möglichen Werkzeuge, Taschenbücher, vergilbte Postkarten von der Gegend, Tüten mit Saatgut, Zeitschriften, Blumentöpfe, Toaster, Wasserkocher, Kescher, Gummistiefel, Anglerhosen, *The Times Picayune*, Schläuche, Schlüsselanhänger, Eimer und vieles mehr.

»Ja«, erklang eine Stimme, so tief wie ein Bass, der den Rhythmus bestimmt. »Wir haben wirklich fast alles.« Sie gehörte einem großen Mann, der hinter einem Vorhang hinter der Kasse hervorkam. »In der guten alten Zeit nannte man so was wie das hier einen Trödelladen. Schöner alter Begriff, den heute leider keiner mehr benutzt.«

»Trödelladen«, wiederholte Sunny, »klingt schön.«

Der Mann trat auf sie zu. Grüne Cargo-Hose, Unterhemd, Sandalen. »Ich bin Lafitte«, stellte er sich vor. »Henri Lafitte.« Dunkle Haut, wache Augen, kurzes Haar. »Sie beide sind fremd hier. Hab Sie noch nie gesehen.«

Danny nickte.

»Zugezogen?«

Sunny schüttelte den Kopf. »Nein, einfach nur fremd.«

Lafitte zeigte ein strahlend weißes Lächeln. »Touristen«, grinste er. »Also, womit kann ich Ihnen dienen?« Er ging zu einem Kühlschrank, der bei den Nägeln und Bohrmaschinen stand. »Es gibt Shrimps. Herb Natchez hat sie heute Morgen erst vorbeigebracht. Sind frisch aus dem Golf.«

Danny sah sich um.

»Wir haben gehört, dass man mit Ihnen in die Bayous fahren kann.«

»Stimmt.« Er wurde neugierig, und die Aussicht auf etwas zusätzliches Geld ließ seine Augen aufleuchten. »Sie können mit vielen hier in die Bayous fahren, aber wenn Sie sich für mich entscheiden, dann haben Sie eine gute Wahl getroffen.«

Danny schaute in die ruhigen dunklen Augen und fand dort nichts, was ihn hätte misstrauisch werden lassen. »Wir suchen jemanden.«

»In den Bayous?« Lafitte wirkte wie jemand, der geradeheraus sagte, was er dachte. Er war keiner, der falsche Freundlichkeit zeigte.

»Na ja, klingt vielleicht komisch, aber ...«

Sunny schaltete sich ein. »Ja. Wir suchen jemanden in den Bayous.«

Lafittes Augen wurden zu schmalen Schlitzen. »Es kommen nicht oft Fremde in meinen Laden, die etwas in den Bayous *suchen.*« Er musterte sie jetzt genauer. »Die Leute, die herkommen, wollen normalerweise ein paar Alligatoren sehen, vielleicht 'ne Bisamratte, aber das war's dann auch schon.«

»Haben Sie schon einmal vom *Maison Rouge* gehört?«

Lafitte grinste. »Draußen, wo die Brashear Road endet, da gibt's 'nen Trailer, den manche so nennen.« Er schien die Anspielung amüsant zu finden. »Ist immer was los, wenn's dunkel wird.«

»Nein«, sagte Sunny, »den suchen wir bestimmt nicht.«

»Na ja, dachte ich mir eigentlich. Den suchen normalerweise keine Paare.« Sein Blick wurde ernst. »Dachte, ich versuch's erstmal damit.«

»Das *Maison Rouge* in den Sümpfen. Dorthin wollen wir.«

»Oh, *merde*.« Lafitte schaute sich um. »*Das* suchen nicht viele.« Leiser, kaum hörbar, fügte er hinzu: »Und andere, die's gefunden haben, konnten keinem davon erzählen.« Er tat geheimnisvoll. »Gibt viele Geschichten darüber, wissen Sie?!«

»Ja, wir haben davon gehört.«

»Können Sie uns fahren?«, fragte Danny.

Der große Mann schüttelte den Kopf. »Keiner weiß, wo es ist. Ist vielleicht auch nur eine Geschichte.«

»Vielleicht gibt es jemanden, der sich besser in den Sümpfen auskennt?«, mutmaßte Sunny.

Lafitte holte tief Luft, wirkte in seiner Eitelkeit gekränkt. »Sagen Sie mir erstmal, was Sie dort wollen.«

»Wir suchen jemanden, der uns helfen kann.«

»Helfen?«

Sunny sagte: »Es geht mir nicht gut.« Sie zog ein Gesicht. »Na ja, und wir haben gehört, dass die Frauen, die dort leben, einen ... *gesund machen* können.«

Lafitte starrte sie an. Er ließ sich nicht hinters Licht führen, ging aber nicht weiter darauf ein. »Schon gut, Lady, es geht mich nichts an. Ist nur so, dass man nicht leichten Herzens dorthin geht.«

»Dann wissen Sie, wo es ist?«

Er schüttelte den Kopf. »Nein, aber ich kenne jemanden, der *les vipères* öfter sieht.« Er lehnte sich auf die Kasse, ein altes, rostiges Ding, das mit den allerersten Ölsuchern in diese Gegend gekommen sein musste.

»*Les vipères?*«, hakte Danny nach.

»So nennen wir sie. *Les vipères.* Es sind drei Schwestern, soweit ich weiß. Sie sind alt, und sie leben seit Ewigkeiten da draußen in den Sümpfen. Keine Ahnung, ob das Haus, in dem sie leben, das *Maison Rouge* genannt wird. Aber da ist auf jeden Fall ein großes Anwesen, das bewohnt ist.« Er lachte laut auf. »Sie leben einfach irgendwo da draußen. Gibt 'ne Menge Leute, die verstreut in den Bayous leben.«

»Aha.«

Danny war sich nicht sicher, ob Lafitte ihnen wirklich helfen konnte. »Es sind also gewöhnliche Frauen.«

Der Ladenbesitzer nickte. »Ja, was sollen sie sonst sein?« Er grinste breit.

»Woher wissen Sie, dass es drei sind?«, fragte Sunny.

»Hab's gehört. Sollen einfach nur ein wenig sonderbar sein.« Als würde das alles sagen.

»Und?«

»Was *und?*«

»Bringen Sie uns hin?«

Er überlegte kurz. »Kein Problem.« Er nannte den Preis, der nicht gering war. »Ich bringe Sie zu Jean Laveau. Das ist wohl das Beste.«

»Wer ist Laveau?«

»Lebt auch da draußen und kennt die meisten der Sumpfleute. Ja, Sie sollten mit Laveau reden.«

»Okay«, gab Danny sich einverstanden.

Lafitte nickte ihm zu. »Wir fahren dann morgen früh los.« Er nannte eine Uhrzeit.

»Wo treffen wir Sie?«

»Kommen Sie her, zum Laden. Sie fahren dann mit mir zum Fluss.«

»Ist gut.«

Bevor sie sich zu gehen anschickten, fragte Lafitte: »Wissen Sie schon, wo Sie übernachten?«

Die beiden sahen einander an.

Er grinste. »Dachte ich mir.« Das Grinsen wurde breiter. »Meine Schwester«, schlug er vor, »hat ein Zimmer, das sie manchmal an Touristen vermietet. Steht gerade leer. Wenn Sie wollen, rufe ich sie an.«

»Das wäre sehr nett.«

»Ja«, meinte auch Sunny. »Wenn es keine Umstände macht.«

Er winkte ab.

Griff zum Telefon.

»Sie erwartet Sie«, verkündete er. Dann beschrieb er ihnen den Weg.

Keine halbe Stunde später standen sie vor ihrer Unterkunft für die Nacht.

Es war ein kleines Haus, außerhalb der Stadt gelegen.

Margery Lafitte öffnete die Tür. Sie war jünger als ihr Bruder, aber sie wirkte größer. Sie trug ein blaues Kleid und darüber eine Kittelschürze und war gerade dabei, die frisch gekochte Reineclaudenmarmelade in kleine Gläser abzufüllen.

Sie wischte sich die Hände an der Schürze ab und begrüßte die beiden herzlich.

»Henri schickt die Touristen immer zu mir«, sagte sie lachend. »Er ist ein guter Bruder.«

»Lebt er auch hier?«, fragte Danny.

»Nein, er hat eine Wohnung über dem Laden. Manchmal schläft er auch dort, im Laden, meine ich. Oder im Bootshaus, unten am Fluss. Er ist gern da, wo er auch arbeitet. So war er schon immer.« Sie hatte warme Augen. »Aber kommen Sie doch herein.«

Sie betraten das Haus.

»Nennen Sie mich nur einfach Margery«, forderte sie die beiden auf. Ihre herzliche Art war durchaus einnehmend.

Dann zeigte sie den beiden das Zimmer, oben im ersten Stock. Es war klein, aber sauber, schlicht und gemütlich. Gardinen hingen vor dem Fenster, wehten im Wind, der sich lau in den Raum verirrte und nach den Sonnenstrahlen des Spätnachmittags roch.

»Henri sagte, dass er Sie beide morgen in die Bayous fährt.«

»Wir haben ihn darum gebeten.«

»Er ist wirklich der beste Führer, den Sie sich wünschen können.« Sie grinste, und die Ähnlichkeit der Geschwister war unverkennbar. »Natürlich sage ich das nicht nur, weil er mein Bruder ist.«

»Natürlich nicht«, lachte Sunny.

Auch Danny konnte sich ein Grinsen nicht verkneifen.

»Doch nun«, wechselte Margery das Thema, »zu den wirklich wichtigen Dingen im Leben.« Dann lud sie die beiden zum Abendessen ein. »Henri kommt auch. Wenn er nicht im Bootshaus einschläft, dann kommt er immer zum Abendessen.« Sie lachte. »Es gibt leckere Sachen.«

»Wir kommen gern«, sagte Sunny.

»Wir wohnen ja gleich hier«, bemerkte Danny.

Und so fanden sie sich binnen einer Stunde zum Abendessen auf der kleinen Veranda hinter dem Haus ein, wo vier Stühle einen massiven Holztisch umstanden, und auch Henri Lafitte traf kurz vor dem Essen ein.

»Wie ich sehe, sind Sie gut angekommen«, begrüßte er die beiden Gäste, gab seiner Schwester einen Klaps auf den Hintern und ließ sich am Tisch nieder.

Es gab Crawfish Soiree und Gumbo. Dazu Wein und *pain perdu*.

»Normalerweise wollen die Touristen immer Jambalaya essen.« Henri lachte laut und schallend. »Aber bei uns gibt's das, was frisch gefangen wurde.« Er nahm den Topf und reichte ihn den anderen. »Frisch vom Golf, so was bekommen wir hier alle Tage. Ein Vorteil, wenn man in Morgan City lebt.«

»Es ist lecker«, sagte Sunny, als sie gekostet hatte.

»Oh, verdammt lecker.« Danny nippte an dem Wein und brach sich ein Stück vom Brot ab.

Margery sah zufrieden aus und fragte: »Kennen Sie sich ein wenig mit der Geschichte dieser Gegend aus?«

Danny schüttelte den Kopf. »Nicht wirklich. Ich fürchte, wir kennen nur die Klischees.«

»Okay, *mes américains*. Dann werde ich Sie beim Abendessen ein wenig unterhalten.«

»Wir haben nichts dagegen«, sagte Danny.

Margery schien Freude daran zu haben, sie ein bisschen zu belehren, und so ließ er sie gewähren.

»Die Griechen«, begann sie, »kannten einst ein geheimnisvolles Land, das sie Arkadien nannten.«

»Ein Land«, merkte Henri an, »wo angeblich Milch und Honig flossen.«

»Genau. Eine Art Paradies.« Sie lachte. »Nun ja, die französischen Bauern, die sich Mitte des siebzehnten Jahrhunderts in Kanada niederließen, glaubten, dass sie dort oben ihre *La Cadie* gefunden hatten. Ihr Paradies in Nova Scotia. Im Laufe der Zeit wurde aus *La Cadie* schnell *L'Acadie*, aus den Bewohnern, die sich *Cadiens* genannt hatten, wurden *Acadiens* und *Cajuns*.«

»Gehören Sie zu den Cajuns?«, fragte Sunny. Sie kannte die Begriffe, hatte sich aber nie näher damit beschäftigt.

Margery lachte schallend. »Oh, nein, wir sind Kreolen.«

Danny kostete von der leckeren Soiree. »Das müssen Sie erklären.« Für ihn waren Kreolen und Cajuns immer das Gleiche gewesen.

»Im September des Jahres 1755«, begann sie zu erzählen, »fiel eine kleine Kompanie britischer Rotröcke in der kanadischen Provinz ein.«

Sie brannten alles nieder, und die Cajuns wurden allesamt deportiert.

»Ein trauriges Kapitel in der Geschichte.«

Viele von ihnen verschleppte man auf die Westindischen Inseln, andere nach South Carolina und Georgia.

»Nach langer Odyssee siedelte sich eine Gruppe schließlich in der Gegend zwischen New Orleans, Baton Rouge, Lafayette und Lake Charles an, mitten im unzugänglichen Schwemmland von Louisiana.«

Ihr Bruder schaltete sich ein. »In den Sümpfen des Mississippi-Deltas gab es kaum Straßen, es kamen so gut wie keine Reisenden in diese Gegend, es gab mehr Alligatoren als Menschen, kurz: niemand erhob einen Anspruch auf dieses Gebiet. Sie hatten hier ihre Ruhe vor der Welt.«

»Ja, sie züchteten Rinder und betrieben Landwirtschaft, ernährten sich vom Fischfang, von Muscheln und Krebsen. Erst zu Beginn des zwanzigsten Jahrhunderts, als Straßen angelegt wurden und Eisenbahnlinien erbaut, endete diese Isolation ein wenig.«

Henri fügte hinzu: »Die Schulpflicht wurde auch für Cajuns durchgesetzt, allerdings wurde ihnen verboten, Französisch zu sprechen, weil alles Französische als unamerikanisch galt und demnach zu unterdrücken war.« Er seufzte. »Das hat schon damals für Ärger gesorgt.« Er schaute Danny an. »Ich habe erlebt, wie die Lehrer meine Mitschüler verprügelt haben, nur weil sie sich in den Pausen auf Französisch unterhielten.«

»Wann war das?«

»Oh, ist keine dreißig Jahre her.«

»Wie Sie sehen«, rundete Margery die Erzählung ab, »haben die Menschen in dieser Gegend schon immer gute Gründe gehabt, Fremden zu misstrauen. Wir sind freundlich, aber wir sind auch vorsichtig.«

»Aber Sie sind keine Cajuns?«

Henri Lafitte schüttelte den Kopf. »Ich bin Kreole. Ein echter Kreole.«

Sunny sah ihn erneut fragend an.

»Ein Kreole«, erklärte er geduldig, »stammt von französischen oder spanischen Siedlern ab. Wichtig ist dabei, dass er wirklich hier, mitten in der Kolonie, geboren wurde.« Er kaute auf einem Stück Brot herum. »Mein Vater war ein waschechter Franzose; er lernte meine Mutter in New Orleans kennen.« Er schaute in den Abend hinaus, dorthin, wo die Sonne rot am Horizont versank. »Als die Ölkonzerne hierherkamen, gab es neue Arbeit. So gingen sie in diese Gegend. Margery und ich sind hier in Morgan City geboren worden.«

Er erzählte von der Rolle der Stadt, die früher einmal Brashear geheißen hatte, damals im Bürgerkrieg. Charles Morgan, ein Dampfschiff- und Eisenbahnpionier, ließ im neunzehnten Jahrhundert den Atchafalaya-Kanal ausheben und machte die Stadt zum Zentrum für den Handel mit Zypressenholz, Pelzen und allem, was das Meer so hergab. Werften entstanden, Spanisches Moos wurde in Unmengen von den Bäumen gepflückt, Ölförderplattformen wurden im zwanzigsten Jahrhundert erbaut und auf die offene See hinausgeschleppt. Die Fangflotten für Shrimps gingen hier vor Anker, und die Stadt florierte zu jenen Zeiten.

»Es ist ein guter Ort«, stellte Henri fest, »und, wie all die Schilder so treffend sagen, *so ziemlich in der Mitte von allem.*«

»Warum wollen Sie in die Sümpfe?«, fragte Margery in einem Tonfall, der darauf schließen ließ, dass sie allen Touristen, die bei ihr wohnten, diese unverfängliche Frage stellte.

Sunny sagte es ihr. Sie deutete eine Krankheit an, nichts Schlimmes, aber etwas, was sie gern loswerden würde.

Danny wunderte sich, wie schnell ihr diese Lüge über die Lippen kam.

»Deswegen«, brachte er es auf den Punkt, »suchen wir das *Maison Rouge*.«

Margery Lafitte wurde ernst, zum ersten Mal an diesem Abend. »Das *Maison Rouge?*« Sie legte ihre Gabel sogar auf den Tisch, als sie das sagte. Und sie warf ihrem Bruder einen wirklich bösen und überaus tadelnden Blick zu.

Henri Lafitte zog ein Gesicht. »Es ist nur eine Geschichte«, sagte er. »Eine von vielen.«

»Das *Maison Rouge*«, warnte sie eindringlich, »ist berüchtigt. Die Menschen erzählen sich schlimme Dinge über diesen Ort.«

»Ich bringe sie nur zu Laveau«, betonte er seiner Schwester gegenüber, »das ist alles.«

Margery sah mit einem Mal sehr besorgt aus. »Es ist gefährlich da draußen. Niemand sollte sich dort herumtreiben.«

Danny fragte sich, was genau sie mit *dort* meinte.

»Schon als ich klein war«, wisperte sie geheimnisvoll, »hörte ich von ihnen.«

»Oh, Margery, bitte!« Henri Lafitte seufzte langgezogen. »Die meisten Geschichten sind gut für die Touristen, mehr nicht.«

»Man munkelt, dass es nicht gut ist, wenn man dorthin geht.«

»Ich fahre sie nur nach draußen, sonst nichts.«

Die Diskussion zwischen Bruder und Schwester schien grundsätzlicher Natur.

»Was erzählt man sich denn so?«, fragte Sunny.

Danny war gespannt.

»Früher, als es hier noch kein Öl gab«, erklärte Henri Lafitte schließlich, »da gingen die jungen Mädchen oft dorthin. In die Sümpfe. Sie wollten Kräuter oder weiße Magie kaufen. Dinge, die sie davor bewahrten, schwanger zu werden.«

»Oder mit deren Hilfe sie Männer verführen konnten.«

»Andere gingen, so sagt man, zum *Maison Rouge*, wenn sie bereits ein Kind im Leib trugen und es nicht haben wollten.« Henri trank einen Schluck Wein. »Meine Schwester glaubt, dass viel Wahrheit in diesen Geschichten steckt.« Er stellte das Glas wieder auf den Tisch. »Ich tue das nicht.«

Sunny warf Danny einen beunruhigten Blick zu. Er widerstand dem Drang, ihre Hand zu ergreifen.

»Sind Sie schwanger, Liebes?«, fragte Margery plötzlich und hörte sich ganz unvermittelt wie eine Hellseherin in einem Gruselfilm an.

Sunny schluckte.

Sagte nichts.

»Ich sehe es Ihnen an«, sagte Margery. »Eine Frau spürt so was.« Ihre Augen waren besorgt, *aufrichtig* besorgt. »Sie sollten dort nicht hingehen, wenn Sie ein Kind in sich tragen. Nein, nein, das ist nicht gut.« Ihrem Bruder zugewandt sagte sie: »Du kannst dich weigern, sie zu fahren.«

»Sei nicht albern«, sagte er wütend.

»Du weißt, dass es da draußen nicht geheuer ist.«

»Blödsinn.«

»Henri!«

»Wenn ich sie nicht hinfahre, dann werden sie irgendjemand anderen fragen«, gab er zu bedenken und hoffte ganz offensichtlich, sie damit zu beruhigen und zum Schweigen zu bringen. »Carl Hollanders *Cypress Bayou Swamp Service* und Jack Meyers *Great Swamp Tours* bringen jeden dort raus.« Er zog eine Grimasse. »Dann fahren sie doch besser mit mir.«

»Warum konkret sollen wir nicht da rausfahren?«, fragte Danny.

Margery zuckte die Achseln. »Wie ich schon sagte. Es geschehen seltsame Dinge dort draußen.«

»Sie ist bloß abergläubisch«, hielt Henri Lafitte dagegen.

»Außerdem ist in zwei Tagen wieder *L'Orient*.« Was immer das sein mochte, es schien Margery an der ganzen Sache am allerwenigsten zu gefallen. »Eine Frau, die ein Kind in sich trägt, sollte sich nicht da draußen herumtreiben, nicht an diesem Tag und nicht in der Nacht des Mysteriums.«

»Was meinen Sie?« Sunny starrte sie aus weiten Augen an. Sie kam sich allmählich immer mehr vor wie die Protagonistin in einem Horrorfilm.

»*L'Orient*«, erklärte Henri augenrollend, »ist ein alter Feiertag. Das ist alles. Im Voodoo ist er der Tag des großen Mysteriums. Ein Tag des Todes und ein Tag des Lebens.«

»Voodoo?« Danny warf seiner Frau einen unbehaglichen Blick zu.

Henri beschwichtigte ihn. »Kein Sorge, wir sind nicht in Hollywood. Voodoo ist eine Religion, nichts weiter. Kein Hokuspokus mit lebenden Toten und all dem Blödsinn.« Er warf seiner Schwester einen strengen Blick zu. »Du solltest sie nicht verunsichern.«

»Tu ich nicht. Ich rede nur offen.«

»Du machst sie mit deinem Hokuspokus verrückt.«

Die Spannung zwischen den beiden ließ sich nun fast mit Händen greifen.

»Wir haben kein Problem damit«, sagte Danny in der Hoffnung, die Situation zu entschärfen.

Sunny nickte rasch. »Wir sind sogar neugierig.«

Henri Lafitte lehnte sich genervt zurück. »Schon gut, dann erzähl ihnen eben die alte Geschichte.«

Und Margery begann: »Unsere Eltern kamen in den 50er Jahren hierher. Die wachsende Ölindustrie suchte neue Arbeiter. Von überallher, aus dem ganzen Umland, wanderten die Menschen dorthin, wo das Öl gefördert wurde.«

»Die zerfallenen Bohrtürme von damals findet man

auch heute noch in den Bayous«, schaltete Henri sich wieder ein.

Margery nickte und erinnerte sich sodann: »Meine Mutter hat mir erzählt, wie sie einmal eine Frau getroffen hat, drüben in den Bayous.« Sie rieb sich die Arme, als streife ein kalter Hauch ihre Haut. »Mutter war allein dort draußen, weil sie Schlangen fangen wollte.«

»Das war ein einträglicher Nebenverdienst damals.«

»Ja, wenn man ihnen die Haut abzog«, erklärte Margery, »was recht schnell ging. Wenn man geübt darin war, dann brachte einem das einige Dollar extra ein.« Sie zupfte nervös an einem Stück Brot herum. »Sie müssen wissen, dass es damals noch keinen Highway 90 gab, der wurde gerade erst gebaut. Sie fuhr also mit einem kleinen Boot in den Bayou Zydeco.«

»Der Wind bläst stark dort draußen«, erklärte Henri, »und er lässt die Äste der Bäume knarren, was sich manchmal so anhört wie die Musik, deshalb der Name. Zydeco.«

Danny fröstelte unwillkürlich bei dem Gedanken.

Margery nickte. »Wie gesagt, sie fuhr dorthin und fing die Schlangen. Es war nicht sehr schwierig, nicht mal für eine Frau. Man musste nur ruhig im Boot ausharren und geduldig warten, bis eine Natter vorbeischwamm.« Sie klatschte in die Hände. »Dann schlug man ihr mit einem Stock auf den Kopf. Es musste ein gezielter Schlag sein, weil die Nattern sehr giftig sind.«

Danny stocherte in seinem Essen herum.

Sunny lauschte der Geschichte mit leisem Ekel.

»Okay«, kam Margery in Fahrt, »sie saß also dort in ihrem Boot und wartete auf die nächste Schlange. Das Boot trieb ruhig den Bayou entlang, und Mutter verhielt sich ruhig.«

Dann sah sie die Frau.

Sie war wunderschön und saß auf einem knorrigen Baumstumpf, der wie eine knöcherne Hand aus dem Wasser ragte. Sie trug ein weißes Kleid, das nass war, so dass sich ihr Körper darunter abzeichnete.

»Sie rief meine Mutter zu sich her, aber Mutter fürchtete sich vor der fremden Frau.«

Es war kein Boot zu sehen, nichts. Sie hatte keine Ahnung, wie die Frau auf den Baumstamm gekommen war. Sie konnte sich nicht erklären, wer sie war.

»Obwohl sie natürlich von *les vipères* gehört hatte. Damals schon.«

Die Frau lockte sie zuerst mit Worten, dann begann sie zu singen.

»Es war ein Lied, wie Mutter es zuvor noch nie vernommen hatte.«

Sie sah Bilder und wusste plötzlich gar nicht mehr, wie ihr geschah.

»Ich weiß, ich weiß, das klingt jetzt ein wenig seltsam«, fuhr Margery fort, »aber meine Mutter glaubte, nicht mehr im Bayou zu sein.«

Sie sah ein großes Haus.

»Ein *altes* Haus«, betonte sie mit leiser Stimme, »glänzend im roten Schein der untergehenden Sonne, und dort lebte die wunderschöne Frau.«

Eine Hand ergriff die ihre und führte sie ins Haus hinein. Die seltsam betörende Melodie drang ihr in Ohren und Hirn, süß und wie Zucker, klebrig und einlullend.

»Mutter fürchtete sich, denn in dem Haus war ihr ganz und gar nicht geheuer.«

Und als die Hand der schönen Frau ihren Bauch berührte, da entfloh ihr ein Schrei, der so laut war, dass er sogar den Gesang der Frau übertönte. Die Melodie wurde einen Moment lang überlagert, dann brach sie ab.

»Mutter war wieder im Bayou.«

Die Frau indes saß noch immer auf dem Baumstumpf. Wütend funkelte sie ihr Gegenüber in dem Boot an.

Margery schien zu erschaudern. »Mutter startete den Motor und floh.«

»Sie kehrte nie, nie wieder in diesen Bayou zurück«, beendete Henri die Geschichte seiner Schwester.

Stille legte sich über den Garten und die Veranda. Weiter hinten, wo die Bäume standen, erstarrten die Bewegungen in den Schatten.

»Und Sie glauben, dass dies eine der Frauen aus dem *Maison Rouge* war?«

Margery zuckte die Achseln. »Na ja, das weiß ich nicht. Aber meine Mutter erzählte noch etwas.« Ihre Stimme wurde noch tiefer, jetzt, da die Sonne fast schon versunken war und die Dunkelheit um sich griff.

»Zehn Jahre später«, sagte Margery, »Henri war neun Jahre alt, ich sieben, sah Mutter im Rathaus ein Bild.«

»Sie suchte Arbeit«, erläuterte Henri, »und die offenen

Stellen wurden im Rathaus vermittelt, also ging sie dorthin.«

Das Foto, das sie dort erblickte, war im Jahre 1915 gemacht worden. Darauf sah man eine Gruppe von jungen Frauen, die auf einer Treppe abgelichtet worden waren.

»Mutter wurde ohnmächtig, als sie das Bild sah.« Margery ließ die Katze aus dem Sack. »Eine dieser Frauen war die geheimnisvolle Fremde, die ihr im Sumpf begegnet war.«

Sie wusste, dass sie der Frau begegnet war. Es gab keinen Zweifel.

»Aber das war unmöglich.« Henri seufzte.

»Die junge Frau auf dem Bild war im Sommer 1916 verschwunden«, sagte Margery. »Bei einem Ausflug in die Bayous. Sie war schwanger gewesen, und dann war sie plötzlich wie vom Erdboden verschluckt.«

Danny war mehr als nur ein wenig mulmig bei der Vorstellung, was das für seine werdende Familie bedeuten konnte.

»Glauben Sie, dass Ihre Mutter das wirklich erlebt hat?«, fragte Sunny. Auch sie klang nicht gerade glücklich.

»Es ist eine Geistergeschichte, wie sie hier oft erzählt werden«, antwortete ihr Henri bedächtig, und seine Augen wurden schmal.

»Aber unsere Mutter hat die Geschichte immer so erzählt. So und niemals anders«, sagte Margery, »und bis ins hohe Alter hat sie an den Einzelheiten festgehalten.«

Die Zikaden stimmten eine unruhige Melodie an.

Margery lehnte sich vor und flüsterte heiser: »Es war zwei Tage vor *L'Orient*, als meine Mutter die schöne Frau im Bayou traf.«

Sunny stockte der Atem.

Und Danny fragte sich, worauf sie sich da bloß eingelassen hatten.

»Ich glaube«, stellte Sunny unvermittelt fest, »ich bin jetzt müde.«

»Ja«, pflichtete ihr Danny nun vielleicht ein bisschen zu rasch bei, »morgen haben wir einen anstrengenden Tag vor uns.«

Henri richtete sich in seinem Stuhl auf und straffte die Schultern. »Das sind doch nur alte Geschichten«, sagte er. »Sie sollten sich nichts draus machen. Wir lieben es nun einmal, den Touristen ein wenig Angst einzujagen. Ist gut fürs Geschäft.«

»Du sollst die Geschichten nicht lächerlich machen«, sagte Margery energisch, stand abrupt auf und ging wütend in die Küche.

Betretene Stille breitete sich aus.

»Lassen Sie sich nicht beirren«, sagte Henri leise. »Ich bringe Sie zu Laveau, und dann sehen wir weiter. Ist nur 'ne normale Tour, die ein wenig länger dauert als die anderen.«

In der Küche klapperte Margery laut mit dem Geschirr.

»Ich bin wirklich müde«, meinte Sunny. Sie sagte es so laut, dass es auch Margery in der Küche hören konnte.

Henri nickte. »Tut mir leid, aber meine Schwester …«

»Kein Problem«, log Sunny.

Dann verabschiedete sie sich, so schnell es ging.

Und Danny folgte ihr.

Kurze Zeit später lagen sie im Bett.

Das Fenster war weit geöffnet, kühle Luft strich ihnen über die Haut. Danny wusste, dass Sunny schlecht schlafen würde.

Er legte seine Hand auf ihren Bauch, ertastete den Nabel. Dann küsste er die Stelle.

»Oh, Mann, diese Bayou-Geschichten können einen echt das Gruseln lehren«, fluchte sie, wenn auch nur leise, damit niemand sonst sie hören konnte. »Diese Sache mit *L'Orient*, Danny. Das klingt schon richtig übel.«

Er winkte ab. »Ach was.«

»Nein, wirklich, das kann einem doch Angst machen.«

Danny ließ sie reden.

Es tat Sunny gut zu schimpfen. Und ihm tat es gut, ihre Stimme zu hören.

»Und *les vipères*. Meine Güte!«

»Es sind nur Geschichten«, tröstete er sie.

Sie drehte sich zu ihm hin. Die Rundungen ihres Körpers schimmerten im Mondlicht. »Nur Geschichten? Hey, Margery da unten glaubt daran.«

»Ihr Bruder nicht«, meinte Danny, aber er wusste nicht, was genau er von der ganzen Sache halten sollte. Schon einmal war er zum Spielball seltsamer Mächte geworden, und er hatte nicht vor, den gleichen Fehler ein zweites Mal zu begehen.

»War es unhöflich, so schnell zu gehen?«

Er küsste sie auf die Nasenspitze. »Oh, Sunny, mach dir keine Gedanken. Sie haben gemerkt, dass du erschöpft bist.«

»Es war unhöflich.«

»Nein, war es nicht.«

»Was war es dann?«

»Es war okay, hörst du?!«

Sie beugte sich zu ihm, flüsterte: »Scheiße, ich bin nicht erschöpft, überhaupt nicht, aber ich hatte einfach keine Lust mehr auf diese düsteren Geschichten. Fehlten nur noch Nebel und ein Wolf, der durch die Sümpfe streift.«

Er musste lachen.

»Der Hund der Baskervilles«, kicherte sie.

»Heathcliff«, sagte er.

»Der heulte im Moor.«

»Auch gut.«

Beide mussten sie lachen. Sunny hielt ihre Hand auf seinen Mund, damit es nicht so laut war.

Zu lachen tat jedenfalls gut. Denn im Grunde genommen war ihnen beiden klar, dass sie sich fürchteten. Beide wussten sie, dass es eine Wahrheit in diesen Geschichten gab; herrje, die gab es immer! Und die Wahrheit der Geschichten, die sie eben gehört hatten, lag auf der Hand. Sie war eine Botschaft, eine Nachricht, ein Rat.

Geht nicht zu *les vipères*!

Sie sind böse.

Tun schlimme Dinge.

Ganz besonders an *L'Orient* – was immer das auch sein mochte.

Eine Weile lagen die beiden still da. Sunnys Kopf ruhte an seiner Brust.

»Was wird passieren?«, fragte sie schließlich.

»Ich weiß nicht.«

Danny streichelte ihr durchs Haar.

»*Les vipères*«, sagte Sunny. »Klingt ganz schön giftig.«

»Wir werden es herausfinden.«

Wieder machte sich Stille breit.

Dann sagte sie: »Lass uns vorsichtig sein, Danny, versprich es mir.«

»Wir *werden* vorsichtig sein.«

Sie war ihm so nah, dass er in ihren Augen ertrinken konnte. »Lass mich bloß nicht allein.« Sie strich sich eine Strähne ihres Haars aus dem Gesicht. Betrachtete die Hand, die auf ihrem Bauch lag. »Lass *uns* nicht allein.« Die Stimme brach ihr jetzt doch.

Danny küsste sie, so wie er sie geküsst hatte, als sie sich zum ersten Mal nahegekommen waren. »Ich bin hier.« Das war es, was sie hören wollte. Das, was zählte. Da, wo sie gestrandet waren. So ziemlich in der Mitte von allem.+

Sechstes Kapitel

Nur Perlen, gereiht auf einen Faden

Blue eyes for miles, pretty as a peach,
glorious kind and always on time, never far out of reach,
tomorrow's on its way
and there's always new songs to sing,
glorious kind and always on time, like pearls on a string.

Ryan Adams: *Pearls on a String*

In der Nacht hatte Sunny wieder schlechte Träume gehabt und war schreiend und weinend erwacht. Danny hatte beruhigend auf sie eingeredet und sich bemüht, nicht an die Sirenen und das, was vor ihnen lag, zu denken. Sunny hatte versucht, sich zu übergeben, hatte aber nur allein im Bad gewürgt und war mit bleichem Gesicht zurückgekehrt.

Den Rest der Nacht hatte sie traumlos verbracht. Danny indes hatte kein Auge mehr zugetan.

Am nächsten Morgen dann hatten sie sich, nach einem kargen Frühstück und wie verabredet, beim *L'Acadie* eingefunden, wo Henri Lafitte sie in seinen Pick-up einsteigen ließ und mit ihnen hinunter zum Fluss fuhr.

Sie hatten jeder einen Rucksack als Gepäck dabei, das war alles.

Danny hatte keine Ahnung, wie lange sie in den Bayous unterwegs sein würden, also hatte er das Allernötigste eingepackt. Die Gibson hatte er schweren Herzens im Leihwagen zurückgelassen.

Er seufzte.

Hatte er doch das Gefühl, sich am Rande einer durch und durch fremden Welt zu bewegen.

Die schwere Hitze, die schon am Morgen über allem

lag, machte selbst aus der Luft ein schwüles Abbild der Gedanken, die ihm im Hirn herumschwirrten.

Das Gespräch mit Sunny ging ihm nicht aus dem Kopf.

Wie würden sie das alles hier überstehen?

Würden Sunny und er jemals wieder ein normales Leben führen? Frei von der Lüge?

Einfach nur frei?

Und was würde aus Jenny werden?

»Du bist ja noch da«, hatte Sunny geflüstert, als sie die Augen aufschlug.

»Du auch«, hatte seine Antwort gelautet. »Ich meine, *ihr beide*.«

Jetzt waren sie hier.

Unterwegs.

Danny war erstaunt, wie groß Morgan City doch war. Die Hafengegend schien kein Ende zu haben. Schilder wiesen auf eine große Werft hin, die riesige Ölplattformen baute. Es gab einen Containerhafen, klobige Frachtschiffe, flache Kähne, feine Yachten.

Beim Atchafalaya River angekommen, stellte ihnen Henri Lafitte sein Boot vor. Es lag vor einem Bootshaus, das eine bessere Bretterbude direkt am Wasser war, kaum mehr. Möwen saßen lustlos auf dem Dach und schrien müde, aber keine von ihnen machte Anstalten, sich in die Lüfte zu erheben.

Henri Lafitte sprang in sein Boot.

»Na?«, fragte er erwartungsvoll. Es war ein kleines Motorboot mit, wie er ihnen erklärte, Außenbordmotor und

Bowdenzuglenkung, keine fünf Meter lang und gerade einmal ein Meter achtzig breit.

»Ideal für die Sümpfe«, verkündete er.

Danny half Sunny ins Boot. Sie balancierte schwungvoll über den Steg, sprang hinein.

Er würde sich an das Schaukeln gewöhnen müssen. Danny bevorzugte festen Boden unter den Füßen.

»Ist über zwanzig Jahre alt, das Mädchen«, sagte Henri, der die Rucksäcke unter den hinteren Sitzen verstaute. Dann beförderte er noch zwei Hüte aus dem Pick-up. »Habe sie eben noch eingesteckt, weil Sie bestimmt nicht daran gedacht haben.« Er lachte. »Aber die sollten Sie aufsetzen. Die Sonne wird später am Tag mörderisch werden.«

»Danke«, sagte Danny.

Sunny saß bereits im Boot. Sie band sich die Haare zu einem Zopf und setzte den Hut auf.

Henri warf den Motor an.

»Ein Yamaha 60 PS-Zweitakter«, erklärte er, »mit Elektrostart und 4 PS Mari. Das war damals in den 80ern der letzte Schrei.« Er grinste. »Heute ist es nur alt. Aber das Mädchen hat mich noch nie im Sich gelassen. Nicht mal, als Katrina alles verwüstet hat. Ich war damals draußen, und als die Warnung kam, bin ich nach Morgan City gerast wie ein Verrückter.«

Er tätschelte das Boot, als sei es ein Haustier.

»Los geht's.«

Nach der unruhigen Nacht genoss Danny es, den frischen Wind im Gesicht zu spüren. Kleine Wasserspritzer benetzten ihm die Haut, und seine Haare wurden verwuschelt. Das Boot fuhr in der Mitte des Atchafalaya River und schaukelte nicht wenig. Der Verkehr auf dem Fluss war selbst um diese Uhrzeit nicht zu unterschätzen.

»Ist einer der wichtigsten Wasserwege in der Gegend«, kommentierte Henri knapp die vielen Schlepper und Frachtschiffe, die in beiden Richtungen fuhren.

Mit sicherer und ruhiger Hand lenkte Henri das Boot den Fluss hinunter.

You gotta keep a good eye

on the winding road ahead.

The Gaslight Anthem.

Kein Wunder, dass Danny gerade an diesen Song denken musste.

Eine halbe Stunde lang folgten sie dem Verlauf des Atchafalaya River, der breit und mächtig dem Golf von Mexiko zuströmte. Sunny hatte sich bequem im Sitz zurückgelehnt. Sie genoss es sichtlich, dass die Sonne jetzt hervorbrach und helle Muster auf die Wellen zeichnete.

»Irgendwann«, verkündete sie Danny, »male ich ein Bild in diesen Farben.«

»Das wirst du«, antwortete er nur.

Blickte nach vorn, nicht zurück.

Shrimp-Fänger fuhren zur offenen See hinaus. Möwen flogen um die Schiffe herum, hungrig kreischend.

»Jean Laveau ist in der Gegend bekannt wie ein bunter Hund«, sagte Henri. »Er lebt da draußen im Bayou. Verkauft Schnickschnack. Voodoo-Zeugs. Ist'n netter Kerl.«

Er drehte sich zu Danny um. »Anständig. Er wird Ihnen bestimmt helfen.«

Danny schwieg beharrlich.

Hätte von sich aus über das Gespräch vom Vorabend kein Wort mehr verloren.

»Wegen meiner Schwester«, meinte Henri, dem die Sache, soweit man es ihm von den Augen hatte ablesen können, peinlich gewesen war, »nichts für ungut.«

»Ja.« Danny wollte jetzt nicht darüber reden. Er hatte kein Interesse an diesem Aberglauben. Ein Funken Wahrheit steckte in jeder Geschichte, da biss die Maus keinen Faden ab.

»So sind die Frauen, was?« Henri grinste.

Danny grinste nicht. Sunny jedenfalls war anders.

She made my heart tick ticks.

Wenn das hier vorüber war, würde er einen Song schreiben, in dem sie vorkam.

Melodien und Gesichter wurden ihm plötzlich eins.

Yeah, she made my heart tick ticks.

Sie verließen den Atchafalaya River und stießen in einen Nebenarm vor, der sie binnen weniger Minuten in eine verlassene Gegend führte, die von der Stille und dem Geräusch des Motors beherrscht wurde.

»Bayou«, erklärte Lafitte, »heißt stilles Wasser. Aber das hier ist der Wax River.«

»Also kein Bayou?«

»Sie sagen es.«

Überall an den Ufern standen Hinweisschilder für die Gasleitungen, die hier irgendwo verliefen. Zwischen den

Ästen der Bäume erkannte man hin und wieder eine Stromleitung.

»Die verschwinden auch bald«, sagte Henri Lafitte. »Ist nur am Rand des Gebiets so. Da, wo man die Stadt noch riechen kann. Weiter drinnen im Sumpf sieht es anders aus.«

Danny seufzte.

Ließ die Landschaft auf sich wirken.

Die meisten Bäume, die hier wuchsen, waren Zypressen, die sich mittels ihrer riesigen Wurzeln im brackigen Boden festkrallten. Seltsam anmutende graue Behänge hingen von den Ästen der Bäume herab.

»Wurde früher abgeerntet wie nichts in der Welt und ist immer noch ein beliebter Füllstoff für Puppen und Kissen.« Henri, der offensichtlich zum Reden aufgelegt war, drehte sich zu ihnen um. »Ist Ihnen mal aufgefallen, wie viele Kissen und Puppen hier in der Gegend verkauft werden? New Orleans ist voll davon.« Er deutete hinauf zu den düsteren Vorhängen, die im Wind wehten, als entstammten sie einem der Hitchcock-Filme, die der Meister noch in England gedreht hatte. »Spanisches Moos.«

Sunny zog ihre Sonnenbrille an.

Machte ihr cooles Gesicht.

Wie auf der Bühne.

Wenn sie sich wie eine Katze bewegte, mit geschmeidigen Schritten mit ihrer Geige dem Publikum vor der Nase herumtanzte.

Danny musste schmunzeln, wenn er an die Konzerte dachte. Die Männer im Publikum waren oft ruhig, standen herum, klatschten nicht. Die ersten vier Songs spielten die Jungs und er meist allein. Und dann zogen sie den Joker aus dem Ärmel: Sunny. Sie betrat mit ihren hohen Stiefeln die Bühne und begann, wie eine Besessene auf der Geige zu spielen. Ja, es war immer wieder schön anzusehen, wie die eben noch vollkommen reserviert und teilnahmslos dastehenden Männer sich auf einmal förmlich die Arme ausrissen, um klatschend von der schönen Frau auf der Bühne beachtet zu werden.

Wieder einmal wurde Danny bewusst, dass Sunny ihn geheiratet hatte. Hey, sie hatte *Ja* gesagt.

Er lächelte.

Sah die Sonne zum ersten Mal richtig an diesem Tag.

Ließ sich vom sanften Schaukeln des Bootes einlullen.

»Damals, 1917«, hörte er Henri erzählen, »wurde Hollywood zum ersten Mal auf die Gegend aufmerksam. Der allererste Tarzan-Film mit Elmo Lincoln wurde hier gedreht.«

»Wahnsinn«, murmelte Danny.

Sunny zwinkerte ihm über die Brillengläser hinweg zu.

»Die Gegend, in die wir fahren, wird Atchafalaya Bayou genannt.«

Ab und zu kam ihnen ein Kanu entgegen, aber diese Begegnungen waren eher die Ausnahme.

Die flachgründigen Seen, die sie passierten, waren voller tiefbraunem Wasser. Sie sahen kleinere und größere Inseln, auf denen Kiefern, Zypressen und Magnolien wuchsen.

Danny wurde eines Vogels gewahr, der bunt und seltsam aussah und davonflog, sobald er merkte, dass er beobachtet wurde.

Auf manchen der Inseln standen mächtige Herrenhäuser weiß glänzend im Sonnenlicht. Ihre Säulen ließen sie wie Tempel aussehen. Überbleibsel der Plantagen, auf denen einst Zuckerrohr angepflanzt worden war.

Im Wasser trieben Seerosen, Wasserhyazinthen. Schilfdickichte raschelten.

Sunny wollte die Hand durchs kühle Nass gleiten lassen, doch Henri warnte sie: »Würde ich nicht tun. Die Alligatoren sind zwar scheu, aber man weiß nie.«

Sie fuhren an einem alten Holzhaus vorbei, das zerfallen am Ufer stand. Das Dach hing fast bis zum Boden hinab.

»Da hat Betsy Butler mit ihrem Mann gelebt. Sie haben hier vor hundert Jahren damit begonnen, Terpentin aus dem Harz der Bäume zu gewinnen. Daher auch dic Kerben in den Zypressen, sehen Sie nur.« Er lenkte das Boot an einer aus dem Wasser ragenden Wurzel vorbei. »Na ja, und während der Prohibition wurde hier jede Menge Schnaps gebrannt. Die Polizei kam nicht in die Gegend, und so konnte man tun und lassen, was man wollte. Betsy und ihr Mann verschwanden eines Nachts, sagt man, als sie sich auf den Seen nahe des Bayou Blanc herumtrieben.«

Er bedachte Danny mit einem Blick, der alles sagte. »Noch so eine Story, die meiner Schwester gefallen würde.« Er verzog den Mund zu einem Grinsen. »Die Touristen mögen diese Art von Southern Gothic.«

»Postkartenmotive, was?!« Sunny hatte ihren Humor nicht verloren.

»Ja, Postkarten und T-Shirts.«

Danny schwieg.

Es wurde dunkler, je tiefer sie in den Wald aus Zypressen hineinfuhren. Die Sonne zog sich zurück, aber die Luft war warm und stickig wie vorhin. Es roch nach Torf und wilden Tieren.

Zyperngras, Wasserschlauch und Schneeballstrauch gediehen prächtig.

Sie sahen die ersten Alligatoren, die faul in der Sonne lagen, und eine Schnappschildkröte, die abtauchte, sobald sie das Boot Wellen schlagen spürte.

Es war eine Wildnis.

Ja, ein richtiger Dschungel.

Insekten, Blutegel, hohe Tupelobäume, einige Palmen, Schlick und Sumpfkiefern.

Vögel kreischten in der Stille, und fürs menschliche Auge unsichtbare Wesen plätscherten durchs trübe Wasser, das von Blättern und Blüten bedeckt war, so dass man nicht erkennen konnte, was genau sich da unten in den Tiefen herumtrieb.

Manchmal sah man etwas.

Einen schuppigen Rücken, eine schlängelnde Bewegung in den Schatten, einen abtauchenden Wels.

Ein alter Bohrturm ragte an einer Lichtung aus dem Wasser, umgeben von den Gerippen toter Bäume.

»Früher wurde hier überall nach Öl gesucht.« Lafitte deutete zum Bohrturm. »Das ist alles, was davon übrig geblieben ist. Sie haben den Müll einfach im Sumpf verrotten lassen.« Das Boot wurde jetzt langsamer, weil die Flussarme enger wurden. Äste hingen über dem Wasser, und manchmal mussten sie sich im Boot alle ducken. »Ja, das Öl war das Gold dieser Gegend. Überall haben sie danach gesucht. Danach und nach Salz.« Er schaute zurück. »Drüben, bei New Iberia, gibt es einen See, den Lake Peignur. Im November 1980 stockte der Bohrmeißel einer Texaco-Plattform, die nach Ölvorkommen suchte. Sie bohrten mitten in einen Stollen hinein, der unter dem See verlief. Denn da war ein altes Salzbergwerk, da hatte bloß keiner dran gedacht. *Merde*, mehr kann man dazu nicht sagen. Der Bohrturm kippte und versank im See. Zack! Das Wasser brach in den Bergwerksstollen ein, und ein gigantischer Strudel saugte alle Boote und Schiffe in den Untergrund. Nach sieben Stunden war der See vollkommen leer, können Sie sich das vorstellen?! Später füllte er sich mit Meerwasser wieder auf. Und jetzt sieht man nichts mehr. Ist alles so, wie's vorher war.« Er sog hörbar die Luft ein. »Tja, nichts ist so, wie es aussieht. Und unter der Oberfläche ist meist alles anders, als man denkt.«

Danny schaute auf die Uhr.

Sie waren seit mehr als einer Stunde unterwegs.

»Wir kommen jetzt in ein Gebiet, das wir als Wax Bayou bezeichnen.« Henri wirkte nun wachsamer als noch vorhin.

Der Wald wurde dichter, und die Sonnenstrahlen lugten nur noch hier und da durch das Blätterwerk. Es roch intensiv nach feuchtem Erdreich und den Pflanzen, die sich um die Stämme der Bäume rankten.

Eine verwunschene Welt.

Danny gab sich dumpfen Tagträumen hin.

Elusive dreams.

Dann riss ihn Henri Lafitte aus seinen Gedanken.

»Da ist es!«, verkündete er.

Das Brummen des Motors verebbte, als das Boot auf ein skurriles Bild zutrieb.

»Was ist denn das?« Sunny nahm die Brille ab und starrte auf das seltsame Gebilde, das sich vor ihnen in luftiger Höhe abzeichnete.

»Da«, sagte Henri, »wohnt Jean Laveau.«

Danny konnte es kaum glauben.

Was sie sahen, mochte einmal ein Kutter gewesen sein.

Er befand sich hoch oben auf einem Baum, mehr als drei Meter über dem Boden. Die dicken Äste der Zypresse trugen den Kutter, eingebettet in ein Geflecht aus fremden Blättern und Ranken. Spanisches Moos wehte an der Unterseite des Rumpfs, eine Strickleiter baumelte im Wind.

»Ist im Hochwasser von '78 bis hierher gekommen«, erklärte Henri fröhlich. »Und dann stecken geblieben. Als das Wasser zurückging, hing er im Baum.« Er steuerte das Boot darauf zu. »Die Crew ist mit den Rettungsbooten abgehauen. Kein Mensch hat sich mehr um den Kutter gekümmert. Bis Laveau ihn entdeckt hat.«

Danny erkannte, dass der Kutter am Baum festgemacht war. Es gab Bretter, die wie Balkone aus dem

Rumpf ragten. Und einen Flaschenzug, um größere Gegenstände nach oben ins Boot zu kriegen.

Am Bug stand der Name.

Pascagoula.

Eine Gestalt erschien oben an Deck und schaute zu ihnen in den Bayou hinab, wo Henri Lafitte das Boot langsam stoppte und es die letzten Meter aufs Ufer zutreiben ließ.

»Ah, *Messieurs Dames*«, rief ihnen die Gestalt zu.

Henri Lafitte winkte zum Gruß. »Ich bringe Gäste.«

Dann legten sie an.

Henri sprang aus dem Boot, packte ein Tau und wickelte es um einen nahen Baumstamm.

Danny sprang hinterher, half seiner Frau aus dem Boot.

»Wow«, borgte sich Sunny das Lieblingswort ihres Mannes.

Der Baum, auf dem der Kutter feststeckte, erhob sich auf einem kleinen Eiland, das mit Dingen bedeckt war, die nicht dorthin zu gehören schienen. Ein ausgebrannter Ford, daneben eine Sitzgruppe aus gusseisernen Stühlen mit einem Tisch, Holzscheite, säuberlich aufgestapelt, eine Kiste mit Ersatzteilen, vermutlich für das Boot, das neben einem Kanu aufs Trockene gezogen war.

Als Danny den Boden betrat, hatte er das Gefühl, auf einem Ponton zu laufen.

Der Torf schwankte bei jedem Schritt, den er tat.

»Hallo, Henri«, rief der Mann von oben. »Nehmt die Strickleiter.«

»So ist er«, kommentierte Henri.

Sie kletterten an der Strickleiter nach oben.

Dort angekommen, standen sie auf dem Deck des Kutters. Kisten lagen dort herum, Taue, Werkzeug, jede Menge Krimskrams.

Ein großer Kreole empfing sie. Federschmuckohrringe baumelten ihm bis zur Schulter. Er war riesig, mit breiten Schultern und Augen, die wie Kohle glommen. Er trug eine blaue Latzhose, sonst nichts.

»Ich bin Jean Laveau«, stellte er sich vor.

»Danny.«

»Sunny.«

Er reichte beiden die riesige Hand.

Henri sagte: »Die beiden suchen jemanden.«

Kurzes Nicken. »Kommt einfach rein«, sagte Laveau und führte sie über das Deck, aus dessen Planken zwei Äste herausragten. »Willkommen in meinem Laden.«

Nur einer der ursprünglich zwei Masten war noch intakt.

Laveau ging vor, duckte sich, als er durch eine niedrige Tür schritt.

»Das hier sieht aus wie die Kulisse in einem Film«, stellte Sunny fest.

»Ist eine Anlaufstelle für die Sumpfleute. Was immer man hier draußen braucht, ich habe es.« Er grinste. »Oder kann es besorgen.«

Auch Danny betrat jetzt die Kajüte.

Und staunte nicht schlecht.

Er fühlte sich um mindestens hundert Jahre und eine halbe Welt zurückversetzt, dort, mitten auf dem Kutter.

Riesige Einmachgläser, in denen sich getrocknete Früchte und Pflanzen und allerlei tote, konservierte Tiere befanden, waren auf den Tischen und in den Regalen mal säuberlich, mal wild übereinandergestapelt angeordnet. Von der niedrigen Decke baumelten Amulette, gebrauchte Kleidungsstücke und gemusterte Tücher für alle Zwecke. Bunte Gewürze in Tassen, auf Tellern oder in kleinen flachen Schalen verströmten einen exotischen Duft in dem kleinen Raum.

»Wow!«, entfuhr es Danny.

Puppen und allerlei Krimskrams lagen auf den Tischen herum.

»Sie interessieren sich für *Gris-Gris?*«, fragte Laveau.

Danny zuckte die Achseln.

»Fetische«, erklärte Henri.

Der riesige Kreole holte etwas vom Tisch. »Das hier«, erklärte Laveau, »ist eine *Mojo*-Hand.« Er hielt ihnen ein Stück Stoff hin, in das die Überreste verstorbener Vögel und Reptilien gewickelt waren. »Damit kann man ungeliebte Personen verhexen.« Er grinste breit. »Oder aber dies hier, ist natürlich auch nicht zu verachten, eine seltene Wurzel, genannt *Johnny-the-Conqueror*. Sie fördert die Potenz.«

»Brauchen wir nicht«, sagte Sunny.

Beide, Danny und Laveau, grinsten breit.

Sunny ging durch die Regalreihen, betrachtete die eingemachten Tierkadaver. Leise flüsterte sie Danny zu: »Sieht richtig unheimlich aus.«

Laveau fuhr herum. Offenbar hatte er richtig gute

Ohren. »Voodoo ist eine Religion«, sagte er, »kein Schnickschnack aus einem Horrorfilm.« Er trat auf sie zu. »Niemand muss sich hier fürchten. Ist alles nur zum Schutz.«

»Ich habe so was noch nie zuvor gesehen«, gestand Sunny.

»Außer in Filmen«, ergänzte Danny.

Laveau nickte zornig. »Deswegen denken die Leute, wir seien Hinterwäldler, die sich Fremden gegenüber aufführen wie die Jungs in *Beim Sterben ist jeder der Erste.*«

»Ich dachte eher an die Mäuse in *Bernhard und Bianca*«, konterte Danny.

Henri und Laveau sahen einander an.

Dann lachten sie schallend los.

»Sie haben Humor, Junge.« Laveau klopfte Danny auf die Schulter. »Ha, ja, den haben Sie.«

Dann legte er den *Gris-Gris*-Kram auf den Tisch zurück.

»Ich lebe schon seit vielen Jahren hier draußen«, erklärte Laveau. »Hier kann ich ungestört tun, was ich tue.«

»Und das wäre?«, fragte Danny.

»Ich belege Touristen mit Flüchen, damit sie den Alligatoren besser schmecken.«

Henri fügte hinzu: »Deshalb gibt es so viele Alligatoren in der Gegend und so wenige Touristen.«

Danny zog ein Gesicht.

»Im Ernst«, sagte Laveau, »ich versorge die Einwohner mit Zeugs.«

»Welche Einwohner?«, fragte Sunny.

Auch Danny konnte sich nicht vorstellen, dass hier draußen viele Leute lebten.

»Sumpfleute«, antwortete er. »Es gibt jede Menge Inseln hier. Jeder Wasserlauf hier hat eine Vielzahl von Seitenarmen. Es gibt Hütten, Hausboote, manchmal richtige Anwesen, die noch aus der Zeit vor dem Bürgerkrieg stammen.«

»Nachdem die Sklaven befreit waren, sind viele Anwesen verwahrlost.«

»Ja, und irgendwann hat sich irgendwer dort eingenistet. Damit wir uns richtig verstehen«, ergänzte er, »wir reden hier nicht von prunkvollen Top-Immobilien, sondern von riesigen Herrenhäusern, die der Natur anheimgefallen sind. Löcher in den Dächern, die Fenster zersplittert, die Wände voller Efeu und Moos. Es gibt Menschen, die gern in diesen Ruinen leben. Sie haben es sich in einem Teil der Gebäude gemütlich gemacht.«

»Wovon leben sie?«

»Von diesem und jenem. Alligatorhaut ist noch immer sehr beliebt auf dem Schwarzmarkt.«

»Einige von ihnen bauen Marihuana an.«

»Und andere Dinge«, fügte Laveau hinzu.

Henri lächelte. »Klar, und andere Dinge.«

»Sie fangen Tiere, fertigen Kunsthandwerk an, das sie in Lafayette und New Iberia auf den Cajun-Märkten verkaufen. Sie fangen Shrimps, Schildkröten, tun dies und das.«

»Sie machen, was die Menschen hier immer getan haben: Sie leben von dem, was das Land ihnen gibt.«

Laveau ging zu einer Ecke, die wohl die Kombüse war. »Und ich beliefere sie mit Essen.« Er deutete durch die Kajütentür nach draußen. »Haben Sie all die Kisten gesehen? Sind vollgestopft mit Konserven und anderen Lebensmitteln.«

»Und das Voodoo-Zeugs?«, fragte Sunny.

»Die Menschen hier glauben an dieses *Zeugs*.«

»Es ist Tradition«, ergänzte Henri.

Laveau sah sie ernst an. »Seine Ursprünge, müssen Sie wissen, hatte Voodoo im Königreich *Dahome*.« Er ging zu einem Herd und ließ Wasser aufkochen. »Kaffee?«

Sunny verzog das Gesicht.

Danny nicht. Er schaute sich wachsam um.

»*Zombie*«, fuhr Laveau fort, »war einer der wichtigsten Götter und wurde oft als eine riesige Pythonschlange dargestellt. Die *Dahome* glaubten, dass die Menschen am Anfang aller Existenz blind waren und erst durch die große Schlange und ihre Geschichten die Sehkraft erhielten.«

»Daher also der Schlangenkult.« Sunny begutachtete all die ausgestopften Schlangen, die an Schnüren von der Decke hingen.

Laveau nickte. »Das Kino hat seinen Teil dazu beigetragen, dass die alten Zeremonien von einst als blutrünstige heidnische Rituale wahrgenommen werden. Pah! Alles dummes Zeug.« Er mahlte die Kaffeebohnen, während das Wasser kochte. »Die *Dahome*«, erklärte er und drehte die Kaffeemühle, »verkauften die Sklaven an die Franzosen, und diese verschleppten sie dann in die amerikanischen Kolonien. So erreichte der Voodoo-Kult die Zuckerrohrplantagen.« Er senkte die Stimme. »Jeder Mensch braucht etwas, woran er glauben kann. Ist wie das Geschichtenerzählen. Wenn man daran glaubt, dann funktioniert es.«

Danny bewunderte eine riesige Sumpfnatter, die in einem Glaskasten auf dem Regal über dem Herd lebte und gerade eine lebendige Maus vertilgte.

Laveau goss den Kaffee auf und reichte jedem von ihnen eine Blechtasse.

»Für mich nicht«, sagte Sunny.

Laveau zuckte die Achseln.

»Schwanger«, erklärte Henri.

Sie warf ihm einen leicht entnervten Blick zu, sagte aber nichts.

Laveau nahm es zur Kenntnis, das war alles.

»Damals«, erklärte er, »als meine Mama noch lebte, versammelten sich die Anhänger des Voodoo drüben am Lake Pontchartrain.« Ein dunkles Leuchten funkelte in seinen Augen auf. »Richtige Orgien wurden da abgehalten. Aber aus Angst vor einer Revolte der Sklaven wurden diese Treffen schließlich von der Obrigkeit verboten.« Er schlürfte den Kaffee. »Na ja, später dann, als man merkte, dass weiterhin heimliche Treffen abgehalten wurden, erlaubte man an Sonntagen eine Versammlung auf dem Congo Square.« Er schüttelte den Kopf. »Doch diese Veranstaltungen zogen natürlich nur weitere Menschen an, die sich von den Tänzen, den Kostümen und der Trommelmusik begeistert zeigten.« Er lachte. »Sie sehen, etwas, was Gutes bewirkt, setzt sich immer durch.«

»Verkaufen Sie viel von diesen Dingen?«

»Die meisten Sumpfleute legen sich das eine oder andere zu.« Er grinste breit und wirkte in diesem Moment wie ein Gauner, der etwas zu verbergen hat. »Sie haben Angst vor bösen Geistern, dem Rougarou und anderen Dingen, die in den Bayous leben.«

»Und Sie?«, fragte Sunny.

»Meine Mutter lehrte mich die alten Riten. Ich mochte die Sümpfe schon als Kind. Hier sind die Dinge, wie sie sein sollen. Man ist dem wahren Leben viel näher verbunden.«

Danny fand, dass es an der Zeit war, zur Sache zu kommen. »Kennen Sie einen Ort, den man *Maison Rouge* nennt?«

Laveau starrte ihn an. »Das geheimnisvolle Haus?«

»Ja.«

»Woher kommen Sie?«, wollte er plötzlich wissen.

»Minnesota«, antwortete Sunny.

»Sie sind den ganzen Weg hierhergekommen, um das *Maison Rouge* zu suchen?«

Beide nickten unisono.

»Ich dachte, dass du ihnen vielleicht weiterhelfen kannst«, meinte Henri.

Laveau schenkte erstmal neuen Kaffee ein.

»Keiner weiß, wo das *Maison Rouge* liegt. Manche sagen, man muss den Namen nur dreimal laut aussprechen und dann sei man schon dort.« Seine weißen Zähne blitzten auf. »Andere sagen, dass es ein Geheimnis ist.« Er machte eine wegwerfende Handbewegung. »Ha! Alles

Blödsinn. Das *Maison Rouge* ist eine Geschichte, die so alt ist wie der Sumpf. Eine Geschichte, die hier in den Sümpfen bewahrt wird. Manche glauben daran, andere nicht, so ist das.« Er rieb sich die Augen, wirkte nachdenklich. »Aber Sie haben Glück«, sagte er schließlich. »Denn ich kenne jemanden, der Ihnen vielleicht weiterhelfen kann. Sie müsste heute Nachmittag herkommen.«

»Sie?«

»Madame Fontaine«, sagte er. »Vielleicht kann sie Ihnen helfen.«

»Wer ist sie?«

»Eine der *vipères*.«

Danny dachte an Margery Lafittes Geschichte. »Leben die *vipères* nicht im *Maison Rouge*?«

»Erzählt man sich das in Morgan City, hm?« Er zwinkerte Henri zu.

»Meine Schwester tut's«, antwortete der.

Laveau lachte. »Die *vipères* sind normale Frauen.« Er verbesserte sich schnell: »Damen.« Schmunzelte. »Vielleicht ein wenig seltsam, aber nichts, wovor man sich fürchten müsste.«

»Und eine von ihnen kommt hierher?«, fragte Sunny.

»Warum sollte sie nicht herkommen?« Laveau deutete zu den Kisten. »Sie holt ihre Lieferung ab. Und meistens lädt sie bei der Gelegenheit ihr Handy-Guthaben auf.«

Danny starrte ihn an, als habe er etwas durch und durch Verrücktes gesagt. »Ihr Handy-Guthaben?«

»Sie mögen keine Verträge«, meinte Laveau nur.

Danny wusste nicht, was er darauf erwidern sollte.

»Sie?«, fragte Sunny.

»Drei alte Ladys. Schwestern. Wohnen draußen in einem alten Haus am Bayou Chenière. Die Leute nennen sie *les vipères*, weil sie allem, was anders ist, einen Namen geben, der nicht schmeichelhaft ist.«

»Was hat es mit den Geschichten auf sich?«, fragte Sunny.

»Welchen Geschichten?«

Beide warfen Henri Lafitte einen Blick zu.

Laveau sagte nur: »Es gibt so viele Geschichten wie Flussarme. Die meisten davon sind Lügen.«

»Hm.«

Laveau seufzte langgezogen. »Wir hatten gerade erst St. John's Eve. Das ist der Tag, an dem die Voodoo-Königin mit der großen Schlange tanzt. Früher versetzten sich die Gläubigen in Trance, tranken Blut von schwarzen Katzen, aßen lebendige Hühner, und manche leckten sogar einander das Blut vom Leib. Die Touristen haben immer gut für diese Spektakel gezahlt. Und heute? Viele Sumpfleute sind noch immer abergläubisch.« Er grinste breit. »Sie fürchten sich vor der Dunkelheit und dem, was sich darin verbergen könnte.« Er deutete zu all dem *Gris-Gris*-Zeug hinüber. »Gut für mich, würde ich sagen.«

Sunny verzog das Gesicht. »Was ist *L'Orient*?«, hakte sie nach.

»Der Tag der Erneuerung. Ist schon morgen. Warum wollen Sie das wissen?«

»Man hat uns gewarnt.«

»Wovor?«

»Dorthin zu gehen. Zum *Maison Rouge*. An *L'Orient*.«

»Unsinn«, murmelte Laveau augenblicklich. »*L'Orient* ist ein Tag der Wiedergeburt, an dem alles, was alt ist, Erneuerung erfährt.«

Sunny stand auf, streckte sich, betrachtete eine große Spinne, die in einem Glas steckte.

»Man verbringt eine Nacht des Jahres damit, den Atem der Pythonschlange zu fühlen. Bis zum nächsten Morgen harrt man aus und versinkt ganz im Sonnenaufgang. Die Energien fließen in einen zurück, begleitet vom Schlagen der Trommeln, den Tänzen, der Musik.«

»Das ist alles?«

»Was haben Sie erwartet? Ein blutrünstiges Ritual? Meine Güte, die Leute denken sich wirklich die schlimmsten Sachen selbst aus.«

»Aber was soll so gefährlich sein?«

»Gar nichts«, sagte Laveau.

»Und diese Frau?«

»Madame Cacaelia Fontaine?«

Sie nickte. Wenn das ihr Name war ...

»Die Fontaines leben schon lange in den Sümpfen. Länger als ich. Sie kennen sich hier bestens aus. Wenn Sie mit Madame Cacaelia reden wollen, dann müssen Sie nur ein wenig warten, das ist alles. Ich denke, dass sie in einer Stunde hier sein wird.«

Danny zögerte.

Konnte es wirklich so einfach sein? Nach all der Sucherei? Ging das alles nicht ein wenig zu glatt?

»Das Haus der Fontaine-Ladys liegt, wie gesagt, draußen im Bayou Chenière, gut versteckt im *Yoknapatawpha*-Gebiet. Ob sie etwas über das *Maison Rouge* wissen, kann ich nicht sagen, aber wenn Ihnen jemand helfen kann, dann sind es die Fontaines.« Laveau durchquerte die Kajüte, öffnete eine Schublade und kehrte mit zwei Amuletten zurück. Das eine hängte er Sunny um den Hals, das andere reichte er ihrem Mann.

»Die behüten Sie«, sagte er mit großer Bestimmtheit.

Danny sah beide an. Es waren zwei Steine, die an Lederbändern hingen.

»Ein Mondstein für Sie«, sagte Laveau zu Sunny. »Und ein Amethyst für Ihren Mann.«

»Wovor sollen sie uns schützen?«

»Der Mondstein hier macht aufgeschlossen gegenüber plötzlich auftretenden irrationalen Dingen«, erklärte er. »Er macht Sie empfänglich für die Rhythmen der Natur.« Und Danny zugewandt sagte er: »Der Amethyst macht Sie geistig wach. Er hilft Ihnen, die innere Weisheit zu entdecken.«

»Danke«, sagte Danny. »Klingt, als könnte ich ihn brauchen.«

»Sie sollten das ernst nehmen.« Laveau nickte bedeutungsschwer. »Was sind wir Menschen schon, hm? Doch nichts anderes als Perlen, gereiht auf einen Faden.« Er kehrte zu seinem Kaffee zurück. »Die Steine werden Sie schützen. Vor Wegen, auf denen man in die Irre geführt wird. Vor Worten, die nur Lügen sind. Vor allem, was nicht gut ist.« Er bedachte beide mit einem eindringlichen Blick. »Sie müssen vorsichtig sein. Tragen Sie die

Amulette, solange Sie hier sind, hier bei uns, in den Sümpfen. Sie werden es nicht bereuen.«

Sie dankten ihm beide.

»Sie kosten vierzig Dollar«, sagte er.

Danny und Sunny tauschten Blicke. Dann zogen sie die Amulette aus und gaben sie zurück.

»Vielleicht brauchen wir sie doch nicht«, meinte Danny.

»Alles«, sagte Laveau, »ist ein Geschäft, nicht wahr?« Er überlegte kurz, dann meinte er lächelnd: »Na, was soll's. Behalten Sie die Steine, als ein Geschenk.«

»Oh, danke.« Sunny zog ihren wieder um den Hals.

Danny tat es ihr gleich. »Wir werden hier warten«, hatte er sich entschieden. »Auf Madame Fontaine.«

»Ja«, sagte auch Sunny, »deswegen sind wir schließlich hier.«

Und genau das taten sie.

Während Henri Lafitte allein den Heimweg nach Morgan City antrat, nachdem er ihnen beteuert hatte, er würde sie wieder abholen, sobald sie sich bei ihm meldeten.

Das war jedenfalls der Deal.

Madame Cacaelia Fontaine kam in einem Motorboot am späten Nachmittag, genauso wie Laveau es prophezeit hatte.

Mit laut knatterndem Motor setzte sie ihr Gefährt auf Grund. Schwungvoll kam es im Ufergras zum Stehen.

Madame Cacaelia Fontaine, elegant, blond, entstieg

ihrem Motorboot wie eine Grace Kelly des Südens, der Inbegriff der Southern Belle. Ihr Alter konnte man nicht schätzen, sie war wie ein teures Gemälde, unwirklich und elegisch. Sie war wunderschön auf eine Art, die einer Frau die Furcht nimmt, älter zu werden. Sie sprang auf den morastigen Boden und ging auf den Baum mit seinem Schiff zu.

Unten begrüßte sie Jean Laveau mit einem Kuss, der freundschaftlich und aristokratisch zugleich war.

Er sagte etwas zu ihr.

Sie schaute nach oben zum Fenster.

Dann erklomm sie die Strickleiter ohne Probleme, schwebte aufs Deck und begrüßte die Darcys.

»Es haben sich Gäste in unseren Bayou verirrt, schau an, schau an«, säuselte sie. Ihre Stimme war wie Rauch, ein Lied ohne Noten, mitreißend und urtümlich wie der Gesang eines Wasserfalls.

Danny trat vor. »Ich bin Danny Darcy, und dies hier ist meine Frau.«

»Soozie.«

»Madame Fontaine«, stellte sie sich vor. »Cacaelia Fontaine. Aber das hat Laveau Ihnen bestimmt schon gesagt.« Neugierig musterte sie die beiden. »Und Sie zwei sind hier und suchen das *Maison Rouge*?«

»Wissen Sie, wo es ist?«

Sie lachte. »Vielleicht.«

»Können Sie uns hinbringen?«

»Kennen Sie die Gerüchte, die hier über das Haus kursieren?«

»Darauf können Sie wetten«, sagte Danny.

»Was wollen Sie dort? Es ist ein langweiliger Ort.« Ihre wachen Augen funkelten belustigt. »Alt und kaputt und feucht. Niemand wohnt dort mehr.« Sie starrte ihn herausfordernd an.

Ja, das war ein Spiel, ganz klar. Sie wusste etwas, oder sie wusste nichts.

Danny beschloss, ganz einfach auf den Punkt zu kommen.

»Meine Mutter ist eine Sherazade.«

Und Sunny sagte: »Wir haben ein Problem.«

Das war's.

Das Blätterwerk raschelte leise, sonst war kein Laut zu hören. Irgendwo in der Ferne schrie ein Vogel.

Madame Fontaine stand unbeweglich da.

»Soso, eine Sherazade«, flüsterte sie und fixierte Danny.

»Wir suchen die Sirenen«, wurde Sunny konkreter.

Madame Fontaine echote süffisant: »Die Sirenen?«

»Man sagte uns, dass wir sie im *Maison Rouge* finden würden.«

»Soso.« Sie schien darüber nachzudenken, was sie den beiden Fremden jetzt verraten durfte. »Sagt man das.«

Danny beschloss, ehrlich zu bleiben. »Wir haben einen gewissen Mr. Jones getroffen.«

»In New Orleans.«

Die Erwähnung des Namens zauberte ein Lächeln auf die Lippen der Dame. »Hat er es bis dorthin geschafft? Das ist erstaunlich. Ist ein weiter Weg bis dorthin, wenn man aus Riddle kommt.«

»Seinetwegen sind wir hier.«

Sie seufzte. »Ja, der gute alte Mr. Jones. Seine Geschichte war wirklich sehr … mysteriös.«

»Sagen Sie mir jetzt nicht, dass er uns übers Ohr gehauen hat.«

Sie schüttelte den Kopf. »Nein, hat er nicht.«

»Dann stimmt es.«

»Was?«

»Dass es das *Maison Rouge* wirklich gibt.«

Sie lächelte. »Das Haus, in dem ich lebe, wurde früher so genannt.«

Danny hatte es geahnt! Irgendwie hatte er die Lieder und Geschichten, die ihr anhafteten, gespürt.

»Dann sind Sie eine von ihnen?«

»Sehe ich aus wie eine Sirene?«, fragte sie zurück.

Sunny ergriff das Wort, sagte einfach: »Ja.«

»Aber nennt man uns nicht *les vipères*?« Sie wirkte amüsiert.

»Haben wir gehört«, gab Danny zu.

»Trotzdem sind Sie den ganzen Weg hierhergekommen. Um uns zu sehen? Meine Schwester und mich?«

»Ja.«

Zum ersten Mal breitete sich ein Lächeln auf ihrem Gesicht aus, das kein falsches Lied mit einer verborgenen Absicht sein mochte. Ein Lächeln wie eine Melodie, die nur darauf gewartet zu haben schien, endlich erklingen zu dürfen.

»Na dann«, sagte Madame Fontaine mit einem langen Seufzer der Erleichterung in ihrem Lied, »lade ich Sie hiermit ein, mich gleich in den Bayou Chenière zu begleiten. Seien Sie meine Gäste.«

Und so war es beschlossene Sache.

Sie verabschiedeten sich von Jean Laveau, der derweil die Kisten, die für Madame bestimmt waren, im Boot verstaut und von dem Gespräch nichts mitbekommen hatte, kletterten ins Boot, nahmen Platz.

Und fuhren los.

Danny musste an Pete Seeger denken.

Turn, turn, turn.

Sunny und er saßen wieder hinten im Boot.

»Gefallen Ihnen die Sümpfe?«, fragte Madame.

»Sie sind unheimlich«, antwortete Sunny. »Aber schön. Faszinierend.«

»Wenn Sie erst einmal eine Weile hier sind«, sagte Madame, »dann wollen Sie gar nicht mehr woanders hin.«

Ihr Blick wanderte musternd an Sunnys Körper auf und ab. Was sie sah, schien ihr zu gefallen.

Sunny rückte ein Stück näher an ihren Mann heran, weil es ihr unheimlich war, wie die Frau sie ansah.

Über dem Bayou zogen Wolken auf, dünne Streifen am azurblauen Himmel, begleitet von einem Wind, der das leichte Salz des Golfstroms mit sich trug. Die mächtigen Zedern, die zu beiden Seiten des Flusses aus dem Boden schossen, berührten sich hoch oben und bildeten eine Arkade aus Ästen und Blattwerk, die alles, was auf dem Wasser geschah, vor den Augen des Firmaments zu verbergen wusste.

Waren sie zunächst einem breiten Strom gefolgt, lenkte Madame Fontaine ihr Boot bald durch kleine Nebenarme, und oft mussten sie die Köpfe einziehen, weil die Äste nach ihnen griffen.

Schon nach wenigen Minuten hatte Danny die Orientierung verloren.

Andauernd wechselte sie die Richtung. Sie wendete flink, bog ins nächste Gewässer ein, raste weiter ihrem Ziel entgegen.

»Wir kamen vor langer Zeit hierher, müssen Sie wissen.«

Sie kramte nach ihrem Handy, einem knallgelben Nokia der, wie es aussah, allerersten Generation, fand es, tippte wild auf die Tasten ein, schüttelte es, tippte erneut.

»Kein Netz, wie immer«, fluchte sie.

Dann ließ sie für einen Augenblick das Lenkrad los, faltete die Hände um das Telefon, murmelte etwas in die gefalteten Hände hinein. Sie schüttelte es noch einmal, summte eine kleine Melodie dazu. Dann tippte sie erneut auf den Tasten herum. »Na also«, stellte sie siegessicher fest. »Geht doch.«

»Was haben Sie gemacht?«, wollte Sunny neugierig wissen.

Madame Fontaine antwortete: »Magie.«

»Magie?«

»Wir leben im Sumpf, Schätzchen, wir können so was.«

Am anderen Ende der Leitung meldete sich jemand, und Madame sagte etwas auf Französisch. Danny glaubte herauszuhören, dass sie mit jemandem über *die Gäste* sprach. Dass sie hier bei ihr im Boot seien. Dann murmelte sie noch etwas, was er aber nicht verstand.

Sie legte auf.

»Okay, okay«, murmelte sie. »Gut, gut.«

Sie bremste ab, als sie das Boot in eine Kurve lenkte.

Ein Alligator schwamm leise neben dem Boot her. Ganz plötzlich war er aufgetaucht, wie es der Alligatoren Art ist. Man hätte ihn für ein Stück treibendes Holz halten können, so regungslos lag er dort im brackigen Wasser.

Madame Fontaine ließ eine Hand ins Wasser gleiten und streichelte ihm die lange Schnauze.

Das große Tier schlug schnell mit dem Schwanz und tauchte ab.

»Sie tun mir nichts«, sagte sie. »Keine Ahnung, warum, aber sie haben mir noch nie etwas getan.«

»Wie kommt das?«

»Ich habe Klasse, Schätzchen.« Sie lachte, und es klang wie das Lachen von jemandem, der viel zu selten lachte.

»Warum leben Sie hier draußen?«, fragte Sunny. »So weit weg von allem.«

»Oh, wir leben, wie gesagt, schon so lange hier in den Sümpfen.« Sie wich flink einem im Schatten treibenden Baumstumpf aus. »Wir kamen hierher, noch bevor Margaret Mitchell ihren berühmten Roman schrieb.« Sie brachte das Boot wieder auf Kurs. »Bevor Faulkner berühmt wurde. Mein Vater, Gerard Fontaine, kam mittellos nach Amerika. Er war ein Glücksspieler aus Marseille und gewann eines Tages ein Vermögen beim Poker. Von dem Geld, das er nun besaß, kaufte er sich einen Schaufelraddampfer, weil dies sein Traum gewesen war. Die *FièvreDream*. Er fuhr mit dem Ding den Mississippi und den Atchafalaya River rauf und runter. Doch Flüsse, Schätzchen, sind tückisch und gefährlich.« Sie gab Gas und beschleunigte. »Eines Tages lief er auf Grund und verlor alles, was er besessen hatte.« Sie verzog das Gesicht. »Er kassierte die Versicherungssumme ein, trieb sich ein wenig herum, heiratete und kaufte ein Haus in den Sümpfen. Er hatte immer die Tendenz, seine Töchter vor der unwirtlichen Welt schützen zu wollen.« Sie zwinkerte Danny zu. »Ja, ja, Väter.« Sie warf ihm einen wirklich vielsagenden Blick zu.

Ein seltsam bunter Vogel folgte ihnen, beschrieb einen Kreis um das Boot und verschwand dann in den Wipfeln. Er kam Danny bekannt vor, als habe er ihn zuvor schon einmal gesehen.

Dann fuhr Madame Fontaine fort: »Wir wuchsen in der Abgeschiedenheit des Bayous auf, meine Schwestern und ich. Aber was sage ich Ihnen, Sie werden die andere gleich kennenlernen. Es war eine schöne Kindheit. So ruhig.«

»Sind Sie eine Sirene?«

Madame Fontaine sah ihn belustigt an. Musik funkelte ihr in den Augen, die grün waren wie ein Smaragd. »Ja, Schätzchen, das bin ich. Und meine Schwestern sind es auch.«

»Wir haben ein Problem.«

»Das sagte Ihre Frau bereits vorhin.« Sie musterte ihn neugierig. »Wir haben Zeit. Möchten Sie mir Ihre Geschichte erzählen?«

Danny nickte.

Während sie durch Flussarme fuhren und immer tiefer ins *Yoknapatawpha*-Gebiet vordrangen, erzählte er ihr von Helen Darcy und dem Anruf und dem Kind und allem anderen auch.

Sie lauschte, ohne mit der Wimper zu zucken.

»Sie haben die richtige Wahl getroffen«, beruhigte sie ihn, als er fertig war.

»Das heißt, Sie werden uns helfen?«, fragte Sunny hoffnungsvoll.

Madame Fontaine schüttelte leicht den Kopf. »Das heißt, Schätzchen, dass ich Ihnen helfen werde«, sie schaute sie an, smaragdgrün und undurchsichtig, »wenn Sie bereit sind, den Preis zu zahlen, den wir verlangen.«

»Und wie hoch ist der Preis?«

Sie lachte schallend. »Es geht hier nicht um Geld.«

Danny schaltete sich ein. »Was immer Sie wollen ...«

»Vorsicht, Vorsicht«, warnte sie ihn mit erhobenem Zeigefinger. »Sie sollten nicht leichten Herzens ein Versprechen abgeben. Hören Sie sich erst an, was wir verlangen, und entscheiden Sie dann, ob Sie bereit sind, den Preis zu zahlen.«

»Was muss ich tun?«, fragte er.

Madame Fontaine lächelte ein Lächeln, das wie schöner Gesang war. »Sie müssen uns etwas besorgen«, sagte sie. »Etwas, was wir uns nicht selbst besorgen können.« Listiges Grün flammte in ihrem Blick auf. »Etwas, was uns sehr wichtig ist, meinen Schwestern und mir.«

»Was ist es?«

»Geduld«, forderte sie, »Geduld, bald werden Sie es erfahren.«

Sie fuhren weiter.

Auf den Inseln, die sie passierten, erkannten sie seltsame Wesen. Menschen ähnlich, aber grausam verzerrt. Sie hausten in kleinen Hütten, die zerfallen und modrig waren und von Pflanzen überwuchert. Einige dieser Kreaturen, die gebeugt gingen und kränklich aussahen, hockten still um ein Feuer und brieten insektenartige Tiere.

»Was, in aller Welt«, keuchte Sunny, »ist denn das?«

Ein Mann stand am Ufer und winkte ihnen zu. Er rief Worte, die keiner von ihnen verstehen konnte, weil sie nicht mehr als ein Gewusel winziger Spinnenleiber waren. Die Zunge des Mannes, die von den Leibern bedeckt war, schien wie Papier zerknittert. Speichel troff ihm tintenartig über die aufgeschürften Lippen.

»Baumwollspinnen«, erklärte Madame Fontaine. Sie lenkte das Boot vom Ufer fort. »Sie lesen das Letzte aus den Geschichten heraus, wenn sie sonst keiner mehr hören will. Wirklich arme Leute, sie können nicht mehr fort, weil sie vergessen haben, wer sie sind.«

Danny schluckte.

Der alte Mann weinte, doch die Tränen sahen aus wie Pflanzensaft. Er öffnete den Mund, und immer neue Spinnen krochen hinein und heraus. Ein Wesen, das einmal ein Hund gewesen sein mochte und jetzt wie welkes Papier aussah, winselte laut. Verstümmelte Tiere labten sich wild an einem toten Alligator.

»Das sind die Lieder und Geschichten, die man vergessen hat«, sagte Madame Fontaine. »Wir haben sie einst gesungen und ihnen die Freiheit geschenkt. Sie haben die Zimmer des *Maison Rouge* verlassen, um hier draußen zu leben. Doch mit der Zeit ist natürlich alles anders gekommen.« Sie seufzte. »All die Jahre über haben sie hier gelebt, aber irgendwann veränderten sie sich.« Es wehte ein kalter Hauch in ihrer Stimme. »Das passiert allen Geschichten mit der Zeit.«

Danny schluckte. »Sie waren einmal lebendig?«

Sunnys Hand suchte die seine. Er konnte ihr ansehen, dass sie sich nicht wohlfühlte.

»Sie waren so lebendig wie jede Geschichte, die jemals erzählt wurde.«

»Und jetzt?«

»Sie irren umher und vergehen.« Madame Fontaine beschleunigte das Boot wieder. »Willkommen in der Welt der Sirenen«, säuselte sie, und die Melodie ihrer Stimme, zart und fein, war grauenhaft anzuhören, als sie so sprach. »Sie haben das Land der Geschichten und Lügen betreten, das tun nicht viele aus freien Stücken.«

Das Entsetzen in Sunnys Augen griff auf Danny über. Zum ersten Mal war die Fassungslosigkeit spürbar, weil die Fremdheit all dieser Dinge sie beide ansprang wie ein Tier, das still in der Dämmerung auf der Lauer gelegen hatte.

Vor ihnen tauchte ein Vorhang aus Spanischem Moos auf. Das Boot raste hindurch, und das Moos streifte ihre Gesichter.

»Es fühlt sich an wie Spinnweben, nur grober«, stammelte Sunny und wischte es schnell fort.

»Man sagt, es fängt die Träume derer ein, die es berührt.«

Sunny fröstelte.

»*Southern Gothic*«, sagte Danny. Er dachte an gefangene Träume, die zu Geschichten wurden und so endeten wie die Wesen auf den Inseln.

»Es gab einmal einen spanischen Eroberer«, begann Madame Fontaine, »und dieser Eroberer verliebte sich in ein indianisches Mädchen. Er kaufte sie ihrem Vater ab, doch das Mädchen, das eine Schönheit war, konnte ihn nicht leiden. Er war ein alter Soldat, der nur gelernt hatte, sich zu nehmen, was er haben wollte. Als er sie mit sich nahm und Zärtlichkeiten von ihr verlangte, da flüchtete sie vor dem Konquistador auf einen Baum, eine Eiche, doch ihr Verehrer folgte ihr unverdrossen.« Madame Fontaine liebte es offenbar, Geschichten zu erzählen. Ihre Stimme war wie Musik, auf die man gern hört. »Von oben ließ sie sich in einen Teich fallen, dessen Wasser so klar wie Kristall waren. Als der Spanier ebenfalls vom Baum ins Wasser springen wollte, verfing sich sein dichter Bart im Baum und blieb an den Ästen hängen.« Sie zwinkerte Danny neckisch zu. »Spanisches Moos, daher der Name.«

Sunny, die langsam ihre Stimme wiederfand, bemerkte nur lapidar: »Immerhin scheint diese Welt hier von Frauen regiert zu werden.«

»Nicht nur diese Welt, Schätzchen.« Madame Fontaine lachte leise in sich hinein. »Nein, nicht nur diese Welt.«

Das Boot scheuchte eine Reihe von Vögeln auf, die kreischend in die Wipfel der Zypressen flohen. Andere, Papageien ähnlich, glitten mit bunten Bändern in den Schnäbeln durch die Schatten und das Licht, das durch die Blätter fiel.

Come tie a yellow ribbon.

Diese schäbige kleine Melodie.

Round the old oak tree.

Danny mochte den Song nicht. Zu viele Erinnerungen verband er damit.

Im trüben Wasser tummelten sich Tiere, die so fremdartig waren wie nichts, was sie jemals erblickt hatten. Sie fielen übereinander her, jagten einander, fauchten, töteten, paarten sich. Die schwüle Hitze gebar Bilder, die hell und dunkel zugleich waren, sie verzerrte die Konturen von allem, was wirklich war. Der Sumpf bestand nicht nur aus Morast und brackigem Wasser, sondern zugleich aus unzähligen Geschichten, die alle einmal von geschwätzigen Mündern geboren und eingefangen worden waren.

Sunnys Hand erbebte in Dannys.

Plötzlich waren sie da.

Hinter einer Flussbiegung sahen sie es.

»Mein Zuhause«, stellte Madame Fontaine vor und drosselte den Motor. »Es ist wunderschön, nicht wahr?!«

Danny schluckte. Sein erster Gedanke galt großen Häusern.

Wäre Ravenscraig ein Anwesen in den Sümpfen gewesen, dann hätte es wohl genau so ausgesehen. Für einen kurzen Augenblick hatte er sogar das Gefühl, in die Fenster seines Elternhauses zu blicken. Als würde das düstere Ravenscraig über diesem Haus hier schimmern, wie ein Echo, das noch nicht gänzlich verklungen war.

La Maison Rouge.

Knorrige Eichenriesen streckten ihre dicken Äste nach ihm aus. Roter Efeu und Spanisches Moos rankten sich an seinen Wänden entlang. Die zweistöckige Veranda und das rote Dach im Stil eines tropischen Plantagenhauses wurden von prächtigen dorischen Säulen getragen. Eine ebenerdige Galerie wies eigenartige schmiedeeiserne Verzierungen auf, in die Geheimnis um Geheimnis verwoben schien.

Dann fiel Danny die Stille auf.

Wenn die leiseste Stille eine schweigsame Heimat hatte, dann war sie hier, an diesem Ort, in die Ewigkeit der Bäume gemeißelt.

»Haben Sie es sich so vorgestellt?«, fragte Madame Fontaine erwartungsvoll, als sie das Boot an einem Steg festmachte.

»Nein«, murmelte Danny. Tunlichst hatte er es vermieden, sich das übel beleumundete Haus überhaupt in irgendeiner Art und Weise vorzustellen. Er hasste große Häuser eben noch immer, da biss die Maus keinen Faden ab.

»Du siehst aus, als hättest du ein Gespenst gesehen«, flüsterte Sunny ihm zu, als sie sich dem Gebäude näherten, und ergriff seine Hand, als ob sie seine Verunsicherung spürte.

Gemeinsam gingen sie hinein.

Das Innere war, auf den ersten Blick, durch Wände und Treppen aus Holz bestimmt.

»Alles Eichenholz«, erklärte Madame Fontaine. »Chênière bedeutet *Platz der Eichen.*«

Es roch nach exotischen Düften, die im Rauch vieler Kerzen geboren wurden. Wie unscheinbar träumerische Nebel schwebten sie einem entgegen, sobald man die Schwelle des Anwesens überschritten hatte.

Eine breite Treppe mit rotem Teppich erhob sich in der Diele, die groß und elegant, wenn auch schlicht eingerichtet war. An den Wänden hingen Bilder, allesamt Porträts. Männer, Frauen, jung und alt. Die Kleidung ließ auf verschiedene Zeiten schließen, angefangen mit den Jahren der Besiedlung über das *Antebellum* bis in die Moderne.

Eine Frau erschien oben auf der Treppe.

»Dies«, stellte Madame Fontaine vor, »ist Cal.«

Sie sah ganz anders aus als ihre Schwester, hatte pechschwarzes Haar, andere Gesichtszüge. Es bestand nicht die geringste Ähnlichkeit, doch auf eine seltsame Art und Weise kam sie Danny bekannt vor. Er wusste nicht woher, aber sie schien ihm vertraut zu sein.

Eindeutig war sie die ältere der beiden. Danny schätzte sie auf Mitte sechzig, aber er war nie gut darin gewesen, jemandes Alter zu schätzen.

Sie schritt die Treppe herab.

»Ah, wir haben Gäste.« Ihre Stimme war ein heller Klang, filigran und frisch, wie die Musik aus den alten Zeiten, in denen Pérez Prado, Billy & DeDe Pierce, Sidney Bechet und Doc Paulin's Marching Band ihre Erfolge gefeiert hatten. »Es gefällt Ihnen doch sicher hier.« Sie stand vor Danny und ergriff seine Hand. »Ich bin Calliope Fontaine. Cal.« Sie lächelte, zwinkerte Sunny zu. »Sie sind schwanger, Liebes, kann das sein?« Sie war auf eine Art und Weise zuvorkommend und liebreizend, die Danny sofort misstrauisch machte.

Sunny nickte stumm.

»Seine Mutter ist eine Sherazade«, sagte Madame Cacaelia.

Madame Cal wirkte nur vordergründig erstaunt. »Und Sie sind gekommen, damit wir Ihnen helfen.« Es war keine Frage, nein, keineswegs. Sie ergriff Sunnys Hand und bekräftigte: »Oh, das werden wir, Liebes, ganz sicher.« Sie berührte Sunnys Bauch mit ihren knorrigen Fingern, so dass Sunny erschrocken und bleich zusammenzuckte. »Sie müssen keine Angst haben, dem Baby wird es gutgehen. Ja, ja, wir werden Ihnen helfen, Liebes.«

Madame Cacaelia sagte: »Wenn sie bereit sind, den Preis zu zahlen.«

»Ja«, murmelte Madame Cal, »natürlich.«

»Wir *müssen* diese Lüge loswerden«, betonte Danny.

Die beiden Damen standen abwartend da.

»Über die Geschäfte«, beschloss Madame Cal, »sollte man beim Essen reden. Na, was halten Sie davon?«

Was sollten sie schon davon halten?

Beide gaben sich einverstanden.

»Ich habe schon etwas vorbereitet«, verkündete Madame Cal.

Madame Cacaelia machte eine Handy-Geste. »Wir sind gute Gastgeber, hier in den Sümpfen.«

Die beiden Frauen führten sie in einen Salon, der aussah wie eine Kulisse aus *Vom Winde verweht*. Ein riesiger offener Kamin, darauf Vasen mit Figuren, die griechisch aussahen; lange Vorhänge, Polstermöbel mit Ornamenten im Holz, ein Tisch mit einer weißen Decke darauf.

Es war schon gedeckt, Kerzen brannten.

»Nehmen Sie doch Platz«, forderten die Damen sie auf.

»Monsieur Laveau sprach von einer dritten Schwester«, gab Sunny zu bedenken.

Madame Cacaelia winkte ab. »Ja, die gibt es, aber sie ist nicht hier. Ist in New Orleans. Treibt sich wieder in den Spelunken herum.« Sie wirkte grimmig, doch schnell wurde der Grimm mit einem Lächeln überschminkt. »Aber das«, säuselte sie, »muss Sie nicht weiter kümmern.«

Sie lenkten die Aufmerksamkeit aufs Essen.

»Es duftet köstlich«, bemerkte Sunny, die nicht recht wusste, was sie sonst sagen sollte.

Danny versuchte seine innere Unruhe zu unterdrücken.

»Das ist *Andouille-Gumbo*«, erklärte Madame Cal. »Und

das dort drüben sind Blaukrabben und frische Flusskrebse *etouffée,* in dunkler Soße.« Sie öffnete eine weitere Terrine. »Und, falls Sie es mögen, eine Delikatesse: rohe Austern.«

»Hauptsache, es gibt keinen Kaffee«, murmelte Sunny.

Sie begannen zu essen.

»Es ist Tradition hier«, begann Madame Cacaelia und klimperte mit dem Schmuck an den Handgelenken, »die Gäste, die man geladen hat, zu unterhalten.« Sie schlürfte eine rohe Auster, wie nur eine richtige Dame es tun kann.

»Wir sind gespannt.«

Danny fragte sich, woher er Madame Cal nur kannte. Sie war wie eine uralte Erinnerung. Etwas, was da und doch nicht greifbar war.

»Wir stammen aus Arkadien«, begann Madame Cacaelia, »deshalb leben wir hier im Land der Acadiens, dem Cajun-Country.«

Sunny blickte fragend von ihrer Mahlzeit auf.

»Einst«, fuhr die Sirene fort, »gab es ein fernes Land, hoch in den Bergen der Peloponnes. Drüben, in der anderen Welt, jenseits des Ozeans, jenseits der Zeit, die immerzu fließt.«

»Ah, Griechenland«, seufzte Madame Cal.

»Es war ein prächtiges Hochland, versteckt und nur erreichbar über einen schmalen Zugang im Parnon-Gebirge. Die Menschen, die dort wohnten, waren ein Hirtenvolk, das mit der Natur und den Geschöpfen der Götter in Einklang lebte. Als die großen Kriege die Alte

Welt zu erschüttern begannen, da verließen selbst die Götter den Olymp und gingen nach Arkadien.«

Danny fragte sich, wie alt diese beiden Frauen wirklich waren.

»In den alten Zeiten«, schien Madame Cal sich zu erinnern, »als Magie noch greifbar war und die Götter über die Erde wandelten, da lebte in Arkadien ein Gott, der es liebte zu musizieren.«

»Hermes«, übernahm Madame Cal, »so lautete sein Name. Er liebte es, für die Menschen zu singen, und er liebte die Musik, die die Menschen machten. Er verbrachte seine Tage damit, den Menschen zu Diensten zu sein. Er half ihnen bei allem, was sie taten. Und er fertigte Instrumente an, so schön, wie die Welt sie noch nie zuvor gesehen hatte.«

Madame Cacaelia schenkte sich weißen Wein ein. »Eines dieser Instrumente war die Lyra.«

Die Damen wechselten vielsagende Blicke.

»Die Lyra war ein Instrument, mit dem man jeden Zauber wirken konnte.«

»Sagte man.«

»Ja, sagte man.«

»Sie sah aus wie eine kleine Harfe.«

»Nur schöner.«

»Ja, viel schöner.«

»Unvergleichlich.«

»Hermes liebte es, auf der Lyra eigene Lieder vorzutragen und die Menschen zu verzaubern.«

»Der erste Songwriter«, warf Danny ein.

Sunny musste grinsen.

»Doch dann«, fuhr Madame Cacaelia fort, »geschah ein Unglück.«

Sie stocherte in ihrem Essen herum.

»Was ist passiert?«, fragte Sunny.

»Ein junger Mann namens Orpheus verliebte sich. Er war ein gewöhnlicher Hirte, der dort oben im wundersamen Arkadien lebte. Und Eurydike war ein gewöhnliches Mädchen aus dem Nachbardorf. Doch wie auch sonst manchmal, wenn gewöhnliche Menschen einander begegnen, entstand etwas sehr Ungewöhnliches daraus.«

Madame Cal nickte vielsagend.

»Sie entbrannten in Liebe zueinander. Und schon bald feierten sie Hochzeit. Er baute eine Hütte an den Hängen des Parnon.«

»Dort wollten sie leben und glücklich sein.«

»Aber das Schicksal wollte es anders«, erklärte Madame Cacaelia. »Denn eines Tages, als Eurydike arglos über eine Wiese ging, um die Ziegen zu melken, wurde sie von einer Schlange gebissen.«

»Es war einer dieser sinnlosen Zufälle«, bemerkte Madame Cal.

»Sie starb, bevor noch irgendjemand davon erfuhr.«

Orpheus fand sie am Abend und trauerte um sie.

Doch dann, nachdem er einen Traum gehabt hatte, fasste er neuen Mut. Er wusste, dass er ohne Eurydike nicht leben konnte. So beschloss er, bis tief in die Unterwelt hinabzusteigen, um seine Frau zu retten.

»Er war ein mutiger junger Mann. Denn genau das tat er.«

»Ja.« Madame Cacaelia beobachtete Sunny. »Doch vorher wandte er sich an Hermes. Mit einer Bitte. Er wollte die dunklen Wesen der Unterwelt mit seinem Gesang betören und auf diese Weise seine geliebte Frau finden. Deshalb bat er Hermes um die Lyra.«

Und Hermes?

Er gab ihm, nachdem Apollon, sein Halbbruder, sich einverstanden gezeigt hatte, die Lyra.

»Auf ihr würde Orpheus spielen können, um die Kreaturen der Nacht und des Hades zu besänftigen.«

»So stieg er also hinab in die Unterwelt.«

Er beschritt düstere Pfade, die nie zuvor ein atmender Mensch beschritten hatte.

Erblickte Wesen, die nur wenige aus ihren schlimmsten Träumen mit einem Schrei erwachen ließen.

Und er begegnete den Toten, die dort unten ihr Dasein fristeten.

Den Toten, die noch lebten, weil jemand die Erinnerung an sie in seinem Herzen trug, und den Toten, die ein Bild des Jammers und des Zerfalls waren, weil sie in der Welt da oben vergessen worden waren.

»Schließlich fand er Eurydike.«

»Ja, sie fielen einander in die Arme.«

Überglücklich bedeckte er ihr Gesicht mit Küssen.

»Es war wahre Liebe.« Erneut warf Madame Cacaelia einen Blick auf Sunny, der Danny gar nicht gefiel.

Madame Cal fuhr fort: »Sie flohen, doch war Hades,

der Gott dieser Unterwelt, ihnen mit seinen Häschern dicht auf den Fersen.«

»Also sang Orpheus.«

Und er spielte auf der Lyra.

Er sang, wie kein Mensch vor ihm je gesungen hatte.

»Und die Hölle wurde zu einem Ort, an dem Tränen der Freude vergossen wurden.«

Hades ließ ihn gehen, doch dann beging Orpheus einen Fehler.

»Einen fatalen Fehler.«

»Typisch menschlich.«

Madame Cal brachte es auf den Punkt: »Er schaute zurück.«

»Niemand«, sagte Madame Cacaelia, »der die Unterwelt betreten hat und sie wieder verlassen will, darf jemals zurückschauen.«

»Die Strafe, die ihn traf, hätte härter nicht sein können.«

Eurydike musste in der Unterwelt bleiben, und Orpheus kehrte allein nach Arkadien zurück.

»Er war untröstlich.«

Und als er nicht lange nach seinem Ausflug in die Abgründe der Welt von eigener Hand starb, weil er bei seiner geliebten Eurydike sein wollte, da nahm Hermes die Lyra an sich und versetzte sie hoch hinauf an den Himmel, denn Hermes hatte gesehen, wie die Lyra nur Unglück über die Menschen gebracht hatte.

»Sie wurde, so sagt man, zu einem Sternbild, das man in den Nächten noch immer dort oben erkennen kann.«

»Ja, ja«, seufzte Madame Cal. »Orpheus' Fehler war es, sich nur auf die Lyra zu verlassen. Das tun die Menschen immer. Sie gelangen in den Besitz eines magischen Gegenstandes, aber sie sehen nicht, dass die Magie eigentlich tief in ihnen selbst lebt.«

»Kein Gegenstand kann jemals vollbringen, was nicht tief in den Menschen selbst verborgen ist.«

Danny kaute auf einem Stück Fleisch herum. Es schmeckte wie Hühnchen, nur anders.

»Das ist Alligator«, erklärte ihm Madame Cal.

Er schluckte. »Interessant«, war alles, was er dazu über die Lippen brachte.

»Was haben wir damit zu tun? Mit Orpheus und der Lyra?«, fragte Sunny.

»Warten Sie nur ab.«

»Gleich kommen wir darauf zu sprechen.«

»Auch wir«, sagte Madame Cal, »lebten damals in Arkadien, damals, bevor alle Geschöpfe von dort vertrieben wurden und das Gebirge, das unser Land umschloss, hoch und kalt und schneebedeckt wurde.«

»Als Orpheus sich das Leben genommen hatte«, übernahm Madame Cacaelia die Erzählung, »da suchte eine Sirene namens Ligeia den Gott Hermes auf und bat ihn, ihr die Lyra zu überlassen.«

»Weswegen wollte sie die Lyra haben?« Danny suchte nach einem Haken an der Geschichte.

»Um das zu verstehen«, fuhr Madame Cal fort, »müssen Sie wissen, wer die Sirenen waren.«

»Wir waren ein Volk von Sklaven, damals.« Madame

Cacaelia legte das Besteck beiseite und tupfte sich den Mund mit der Serviette ab. »Die Musen waren unsere Herrinnen. Sie waren schön und stolz. Alle zehn Jahre fand ein Wettstreit statt, wer schöner zu singen vermochte. Es gab immer einige unter den Sirenen, die bei diesem Wettstreit antraten.«

»Doch immer unterlagen sie den Musen.«

Madame Cacaelia nickte traurig. »Die Unterlegenen mussten am Meer leben und die Seefahrer betören. Das war die Strafe. Und gelang es einem von ihnen, sie zu passieren, ohne den Verlockungen ihres Gesangs zu erliegen, so mussten die Sirenen sich an seiner statt ins Meer stürzen und ertrinken.«

»Sie wollten die Lyra, um im Wettstreit anzutreten?«

»Sie haben es erfasst.«

»Immer hofften wir, dass uns eine Befreiung aus der Knechtschaft gelänge, wenn wir im Besitz der Lyra wären.« Madame Cal seufzte lang und melancholisch. »Wir baten Persephone um Rat, doch als sie von Hades entführt wurde, erlosch auch dieser Hoffnungsfunke.«

»Wir lebten also weiterhin in Knechtschaft, bis die alten Götter Arkadien den Rücken kehrten. Auch die Musen verließen ihre alte Welt. Sie gingen in die großen Städte, wo sie neue Verbündete fanden. Rom, Alexandria, Konstantinopel. Später gingen sie nach Paris, London und New York. Einige von ihnen arbeiten heute sogar in Bollywood, ja, sogar dort.«

»Nicht zu vergessen Las Vegas.«

Beide schüttelten angewidert die Häupter.

»Wie auch immer«, sagte Madame Cal, »wir Sirenen blieben zurück. In Arkadien. Und nie konnten wir unsere Kräfte frei entfalten. Wir hoffen noch immer, in den Besitz der Lyra zu gelangen.«

Madame Cacaelias grüne Smaragdaugen leuchteten auf. »Und jetzt kommen Sie ins Spiel, Mr. Darcy.«

Fuck!

Er hatte es geahnt.

»Ich soll die Lyra finden?«

Beide nickten.

Sagten unisono: »Genau!«

»Denn das ist der Preis.«

Danny zuckte ratlos die Schultern. »Aber wie?«

»Die Legende besagt, dass nur ein junger Mann, der aus Liebe zu seiner Frau jedes Opfer zu bringen bereit ist, die Lyra in Händen halten kann.«

Und Madame Cal betonte: »Es muss jemand sein, der singen kann.«

»Danny hört sich an wie Johnny Cash«, gab Sunny zu bedenken.

»Ja, ich bin Songwriter.«

»Keiner von denen kann richtig singen.«

Die Damen sahen einander an.

Danny verkniff es sich, auf diese Kritik einzugehen.

»Wie soll ich sie finden?« Er war ratlos.

»Sherazaden können an entfernte Orte vordringen. Sie können sich kleine Welten erschaffen.«

Er dachte an seinen Trip mit Sunny nach *Casablanca* während des Flugs nach New Orleans.

»Sherazaden sind richtige Schöpfer.«

»Sie können das nicht?« Das leuchtete ihm nicht ein, waren die Sirenen doch angeblich viel mächtiger als die Sherazaden.

»Nein, wir können das nicht. Es ist, als hätten die Götter uns damit gestraft.« Madame Cacaelia seufzte tief. »Sie gaben unseren Kindern viele Eigenschaften, die wir nicht besitzen.« Sie lächelte. »Aber ist es nicht immer so, wenn man Kinder hat?«

Danny musste an die Kleine denken. Daran, wie sie wohl sein würde, was sie im Leben tun würde.

»Sie müssen einen Weg finden. Sie müssen die Lyra für uns beschaffen.«

»Das ist der Preis.«

»Wenn Sie uns die Lyra bringen«, sagte Madame Cal, »dann werden wir die Lüge, die Sie bedrückt, vertilgen.«

»Dann werden Sie nach Hause fahren.«

»Und ein glückliches Leben haben.«

Was Danny zu einer anderen Frage führte. »Und wenn ich es nicht schaffe?«

»Daran«, sagte Madame Cacaelia leise, »wollen wir jetzt doch gar nicht denken.«

»Bei diesem feinen Mahl.«

»Denn wenn es Ihnen gelingt«, sagte Madame Cacaelia, »dann sind Sie eine Geschichte, die immerzu weiterlebt.«

»Ein Lied, das wir gern singen.«

»Und dem wir die Freiheit schenken.«

»Doch wenn Sie scheitern«, begann Madame Cal.

»Wird sich schnell niemand mehr an Ihre Geschichte erinnern.«

Danny schluckte. Er wusste jetzt, wie der Tod aussah, wenn er eine Geschichte ereilte. Er hatte es im Sumpf gesehen.

»Doch nun sollten Sie sich ausruhen, alle beide«, schlug Madame Cal säuselnd vor. »Oben habe ich ein Zimmer für Sie hergerichtet.« Sie wartete die Reaktion der beiden gar nicht erst ab, erhob sich würdevoll und schritt voran.

»Folgen Sie ihr nur.« Madame Cacaelia lächelte, und die Smaragdaugen entfalteten einen Sog, der immer weiter in dunkle Abgründe führte und weder Widerspruch duldete noch möglich machte.

Das Zimmer, das sie ihnen gaben, befand sich im zweiten Stock. Eine Tür führte direkt auf den Balkon hinaus.

Als Madame Cacaelia gegangen war, standen sie dort draußen und lauschten den Geräuschen des Sumpfes. Zikaden zirpten laut, Frösche quakten, ferne Vögel schnatterten.

Schwärme von Moskitos schwirrten umher, immer von dem unheilvollen Summen begleitet, das einen nicht schlafen lässt.

»Was tun wir hier?«, fragte Sunny.

»Wir warten.«

»Ich habe Angst.«

Blitze zuckten in der Ferne über dem Bayou. Meilenweit

sahen sie nur die Wipfel der Bäume, schimmernde dunkle Wasser, die schweigend ruhten, wie sie es seit Jahrhunderten schon taten. Durchsichtige Fantasien schwebten an den Ästen der Eichen entlang und wisperten wilde Lügen, die in allen Sprachen der Welt zu schlimmen Träumen werden konnten, Danny spürte es.

Er nahm Sunny in den Arm, legte beide Hände auf ihren Bauch. »Arkadien«, murmelte er, »was für eine verrückte Geschichte.«

»Ja.«

»Ich wünschte, ich hätte die Gibson dabei.«

»Warum?«

»Ich würde ein Lied darauf spielen. Und dir was vorsingen.«

»Das Lied, das du schon so lange schreiben möchtest?«

The Ballad of Sailor and Sunny.

»Ja.«

»Kennst du es jetzt?«

Er küsste sie. »Ich kenne den Text. Ja, fast den ganzen Text. Nur das Ende fehlt noch.«

»Es gibt nur ein einziges Ende, das ich hören will.«

»Ich weiß.«

Sie schauten in die Sümpfe hinaus.

Einen Augenblick lang fragte sich Danny, ob sie einfach das Boot nehmen und verschwinden sollten. Aber dann verwarf er den Gedanken schnell wieder. Sie waren nicht hergekommen, um abzuhauen.

Es war wie in dem Western.

High Noon.

Irgendwo gab es immer eine staubige Straße, auf der ein Mann ein Gefecht auszutragen hatte.

Nie würde es anders sein.

Nein, niemals.

Er küsste Sunny, dann ging sie ins Bad. Danny sah ihr hinterher, folgte jeder ihrer Bewegungen. Dann ließ er sich aufs Bett fallen und schloss die Augen. Wie verrückt die Welt doch war. Meine Güte, bald schon würde er Vater sein.

Jenny.

Das war jetzt ihr Name.

Jenny Darcy.

Eine neue Welt würde ihn erwarten.

Windeln, Spielsachen, Gutenachtgeschichten.

Davor hatte er Angst. Er fragte sich, ob er dieser Herausforderung gewachsen war. Bisher hatte er immer nur für sich allein sorgen müssen. Sunny hatte ihm nie das Gefühl gegeben, nicht selbstständig zu sein. Sie war da, ja, sie war seine Frau, aber er hatte niemals geglaubt, sie sei auf ihn angewiesen.

Er seufzte.

Aber Jenny?

Er wusste nicht einmal, was für ein Gefühl es sein würde, die Kleine im Arm zu halten.

»Oh, Sunny«, murmelte er und schaute zur Decke hinauf. Er fühlte eine Liebe in sich, wie sie in den besten Songs besungen wird. Sie schenkte ihm unverhofft in genau diesem Moment die letzten Takte des Liedes, das er irgendwann für sie singen würde.

Dann zerriss der Schrei die Nacht. Er war schrill, schnitt wie ein scharfes Messer in die Nachtschwärze vor dem Fenster.

Erneut sagte er ihren Namen. »Sunny!« Diesmal laut und panisch.

Er lauschte.

Schrie den Namen: »Sunny?«

Er sprang auf und rannte zum Bad. Das Gefühl, das sich in seinem Bauch ausbreitete, war nicht angenehm.

Sie musste noch im Bad sein. Von dort war der Schrei gekommen. Er war ganz sicher.

Oder?

Die Tür war verschlossen. Er rüttelte daran.

»Sunny?«

Fester!

Keine Antwort.

Dann erneut ein Schrei, weiter aus der Ferne, aber immer noch im Haus.

Wo kam er her?

Er klang, als dränge er durch die Tür, aber Danny war sich nicht mehr sicher. Die Wände schienen ihr eigenes Leben zu haben, zumindest hier.

Verzweifelt hielt er inne.

Schlug mit den Fäusten gegen die Tür.

Keine Antwort.

Er drehte am Knauf, fester und fester.

Nichts.

Er nahm Anlauf, warf sich gegen die Tür. Das Holz zerbarst, und sie schwang auf.

Das Bad war leer.

»Fuck!«

Auf dem Boden lag ein Haargummi, sonst nichts. Kein Anzeichen von seiner Frau.

»Suzanna!«, schrie er in die Nacht.

Bitte, sag schon was. Ich weiß, dass du hier bist.

Er konnte die Panik in seiner Stimme förmlich schmecken. Wie Galle. Wie Finger, die bluten, wenn mitten im Lied eine Saite der Gitarre reißt.

Wo, verdammt nochmal, war sie nur hin?

Er hatte sie selbst ins Bad hineingehen sehen, das war keine zwei Minuten her.

Das Fenster war verschlossen, er überprüfte es.

Draußen zuckte ein Blitz durch die Nacht.

Da!

Wieder ein Schrei.

Er kam von draußen.

Ja, genau, sie musste irgendwo im Korridor sein. Vielleicht war sie ja doch nach draußen gegangen, und er war nur so sehr mit seinen Gedanken an die kleine Jenny beschäftigt gewesen, dass er nichts bemerkt hatte.

Möglich, möglich ...

Möglich war alles.

Er stürmte aus dem Zimmer.

Der lange Korridor mit dem roten Teppich auf dem Holzboden war verwaist.

»Danny!«

Er fuhr herum.

Starrte die Tür auf der gegenüberliegenden Seite an.

Ja, das war es.

Eindeutig war dieser Schrei aus dem Zimmer nebenan gekommen.

Er rüttelte an der Tür, trat unvermittelt dagegen.

Scheiß auf die Gastfreundlichkeit, dachte er.

Die Tür schwang auf, und Danny fuhr erschrocken zurück.

»Unmöglich«, entfuhr es ihm.

Einen Augenblick lang dachte er, an einem anderen Ort zu sein. Aber nein, das konnte nicht sein. Nicht hier, nicht jetzt. Das war unmöglich. Keiner hier wusste etwas von seiner Vergangenheit. Außer Sunny natürlich. Und den Sirenen. Er hatte ihnen alles erzählt.

Er taumelte, hielt sich am Türrahmen fest.

Aber ich habe es ihnen nicht so detailliert erzählt.

Wie auch immer ...

»Das ist Ravenscraig«, stammelte er nur.

Mehr brauchte man nicht zu sagen.

Sein Gehirn versuchte zu erklären, was er da gerade sah. Schaffte es aber nicht wirklich.

Okay, er musste jetzt Ruhe bewahren.

Er hatte Sunny davon erzählt, lange und ausführlich. Aber dies hier, das war sein Elternhaus. Es war da, in diesem Zimmer, irgendwo im *Maison Rouge* in den Sümpfen von Louisiana, am Ende der Welt, wo es heiß und schwül war, so weit von der schottischen Küste entfernt, wie man es sich nur irgendwie denken konnte.

Ravenscraig.

Fuck!

Die schattenhafte Silhouette des Hauses war wie eine finstere Gestalt in der grünen Landschaft, ein uraltes Wesen, dessen Haupt den grauen Himmel berührte. Mehr noch als früher erinnerte es Danny an etwas, was man in den schwarz-weißen Filmen Alfred Hitchcocks oder den düsteren Büchern einer Daphne du Maurier findet.

Das Haus versteckte sich nicht schüchtern in den Hügeln, wie andere Häuser es taten. Hoch aufgerichtet stand Ravenscraig da und zeigte der Welt, dass es da war.

Nichts, aber auch gar nichts hatte sich verändert, seit Danny das letzte Mal dort gewesen war.

Noch immer führte der wie vor Schmerzen gekrümmte Weg durch das große eiserne Tor mit den geschmiedeten Gesichtern, noch immer flankierten die mächtigen Eichen und vom Wind misshandelten Ulmen die Einfahrt, noch immer rankte sich wild wuchernder Efeu an den Wänden empor, und noch immer spähten die Schatten aus den vielen Fenstern.

»Sunny!«, schrie er in die Gegend hinein, die unmöglich die Rhinns of Galloway sein konnten.

Und doch ...

Da, vor ihm, war eine Wiese. Sie begann direkt hinter der Tür. Er kannte diese Wiese.

Er rieb sich die Augen. Seine Hände zitterten.

»Okay«, murmelte er und betrat das Zimmer.

Ein Sog zog ihn auf das Gemäuer zu und dann mitten

hinein. Es war wie im Film, wenn die Kamera durch die Gegend rast, gesteuert von unsichtbarer Hand, und die Welt zu einem einzigen Zoom gerät.

Er spürte, dass er eine Gänsehaut bekam, je tiefer er ins Innere vordrang.

Nicht einmal der Geruch hatte sich verändert, nein, kaum zu glauben war das, nach all den Jahren nicht. Es roch noch immer nach einer Mischung aus Holz und Teppich und Ölgemälden, ein Geruch, so schwer wie die Bilderrahmen, die wie Mauern einfassten, was Archibald Darcy, sein bescheuerter Vater, als *atmende Szenen der Natur* bezeichnet hatte.

»Fuck!«, sagte er laut.

Dann schloss er die Augen.

Trat einen Schritt zurück.

Noch einen, wieder und wieder.

Schwindel erfasste ihn.

Er öffnete die Augen.

»Danny!« Der Schrei kam jetzt aus einem anderen Zimmer.

Sie spielen ihr Spiel mit mir.

Er stand jetzt wieder in dem Korridor.

Wirklich nur ein Spiel?

Er erinnerte sich an das, was ihm Mr. Jones erzählt hatte.

Man sagt, dass jedes Zimmer im Maison Rouge aus der Furcht eines Menschen geboren wurde.

Fuck!

Fluchen half nicht viel, das war klar.

»Sunny!« Seine Stimme wurde zu einem Kreischen. Sie überschlug sich, wirr und brüchig.

Er knallte die Tür zu.

Rannte weiter zur nächsten.

Öffnete sie.

»Mein Gott, Sunny!«

Sie konnte ihn sehen.

Und er konnte *sie* sehen.

Ein helles Kostüm trug sie, keine Jeans mehr. Ein großer Hut ließ ihre Augen im Schatten verschwinden. Ihr Mund war sinnlich und verletzlich und voller Furcht und so rot.

Da war ein Nachtclub in Aufruhr.

Soldaten in Nazi-Uniformen zerrten sie zum Ausgang. Gendarme beruhigten die Massen. Eine Frau, die Corinna Mura hieß, daran konnte sich Danny erinnern, spielte auf der Gitarre und sang dazu die Marseillaise. Und in der Rolle, die Ingrid Bergmann berühmt gemacht hatte, jener Rolle, die Schauspielerinnen wie Hedy Lamarr, Vera Zorina oder Ann Sheridan hätten spielen sollen, in dieser Rolle war nun Suzanna Darcy gefangen.

Kein Zweifel.

Dies war *Casablanca*.

Everybody comes to Rick's.

Alles war schwarz-weiß, grobkörnig, flackerte ein wenig.

Doch, nein, halt, verbesserte er sich, es war nicht *Casablanca*, es war wie die Kulisse des Films. Eine Welt in den Warner Brothers Studios. Wände aus Holz, für die

Aufnahmen präpariert. Eine Traumwelt, real und doch wieder nicht, mit einem Ton, der knisterte.

Rick's Café Americain.

Danny sah Soldaten, die Sunny in einen Wagen zerrten.

Sie schrie und trat um sich und streckte die Hände nach ihm aus.

Er konnte Major Strasser erkennen.

Das Adlergesicht gehörte dem Schauspieler Conrad Veidt, und er bellte seine Befehle in die Menge.

Sie brachten Sunny fort. Verdammt, nein! Sie brachten sie fort!

»Nein!«, schrie Danny.

Und betrat endgültig den Raum. Er spürte die Gegenwart seiner Frau, sie war hier, irgendwo.

Über ihm, an der Decke, brannten Studioscheinwerfer.

Danny bahnte sich einen Weg durch die Menge.

Überall Schreie, Tumult, Unruhe. Furcht wehte im Wind der Ventilatoren in alle Richtungen.

Der Nachtclub war voll, und es gab kaum ein Durchkommen. Die Gäste, alle panisch, weil Schüsse fielen, strömten den Ausgängen entgegen.

Nein! O nein!

Verdammt!

Das durfte er nicht zulassen.

Er war jetzt in der schwarz-weißen Welt der Filmkulisse.

Mit einem Mal setzte Musik ein, wummernde Orchesterklänge, dramatisch und wild. Musik, die ein Deutscher namens Max Steiner vor mehr als sechzig Jahren komponiert hatte. Die Gerüche waren da, die Geräusche und natürlich die Hitze.

Es wirkte alles so echt, dass es das *doch nur sein konnte.*

Sunny schrie.

Der Wagen wurde angelassen.

Danny befand sich jetzt auf der Straße. Traumwandlerisch veränderte sich die Umgebung.

Der Wagen, in den sie Sunny gesetzt hatten, fuhr los. Ihre Häscher zückten ihre Waffen und eröffneten das Feuer auf Danny.

Der duckte sich. Hinter Fässer, die an einer Hauswand standen. Die Schüsse pfiffen ihm um die Ohren, schlugen in die Hauswand ein, die aus Holz war und keinen wirklichen Schutz bot.

Danny stürmte auf Sunny zu, doch die Menschenmenge floh vor den Schüssen, die aus den Gewehren der Soldaten abgegeben wurden.

Danny rannte.

Eine Straßenecke weiter befand er sich in Paris. Alles war durcheinander. Der Schwarzmarkt, Señor Ferraris Etablissement *Blauer Papagei*, das kleine Apartment in Paris. Ein Bahnhof im Regen, eine Lokomotive, die pfiff. Dampf auf dem Bahnsteig, alles ging zu Ende.

Danny rannte.

Er hatte keine Wahl.

The fundamental things ...

Als er den Flughafen erreichte, blieb er stehen. Das Flugzeug startete gerade.

Major Strasser lebte noch.

»Sie werden Suzanna nie wiedersehen«, schrie er ihm über den Lärm der Maschine hinweg zu. »Bringen Sie mir Victor László, dann reden wir weiter.« Er hatte einen starken deutschen Akzent, wie im Film. »Das ist Ihre einzige Chance.«

Fuck!

Was sollte das?

Ein Gendarm trat von hinten auf Danny zu und schlug ihm eine Flasche Vichy-Wasser über den Kopf.

Danny taumelte, stürzte, verlor für einen Augenblick das Bewusstsein.

As time goes by.

Als er die Augen öffnete, war die Welt um ihn herum bunt geworden.

Treat me like a fool.

Er trug eine Schlangenlederjacke, ja, er erinnerte sich wieder, seine Jacke, die ein Symbol für seinen Glauben an die Freiheit und Individualität war. Die Musik, die in der Luft lag, hatte sich auch verändert. Es waren jetzt Elvis Presley und Chris Isaaks, die irgendwo aus dem Off heraus sangen.

Wicked Game.

Oh, verdammt.

Love me Tender.

Klangteppiche von Angelo Badalamenti.

Er befand sich in einer Gasse, Feuerleitern klammerten sich an die dreckigen Häuserwände. Pfützen auf dem Boden, überall Schmutz und Unrat, Papier, das der Wind vor sich her trieb.

When the Sailor saw Sunny.

Verdammt.

Er lag mit dem Rücken auf dem Boden.

Eine Gruppe von Schlägern umringte ihn. Sie trugen schwarze und braune Lederjacken und weiße und schwarze T-Shirts, Kippen im Mundwinkel, Ärger im Blick.

Sie traten mit ihren Stiefeln auf ihn ein. Prügelten das Leben aus ihm heraus. Sie hörten nicht auf, selbst dann nicht, als er sich nicht mehr bewegen konnte. Die Luft blieb ihm weg.

Seit er als Kind von den Lügen seiner Mutter gequält worden war, hatte er so etwas nicht mehr erlebt.

Dunkelste Kindheitserinnerungen bestürmten ihn.

Geschichten, die er hatte erleben müssen.

Einmal hatte er sich in eine Spinnenkreatur verwandelt und ...

Nein, daran durfte er jetzt nicht denken.

Sunny war wichtig, alles andere nicht.

Er öffnete den Mund und rief ihren Namen.

Aber die Stimme, die er hörte, war gar nicht seine, und sie schrie: »Lula!«

Sein wildes Herz pochte.

»Lula!«

Er schloss die Augen. Konnte sich noch an den Tag erinnern, an dem er mit Sunny gemeinsam den Film gesehen hatte.

Wild at Heart.

Sie waren in ein Autokino gefahren, oben an der Küste. Sunny hatte gelacht, klingend wie die Songs im Film.

Doch nun?

Nur Schmerzen.

Rostrot.

Explosionen.

Dann erschien ihm die Fee.

»Sailor«, sagte sie gütig.

Sie sah aus wie die gute Fee aus dem Film mit Judy Garland: *Der Zauberer von Oz*. Ihr Zauberstab, glitzernd und kitschig bunt, glänzte im Sonnenlicht. »Du wirst erst dann wieder nach Kansas zurückkehren können«, sagte sie, »wenn du den Zauberer getroffen hast.«

»Leck mich«, fauchte Danny sie an.

Er wusste nicht genau, was hier gespielt wurde, aber er konnte sich denken, *wer* dahintersteckte. Bloß konnte er sich keinen Reim darauf machen, warum die Damen das taten.

Die gute Fee konnte ihr Lächeln nicht abstellen. »Du musst nur dem Weg folgen«, säuselte sie. »Ja, folge nur dem ...«

Danny griff nach einer zerdrückten Cola-Dose, die vor ihm lag, und warf sie der Fee an den Kopf.

»Ach, halt doch die Klappe.«

Mühsam rappelte er sich auf.

Er hatte keine Zeit für diesen Blödsinn. Sunny war hier irgendwo. In einem dieser Räume, die voller Bilder und Geschichten waren; irgendwo hatten sie seine Frau hingebracht.

Er fluchte.

Mit letzter Kraft kroch er voran.

Am Ende der Straße, die er vor sich sah, war der Ausgang des Zimmers, er spürte es. Je näher er ihm kam, umso deutlicher umrissen war die Tür. Als er die Hand nach ihr ausstreckte, wurde sie ganz sichtbar.

Er wankte hinaus.

Über die Schwelle.

Atmete auf.

Hey, er war wieder im *Maison Rouge*.

Na, immerhin.

Keuchend sank er auf den roten Teppich und blieb dort liegen.

Als er die Augen erneut öffnete, sah er die Sirenen. Sie standen vor ihm, gekleidet in weiße Nachtgewänder, wie die Gespenster.

»Sie werden Ihre Frau erst und nur dann wiedersehen«, sagte Madame Cacaelia, »wenn Sie uns die Lyra gebracht haben.«

»Das ist die einzige Wahl, die wir Ihnen lassen: Tun Sie es, und alles wird wieder gut.«

»Weigern Sie sich, und Sie werden die Sümpfe nie wieder verlassen.«

SIEBENTES KAPITEL

Wie ein Fremder ohne Namen

These days I get to where I'm going
– make it there eventually,
follow the trail of breadcrumbs
to where I'm meant to be.

MARK KNOPFLER, *True Love Will Never Fade*

Die Wege, auf denen man sich in unentdeckte Länder vorwagt, können voller Scherbensplitter sein, so schneidend und schmerzhaft, dass man sie kaum unverletzt hinter sich lassen kann. Und Danny Darcy, der Wege wie diese kannte, wusste, dass es jetzt kein Zurück mehr gab.

Er schritt den Korridor ab und betrachtete die Türen. Eine sah wie die andere aus. Doch hinter jeder mochte sich etwas anderes verbergen. Was, das würde er herausfinden müssen.

Er berührte die Klinken.

Als würde es ihm die Entscheidung erleichtern, wenn er das Metall berührte.

Blödsinn, er hatte nicht die geringste Ahnung, was er da tat. Als er klein war, da hatte seine verrückte Mutter ihn viel zu oft in fremde Geschichten verbannt. Er kannte die Regeln, die dort herrschten. Alles war einfach. Nur ein einziges Gesetz besaß Gültigkeit. Und dieses Gesetz rief er sich jetzt ins Gedächtnis zurück.

Es gibt keine Gesetze!

Das war alles.

Es gab keine Regeln. Man musste einen Schritt vor den anderen setzen und darauf hoffen, das Richtige zu tun.

Er hatte keine Ahnung, wie er diese Lyra finden sollte.

»Na dann«, murmelte er und öffnete die nächste Tür.

Die Damen standen hinter ihm im Korridor und schauten ihm sehr schweigsam auf die Finger.

Okay, sagte er sich, das ist nur ein leerer Raum.

Nichts sonst.

Es standen keine Möbel in dem Zimmer. Die Tapeten hatten die Farbe von ausgewaschenem Sand. Die Läden vor dem Fenster waren geschlossen. Von draußen hörte er den Donner grollen. Ein kurzes Aufleuchten blitzte in den Raum, kroch durch die Ritzen der Fensterläden, hinein in die Düsternis, die nur vom Licht aus dem Korridor erhellt wurde.

Danny Darcy betrat den Raum.

Tat einen Schritt.

Noch einen.

Er stand in dem leeren Zimmer. Die Wände erinnerten ihn an die Wüste; ja, *genau* daran musste er denken.

Er konzentrierte sich, ließ sich vom Klang des Wortes, das ihn vielleicht leiten würde, tragen.

Lyra.

Dann blinzelte er, und im Wimpernzucken dieses Blinzelns wurde die Welt eine andere.

Ja, er war eine Sherazade.

Er hatte Geschichten gelesen, die vom Suchen handelten. Von Menschen, die unterwegs waren. Die sich treiben ließen von Abenteuern. Er kannte die Lieder, die diese Männer besangen.

Jetzt war er einer dieser Männer.

Born to run.

Er holte tief Luft, und die Wände lösten sich im gleißenden Sonnenlicht auf, während in der Ferne über längst vergessenen Bayous der Donner grollte.

Er stürzte.

Schritt voran.

Sein Name war jetzt Staub, seine Vergangenheit verweht.

Das *Maison Rouge* lag im Jenseits seiner Erinnerung, die immer mehr verblasste.

Da waren Bilder, die wie Songs auf seinen Augen brannten.

Mit einem Mal war er ein alter Mann.

Er spürte es, im Wind, den Knochen, den Fingern.

Das, was hinter ihm lag, war wie die Gerippe der Tiere, die den Weg säumten.

Das Weite Land brannte wie die Sonne in seinem Blick.

Er suchte in der Ödnis nach allem, was nicht Wüste war.

Sein Pferd lahmte, sein Maulesel war halbblind.

Er war der Fremde ohne Namen – und er spürte, dass er so aussah, wie der Fremde ohne Namen immer aussieht.

Beim letzten Wasserloch hatte er dem Pferd die Hufe gekühlt und dem Maulesel die Augen benetzt. Er selbst hatte nur wenig getrunken. Die Welt war ein Glutofen, das Leben verbrannt. Der Wind ließ die Sandkörner tanzen, so dass man glaubte, der Boden selbst wäre lebendig.

Die Zeit tropfte wie Schweißperlen auf die Tage, die endlos waren. Im Herzen verdorrte ihm ein Bild, das er hütete wie die Wasserflaschen, die vorn am Sattel hingen.

Ein Traum hatte ihm ein Bild gemalt, und er hatte das Gift der Hoffnung getrunken, wie ein Säufer den Fusel im Saloon hinunterkippt, und noch immer glühte ihm die Kehle davon.

Jahre lag das nun zurück. Er war ein junger Mann gewesen und hatte das Abenteuer gesucht. Ja, damals hatte er die Suche begonnen, und jetzt war er hier, irgendwo mitten im Nirgendwo.

Da, wo die Sonne den Sand küsste und brannte wie das Jüngste Gericht.

Da, wo Blut in den Spuren anderer trocknete.

Er flüsterte ihren Namen.

Sunny!

Ihretwegen war er hier, in dieser Welt, die nicht Traum und nicht Wirklichkeit war, sondern nur ein weiter Raum in einem Haus, irgendwo in einem fernen Sumpf.

Er setzte Schritt vor Schritt.

Immer weiter.

Die Straße endete niemals, nicht für ihn. Blickte er zurück, dann sah er, was einmal gewesen war. Er sah einen jungen Revolvermann, der mutig voranritt, dem Sonnenuntergang entgegen, ein Ziel im Herzen und das Gesicht einer Frau auf die Augen gemalt.

Er hatte Länder durchquert, die Ruinen waren, und Gebiete, in denen nichts mehr lebte. Er war älter geworden, doch war ihm das nicht wichtig. Es war einfach geschehen.

Und er war immer noch auf der Suche.

Fiebernd.

Ja.

Er erreichte eine Stadt. Sie war schmutzig, wie die meisten Städte im Grenzland jenseits des *Rio Bravo*. Manchmal kamen Gaukler hierher, *Bandidos* mit Absichten, Zirkusleute mit Zelten. Sie nagelten Plakate an die Wände der hölzernen Häuser. Buntes Papier, das Sensationen verhieß, von protzigen Buchstaben angekündigt.

Genauso sah es aus, jenes Bild in seinem Herzen. Eine Frau, ein Kind, dahinter nichts als brennende Verheißung, vielleicht gar Erlösung. Sie trug bunte Kleider, und ihr Lachen war Musik, die den Himmel zum Kuss auf die Erde zog. Da war ein Instrument, Saiten, gespannt auf einen geschwungenen Rahmen aus Holz.

Die Lyra.

War dies die Hölle?

Er dachte an Orpheus, der tief in die Unterwelt hinabgestiegen war, um seine Frau zu retten.

Einmal war er, in einer Stadt, die ähnlich wie diese hier gewesen war, in einem schmutzigen Zimmer erwacht, neben dem Körper einer fremden Frau, deren Namen er nicht kannte und die schlief. Er hatte das Zimmer und die Stadt noch vor Sonnenaufgang verlassen.

War auf die Straße zurückgekehrt, jene Straße, die oft nicht mehr war als Wagenspuren im Präriegras und Felsgeröll.

Noch viele Städte, die alle gleich gewesen waren, hatte er besucht. So viele Gesichter, Leichen, Lügen.

Und nun?

Die Zeit nagte an ihm.

Wenn er die Hand ausstreckte, dann konnte er es fast berühren, jenes Bild. Aber eben nur fast. Deswegen streckte er die Hand niemals danach aus. Seine Hände, die rau und faltig waren, taten nur Dinge, die sie tun mussten. Und sie taten diese Dinge langsam, denn mit der Zeit, das wusste er, war es wie mit dem Wasser: Je hastiger man es trank, umso eher dürstete einen danach.

Seine Hände waren nur schnell, wenn sie die Revolver an seinen Hüften weckten und singen ließen. Dann überlisteten sie die siruplahme Zeit und pflanzten Tod, wo niemand ernten würde.

Er hasste seine Hände nicht, wenn sie das taten, aber er liebte sie auch nicht dafür. Es war, was das Leben ihnen abverlangte, hier draußen, wo jeder Weg nur überallhin führte.

Das bin nicht ich, dachte Danny, wenn er diese Hände anschaute. Das ist ein Mann, den ich als Kind immer bewundert habe. Er war unrasiert und verschwitzt, ja, immerzu, und seine Augen waren stechend blau, ganz anders als die meinen.

Und doch war Danny jetzt dieser Mann.

Hier und jetzt.

In dieser Vision, diesem Leben, dieser Welt. Diesem Universum, das sein Leben war. Diesem Traum, in dem

Jahrzehnte in Sekunden tickten und Erinnerungen aus Momenten geboren wurden.

Er akzeptierte es, denn die Gedanken, die er hatte, waren nicht seine eigenen Gedanken. Sie waren die Gedanken all jener Westernhelden, die er einsam ihres Weges hatte reiten sehen.

Ja, er war jetzt und lange schon der Fremde.

Ein Mythos.

Größer als das Kino, das ihn geboren hatte.

Danny ahnte, dass die Zeit hier drinnen eine Falle war. Er wusste nicht, wie lange er würde umherziehen müssen, und er wusste nicht, wie viel Zeit im *Maison Rouge* vergehen würde.

Er dachte an die unheimlichen Geschichten, die er als Kind gehört hatte.

Sie handelten von Menschen, die in eine andere Welt hineingezogen wurden. Sie erlebten dort Abenteuer, eines nach dem anderen, wurden zu Helden, lebten glorreich. Doch wenn sie nach Hause zurückkehrten, waren sie Fremde. Denn die Zeit, das fanden sie heraus, war nicht ihr Freund gewesen. Nein, niemals.

Die Zeit hatte sie betrogen.

Die Kinder, die sie zu Hause zurückgelassen hatten, waren alt und grau geworden. Die Freunde, die sie einst gehabt hatten, waren gestorben. Jeder Tag, den sie in der fremden Welt verbracht hatten, war in vielen Monaten gemessen worden. Das Leben, das sie zurückgelassen hatten, bestand bei ihrer Rückkehr nur noch aus Grabsteinen, in die Erinnerungen gemeißelt waren.

Ja, das war es.

Danny fürchtete sich. Er hatte Angst, dass ihm *genau das* widerfahren würde.

Er musste die Lyra finden und zurückkehren. So schnell es nur möglich war.

Und was wäre, wenn er hier sterben würde? Wenn er den Weg zurück nicht mehr finden würde?

Er wusste es nicht.

Nein, eigentlich wusste er gar nichts. Das, was er wusste, begann er zu vergessen. Denn die Welt, durch die er wandelte, war zu gefährlich, um sich an Nichtiges zu erinnern.

Manchmal traf er auf Wanderer, die ihn im Schlaf zu überraschen trachteten. Das waren die Momente, in denen seine Hände die Dinge schnell taten, für die sie gemacht waren.

Schüsse zerrissen dann die Nacht.

Wenn es vorbei war, ritt er weiter, trotz der Dunkelheit.

Der Geruch von Pulver und Blut im Staub war ihm zuwider.

Doch meistens passierte gar nichts. Meistens blieb er allein.

Sein Blick wanderte in die Ferne, humorlos und klar.

Was er nicht sah, konnte ihn töten.

Also schaute er genau hin.

Die Prärie war voller Trugbilder. Die Tiere waren hungrig wie er selbst, und es gab seltsame Exemplare.

Riesige Büffel, deren Atem Feuer war, Kojoten, die zu

sprechen vermochten, und Klapperschlangen, die einen mit ihrem Rasseln lähmten, sobald man es vernahm.

Einmal hatte er eine Frau getroffen, die wie ein Vogel gekleidet gewesen war.

Du wirst mich wiedersehen, hatte sie gesagt.

Warum?

Ich bin da, wo die Suche endet, hatte sie ihm geantwortet.

Das verstehe ich nicht.

Man muss nicht immer alles verstehen. Ihre Stimme war rau und wie ein Krächzen gewesen.

Er hatte ihr eine Frage gestellt. *Wer bist du?*

Die, nach der du suchst. Das war ihre Antwort gewesen.

Er hatte erwidert: *Ich suche dich nicht.*

Sie hatte genickt, wie ein Vogel, der nach Futter pickt. *Nichts ist, wie es scheint.*

Dann hatte sie die Flügel ausgebreitet und war entschwunden, wie Dinge im Traum entschwinden, auch wenn man die Hände danach ausstreckt.

Und er?

War weitergewandert.

All die Tage und Nächte flüsterten die gleichen Versprechen, faulig wie das Wasser in den Ebenen.

Lyra.

Das war es, was sie ihm in all den Jahren wisperten.

Er fragte die Wanderer, die ihm begegneten, nach der Lyra. Sie hörten sich seine Geschichte an, schüttelten traurig die Köpfe, wiesen ihn westwärts, ostwärts, nordwärts, südwärts. Die Richtung war egal, nur die Suche zählte.

Dann kam er nach Riddle.

Etwas in ihm, das wie ein Kompass war, hatte ihn dorthin gezogen, als hätte er ein Leben lang nach dieser Stadt gesucht.

Nun war er da.

Der Name kam ihm bekannt vor, und als er überlegte, woher er ihn kannte, da wurde ihm bewusst, wie viel er vergessen hatte. Er dachte an Alice und das Wunderland, an die seltsamen Dinge, die sie dort sah.

Trink mich, iss mich, füttere mich.

Er schloss die Augen, die sandig und trocken waren.

Riddle.

Oh, dieser Name.

Wir haben uns in Riddle getroffen, das waren die Worte gewesen, doch wer hatte sie ausgesprochen?

Riddle.

Es war ein kleines Kaff, schmutzig und verwahrlost. Die Menschen in den Straßen starrten ihn an, weil er ein Fremder ohne Namen war. Es war nicht gut, wenn ein Fremder ohne Namen die Stadt betrat, jeder wusste das. Auch der Fremde ohne Namen wusste das, und deshalb ritt er langsam die Straße entlang. Jeder sollte ihn sehen, jeder sollte ihn begutachten. Sie sollten sehen, dass er nichts zu verbergen hatte. Die Revolver trug er so offen wie eine Warnung. Er lenkte das lahmende Pferd und den halbblinden Maulesel dorthin, wohin es Fremde in jeder Stadt verschlägt.

Im Saloon wurde es still, als er eintrat. Der Klavierspieler verstummte, die Zeit hielt den Atem an. Er lehnte sich gegen den Tresen und bestellte ein Bier. Das Glas, das man ihm hinstellte, war nicht sehr sauber, aber er wusste, dass es ein saubereres nicht geben würde, das gab es nie. Der Barkeeper versuchte höflich zu sein.

Sie sind nicht von hier.

Nein.

Sie sehen durstig aus.

Er leerte sein Bier.

Von wo kommen Sie?

Er deutete nach Osten, nach Süden, nach Westen und Norden.

Wohin geht's?

Überallhin.

Auf der Durchreise?

Ja. Es war an der Zeit, eine Frage zu stellen. Also stellte er die Frage, die er immer stellte. Allen, denen er begegnete. Die Frage nach der Lyra.

Der Barkeeper beugte sich zu ihm herüber.

Hatten Sie einen Traum?, fragte er.

Der Fremde ohne Namen, der Danny Darcy war, lächelte. *Haben wir den nicht alle?*

Allgemeines Nicken, die Stimmung lockerte sich.

Ich meine einen ganz bestimmten Traum.

Und schon begann der Barkeeper zu erzählen. Und der Fremde ohne Namen hörte zu.

In den Sümpfen, da gibt es ein Haus. Man nennt es L'Histoire. Ja, so heißt es.

Der Fremde ohne Namen fragte nicht nach, weil Geschichten wie diese sich meist von allein erzählten.

Chisum war der mächtigste Mann im Barataria-Sumpf. Seine Plantagen reichten bis hinauf nach Wetland. Er hatte eine Frau, die wunderschön war. Eines Tages gebar sie ihm eine Tochter. Sie nannten sie Jenny. Am Tag der Taufe kamen die Menschen von nah und fern zum Haus. Sie brachten Geschenke mit, überall an den Bäumen wehten bunte Bänder im Wind, und gelbe Vögel sangen ihre Lieder.

Die Stimmung war ausgelassen, bis eine Voodoo-Priesterin auftauchte. Eine Pythonschlange wand sich ihr um die Schulter. Sie bat Chisum, gnädig zu sein an diesem wunderbaren Tag, der ihm so vieles Gutes brachte, und sie bat ihn, die Sklaven gehen zu lassen.

Doch Chisum lachte nur und ließ die Hunde auf sie los. Bevor die Voodoo-Priesterin verschwand, sprach sie einen Fluch aus. Einen Voodoo-Fluch! Wie das Land, so sollte auch das Neugeborene zu leben aufhören, wie dem Land, so sollte auch dem Mädchen das Unglück widerfahren, wenn es zur Frau erblühte. Erst der Klang eines ganz bestimmten Liedes sollte sie wieder zum Leben erwecken. Gesungen von einem Helden, der sein Leben für sie hinzugeben bereit war.

Dann wurde die Priesterin, so sagt man, eins mit der Pythonschlange.

Sie wurde nie mehr gesehen.

Der Barkeeper hielt inne. Alle lauschten ihm. Der Fremde ohne Namen schwieg.

Die Jahre vergingen. An ihrem fünfzehnten Geburtstag fuhr Jenny mit dem Boot hinaus in den Bayou. Sie war allein, obwohl ihr Vater ihr verboten hatte, allein in die Sümpfe zu gehen. Dort, wo später die Telegrafenmasten in den Himmel wuchsen, wurde sie von einer Baumwollspinne gebissen. Als sie L'Histoire erreichte, war es zu spät.

Sie starb?, fragte der Fremde ohne Namen.

Nein, das tat sie nicht.

Alle im Saloon wirkten bedrückt.

Jenny fiel in einen tiefen Schlaf. Alle, die in L'Histoire lebten, taten das. Die gesamte Plantage. Nur die Sklaven nicht. Sie gingen fort und waren von nun an frei. Doch alle anderen schlossen die Augen und erwachten nie wieder.

So erzählt man es sich.

Eine Dornenhecke wuchs aus dem Boden und schloss L'Histoire ein. So ist es noch heute.

Was habe ich damit zu schaffen?, wollte der Fremde ohne Namen wissen. Es gab immer eine Art von Erlösung in Geschichten wie dieser. Ja, immer.

Sie sind hier, weil Sie den Traum hatten. Alle, die herkamen, hatten diesen Traum.

In den Jahren, in denen die Welt verrückt wurde und Schönheit und Wohlstand zu Staub zerfielen, kamen oft Männer wie Sie hierher. Sie kamen aus dem Osten und ritten westwärts. Sie kamen aus dem Süden und ritten nordwärts. Sie hatten einen Traum gehabt. Von einem Instrument, das sie spielten. Sie alle waren auf der Suche nach der Lyra und glaubten, dass sie die Schöne mit der Lyra erwecken könnten. Sie waren Fremde ohne Namen.

Der Fremde ohne Namen nickte. *Wie ich.*

Ja, wie du.

Nennen Sie mich Alias, sagte Danny Darcy, der Fremde ohne Namen, der sich jetzt endlich einen Namen gegeben hatte, einen, der so gut war wie Hunderte andere. Er trank sein Bier aus. *Wie komme ich nach L'Histoire?* Der Barkeeper erklärte es ihm.

Danny nickte nur.

Verließ den Saloon, in dem das Schweigen explodierte, sobald er ins Sonnenlicht getreten war.

Er band Pferd und Maulesel los, sattelte auf. Er verließ die Stadt namens Riddle und tat, weswegen er hergekommen war.

Suchen wir L'Histoire. Finden wir die Lyra.

Er konnte womöglich sehen, was all die anderen nicht gesehen hatten. In *L'Histoire* musste es Hinweise auf die Lyra geben. Er würde sie finden, irgendwann. Und die Schöne erwecken.

Jeder Sinn dieses Vorhabens wehte ihm durch den Kopf. So ritt er los.

Die Prärie wurde zur Wüste. Steine, Kakteen, Sand. Er ritt zwei Tage, und der Horizont war ein Teufel, der tat, was er wollte. Taranteln lagen ausgedörrt neben den Skeletten von *Joshua Trees*, tote Geier waren aufgespießt von den Gerippen der Kadaver, an denen sie sich gütlich getan hatten. Verwundete Blumen säumten seinen Blick, vertrocknete Brunnen und schwere Farben. Menschen gab es hier draußen keine. Alles war Ödnis und Weite, so leer wie sein Herz, das außer dem Schweigen und dem Hoffen nur ein verstimmtes Instrument war. Er sah stählerne Gefährte, Relikte der alten Welt, an die sich keiner mehr erinnern konnte, vom Himmel gefallen oder verflucht von eigener Hand.

Donner rollte über die Berge, fern war der Geist über den Wassern, die verschwunden waren.

Er ritt durch einen Canyon, der ihm bekannt vorkam.

Die Luft wurde kälter, je weiter sie in das Tal vordrangen. Indianische Totems säumten den Weg.

Hohe Gräser ragten aus hellen Wassern empor. Es sah so aus, als sei der silberne Mond mit einer Moorlandschaft verwachsen. Selbst die Mondkrater schwammen in der milchigen Brühe, die wie klirrendes Eis und tiefer Schnee roch.

Die Luft an diesem Ort war eisig kalt, und der Atem begann ihm vor dem Gesicht zu gefrieren. Sein Pferd zitterte am ganzen Leib.

Danny betrachtete die eisig lodernden Mondmoore, die sich bis zum Horizont erstreckten. Erkannte sie.

Er hielt an, stieg vom Pferd, trat an ihren Rand und schaute in die Tiefe, wo er nicht einmal sein Gesicht entdecken konnte.

Nein, hier würde er die Lyra niemals finden.

Die Lyra?

Er zauderte. War er nicht auf der Suche nach der schönen Schlafenden?

Tage vergingen, ohne Antwort.

Er durchquerte Wetland, das verbrannt war.

Ja, er suchte die Schlafende.

L'Histoire, so hieß sein Ziel.

Dann erreichte er die Sümpfe. Zeit war zerflossen, mehr und mehr.

Er fand eine Siedlung. Cajun-Menschen, so nannten

sie sich. Ein Mann namens Mr. Jinx nahm sein Pferd im Tausch gegen ein Kanu, eine Frau namens Miss Lucy gab ihm Essen und einen Talisman im Tausch gegen den Maulesel.

Du findest die Lyra, wo die Vögel leben, sagte ihm Mr. Jinx. Und das, obwohl er ihn nur nach einem Haus namens *L'Histoire* gefragt hatte.

Sei auf der Hut, sie ist hungrig, warnte ihn Miss Lucy.

Er dankte ihnen.

Dann bestieg er das Kanu und fuhr los.

Der Sumpf, in dem er nun war, hatte kein Ende. Tagelang fuhr Danny durch die Bayous.

Barataria.

Hohe Bäume und Hecken waren überall, so dicht, dass kein Licht durch sie hindurchzuschlüpfen vermochte. Der Fremde ohne Namen, der schon wieder vergessen hatte, dass er sich Alias nannte und irgendwo, weit, weit fort in einer fernen Erinnerung, noch immer Danny Darcy war – dieser Fremde ernährte sich nun von rohen Fischen, hartem Alligatorenfleisch und den winzigen Eiern der Wespen, die oben im Totenmoos unter den Ästen lebten.

Schließlich erreichte er *L'Histoire*.

Warum bin ich hier?, fragte er sich.

Tote Pferde und ausgedörrte menschliche Leichname mit Halstüchern, Hüten und Sporen an den Stiefeln bedeckten die karge Erde vor dem Haus. Die Träumenden, die hergekommen waren wie er selbst, jetzt waren sie wie der Staub, der über sie hinwehte. Danny Darcy, der jetzt nur ein Fremder war, stand vor dem Haus, hinter dem ein voller Mond erblühte. Sein Mantel wehte im Wind.

Er seufzte.

Dann nahm er die Wasserflaschen und schüttelte sie. Er kannte die alten Geschichten. Man musste etwas Wertvolles hergeben, um Prüfungen zu bestehen. Immer schon war es so gewesen. Gesetze wie dieses flackerten wie die Feuer der alten Welt hinter den blauen Augen, die mehr gesehen hatten, als Worte jemals sagen könnten.

Die rauen Hände öffneten die Wasserflaschen und gossen das kostbare Nass auf die Dornenhecke. Aus der flimmernden Hitze trat die Königin der Verheißung, und mit einem Schwert aus Fieber zerschlug sie die Dornenhecke. Ihr Gesicht war das Antlitz all derer, die seine schnellen Hände zu spüren bekommen hatten. Ihre Gestalt war die Körper all jener, deren Liebesbekundungen nur Lüge und Verderben gewesen waren. Ihr Lächeln war alles Glas, das jemals zersplittert war. Stumm war sie wie jede Königin, die der Wind mit sich nimmt.

Alias Darcy trat vor.

Die trockenen Lippen schmerzten schon lange nicht mehr. Mit uralten Stiefeln durchschritt er die Dornenhecke, ging den Pfad aus Spekulationen und Geschichten entlang, weil es kein Zurück mehr gab. Er betrat *L'Histoire* und erblickte die Plantage, die Hunderte, wenn nicht sogar Tausende von Jahren nur ein Märchen aus Mythen gewesen war. Die schlafenden Körper der Menschen bedeckten den Boden wie gelbes Gras, bevor es zur Windhexe wird. Totenmoos wehte überall, bedeckte die Hütten und das Haus wie ein Leichentuch.

Er beachtete die Schlafende nicht, weil er das Bild aus seinem wunden Herzen in den Händen hielt. Er betrat das Haus, seine Schritte kannten den Weg. Er stieg die Treppe hinauf, öffnete die Tür zu dem Zimmer, in dem er sich selbst fand.

Dort verharrte er.

Betrachtete sie, Jenny, schlafend, mit Haaren, die blond waren wie die ihrer Mutter.

Sunny, sang es von irgendwo her.

Danny fragte sich, wo er war. Er berührte die schlafende Jenny, doch als er dies tat, löste sie sich in Luft auf.

Ein Kreischen erfüllte plötzlich die Luft.

Danny starrte auf das Bett, das nun leer war. Und eine Gewissheit, die nagend wie Gift war, befiel sein Herz: Er hatte versagt. All die Jahre war er gewandert, nur um diesen Ort zu finden. Doch was er gefunden hatte, war nur Staub und Sand, nichts sonst.

War dies etwa der Sinn seines Lebens?

Die Frage kratzte ihm das Herz entzwei.

War er deshalb hier?

Um Staub, Sand und Leere zu finden?

Müde verließ er *L'Histoire* und vergaß, was noch an Erinnerungen in ihm gewesen war.

Er irrte durch die Sümpfe, nur ein Schatten seiner selbst. Und wie jeder Mensch, der zu einem Schatten seiner selbst wird, begann auch Danny Darcy zu verblassen. Seine Haut wurde durchsichtig, die Zähne fielen ihm aus, das Haar wurde schütter.

Doch etwas war noch in ihm. Eine Melodie, die ihn vorantrieb, auch wenn er bereit war zu sterben.

Da war ein Name, dessen Klang ihn erfreute.

Sunny.

Ein beschwingter Name, der ihn lächeln ließ, wenngleich jetzt auch das Lächeln schmerzvoll war.

Fieberträume befielen ihn. Er träumte von einem Vogelritter, der sein Leben mit der Suche nach einem Kelch vertat. Durchlebte Erinnerungen an die letzten Jahre, die er einsam im Sattel verbracht hatte. Er war gealtert und würde im Sarg heimkehren, wie so viele vor ihm, die Abenteuer hatten erleben wollen.

Die Welt wurde ein Glutofen. Sein Leben war Feuer.

Blutegel klebten an ihm und saugten sich satt. Wenn er schlief, kamen Wespenkinder und legten ihm Eier unter die Haut. Er spürte es kaum, doch er wusste, dass sie bald schlüpfen würden. Er torkelte durch den Sumpf und mied die Stellen, an denen Alligatoren hausten. Giftiger Efeu streifte sein Gesicht.

Ja, so würde es enden.

Sein halbes Leben hatte er mit der Suche nach der Lyra verbracht. Und er hatte versagt.

Irgendwann, Blitze zuckten über den Himmel, sank er zu Boden. Nur noch die Augen schließen, das war alles, woran er dachte.

Er hörte ein Kreischen.

Wie von einem riesigen Vogel, so schrill und harsch.

Er richtete sich mühsam auf.

Etwas flog suchend über das Land, tauchte alles, was Sumpf war, in kalte Schatten.

Danny strauchelte, rannte weiter. Panik erfüllte ihn. Es war das dumpfe Gefühl, das die Beute verspürt, bevor sie vom Jäger erlegt wird. Gestrüpp steifte ihn, Dornen zerkratzten ihm die Haut, doch er rannte weiter.

La Maison Rouge.

Etwas in ihm erwachte, weil der riesige Vogel dort oben eine Melodie kreischte.

Ich sagte dir, dass du mich findest.

Wer hatte das zu ihm gesagt?

Und wann?

Das Kreischen wurde lauter.

Er wird mich fressen, dachte Danny. Ich werde hier in den Sümpfen sterben, und niemand wird davon erfahren, weil es nicht wirklich ist, ja, weil es nur eine Vision ist, ein Traum, ein dummer Zufall, ein Spiel, auf das ich mich niemals hätte einlassen müssen. Ich werde hier verenden, allein, und in der Zukunft, wenn ein anderer Traumwanderer sich in diese Gegend verirrt, dann wird er mich entdecken, wenn er auf meine verrotteten Knochen pisst, und sich fragen, ob ihm das gleiche Schicksal blüht.

Im Blätterwerk über ihm rauschte es.

Hungrig.

Wütend.

Was auch immer.

Danny stolperte vorwärts.

Sunny.

Er erinnerte sich wieder.

Er stürzte.

Sah sein Gesicht, wie es sich im Wasser spiegelte. Er war ein alter Mann, der Bart grau und die Augen ohne Glanz. Das Haar hing ihm bis zur Schulter, grau und wie sprödes Gestrüpp.

Bald würde er sterben.

Sunny!

Er hatte eine Frau. Für sie war er losgezogen.

Sunny!

Er hatte sie verloren. In einem Haus, das aussah wie *L'Histoire*, nur anders.

Es war auch in den Sümpfen.

La Maison Rouge.

Die Sirenen waren dort, ja, alles fiel ihm wieder ein, als der Schatten über ihm kreiste. Nach all den Jahren, die ihn diese Suche gekostet hatte, kehrten die Erinnerungen zurück.

Das Kreischen!

Direkt über ihm!

Was, in aller Welt, war das für ein Wesen? Er dachte an die Abenteuergeschichten, die er als Kind verschlungen hatte. An Sindbad, den Seefahrer. Die Geschichte mit dem riesigen Vogel.

Vogel Roch.

Ja, so hieß er.

Furchtsam drehte Danny den Kopf.

Die Bäume rauschten, als sei ein Sturm im Anmarsch. Aber Danny wusste es besser. Es war das Schlagen von Flügeln, das sie sich so bewegen ließ.

Verzweifelt versuchte Danny, Schutz zu finden.

Lyra.

Ja, er war auf der Suche nach der Lyra gewesen. Deswegen war er all die Jahre umhergeirrt.

Tränen traten ihm in die Augen. Er hatte versagt. Verdammt, alles war umsonst gewesen.

Er schnappte nach Luft.

Hustete.

Und dann geschah es.

Der riesige Vogel brach durch das Blätterdach. Sein spitzer Schnabel leuchtete wie das Licht der Sterne. Das Gefieder war bunt wie alle Farben dieser Welt. Eine rote Zunge glänzte, wenn er den Schnabel öffnete. Lange Beine mit Krallen daran zerfetzten selbst die dicksten Äste der Eichen. Unaufhaltsam bahnte sich das Tier seinen Weg in die Tiefe.

Danny hörte die lauten Geräusche im Dickicht. Alles, was dort lebte, war auf der Flucht.

Dann hatte der riesige Vogel Roch es geschafft und landete mit beiden Beinen im Morast. Abwartend stand er da, sein Blick aus den güldenen Augen aufmerksam. Er stieß noch einen gellenden Schrei aus, und schon schnellte sein Schnabel auf Danny zu.

Dannys letzter Gedanke galt Sunny.

Oh, seiner geliebten Sunny, die er nie mehr wiedersehen würde.

Da ergriff eine Hand die seine. Sie schoss aus dem brackigen Wasser empor und packte ihn.

Bevor Danny wusste, wie ihm geschah, wurde er in die Tiefe des Sumpfs gezogen.

Und alles wurde dunkel und still.

Er trat aus dem Spiegel, und die dunkelhäutige Schönheit, die jetzt seine Hand losließ, betrachtete ihn neugierig.

»Was war das?«, keuchte er.

»Ein stymphalischer Vogel«, sagte die Frau, »aber das ist jetzt nicht so wichtig.« Sie war älter als Danny, vielleicht Ende vierzig, es war schwierig zu schätzen. Sie trug Holzschmuck an Ohren, Nase und Händen. Ihre Zähne waren so schwarz wie ihre Haut, und sie roch, als hätte sie soeben eine nicht gerade kleine Handvoll Tabak gekaut. »Ich bin Calypso«, sagte sie und zwinkerte ihm aus Augen zu, die geschminkt und dunkel wie das tiefste Meer waren. »Du bist in Sicherheit.« Sie sprach einen Cajun-Dialekt, der amerikanische Worte mit exotischer Intonation zerfließen ließ.

»Wo bin ich?« Er sah sich um.

Was war das hier?

»Du hast den Ausgang gefunden.« Die Kleider, die sie trug, waren alt und schäbig, aber ihr Inhalt, davon war er überzeugt, war wunderschön und biegsam wie die Fantasie einer Katze.

Er sah sie fragend an. Betrachtete seine Hände. Sie waren nicht mehr alt und faltig, nein, dies hier waren wieder seine Hände. Die Kleidung, die er trug, gehörte ihm. Das waren nicht mehr die Klamotten des Fremden ohne Namen.

Die Gewissheit ergriff rasend schnell Besitz von ihm.

Ich bin wieder Danny Darcy.

»Was immer du eben gesehen hast«, säuselte sie mit einer Stimme, die voller Verheißungen war, »es ist jetzt wieder alles so, wie es sein sollte.«

»Ich war ein alter Mann«, erinnerte er sich. Sorgen und Qual dieses anderen Lebens fielen von ihm ab, doch ein bitterer Geschmack blieb, wie eine Narbe, die niemals ganz verheilen und ewig als Schatten die Haut überziehen wird. Er schaute auf. »Sie haben mich gerettet.«

»Vor dem stymphalischen Vogel, ja, ich weiß.«

Er drehte sich um.

Ein großer Spiegel stand hinter ihm.

Calypso hielt ihre Hand hoch und bewegte die Finger. »Ein Griff dort hinein«, sagte sie, »und du warst hier.« Sie lächelte geheimnisvoll. »Vielleicht wärst du sonst gefressen worden, wer kann das schon sagen?«

Danny war verwirrt. War er durch diesen Spiegel gekommen? Er erinnerte sich an die Hand, die aus dem brackigen Wasser emporgestiegen war und ihn gepackt hatte.

»Welcher Tag ist heute?«

Sie sagte: »Freitag.«

»Und gestern?«

Langsam trat sie auf ihn zu. »War Donnerstag, würde ich sagen.«

»Nein, ich meine ...«

»Du bist gestern im *Maison Rouge* angekommen. Es ist nur ein Tag seit deinem Aufbruch vergangen.« Ihre Stimme war wie Gesang, nur viel, viel schöner.

»Es kam mir länger vor.« Er spürte die Last der vielen Jahre, die er mit der Suche verbracht hatte. Meine Güte, es war nur eine einzige Nacht gewesen, und doch erinnerte er sich an die Gefühle eines halben Lebens.

»Ich weiß, das passiert manchmal«, säuselte die Frau. Ihr Kleid raschelte leise, wenn der Saum über den Holzboden schleifte.

»Und wer sind Sie?«

»Ich bin Calypso«, wiederholte sie. »Die dritte Schwester.« Sie grinste. »Ich bin ausgezogen, könnte man sagen.« Sie streckte ihm die Hand hin, und er ergriff sie. »Calypso Fontaine.«

»Danny Darcy«, sagte er.

Sie antwortete: »Ich weiß.«

Danny starrte sie an wie einen dunklen Traum. Dann wieder den Raum, in dem er sich befand. Er wirkte wie ein Salon, elegant und schäbig zugleich. Staub bedeckte die zahlreichen Tische und Stühle.

»Dies war einst der Speisesaal.«

»Wovon?«

Sie lächelte leise. »Sie haben dich losgeschickt, damit du ihnen die Lyra bringst, nicht wahr?« Sie wirkte neugierig, begierig darauf, etwas von ihm zu erfahren.

»Ja.«

Sie trat auf ihn zu. »Du hast sie gefunden.«

Resigniert sagte er: »Nein, habe ich nicht.«

Sie nickte, lachte breit. »O doch, Danny Darcy, das hast du.« Sie berührte seine Schläfe mit dem Finger.

»Wo bin ich?«, fragte er noch einmal.

»Auf der *Floating Belle.*« Sie ergriff seine Hand. »Komm!«

Er folgte Calypso nach draußen.

»Wow«, entfuhr es ihm, als er das Deck betrat.

»Mein Heim.«

Die Sonne stand hoch am Himmel, erhitzte die Welt zu einem Ort, der gleißend und unwirklich war.

Er befand sich auf einem uralten Schaufelraddampfer, der gestrandet in einem Bayou lag. So lange musste er schon an diesem Ort liegen, dass die Natur selbst die Zeit gefunden hatte, ihn als ihresgleichen zu beanspruchen. Dichte Ranken wickelten sich um die Schornsteine, Spanisches Moos bedeckte die Wände, Pflanzen wucherten an den Geländern. Die Farbe war vom Holz abgeblättert, und alles, was aus Metall war, rostete vor sich hin. Es war ein Dampfer, der langsam zerfiel. Ein Überbleibsel jener Welt, die einmal der große alte Süden gewesen war.

Danny und Calypso standen an der Reling, die wie ein Balkon war. Efeu rankte sich um das Geländer.

Der Dampfer war zwei Stockwerke hoch und sah aus wie die Dampfer aus den Filmen und Geschichten, die Danny als Kind gemocht hatte.

Über das Unterdeck liefen zwei große Alligatoren.

»Das sind Nero und Brutus«, sagte Calypso.

Danny staunte. »Wirklich?«

»Ich bin manchmal ins Kino gegangen, als ich klein war.« Sie zog die Augenbrauen hoch. »Ich habe diesen Film so geliebt.« Verträumt blickte sie in die Ferne. »Daher die Namen.« Sie zwinkerte ihm zu.

Die Alligatoren glitten von einer Rampe ins dunkle Wasser des Bayou. Ihre schuppigen Rücken waren zwischen den Wasserpflanzen noch geradeso zu erkennen.

»Das, was wirklich gefährlich ist«, bemerkte Calypso, »schwimmt still unter der Oberfläche.«

»Wer sind Sie?«, fragte Danny. »Und warum haben Sie mich gerettet?«

»Geduld, Geduld.« Sie lehnte sich gegen das Geländer und räkelte sich, ließ ihn dabei nicht aus den Augen. »Sag, bin ich eine Versuchung für dich? Hm? Würdest du nicht gern Dinge mit mir tun, für die du dich später schämen würdest?«

Danny trat zurück. Der Anblick ihrer nackten Schultern war betörend, der Rest, das wusste er, würde ihm den Verstand rauben können, ließe er es nur einen Augenblick lang zu.

»Sie sind wunderschön«, sagte er, und es war nicht einmal eine Lüge.

»Du hast eine Frau, nicht wahr? Drüben im *Maison Rouge*.«

»Ja. Ich muss zu ihr.« Ihm fiel auf, dass er keine Ahnung hatte, wo genau er hier war. Wenn ihm diese Frau nicht helfen würde, dann käme er nie wieder zum *Maison Rouge* zurück.

»Du willst sie retten?«

Sein Hals war trocken. »Ja.«

Calypso kam auf ihn zu. Ihr Gesicht war seinem ganz nah. »Soll ich für dich singen, hm?«

Er wandte sich von ihr ab. »Ich muss zurück.«

Sie hielt inne. »Wir Sirenen sind seltsame Wesen, nicht wahr?« Sie sprach jetzt schneller.

»Alles hier ist seltsam.«

Sie dachte darüber nach. »Ich habe eine Tochter«, sagte Calypso, »und doch bin ich allein.«

Danny wusste nicht, was er sagen sollte.

Er erinnerte sich an die Geschichte von dem Biologen, die Lafitte ihnen erzählt hatte.

»Wir leben schon sehr lange«, erklärte Calypso. »Ja, so unendlich lange. Und wir haben so viel Schlimmes über die Welt gebracht.« Sie klang traurig.

»Warum bin ich hier?«

»Du musst dir meine Geschichte anhören«, säuselte sie. »Zuhören ist wichtig. Nur durch die Geschichten, die andere erzählen, kann man etwas lernen.«

»Okay.«

»Meine Tochter«, fuhr Calypso fort, »ich habe ihr einen schönen Namen gegeben. Epiphany, so heißt sie. Ihr Vater war ein einfacher Mann, der in den Sümpfen lebte.« Sie lächelte, doch jetzt war das Dunkel in ihren Augen ein Abgrund. »Ich habe ihn verführt, wie ich es mit jedem tun kann.«

Danny schluckte.

»Er war mit dem Boot im Bayou unterwegs, als er mir begegnete.« Sie umfasste das Geländer und sah in die

Tiefe. »Er ist mit in meine Hütte gekommen, und dort habe ich ihn zwischen den Schenkeln gespürt. Ja, er war so warm in mir, o ja, und die Wärme ist zu einem Kind herangewachsen.« Ihre Augen glänzten feucht, als sie das sagte. »Ich habe sie hier zur Welt gebracht, auf diesem Schiff.« Sie seufzte. »Dann, als ich wieder bei Kräften war, bin ich nach New Orleans gefahren. Dort gibt es ein Waisenhaus.« Sie schaute auf, betrachtete Danny. »Ich habe meine kleine Epiphany dort auf die Stufen gelegt, eingewickelt in weiße Laken. Können Sie sich vorstellen, was das für eine Mutter bedeutet?«

»Warum haben Sie das getan?«

Ihre nackten Schultern glänzten im Licht des Mondes. »Ich bin böse«, antwortete sie. »Ja, das bin ich.« Sie spielte mit ihrem Haar, das strähnig und fest war. »Ich habe sie fortgegeben, weil ich ihr Böses angetan hätte.«

»Das verstehe ich nicht.«

»Es ist meine Art.« Sie schritt das Deck entlang. »*Unsere* Art. Die Art der Sirenen.«

Danny verstand gar nichts mehr.

»Epiphany ist eine Sherazade.« Splitter steckten ihr in der Stimme. »Sie hätte irgendwann selbst ein Kind bekommen, und wenn dieses Kind ein Mädchen gewesen wäre, dann hätte sie ihren Zweck erfüllt.«

Ein ungutes Gefühl bemächtigte sich Dannys. Er erkannte Geschichten, die kein gutes Ende nahmen, sofort.

»Was meinen Sie?«

»Wenn wir alt werden«, offenbarte sie ihm, »dann müssen wir nicht sterben. Nicht so, wie die Menschen es tun. Wir suchen uns einen neuen Körper.« Es schien ihr schwerzufallen, darüber zu reden. »Eigentlich ist es recht unkompliziert. Man streift den alten Körper ab, wenn er welk wird und stirbt. Wie ein altes Kleidungsstück.«

»Und der neue Körper?«

»Wir müssen den Wechsel herbeiführen. Deswegen bekommen wir die Kinder.« Sie starrte in den Mond. »Hätte Epiphany einer Tochter das Leben geschenkt, dann wäre die Kleine mein neuer Körper geworden.« Ihre Hände strichen über ihre Hüften. »Dies alles hier«, sagte sie, »war einmal der Körper eines kleinen Mädchens. Eines Mädchens, das eine andere Frau geboren hat.« Ihre Hände waren unruhig, rastlos. »Damals, vor langer Zeit, tat ich, was wir immer tun, wenn wir uns erneuern. Es ist immer wieder dieselbe Geschichte. Wir verführen einen jungen Mann, der uns seinen Samen schenkt. Wir bekommen ein Kind, das wir heranwachsen lassen. Und wenn dieses Kind erwachsen ist und seinerseits ein Kind bekommt, dann ist die Zeit des Übergangs gekommen.«

»Sie vergreifen sich an Ihren Enkelkindern?«

»Es muss natürlich ein Mädchen sein. Das ist Tradition.«

»Tradition«, spie er hervor.

»Verurteile nicht, was du nicht kennst«, fauchte sie ihn an. »Es tut weh, so zu sein.« Die Besorgnis verschwand, und ihr Gesicht verwandelte sich in ein scharfzüngiges Wesen. »Deshalb haben wir noch eine Möglichkeit, wie wir es tun können.« Sie berührte Dannys Unterarm. »Wir nehmen das Kind eines Fremden. Das ist einfacher. Keine Familienbande, nichts.« Belehrend hob sie den Finger. »Aber«, betonte sie, »es muss ein Kind sein, durch dessen Adern unser Blut fließt.«

Danny starrte sie an wie gelähmt. Er fragte sich, worauf sie hinauswollte.

»Sherazaden«, sagte sie, »stammen von uns ab.«

»Ich weiß.«

Sie schaute auf. »Gut, gut.«

»Und?«

»Wenn das Kind einer Sherazade ein Mädchen ist, dann können wir uns seinen Körper nehmen.« Sie zwinkerte ihm zu. »Wer will denn schon als ein Mann wiedergeboren werden?!« Langsam sah sie an ihm herab. »Wo es als Frau doch so viel schöner ist.«

»Ich fürchte, ich verstehe noch immer nicht ganz.«

»Nein?« Sie kam auf ihn zu. »Nein, tust du das nicht, Danny Darcy?«

»Was hat das mit mir zu tun?«

»Sei ehrlich, du ahnst es doch. Ich sehe es dir an.« Sie zeigte mit dem Finger in sein Auge hinein: »Da!«

Er ging zum Geländer, trat dagegen.

»Du hast meine Schwestern kennengelernt. Cal ist die Ältere.« Sie warf ihm einen Blick zu, der für Geheimnisse gemacht war. »Man sollte mit der Erneuerung nicht warten, bis man zu alt geworden ist.«

»Was ist hier los?« Ihm schwindelte. Ja, sie hatte Recht gehabt, er ahnte etwas.

»Cal wird wiedergeboren werden. Nur deswegen bist du hier. Du und deine Frau.«

»Sunny«, murmelte er.

Calypso nickte. »Morgen ist die Nacht der Wandlung.«

»*L'Orient*.«

»Oh, du weißt davon?«

»Laveau hat sie erwähnt.«

Calypso berührte den Stein, der um Dannys Hals hing. »Ein Amethyst«, surrte sie. »Den hat Laveau dir verkauft.« Den anderen Stein, den Sunny ihm geschenkt hatte, fasste sie nicht an.

»Er hat ihn mir gegeben.«

»Geschenkt?« Sie klang verwundert.

Danny nickte.

Dann stammelte er: »Sie wollen mir sagen, dass Madame Cal ...?!« Nein, das konnte nicht sein.

Das war unvorstellbar!

»Sie wird wieder jung sein. Ihre Seele wird in dem Baby, das deine Frau zur Welt bringen wird, neu geboren.« Es klang bedauernd, wie sie das sagte. »Ihr werdet ihr einen Namen geben, und sie wird aufwachsen und ihr Leben von neuem beginnen.«

»Und Jenny?«

Calypso zuckte die Achseln. »Es wird nie eine Jenny geben. Deine Frau wird Cal zur Welt bringen.«

»Und wir würden sie aufziehen?«

»Wer hätte dir gesagt, dass es so ist, wenn nicht ich?«

Das konnte nicht sein. Er rieb sich die Augen, fuhr sich mit beiden Händen durchs Haar.

»Ihr beide werdet nach Minneapolis zurückkehren, ein ganz normales Leben führen. Die glückliche Familie Darcy. Wenn Cal groß genug ist, nach der Highschool, nach dem College, vielleicht früher, wird sie hierher zurückkehren. So ist es immer schon gewesen. Sie wird heimkommen, zum *Maison Rouge*. Sie wird hier leben, und das Spiel wird sich wiederholen.« Bösartig zischte sie: »Und den Namen Jenny wird sie spätestens dann nie wieder benutzen. Hörst du? Nie, nie wieder!«

Das Bild!

Jetzt erinnerte Danny sich. Wie hatte ihm das nur entfallen können. Er hatte es in einer dieser uralten Zeitungen gesehen, in denen er herumgeblättert hatte, während sie bei Laveau auf Madame Cacaelia gewartet hatten. Das Bild einer Frau, die in den Sümpfen verschwunden und nie mehr aufgetaucht war.

Deswegen war ihm Madame Cal so bekannt vorgekommen. Sie war die Frau auf dem Bild.

»Ich habe ein Bild von ihr gesehen«, gestand er der Sirene. »Von Ihrer Schwester. Cal.« Er verbesserte sich. »Also, von dem Körper, den sie sich genommen hat.«

»Ausgeschlossen. Die Frau, die du gesehen hast«, sagte Calypso, »war sicher Cals Mutter.«

»Man hat sie nie wiedergefunden.«

Calypso seufzte. »Das ist das Problem, wenn man es mit Menschen tut, die in der Nähe leben. Die Leute hier sind sehr abergläubisch. Und sie hat es geahnt. Sie hat uns gedroht, zu einem Priester zu gehen. Sie hat gedroht, das Kind mit einer Nadel zu töten.« Calypso zuckte die

Achseln. »Wir haben sie den Alligatoren vorgeworfen, nachdem die Kleine das Licht erblickt hatte. Einen anderen Weg gab es nicht.«

»Sie haben ...«

Unsanft unterbrach sie ihn. »Ich sagte nicht, dass es richtig gewesen ist. Wir haben es getan, und ich habe davon geträumt.« Sie schrie ihn jetzt an. »Hast du eine Ahnung, wie oft ich davon geträumt habe?« Sie hielt inne, beruhigte sich. »Nein, es war nicht richtig.« Calypso schluckte, sah Danny in die Augen. »Deswegen«, sagte sie, »deswegen bist du hier.«

Er begann zu verstehen. Zu viele Mythen rankten sich um das *Maison Rouge*.

Die Leute in den Sümpfen wussten alle von solchen Geschichten zu erzählen, ob nun erlogen oder wahr. Sie fürchteten sich vor dem Haus, und die meisten kamen nicht in seine Nähe. Sie glaubten an Voodoo, an die Austreibung von Geistern, an Blut und Wiedergeburt. Sie hatten offene Ohren für die Gerüchte, die hier die Runde machten.

»Wir beschlossen, beim nächsten Mal eine Fremde zu benutzen.«

»Jenny.«

Sie schüttelte den Kopf. »Dieser Körper hier«, sie legte die Hände flach auf ihre Brüste, »wurde von einer Sherazade geboren. Sie hatte uns ihr ungeborenes Kind verkauft.«

»Sie *verkaufte* es?«

»Im Gegenzug erhielt sie etwas unschätzbar Wertvolles.«

Danny stockte.

Konnte das wirklich sein?

»Aber die Lyra. Was hat es mit der Lyra auf sich?«

Sie lachte. »Nur ein Ablenkungsmanöver, nicht mehr. Sie mussten euch hinhalten, das ist alles.«

»Ich sollte gar keine Lyra finden?«

»Nein. Deine Frau sollte im Haus bleiben. Im *Maison Rouge*. Sie muss dort sein, damit der Übergang stattfinden kann. Denn nur im *Maison Rouge* ist es möglich. Es ist ein Ort, der lebt. Es ist den ganzen Weg aus Arkadien in die Sümpfe von Louisiana gewandert. Durch den Glauben der Menschen an die alten Mythen und Geschichten ist es gereist.«

Danny schwindelte.

Das *Maison Rouge.*

Verdammt!

Er hatte Sunny allein dort zurückgelassen.

»Was kann ich tun?«

»Du musst die Lyra finden.« Calypso lächelte.

»Aber ...«

»Du hast sie schon gefunden, erinnerst du dich nicht? Sie hätte dich beinah gefressen.«

Er verstand noch immer nicht ganz.

»Dieses Vogeltier?« Das war die Lyra?

»Genau.«

»Aber die Damen ...«

»Sie glauben, dass die Lyra ein Instrument ist, und sie gehen nicht davon aus, dass du sie findest.«

»Und der Vogel?«

»Ist der Schlüssel.«

»Das verstehe ich nicht.«

»Hör zu.«

Seine Hände zitterten. Irgendwo da draußen war Sunny, allein mit diesen verrückten Sirenen.

»Wenn eine Sherazade alt wird, dann können wir ihr Leben verlängern.«

Danny sagte nichts.

»Wir können ihr neue Jugend schenken.«

»Okay.«

»Sie muss uns nur darum bitten.«

Er nickte.

»Um die Erneuerung zu ermöglichen, müssen wir ein Kind finden, in dessen Adern Sirenenblut fließt. Die Kinder einer Sherazade erfüllen diese Voraussetzung voll und ganz.«

»Sie meinen«, fragte Danny, »wenn eine Sherazade nicht altern will, dann bietet sie euch ihr Kind an?« Das war doch absurd. »Wenn ich nicht altern will, dann muss ich euch nur Jenny geben?«

»Ja, du hast es erfasst.«

»Das ist der Preis für die ewige Jugend?«

Calypso schüttelte den Kopf. »Nichts ist ewig, Danny Darcy. Es ist nur eine Jugend, die wie eine schöne Blume verblühen wird. Sie wird vergehen, wie alles, irgendwann. Aber eine Zeit lang fühlt man sich wieder jung und frisch.«

»Aber ich habe Madame Cal kein Kind angeboten.«

»Du warst das auch nicht.« Ihr Atem roch nach Tabak

und Tee. Nach den Dingen, die man tun könnte, wenn man der Melodie der leisen Stimme lauschte und schwach würde.

Danny überlegte.

Ihm wurde heiß.

»Kommt es oft vor, dass eine Sherazade ihr eigenes Kind hergibt?«

»Manchmal.«

Ihm schwindelte. Er dachte an die Geschichte, die ihm Tyler Blake über seine Mutter erzählt hatte. An die seltsamen Dinge, die sich in den Sümpfen zugetragen hatten.

Alles ergab am Ende einen Sinn.

»Es ist anders als das, was meine Schwester mit deiner Jenny vorhat. Im *Maison Rouge* kann die Seele einer Sirene in den ungeborenen Körper wechseln.«

»Und wenn das Kind schon geboren wurde?«

Ihre Augen leuchteten. »Die Sirene kann auch in den neuen Körper wechseln, nachdem das Kind schon geboren wurde. Es sollte aber schnell geschehen.«

Danny dachte an seine Mutter. An Johnny Cash und die Musik und an Ravenscraig und …

Die Dschinni!

Seine Gedanken rasten.

Wie wild.

Das Puzzle setzte sich zu einem Bild zusammen.

Die Seele der Sirene ging in den Körper des Kindes über. *Nachdem* es geboren wurde. *Nachdem* es den ersten Schrei getan hatte. Danny rief sich seine Geburt ins

Gedächtnis zurück, die Geschichten, die er gehört hatte, auch von der Geburt seines Bruders, acht Jahre zuvor.

»Als ich geboren wurde, hat mir eine Dschinni die Stirn geküsst«, sagte er.

Calypso nickte. »Ich weiß.«

»Es war meine Mutter«, schlussfolgerte Danny. »Sie hat gedacht, dass sie ein Mädchen bekommt.«

»Die Dschinni«, erklärte Calypso, »ist nur die Überbringerin.«

»Die Überbringerin?«, murmelte Danny benommen.

»Wie die Sperlinge«, erklärte Calypso. »*Psychopompen*, schon mal davon gehört? Sie begleiten die Seele, wenn sie von dieser Welt geht. Die Dschinnis aber begleiten die Seele, wenn sie einkehrt.«

»Was hat sie getan?«

»Die Dschinni?«

Seine Mutter, die Dschinni, wer auch immer.

Er sagte einfach: »Ja.«

»Sie hat Witterung aufgenommen. Deine Mutter hatte uns ein Mädchen versprochen.«

»Sie hat ...« Er beendete den Satz nicht.

»Als die Dschinni sah, dass Helen Darcy einem Jungen das Leben geschenkt hatte, da verschwand sie wieder.«

»Sie hat mir die Stirn geküsst«, sagte Danny.

Calypso lachte. »Sie hat geprüft, ob ihr der Körper zusagt.«

»Fuck«, fluchte er laut.

»Und bei meinem Bruder?«

Calypso schüttelte den Kopf. »Dein Bruder war auch kein Mädchen.«

Ein erneutes: »Fuck!«

»Ich weiß«, antwortete Calypso.

»Deswegen hatte sie keine Söhne haben wollen.«

»Ja.«

Der Moment, in dem ein ganzes Leben plötzlich einen Sinn ergibt, ist wie ein Messer, das tief in einer Wunde gedreht wird. All die Lügen, all die Vermutungen, all die Geschichten, hier fanden sie ihre Verknüpfung.

»Hatte sie von Anfang an mit dem Gedanken gespielt, ihre Kinder zu opfern?«

»Ja.«

»Was wäre passiert, wenn die Dschinni mit uns einverstanden gewesen wäre?«

»Dann hätte Helen Darcy zum *Maison Rouge* reisen müssen. Dort wäre es dann besiegelt worden. Solche Nächte wie *L'Orient* gibt es viermal im Jahr. Dann ist es möglich, eine Erneuerung zu vollziehen.«

Fieberhaft suchte er nach einem Weg aus dieser Geschichte.

»Aber es hat nicht funktioniert!«

»Nein«, stellte Calypso fest. »Hat es nicht. Dein Bruder Colin sollte mein neuer Körper werden.« Sie zuckte die Achseln. »Aber er war nicht das Mädchen, das deine Mutter uns versprochen hatte. Statt auf ihn habe ich auf das Kind einer Sherazade aus Metairie zurückgegriffen.«

Danny musste die Neuigkeit erst einmal verdauen.

»Vor knapp zwei Monaten erhielten wir eine Nachricht

von Helen Darcy.« Calypso lachte bitter. »Fast dreißig Jahre hatten wir nichts mehr von ihr gehört. Sie rief einfach an und teilte uns mit, dass ihr jüngster Sohn nun Vater werde und seine Frau ein Mädchen zur Welt bringen würde. Sie versprach einer von uns das Kind, wenn wir ihr im Gegenzug die versprochene Jugend zurückgeben würden.«

»Diese Hexe!«, fluchte Danny. Er ballte die Fäuste.

Calypso redete weiter: »Es gab nur ein Problem.«

Plötzlich ergab alles einen Sinn.

Far between sundown's finish an' midnight's broken toll.

»Das Kind musste zum *Maison Rouge* gebracht werden.«

»Aber warum? Hätten Sie nicht einfach eine Dschinni in Minnesota vorbeischicken können?«

Calypso schüttelte den Kopf. »Wir wollten, dass es unauffällig geschieht.«

Danny begann zu ahnen, wie der Plan ausgesehen hatte. »Meine Mutter hat Sunny angerufen und ihr die Lüge mit dem Seitensprung eingepflanzt.«

»Sie war raffiniert«, sagte Calypso. »Sie wusste, dass ihr Sohn eins und eins zusammenzählen würde. Sie dachte, dass du Tyler Blake umgehend kontaktieren und über ihn hierhergelangen würdest.«

»Doch es kam einiges anders.«

»Ja, Schicksal, nicht wahr?«

Er hatte Blake nicht erreicht, weil er auf Tournee gewesen war. Ein Punkt, den Helen Darcy übersehen hatte. Stattdessen hatte sich Danny nach einer anderen Lösung umgeschaut und eine gefunden. Er war nach Schottland gereist, und die Dinge waren nicht so gelaufen, wie sie hätten laufen sollen, und am Ende war Helen Darcy das Opfer anderer Umstände geworden. Jetzt war sie fort, und nur das zählte. Sie würde keinen Ärger mehr machen, sah man von dem Ärger ab, den sie vorbereitet hatte.

»Nun, alles, was deine Mutter geplant hatte, ist inzwischen doch noch eingetreten.«

»Weil die Lüge immer noch lebt.«

»Du sagst es.«

»Das alles war nur ein Trick, um Sunny und mich hierherzubringen?«

»Ja.«

»Aber ...«

»Meine Schwester wird sich das Kind nehmen. Und sie muss jetzt nicht einmal einen Preis dafür zahlen. Sie wird es an *L'Orient* tun. Sie hat dich losgeschickt, um die Lyra zu finden. Und Sunny ist allein mit zwei Sirenen im *Maison Rouge*.«

Der Plan war, wie jeder Plan, wenn er einfach war, ein guter Plan.

Danny konnte ihn förmlich berühren. Die Kälte spüren, die von ihm ausging, selbst hier, in diesem schwülwarmen Bayou.

»Sie ist allein mit diesen Verrückten.«

»Meinen Schwestern.«

Les vipères.

Danny spürte eine zornige Ohnmacht.

Er war fort, und Madame Cal würde sich in der Zwischenzeit im Körper des Babys einnisten. Niemand würde etwas bemerken, wie denn auch?! Ihre Seele würde im Körper seines Babys neu geboren werden. Es war alles bis ins Kleinste durchdacht.

Er und Sunny würden nichts merken. Man würde ihnen eine Geschichte auftischen, irgendeinen Grund nennen, warum Madame Cal an *L'Orient* nicht zugegen war.

Wie versprochen würde Madame Cacaelia dann die Lüge verschwinden lassen. Alles wäre gut. Seine Beziehung zu Sunny wäre wieder in Ordnung. Der Seelentausch nicht nachweisbar.

»Jenny wird euch verlassen, sobald sie groß genug ist.« Calypso fasste es noch einmal in Worte. »Sie wird einfach so verschwinden und hierher zurückkommen.«

Danny schluckte.

»Fuck!«

Er war in die Falle getappt.

»Sie wird den Namen Jenny ablegen und sich wieder Cal nennen. Sie wird hier leben und älter werden, und irgendwann wird das Spiel wieder von neuem beginnen. Mit neuen Spielern, einem neuen Plan, aber dem gleichen Ergebnis.«

Der ewige Kreislauf.

Forever young.

Danny spürte, wie die Zeit gegen ihn arbeitete.

Er ging auf dem Oberdeck auf und ab.

»Ich muss zurück.«

Das war das Einzige, was jetzt zählte. Er musste ins *Maison Rouge* zurück und retten, was zu retten war.

»Nein, Danny Darcy, du musst vorbereitet sein, wenn

du ihr helfen willst. Heute Nacht ist *L'Orient*. Dann wird die Erneuerung stattfinden. Du kannst nichts dagegen unternehmen, wenn du kopflos nach vorn stürmst.«

»Aber irgendetwas muss ich doch tun können.«

Sie lächelte wie ein Geheimnis in den Schatten. »O ja, das kannst du.«

»Und was?«

»Komm!« Sie führte ihn nach unten, ein Stockwerk tiefer. Dort war ein Raum, der voller Bücher war. »Hier sind die Geschichten, die wichtig sind.« Sie kramte in den Zetteln und Büchern herum, die Tische, Boden und Stühle bedeckten. Schränke oder Regale gab es keine in dem Raum, alles lag nur so herum.

»Warum leben Sie hier?«, fragte Danny.

»Es gefällt mir.«

Dann fand sie, was sie gesucht hatte. Ein Buch mit dem Bild eines Vogels.

»Sieht nicht freundlich aus«, bemerkte Danny, als er das Tier sah.

»In Arkadien«, begann sie, »gab es einen See namens Stymphalos.«

Im Schilf dieses Sees lebten riesige Vögel, kranichartige Wesen mit eisernen Schnäbeln. Ihre Klauen waren so scharf und ihre Flügel so mächtig, dass sie die Rüstungen der stolzesten Krieger zu durchdringen wussten. Manche behaupteten, dass sie ihre Federn wie Pfeile auf ihre Opfer abschießen konnten. Die Mythen der Griechen besagen, dass diese Vögel wie Ungeheuer unter den Menschen Arkadiens wüteten.

»Doch das stimmt nicht ganz.«

Die Stymphaliden waren die Wächter der Sirenen. Die Musen hatten sie damit beauftragt, ein Auge auf das Treiben und Wirken der Sirenen zu haben.

»Kurz und gut: Die Sirenen fürchteten die stymphalischen Vögel.«

Durch eine List lockten sie Herakles nach Arkadien, der die Vögel mit metallenen Klappern aufschreckte und mit vergifteten Pfeilen erlegte.

Die überlebenden Vögel flohen aus Arkadien. Einige von ihnen wurden später auf der Insel Kolchis erblickt, wo sie die Argonauten angriffen. Im Laufe der Jahre wurden die stymphalischen Vögel gejagt und getötet. Schließlich verschwanden sie aus dem Gedächtnis der Menschen.

»Nur ein einziger ihrer Art überlebte. Er flüchtete sich in die Welt, in der die Geschichten leben.«

Wenn er schlief, dann wurde er zu einem Sternbild am Firmament.

Sie sah ihn bedeutungsvoll an. »Das Sternbild der Lyra.«

»Sie meinen ...« Er stockte. Konnte das sein? »Dieser Vogel ist die Lyra?« Das war verrückt. »Es handelt sich gar nicht um ein Instrument?«

»Deshalb ist auf älteren Sternkarten ein Vogel abgebildet.«

Erneut betrachtete er das Bild. Es war eine alte Zeichnung, vergilbt und kaum zu erkennen. »Dann ist das der Vogel, der mich angegriffen hat?«

»Er hat die Sirenen gewittert.«

»Deshalb wollte er mich töten?«

»Die Lyra hasst die Sirenen.« Calypso schlug das Buch zu und warf es auf einen Haufen Blätter, die am Boden lagen. »Wenn sich eine von uns in ihr Reich trauen würde, wäre es um sie geschehen.«

Danny trat ans Fenster und blickte nach draußen, über den Sumpf. »Also deswegen mussten sie mich dorthin schicken.«

»Nein«, widersprach Calypso, »Cacaelia und Calliope wissen nichts von alledem.«

»Aber *Sie* wissen es doch.«

»Ich bin als kleines Mädchen ausgerissen und habe mich in den Geschichten verirrt. Es ist verboten, sich dort aufzuhalten. Ich sah die Lyra und konnte fliehen. Aber erzählt habe ich niemandem davon.«

»Weil?«

Sie kam auf ihn zu. Ihre Hände berührten seine Schläfen. Ihr Mund war seinem ganz nah. »Weil«, hauchte sie, »weil meine Schwestern nicht wissen, was sich dort verbirgt. Es gibt nur Legenden, Märchen. Die Geschichte von der Lyra, die sie dir erzählt haben, ist so wahr wie viele andere Geschichten. Vielleicht haben sie sogar geglaubt, du könntest sie finden.«

»Aber sie wissen nichts von der wirklichen Lyra.«

Ihr Atem war ihm jetzt so nah. »Es ist unsere Natur, zu verführen, das weißt du?!«

Er nickte.

Ihre Finger benetzten seine Augen mit dem Geruch

von Gewürzen, scharf und exotisch. »Aber wir können allem, was wir sind, widerstehen, nicht wahr?« Ihre Lippen bebten, dann ließ sie von ihm ab. »Du bist nicht hier, um deiner Frau untreu zu werden.«

»Nein.«

Sie lächelte wie ein verletztes Tier. »Das ist gut so, Danny Darcy, denn das macht uns stark.«

Er schluckte.

War noch immer benebelt von ihrem Geruch und dem Klang ihrer Stimme.

»Du wirst ins *Maison Rouge* zurückkehren«, prophezeite sie ihm. Sie trat neben ihn und schaute dorthin, wo auch er hinschaute.

»Was wird jetzt geschehen?«

Ihr Blick reichte weiter in die Ferne, als es seiner jemals tun würde, das merkte Danny, als er sie von der Seite ansah. Traurigkeit und Bedauern waren in den dunklen Augen verborgen wie ein roter Rubin in einer Grotte, die der Flut gehört.

»Jetzt«, sagte sie, »gehen wir zurück zum *Maison Rouge*.«

Und vor ihnen, über den stillen Sümpfen, neigte sich die rote Sonne dem Horizont entgegen.

Achtes Kapitel

Lyra

And your pleasure knows no limits
Your voice is like a meadowlark
But your heart is like an ocean
Mysterious and dark.

Bob Dylan, *One More Cup of Coffee*

»Wir müssen diesen Weg nehmen.« Calypso beharrte darauf. »Aber das *Maison Rouge* ist ein lebendiges Wesen. Es fühlt und denkt. Nicht, wie wir es tun, sondern anders. Aber *ähnlich*.«

»Wenn wir uns ihm nähern ...«

»Dann wird es uns sehen und meinen Schwestern Bericht erstatten.« Sie hob belehrend den Finger. »Doch wenn wir in eine der vielen Geschichten eintauchen, dann können wir unbemerkt eines der Zimmer erreichen.«

»Okay.« Danny war einverstanden. Nicht zuletzt, weil er keine Idee hatte, die besser als diese gewesen wäre.

»Aber du solltest wissen, Danny Darcy, dass du Prüfungen bestehen musst.«

Er sah sie fragend an. »Prüfungen?«

»Drei an der Zahl.«

Er konnte sich die Bemerkung nicht verkneifen. »Es sind doch immer drei Prüfungen, nicht wahr?«

Sie lachte. »So ist das in den Geschichten, ja. Es gibt immer Regeln, auch hier.«

Sie schritt über das Deck, und ihr Blick war in die Ferne gerichtet.

»Was ist mit der Lyra?«, wollte Danny wissen.

»Wie ich bereits sagte«, erklärte sie, »die stymphalischen Vögel hatten einst die Aufgabe, die Sirenen zu überwachen. Wenn wir Glück haben, dann finden wir die Lyra und können sie dazu überreden, sich uns anzuschließen. Wenn uns das gelänge, dann hätten wir eine wirklich gute Chance, meine Schwestern zu überlisten.« Sie bleckte die schwarzen Zähne. »Und zu besiegen!« Alter Zorn flammte in den dunklen Augen auf. »Es muss endlich ein Ende haben.«

»Aber Sie sind doch auch eine Sirene«, sagte er. Das würde die Sache mit der Lyra vermutlich schwieriger gestalten, als wünschenswert wäre.

»*Ich* werde die Lyra ja auch nicht überreden müssen.«

Hatte er es geahnt!

Sie stellte es ganz klar: »Das wird deine Aufgabe sein.«

»Okay.«

»Wenn wir der Lyra begegnen, dann musst du ihr von Sunny und dir berichten. Sie wird gnädig sein.«

»Sie wirkte nicht sehr gnädig, als ich ihr das erste Mal begegnet bin.«

»Du rochst nach dem *Maison Rouge*. Sie hasst den Geruch der Sirenen.«

Danny starrte sie an. »Klasse, und jetzt ziehe ich gemeinsam mit einer Sirene los.«

Alles in allem nicht unbedingt die beste Entscheidung.

Calypso sagte nur lapidar: »Wir werden sehen.« Sie trat an ihn heran. Mit dem Finger tippte sie den Stein an, den er an einem Band um den Hals trug. Den Stein, den Sunny ihm geschenkt hatte. »Glaubst du«, fragte sie und fesselte seinen Blick, »dass dir der Stein hilft, die Lyra zu überzeugen?«

Danny hatte keine Ahnung, wie das geschehen sollte. »Woher soll ich wissen, ob er hilft?«

»Wenn du es nicht glaubst«, sagte sie, »dann gib ihn her.« Sie öffnete fordernd die Hand.

Danny umschloss den Stein mit der Faust. »Nein«, sagte er.

Sie lächelte. »Dann wird er helfen.«

»Sind Sie sich sicher?«

»*Du* bist dir sicher. Sonst hättest du ihn mir gegeben.«

Manchmal, dachte er, konnte Magie wirklich einfach sein.

»Dieser andere Schnickschnack, den Laveau dir gegeben hat«, sagte sie abschätzig, »ist nur Voodoo-Krimskrams.«

»Krimskrams?«

»Krimskrams, *Gris-Gris*, klingt alles gleich.«

Er berührte den Stein, den Sunny ihm geschenkt hatte.

»Komm!«, forderte Calypso ihn auf. »Ich muss noch etwas regeln.«

Sie gingen aufs Unterdeck, wo die beiden Alligatoren aus dem Wasser gekrochen kamen. Der strenge Geruch der Reptilien lag in der Luft, aus ihren Rachen stank es nach verdorbenem Fleisch. Ihre schuppige Haut glänzte nass, und braune Algen bedeckten sie.

Calypso ging zu beiden hin und streichelte ihnen die Köpfe.

Danny verkniff sich die Frage, ob sie nicht bissen.

Calypso jedenfalls liebkoste die beiden sanft, und sie ließen es geschehen. »Wir sind bald wieder bei euch«, versprach sie. »Hütet mir den Dampfer. Lasst niemanden hinein.«

»Was tun sie, wenn jemand vorbeikommt?«

»Ihn auffressen«, sagte sie nur. Das war alles. Und mehr wollte Danny auch gar nicht wissen.

Sie fasste ihn bei der Hand und zog ihn die Treppe wieder hinauf. Die Alligatoren starrten ihnen aus kalten Augen nach.

Calypso führte ihn in den Raum, in dem er ihr begegnet war.

Sie kehrten zu dem Spiegel zurück, durch den sie Danny zu sich auf den Dampfer geholt hatte. Er war schwarz und groß genug, um aufrecht darin verschwinden zu können.

»Dieser Spiegel hier«, erklärte Calypso, »gehörte eigentlich ins *Maison Rouge.*«

»Deswegen ist er ein Tor?«

Sie nickte und klimperte mit dem Schmuck an ihren Handgelenken. »Zu dem, was das Haus denkt und fühlt und uns an Bildern mit auf den Weg gibt.«

Danny betrachtete sein Spiegelbild.

Es sah müde aus, war kaum mehr als ein Schatten, was am seltsamen Glas des Spiegels liegen mochte.

»Gib mir deine Hand«, forderte ihn Calypso auf.

Er tat wie geheißen. Ihre Hand wirkte zerbrechlich, lange Finger, die wie schnelle Noten in einem Song waren.

Spuren von Schmutz, dunkel wie Erde, unter ihren langen Fingernägeln.

»Bereit?«

Er nickte.

Dann gingen sie durch den Spiegel.

Es fühlte sich kalt an.

Danny spürte das Glas, und dann war da etwas, was sich anfühlte, als streife einem Spanisches Moos über die Haut.

Sie traten in die Geschichten ein.

Einfach so. Weil Dinge wie diese einfach sind, wenn man sie tun kann und daran glaubt.

With no direction home.

Danny hatte keinerlei Ahnung, was ihn erwartete. Er ließ sich einfach auf alles ein.

Like a complete unknown.

Nur teilweise wurde er zu dem Fremden ohne Namen.

Like a rolling stone.

Calypso veränderte sich nicht. In ihrem zerlumpten Kleid sah sie noch immer so sexy aus wie zuvor. Sie war ganz dicht bei ihm, ihre warme Haut berührte seinen Arm.

How does it feel?

»Diese Wüste«, sagte Danny, »war vorhin auch schon da.«

»Wenn sie dir immer erscheint«, sagte Calypso, »dann hat sie etwas zu bedeuten.«

Gleißendes Licht ließ sie die Augen zusammenkneifen. Sand wehte in alle Richtungen.

»*Was* denn?«

»Das musst du selbst herausfinden.«

Sie streckte den Arm aus. »Da vorn ist etwas.«

Danny schirmte seine Augen gegen das Sonnenlicht ab. »Ja, ich sehe es.«

Es war ein dunkler Punkt am Horizont, bewegungslos, doch die Wüste gaukelte einem gern Bilder vor, denen in der Realität nichts entsprach.

Weit entfernte Orte, längst entschwundene Freunde, sehr nah geglaubte Tote, niemals vermisste Verbannte.

»Kommen Sie«, sagte Danny. »Schauen wir nach, was es ist.«

Calypso erklärte sich einverstanden.

Und so wanderten sie durch die Wüste. Ihre Füße versanken im hell treibenden Sand. Hitzekäfer schwebten über dem Flimmern wie Bienen, die kein Zuhause mehr fanden.

Dann sahen sie es klar.

»Ein Schiff!«

Calypso wirkte interessiert. »Immer wieder neue Bilder«, seufzte sie. »Es ist so seltsam, in dieser Welt zu wandeln.«

Sie erreichten das Schiff erst Stunden später, zumindest kam es ihnen so vor.

Es war ein Dreimaster, mehrere Hundert Jahre alt. Vorn prangte ein nacktes Galionsmädchen am Bug, exotisch wild und mit verheißungsvollen großen Brüsten aus dunklem Holz. Die Segel waren weiße Fetzen, die leblos von den Masten herabhingen.

»Früher gab es viele Piraten hier.« Calypso legte ihre Hand auf den Rumpf des Schiffes. »Sie vergruben ihre Schätze überall an der Golfküste. In den Grotten, die bei Flut versiegelt wurden, verbargen sie ihr Gold. Sie segelten bis tief in die Bayous hinein, errichteten dort Lager, von wo aus sie ihre Beutefahrten unternahmen.«

»Ist das eine Prüfung?«

Sie schüttelte den Kopf. »Nein, das hier nicht.«

Danny erklomm die Strickleiter, die am Rumpf herabhing, und als er oben an Deck war, erkannte er, dass er in einem Nest stand. Im Grunde genommen war das gesamte Schiff ein einziges Nest.

Calypso erreichte das Deck.

»Das ist mysteriös«, wisperte sie nur.

»Finden Sie?«

Holz und Stroh, Wrackteile, Perlen, Juwelen und Möbelstücke – das und noch mehr war in und zu diesem Nest zusammengetragen worden. Kleidungsstücke, zerrissene Segel, Schuhe.

»Es gab einen Korsaren«, erinnerte sich Calypso, »den alle Welt kannte. Coulee, Captain Coulee. Einst machten er und seine Leute vor einer Insel fest. Sie glaubten, dass es dort Gold gebe. Sie sahen einen Berg, riesig und weiß und glatt. Sie stiegen ihn hinauf, und plötzlich riss der Boden auf. Der Himmel verdunkelte sich, und ein gewaltiger Vogel kam auf sie zu.«

Eine Geschichte, die es in vielen Versionen gab. »Sie meinen, das hier ist sein Nest?«

»Das Nest des Vogels Roch?«

»Oder vielmehr das Nest der Lyra?«

»Ich weiß es nicht.«

Irgendwie hatte er das Gefühl, dass sie ihm nicht alles, was sie wusste, sagte.

Er dachte an einen Song.

Ain't it just like the nigth to play tricks when you're trying to be so quiet?

We sit here stranded, though we're all doin' our best to deny it.

»Dieses Nest hier«, stellte er fest, »ist jedenfalls schon seit Wochen verlassen.«

»Wir sollten trotzdem auf der Hut sein«, schlug sie vor.

Danny ließ sich auf einem der Taue nieder. Überall, wohin sein Auge blickte, war nur Wüste.

»Was tun wir jetzt?«

»Laufen wir weiter«, schlug sie vor.

Er seufzte.

Dann hielt er die Hand vors Gesicht, so dass sie eine Horizontale bildete.

Oh, the time will come up,
when the winds will stop.

»Du hast gesagt, dass wir es in der Hand haben?«

»Unser Schicksal, ja, meistens.«

And the breeze will cease to be breathin'

Er neigte den Handrücken ein wenig zur Seite.

'fore the hurricane begins

»Hi, ho«, sagte Calypso.

Der Horizont kippte, und alles, was um sie herum war, erschien nun in einem anderen Winkel.

»Wie hast du das gemacht?« Sie wirkte aufrichtig interessiert.

»Keine Ahnung. Ich habe es einfach gemacht.«

Das riesige Schiff kam ins Rutschen, weil die Wüste jetzt ein Gefälle hatte.

And the words that are used
for to get the ship confused

»Geh ans Steuerrad«, sagte Danny.

will not be understood as they're spoken.

Calypso tat wie geheißen. Sie umfasste das riesige Rad, und dann hielt Danny seine Hand noch ein wenig schräger. Das gewaltige Schiff machte einen Ruck nach vorn und begann den Sand hinabzuschlittern.

For the chains of the sea
will have busted in the night

»Wir fahren.«

»Yep«, sagte Danny. Er wusste nicht, warum er das tun konnte, aber es funktionierte. Immerhin. Wie in dem Song.

Das Tempo des Schiffes konnte er mit der Hand variieren. Mal hielt er sie schräg, mal weniger schräg. Er lauschte einer unhörbaren Melodie, die in der Luft lag wie ein Duft nach Freiheit und Ferne. Die Wüste begann zu schrumpfen, wie Obst, das verdörrt.

And the all-night girls they whisper of escapades out on the »D« train.

So erreichten sie eine Oase.

»Wir gehen vor Anker«, rief Danny seiner Begleiterin zu.

»Aye«, rief sie zurück.

Dunkle Wolken hingen über der Oase. Danny schloss die Hand, und das Schiff beendete seine Fahrt.

So gingen sie an Land.

»Wo sind wir hier?«, fragte Calypso.

Danny schaute sich um.

Die Landschaft veränderte sich. Sand zerfloss zu Felsgestein, die Hitze, die eben noch geflimmert hatte, wurde zu Wolken, die dicht und fest über einer kargen Schlucht hingen. Wie eine kalte Ausgabe der Bayous, so kam ihm diese Welt vor. Die exotisch anmutenden Inseln hatten sich in etwas dunkel Schimmerndes verwandelt.

Danny war schon einmal hier gewesen.

»Die Mondmoore«, flüsterte er.

»Du kennst diesen Ort?«

Seine Stimme war nur ein Krächzen: »Ja.«

Calypso zog ihr Kleid enger um die Schultern.

Zitterte.

»Das«, sagte sie, »ist nicht meine Welt.«

Hohe Gräser ragten aus hellen Wassern empor. Es sah so aus, als sei der silberne Mond mit dem Moor verwachsen. Selbst die Mondkrater schwammen in der milchigen Brühe, die wie klirrendes Eis und tiefer Schnee roch.

Calypso zitterte am ganzen Leib, je näher sie den Wassern kamen.

»Sag jetzt bloß nicht, wir sollen da reingehen.«

Danny Darcy, dessen Welt dies war, erwiderte nur: »Ich weiß es noch nicht.«

»Das ist ein böser Ort. Die Vergangenheit lebt hier.« Sie blickte auf.

Danny betrachtete die eisig lodernden Mondmoore, die sich bis zum Horizont erstreckten. Ja, er hatte diese Welt erschaffen, vor wenigen Wochen erst, drüben am anderen Ende der Welt, in den Rhinns of Galloway, nahe *Rio Bravo*.

Er stand am Rand der Mondmoore und schaute in die Tiefe, wo er nicht einmal sein Gesicht entdecken konnte.

Was wirklich gefährlich ist, dachte er, *schwimmt unter der Oberfläche.*

Dann kam etwas auf sie zu.

Als Danny sah, was es war, schien sein eigener Atem ihm vor dem Gesicht zu gefrieren. Die Oberfläche der Moore war zu Eis erstarrt, und unter dieser Oberfläche waren Gesichter zu erkennen. Sie trieben dahin und starrten durch das Eis nach draußen. Billy Ray, seine Musiker, Tyler Blake, Jean Laveau, all die anderen, sogar sein Bruder Colin und dessen Freundin Livia. Manche hatten nicht einmal mehr Körper, waren nur Köpfe, die an dürren Sehnen durch die Fluten trieben. Es war ein Schwarm von Schädeln, der dort dahintrieb.

Das Gesicht seiner Mutter war unter ihnen.

Daniel, du kannst das Eis zerschlagen, wisperten ihre kalten Lippen tonlos.

Calypso fragte nur: »Ist das deine Mutter?«

»Sie lebt jetzt im Mond.«

Die Antwort schien ihr zu genügen.

Hallo, meine Hübsche, bist du die neue Gespielin meines Sohnes? Hat er die andere verlassen? Ist sein Kind jetzt da, wo es hingehört? Hat es eine neue Seele bekommen?

»Sie hat keine Ahnung, wer ich bin«, flüsterte Calypso.

Ich bin doch nicht blind, keifte die Kreatur. *Ich kann noch immer in den Geschichten auftauchen. Wenn der Körper der Kleinen euch gehört, dann müsst ihr euren Teil der Abmachung erfüllen.*

»Was verlangst du?«, fragte Calypso.

Ich will das, was mir zusteht.

»Du hast bekommen, was dir zusteht. Du wirst uns nie wieder auf die Nerven fallen.«

Sie fauchte wütend.

Komm zu mir, zerschlag das Eis. Im Mond ist es wunderschön, und es ist noch jede Menge Platz hier drinnen.

»Halt die Klappe«, sagte Danny.

Die Kreatur in den Mondmooren musste ein Geist sein, etwas in der Art, ein Dämon vielleicht.

Ich hätte dich abtreiben lassen sollen, als ich erfuhr, dass du kein Mädchen bist. Zu nichts warst du nütze. Ein Mädchen hätte die Dschinni zufriedengestellt. Wir wären gemeinsam nach Louisiana gefahren und hätten den Pakt besiegelt. Oh, ich hätte jeden Mann betören können mit einem jüngeren Körper. Aber jetzt hast du die Möglichkeit, es wiedergutzumachen. Überlasse das Kind den Sirenen. Sie werden sich um es kümmern.

»Einen Teufel werde ich tun«, knurrte Danny.

Sunny ist eine Schlampe. Du glaubst, dass sie dich liebt? Sie lachte. *Sie will doch nur, dass sich irgendjemand um das Balg kümmert. Woher weißt du überhaupt, dass das Kind von dir ist? Du hast* KEINE AHNUNG, *worauf du dich da einlässt. Du wirst sie am Hals haben, alle beide. Dein Leben lang.*

»Hör ihr nicht zu!«, sagte Calypso neben ihm.

Ich bin sicher, dass sie mit ganz vielen anderen herumfickt. Sie ist vaterlos aufgewachsen. Ja, da siehst du es. Suzannas Vater hat es richtig gemacht. Ist abgehauen, bevor es brenzlig werden konnte. Vielleicht hat ihre Mutter es auch zu wild getrieben.

Vor Dannys Augen entstanden viele Bilder, die wie eine schnell geschnittene Collage auf MTV anmuteten. Nackte Körper, wilde Bewegungen, verschwitzte Bekenntnisse, Lust in ihrem Schrei entfesselt. *Da, du siehst es mit eigenen Augen. Sie hat sich befummeln lassen, diese Schlampe! Deine leckere Begleiterin ist bei ihr gewesen. Ha, das hast du nicht gewusst!*

Danny schluckte, als er sah, wie sich die beiden küssten.

Calypso sagte nur: »Humbug!«

Sieh nur hin, Daniel. Suzanna und die schwarze Schlampe.

Und auch wenn er es nicht wollte, ja, er schaute hin. Er sah, wie sich die Körper ineinander verschlangen. Er sah die dunklen Hände Calypsos, wie sie auf Sunnys heller Haut nach den Geheimnissen tasteten, die seine Frau wild aufstöhnen ließen. Calypso, wie sie ihre Zunge in Sunnys Mund steckte, wie sie einander anfassten und kratzten und Dinge taten, die Danny selbst fiebrig werden ließen.

Macht dich das an, mein Sohn? Weckt es das niedere Tier in dir?

Danny schloss die Augen.

»Sei ruhig!«, schrie er.

Er wusste, wie schwer es war, sich den Bildern zu entziehen, wenn sie erst einmal eine Geschichte erzählte, eine Geschichte, die zweifelsohne nicht mehr war als eine kunstvolle Lüge.

Sie hat sich von dieser schwarzen Schlampe lecken lassen, als du durch die Wüste gewandert bist.

Danny konnte den Blick nicht abwenden, selbst wenn er die Augen ganz fest schloss.

Und dir hat sie das Kind untergeschoben.

»Hör auf!«

Schau hin!

»Ich will das nicht hören!«

Mach die Augen auf, schau dir an, was die beiden machen.

Calypso sagte: »Es reicht jetzt.«

Sieh es dir an!

»Danny, du musst es beenden.«

Danny konzentrierte sich auf Calypsos Augen. Er sah sie an und wusste, was er jetzt tun wollte.

Fick sie und lass die Sirenen das Kind haben.

Die Gestalt schob sich aus dem Wasser.

Du wolltest das tun, seit sie dich gerettet hat. Du siehst sie an wie ein Mann, der ...

Danny zog den Revolver, der ein treuer Begleiter eines jeden Fremden ohne Namen ist, und schoss ihr zwischen die Augen. Blut rann ihr über das Gesicht.

Calypso ergriff seine Hand. »Sie war deine Mutter«, sagte sie gespielt vorwurfsvoll.

»Sie ist fort«, antwortete Danny. Damit war alles gesagt.

Wie ein richtiger Fremder ohne Namen ließ er den Revolver zurück ins Holster gleiten.

»Wie hat sie überhaupt hier auftauchen können?«

»Du hast sie noch immer im Kopf«, sagte Calypso. »Weil deine Frau mit der Lüge kämpft. Erst wenn die Lüge fort ist, wird auch deine Mutter fort sein.«

Er wusste, dass sie Recht hatte. Solange sie in der Lüge gefangen waren, hatte Helen Darcy ihn – sie *beide* – noch in der Hand. Er beschleunigte seine Schritte.

»Lass uns gehen.«

Calypso hatte nichts dagegen.

Er trat einen Schritt vor und …

… die Mondmoore zerflossen zu einer Wohnung, klein und schäbig. Es war kalt, und es roch nach abgestandenem Zigarettenrauch. Auf dem Boden häuften sich Zeitungen und Müll.

Danny fühlte sich rastlos und unruhig, wie damals, als er Ravenscraig verlassen hatte und nach Paris und Prag gegangen war. Er musste fort hier. Das war das einzige Gefühl, das ihn vereinnahmte.

Calypso stand neben ihm und schaute sich um.

»Deine Wohnung?«

»Nein.«

Eine Frau betrat die Küche, *seine* Frau. Sie war jünger, aber er erkannte sie wieder, keine Frage. Sie sah ein wenig wie Sunny aus, nur anders. Ihre Augen waren anders.

Es war Amber Sutcliffe.

Sie warf ihm einen missbilligenden Blick zu, den er erwiderte. Er spürte, dass dies der Blick war, den sie einander gewöhnlich zuwarfen. Alles, was ihre Beziehung ausmachte, lag in diesem Blick.

Die Wohnung war klein. Zu klein für zwei Personen.

Irgendwo schrie ein Kind.

Zu klein für drei Personen.

»Komm!« Calypso führte ihn einen Raum weiter.

Ein Kinderbett stand dort. Das Baby, das darin lag, streckte die Arme aus, als es Danny sah. Es gluckste und strampelte mit den Füßen. Es roch nach Vanille.

»Das ist Sunny«, flüsterte er.

Calypso beugte sich über das Bettchen und lächelte.

»Was ist das hier?«

Danny betrachtete seine Hände.

Er ging zu einem Spiegel.

»Das bin nicht ich«, stellte er besorgt fest.

Er war unrasiert, und die Augen, in die er blickte, waren rastlos und ohne Wärme. Unruhig schauten sie sich um.

Eine Tür schlug zu.

Amber war gegangen.

»Ihr Vater hat die Familie verlassen, als sie noch ein Baby war.«

Er ging in der Wohnung auf und ab. Sie war eng und wurde immer enger.

Amber war kurz auf dem Dachboden, der allen Mietparteien gehörte, um die Wäsche aufzuhängen.

Gedanken schossen ihm durch den Kopf, die nicht seine waren.

Schreib ihr einen Zettel und dann verschwinde. Du weißt,

dass Joe dich bis nach Chicago mitnehmen kann. Von da aus geht's überallhin. Die Welt gehört dir, Junge. Was willst du mit dieser Frau, die nur jammert, und dem Mädchen, das nur schreit. Sie werden einen anderen Kerl finden, der sich um sie kümmert.

Er seufzte.

Also mach dir keine Gedanken. Geh einfach. Warte nicht ab, bis sie die beschissene Wäsche aufgehängt hat. Zieh deine Jacke an und verschwinde, solange du Zeit hast.

Danny rieb sich die Augen.

Er ging zu dem Baby zurück.

Never been so easy or so slow.

»Du wirst mal so verdammt hübsch sein«, sagte er leise. »Und du wirst den Männern den Kopf verdrehen.«

Calypso beobachtete ihn, sagte aber nichts.

»Am Ende wirst du einen üblen Tunichtgut aus Schottland heiraten.« Er musste lachen. »Einen Musiker.« Ihr Leben flammte vor ihm auf, und er fragte sich, was er tun sollte.

Er dachte an Jenny, die bald geboren werden würde. Dann würde ein Baby im Leuchtturm wohnen. Hatte es so was schon gegeben? Nicht oben in Duluth, wo sie das Ufer nur *Küste* nannten.

Wow.

Vergiss es.

Da war sie wieder, die Stimme, die nicht ihm gehörte.

Geh durch die Tür. Suzanna braucht dich nicht. Sie wird dich vergessen, so klein ist sie.

Sie ist wunderschön, dachte Danny.

Scheiß drauf, ließ die Stimme nicht locker. *Sie weiß nicht mal, wer du bist.*

Die Kleine hielt erneut die Arme hoch.

Danny hielt die Hand ins Kinderbettchen, streckte den Zeigefinger aus, die Kleine ergriff ihn sofort.

»Ganz schön fester Händedruck«, bemerkte er.

Calypso sah besorgt aus. »Wir sollten jetzt weiter«, schlug sie vor.

»Was soll ich tun?«

»Du bist Danny Darcy, nicht der Vater dieses Kindes.«

»Ja«, stammelte er, »ich weiß.«

Er ging einen Schritt zurück, blieb stehen.

Nein, er konnte das nicht tun.

Hau schon ab, Mann. Du wirst alt werden in dieser Scheißwohnung, und das war's dann. Aus der Traum. Die Highschool ist nicht alles gewesen, da wartet ein Leben auf dich.

Er betrachtete ein Foto von Amber.

Andere Weiber, lockte ihn die Stimme.

»Du musst gehen«, sagte Calypso, »das ist die Prüfung.«

Er schüttelte den Kopf. »Vielleicht liegt es an mir, mich richtig zu entscheiden.«

Er konnte dieses Kind nicht alleinlassen, nein. Es war falsch, ach, so was von falsch.

»Du bist nicht ihr Vater.« Calypso fasste ihn am Arm. »Das da ist nicht Jenny.«

Er blinzelte.

Jenny.

Ja, er musste zu Jenny.

Verdammt.

Er warf dem Baby einen letzten Blick zu. »Du wirst glücklich sein«, sagte er. »Irgendwann.«

Und dachte: Du wirst ein höllisches Temperament haben. Du wirst mit Sachen um dich werfen, wenn du wütend bist, und andauernd den Schlüssel vergessen; du wirst deinen Geldbeutel suchen und nie wissen, wie viel Uhr es ist, weil du es hasst, eine Uhr am Handgelenk zu tragen. Du wirst gern lachen und Geige spielen; du wirst Zettel an Schwarzen Brettern lesen und deinen Weg gehen; du wirst im Sommer ohne Schuhe herumlaufen, weil du es nicht magst, wenn deine Füße gefangen sind. Ja, kleine Sunny, du wirst deinen Weg gehen.

»Bis nach Louisiana«, flüsterte er.

Und das brachte ihn zurück.

Schweren Herzens verließ er den Raum, die Wohnung. Er öffnete die Tür und stand in einem Treppenhaus, das schäbig war und laut. Er ging hinein, lief die Treppe hinunter.

Like a complete unknown.

Er wusste, er würde nie mehr zurückkommen.

Like a rolling stone.

Als er nach draußen auf die Straße ging, da betrat er ...

... eine Kneipe.

Er war ein alter Mann und allein.

All the tired horses in the sun,
How'm I supposed to get any ridin' done?

Er schüttete das sechste Budweiser in sich hinein, hustete, zündete eine Zigarette an. Damals, daran konnte er sich noch gut erinnern, war er ein Musiker gewesen. Er hatte in einer Band gespielt, einer Band namens Dylan's Dogs. Sie hatten einige Alben aufgenommen und waren erfolgreich gewesen. Er hatte eine Frau und eine Tochter.

Things have changed.

Die Frau hatte sich scheiden lassen, als die Tochter das College begonnen hatte. Und als Jenny das College beendet hatte, da hatte sich Suzanna, seine Exfrau, von ihrem nächsten Mann, seinem Nachfolger, scheiden lassen.

Die Jahre waren vergangen.

Blood on your saddle.

Er war älter geworden.

Nichts war ihm geschenkt worden.

Die Tochter, die aussah wie seine Exfrau, sprach nicht mehr mit ihm, weil sie sich gestritten hatten. Keinen Satz mehr konnten sie miteinander reden, ohne sich die Köpfe einzuschlagen.

Du bist am Ende, hörte er eine Stimme wispern, *du hast es dir mit allen verscherzt. Du warst nie da, wenn deine Tochter dich gebraucht hat, du hast deine Frau alleingelassen, wenn du dich mit den Flittchen nach den Konzerten vergnügt hast. Weißt du noch, das war die Zeit, als Jenny klein war. Du bist auf deine Art und Weise abgehauen. Ja, die feine englische Art. Wir trennen uns nicht, wir lassen uns nicht scheiden, ich mach nur mit den Weibern rum, den Groupies, die's mit jedem machen, der berühmt ist.*

Er schloss die Augen.

Sie haben immer nur den Erfolg gefickt, niemals dich. Das weißt du jetzt.

Was war das? Würde er so enden?

Sunny hat sich von dir getrennt, und du hattest nie den Schneid, um sie zu kämpfen.

Er betrachtete die Bierflasche in seiner Hand.

Jetzt säufst du und jammerst und hast das meiste Mitleid mit dir selbst. Hey, darüber solltest du einen Song schreiben. Den würde vielleicht nochmal jemand hören wollen.

Du bist ein jämmerlicher ...

Er nahm die Bierflasche und warf sie gegen die Wand. Dann stand er auf und verließ die Kneipe.

Er trat hinaus in eine Wüste, die leer war.

Dragon clouds so high above.

Calypso stand bei ihm.

»Bist du jetzt mutig?«, fragte sie.

Er wusste nicht genau, was sie meinte.

»Was haben Sie gesehen?«, wollte er von ihr wissen.

»Schlimme Dinge.«

»Aber ... wir waren doch zusammen.« Hätte er diese Dinge denn nicht auch alle sehen müssen?

»Ja, ich war bei dir«, sagte Calypso, »aber was ich gesehen habe, waren andere Dinge. Jeder muss seine eigenen Prüfungen ablegen, so funktioniert das nun einmal.« Sie erwähnte ein Waisenhaus und Ströme von Blut, ihre Flucht in den Dschungel und ein Grab, dessen Grabstein zu klein und ganz unbeschriftet war. »Aber das ist nicht wichtig«, sagte sie.

Er blinzelte ins gleißende Sonnenlicht.

»Was«, fragte er, »ist denn dann wichtig?«

Sie stupste ihn an. »Dass ein Mann tut, was ein Mann tun muss.«

Er nickte.

Eine Tür schälte sich aus dem Sand heraus.

You're gonna make me wonder what I'm doin'.

»Aber wir haben die Lyra nicht gefunden.«

»Sie wird fortgegangen sein.«

»Wohin?« Wieso dieser plötzliche Stimmungswandel?

Sie zuckte die Achseln. »Ich weiß nicht. Ans Firmament vielleicht, zu all den anderen Sternen.«

»Und was können wir jetzt gegen Ihre Schwestern ausrichten?«, fragte er.

Calypso sah ihn an. »Wir werden es herausfinden, nicht wahr?!«

Er streckte die Hand nach der Tür aus.

Was gewesen war, zerfloss.

Alles, was wichtig war, begann zu fließen.

Und so waren sie wieder im *Maison Rouge* angelangt.

Es war, nach all den Enttäuschungen der Wanderschaft, ein befreiendes Gefühl, wieder dort zu sein. Das Gefühl, etwas bewirken zu können, ergriff von Danny Besitz und vertrieb die lähmende Untätigkeit, zu der er während der letzten Stunden verdammt gewesen war.

Nach der erfolglosen Suche in der erdachten Welt, den Prüfungen, die ihm noch immer im Gedächtnis und im Herzen brannten, war er wieder da, von wo er vor nicht einem Tag und einem halben Leben losgezogen war.

»Wir müssen vorsichtig sein«, flüsterte Calypso. Sie befanden sich auf einer Lichtung, umgeben von Eichen. Sie deutete umher. »Das ist der Ort, bevor es das *Maison Rouge* gab.«

Er versuchte eine Ähnlichkeit mit der Insel, die er kannte, zu entdecken, gelangte aber nur zu dem Schluss, dass er diesen Übergang allein niemals gefunden hätte.

Dies war eine unberührte Wildnis, ein Bayou, dessen Tiefen noch nie ein Mensch betreten hatte.

»So war Arkadien«, hauchte Calypso, »damals.«

Sie öffneten leise die Tür, lugten auf den Korridor hinaus.

Nichts.

Danny verließ den Raum. Calypso folgte ihm.

Die Landschaft hinter ihnen verblasste augenblicklich, sobald sie die Schwelle überschritten hatten und in den Korridor hinausgetreten waren. Dort war wieder alles normal. Das Zimmer, das sie gerade verlassen hatten, war ein normaler Raum. Mit einem Schrank und einem Sekretär, auf dem Gläser voller Tinte standen, Schreibfedern lagen davor auf einer ledernen Unterlage.

Die Bilder an den Wänden waren Gemälde, die einen Bayou zeigten, wild und unberührt.

»Psst«, machte Calypso. Ihre Augen waren die einer Katze, wachsam und unnachgiebig.

Danny indes fühlte sich leer.

Die Lyra war verschwunden.

Er stand mit leeren Händen da.

Und ihrer beider Plan, den riesigen Vogel auf die beiden Damen loszulassen, war fehlgeschlagen, noch bevor sie ihn hatten ausführen können.

Trotzdem.

Er musste Sunny retten, sie hier rausholen.

Draußen senkte sich die Nacht über den Bayou.

L'Orient.

Der Moment war gekommen.

»Da entlang«, bedeutete Calypso ihm. Sie kannte sich hier aus, dies war einst ihr Zuhause gewesen. Wie auf Katzenpfoten schlichen sie durch das Halbdunkel. Dennoch knarrte das Holz unter ihren Füßen, und Danny konnte nur hoffen, dass niemand es hörte.

Sie stiegen eine Treppe hinauf, dann noch eine. Das Haus war still. Ein lauer Wind wehte durch die Korridore und ließ die Vorhänge wie Geister in der Dämmerung tanzen. Überall brannten Kerzen. Es roch nach Feuer und Wachs und Gewürzen. Räucherstäbchen.

Madame Cacaelia und Madame Cal sahen sie nirgendwo.

»Wo sind sie?«

Calypso flüsterte: »Ich weiß, wo sie sind.« Sie ging voran. »Fremden erscheint die Anordnung der Räume in diesem Haus wahllos und willkürlich, doch glaub mir, Danny Darcy, es hat alles einen Sinn.« Sie berührte eine Wand. »Ich kann dir genau sagen, wann ein jeder Raum geboren wurde.« Ihre Augen waren in die Ferne gerichtet, wie in dem Moment auf dem Dampfer, als sie durch das Fenster geschaut hatten. »Es ist ein lebendiges Wesen, dieses Haus. Es ist wie wir.« Sie blickte auf. Ihre Augen schimmerten matt im Licht des Mondlichts, das von draußen in schmalen Streifen den Korridor erhellte.

»Weiß es, dass wir hier sind?«

»Es weiß alles«, hauchte sie.

Danny nickte.

Nahm es einfach hin.

So viel völlig Eigenartiges war während der letzten Wochen passiert, dass ihn kaum etwas mehr verwunderte. Die Welt geriet immer mehr aus den Fugen, und das, was ihn wie verirrte Magie umgab, konnte nicht mehr geleugnet werden.

Er dachte an Sunny.

Er *spürte* sie.

Ja, sie war irgendwo in diesem Haus. Sie wurde irgendwie von diesem Haus verborgen. Konnte das sein? War es möglich, dass ein Ort sich dem Willen der Sirenen unterwarf?

Er vermisste sie. Oh, wie er Sunny vermisste. Erst jetzt, als er hier durch das Haus schlich, wurde ihm dies bewusst. Das Gefühl, sie seit Jahren nicht gesehen zu haben, war irritierend. Und schmerzhaft. Die Erinnerung an seine Wanderung durch die Wüste, an das Leben als Fremder ohne Namen, ewig auf der Suche nach der Lyra, seinem Gral, hallte noch immer in ihm nach. Er war jetzt zwar hier, aber er trug die Erinnerungen jenes Lebens mit sich herum.

»Danny Darcy, wir sind da!«

Sie standen vor einer Tür, hinter der leise Musik erklang.

Es war ein uraltes Lied aus Arkadien, das da gesungen wurde. Danny verstand die Sprache nicht, aber er ging davon aus, dass es Griechisch war. Oder etwas in der Art.

Calypso hielt inne. Ihre Augen glänzten, als würde die Melodie ihr eine ganz spezielle Erinnerung schenken.

»Sie haben noch nicht begonnen«, flüsterte sie.

»Was ist das?«, fragte Danny.

»Ein Lied.«

Danny verdrehte die Augen. »Welche Bedeutung hat es?«

»Es bereitet auf die Erneuerung vor. Es handelt vom Sterben und vom Leben und den Dingen, die dazwischen liegen.«

Danny zuckte die Achseln.

Am Ende war es egal, welches Lied sie da spielten.

Er musste Sunny und die Kleine retten.

»Warte noch!«, forderte sie ihn auf.

Sie kauerten vor der Tür, hielten den Atem an. Calypsos Duft stach ihm in die Nase.

Ein leises Wimmern erklang von drinnen.

Danny hatte genug gehört.

Er öffnete die Tür und betrat den Raum.

Calypso nicht. Sie hielt sich im Hintergrund. Verborgen noch vor den Augen ihrer Schwestern.

Wie ein Fremder ohne Namen stand Danny da.

Breitbeinig, bereit, als Erster die Revolver zu ziehen.

High Noon.

Doch das Bild, das sich ihm bot, zerriss ihm schier das Herz.

»Sunny?«, entfuhr es ihm.

Dann ging er ganz hinein.

Es war ein Schlafzimmer, alt und staubig. Die meisten Möbel waren mit weißen Tüchern bedeckt, das Fenster weit geöffnet, so dass die warme Nachtluft hineinströmen konnte. Es roch nach der Hitze des Tages, die in der Nacht gefangen war, nach Schlick und Schlamm, und in der Ferne hörte man den Donner über die Sümpfe rollen.

Ein großes Bett stand in der Mitte des Raumes, und Sunny lag darin. Sie schlief, tief und fest. Danny hatte keine Ahnung, was sie mit ihr gemacht hatten. Sie sah wunderschön aus, hatte die Haare zu zwei Zöpfen gebunden wie damals, als sie sich kennengelernt hatten.

Vor ihr, in zwei verschnörkelten Sesseln, saßen Madame Cacaelia und Madame Cal.

Sie sahen Danny mit einer Mischung aus Neugierde und aufgesetzter Gleichgültigkeit an.

Danny ignorierte sie.

Er lief zu Sunny hin.

Verdammt, er glaubte vor Sehnsucht und Glück vergehen zu müssen. Er fühlte sich, als habe er sie eine halbe Ewigkeit lang nicht mehr gesehen, all die Jahre, in denen er allein durch die Wüste gezogen war und einer Spur gefolgt war, die nirgendwohin führte.

Erst jetzt merkte er, was die Geschichte, die er hatte durchleben müssen, mit ihm gemacht hatte.

Erst jetzt fiel ihm auf, dass die Erinnerung an Sunny fast schon verblasst gewesen war. So ausgeblichen wie das

Leder seiner Stiefel, wie der Hut, den er getragen hatte, all die Jahre über. Er dachte an das Pferd und den Maulesel, die ihn begleitet hatten. Es war kein Traum gewesen, nein, etwas anderes. Es war real gewesen, fast fünfzig Jahre lang, mehr vielleicht sogar, und alles, was ihn hatte altern lassen, war noch da, lebte in ihm, seufzte, krächzte, tat weh.

Oh, Sunny, dachte er.

Dann wandte er sich den Damen zu.

»Haben Sie den Verstand verloren?«, herrschte er sie an. »Was haben Sie vor?«

Die Damen schauten auf.

Beide hatten sie mit geschlossenen Augen in den Sesseln vor dem Bett gesessen und andächtig einer zerkratzten Schallplatte gelauscht, die dunkle seltsame Gesänge spielte. Das Grammophon, das die Schallplatte trug, war alt und sein Trichter, der wie die Blüte einer Orchidee geöffnet war, riesig.

»Sieh einer an. Sie sind wieder da.« Madame Cacaelia wirkte gefasst.

»Zurückgekehrt.«

Sie sah auf die Wanduhr. »Jetzt schon.«

»So früh.«

Danny vergeudete die Zeit nicht mit Höflichkeiten. »Ich weiß, was Sie vorhaben.«

Die beiden sahen einander überrascht an.

Und Danny wurde bewusst, was sie sich so verhalten ließ, wie sie es taten. Er war ihnen egal. Seine Anwesenheit war ihnen egal. Er war lange genug fort gewesen.

DAS machte ihm Angst.

Denn wenn ihnen egal war, ob er hier im Raum stand oder nicht, dann konnte das doch nur bedeuten, dass sie keinerlei Gefahr in ihm sahen.

Madame Cal fragte lapidar: »Haben Sie die Lyra gefunden?«

Danny ballte die Fäuste. »Nein.«

Er berührte Sunnys Wangen. Sie waren warm, winzige Schweißperlen benetzten ihre Stirn. Sie trug eins der Kleider, die sie im Rucksack gehabt hatte.

»Keine Lyra, ts, ts, ts.«

Madame Cacaelia schüttelte den Kopf. »Dann sollten Sie vielleicht nochmal losziehen. Vielleicht ist Ihnen dieses Mal das Glück hold. Ohne die Lyra kommen wir nämlich nicht ins Geschäft.«

»Scheiß auf die Lyra.«

»Mr. Darcy!«

»Lassen Sie Sunny in Ruhe.« Schützend stellte er sich vor sie.

Die beiden setzten ein unschuldiges Gesicht auf. »Wir singen doch nur und lauschen der Musik.«

»Und außerdem«, säuselte Madame Cal.

»Kommen wir ohne die Lyra.«

»Nicht ins Geschäft.«

»Basta!«

Danny trat auf sie zu. »Es geht Ihnen nicht um die Lyra. Ich weiß Bescheid.«

»Sie sind ja plötzlich so heldenhaft.«

»Ungestüm.«

»Lassen Sie diese Spielchen! Ich weiß genau, was Sie vorhaben.«

»O ja, Sie wissen Bescheid«, äffte Madame Cal ihn nach. »Woher, bitteschön, sollen Sie denn Bescheid wissen?«

Calypso trat aus den Schatten des Korridors in den Raum.

Die Damen wirkten überrascht. Zum allerersten Mal kam es Danny so vor, als seien sie wirklich überrascht. Und er fragte sich bang, was nun passieren würde.

»Ah, unsere kleine Schwester. Sie ist heimgekehrt.«

»Na, so was.«

»*L'Orient*«, sagte Danny. Funkelte Madame Cal böse an. »Sie wollen mir mein Kind stehlen.«

Die beiden erhoben sich. Langsam, gediegen, wie große alte Damen des Südens es tun, wenn etwas Dramatisches geschehen wird, etwas, was sie nicht abwenden können.

»Ich habe es ihm gesagt.« Calypso funkelte die beiden wütend an.

»Was?«

Calypso lächelte böse. »Alles.« Selbst in diesem einen Wort steckte alle Macht der Verführung, die man sich denken konnte.

Die beiden Sirenen hielten inne. Sie schienen ihre Lage zu überdenken.

»Ich weiß, was es mit der Erneuerung auf sich hat«, sagte Danny. »Ich weiß Bescheid.«

»Sie wissen nichts«, antwortete Madame Cal. »Gar nichts.«

»Ich weiß, dass Sie das, was Sie vorhaben, nur in dieser Nacht tun können. Sie wollten mich nur hinhalten. Sie wollen *uns* nur hinhalten. Bis sie es getan haben.«

»Bis meine Seele im Körper Ihrer kleinen Tochter lebt?«, fragte Madame Cal. »Meinen Sie das?«

»Ja.«

»Deswegen sollen wir Sie auf die Reise geschickt haben?«

Was sollte das?

Madame Cal rieb sich die Hände. »Aber es hat doch funktioniert, oder?«

Er kochte vor Wut. »Ich werde jetzt gehen. Ich werde mit ihr gehen. Und Sie werden …«

»Das werden Sie nicht tun«, fiel Madame Cal ihm ins Wort.

»Ich werde meine Frau mitnehmen und dieses Haus verlassen.«

»Nein, das werden Sie nicht tun.«

»Es ist vorbei.«

»Es fängt gerade erst an.«

»Es ist vorbei«, sagte Danny entschieden.

Er ging zu Sunny, berührte ihre Hand.

»Das Haus wird Sie nicht gehen lassen.« Madame Cacaelia war die Ruhe in Person. »Sie werden mit Ihrer Sunny laufen und laufen, treppauf und treppab. Sie werden Türen suchen und keine finden, Sie werden durch die Fenster schauen und nichts erblicken. Sie werden sich in den Korridoren verlaufen und am Ende …«

»Ja, am Ende …«

»Am Ende werden Sie wieder hier bei uns sein.«

»Und feststellen, dass die ganze Lauferei umsonst war.«

Madame Cacaelia lächelte. »Weshalb ersparen Sie sich dann nicht einfach die Mühe. Und bleiben hier. Hier bei uns.«

Danny war sprachlos.

Er wusste, dass sie die Wahrheit sagten. Ja, instinktiv wusste er es. Das *Maison Rouge* würde ihn niemals gehen lassen. Er würde sich verirren und gar nichts erreichen.

Nein, es musste einen anderen Ausweg geben.

Madame Cal indes wandte sich ihrer Schwester zu. »Soso, Calypso, du hast ihn also gerettet.«

Die Angesprochene trat neben Danny.

»Und ihm alles erzählt.«

»Unsere untreue kleine Schwester.«

»Seid ruhig«, herrschte sie sie an. »Alle beide.«

»Er weiß es nicht?«, säuselte Cal.

»Er muss es nicht wissen.«

»Er sollte es wissen. Wenn er sich schon mit dir einlässt.«

Madame Cal richtete das Wort an Danny. »Sagen Sie, haben Sie ihren Körper gekostet?«

»Hat sie für Sie gesungen?«

»Das tut sie nämlich gern.«

»Für die Sumpfbewohner, die zu ihr kommen ...«

»Lüpft sie die Röcke.«

»Und lässt ihre schmutzigen Finger nicht bei sich.«

»Unsere Calypso.«

»*GENUG!*«, schrie diese.

»Sie wurde verbannt, auf dieses alte, von Moder zerfressene Schiff.«

»Diesen Dampfer.«

»Wir haben sie verstoßen, weil sie es mit jedem treibt, der es darauf anlegt.«

»Weil sie untreu ist.«

»Ein Miststück.«

»Immer nur auf den eigenen Vorteil bedacht.«

»Hat sie Ihnen Lügen erzählt? Hat sie Ihnen versprochen, Ihrer Frau zu helfen?

»Ich sehe Ihnen doch an, dass Sie ihr glauben.«

»Das ist das Pech der Männer, sie verfallen ihr alle.«

»Das ist nicht wahr.« Calypso wirkte verletzt.

»Schweig, du bist jetzt in unserem Haus.«

»Und das, obwohl wir dir verboten haben, hierherzukommen.«

Sie lachten.

»Du hasst uns.«

»Wir wissen das.« Madame Cacaelia spie die Worte förmlich in den Raum hinein.

»Und du wartest schon lange auf eine Gelegenheit, es uns heimzuzahlen, nicht wahr?« Madame Cal knurrte fast schon wie ein Tier, das den Gegner wittert.

»Was?«, fragte Danny.

Er hatte das Gefühl, noch immer nur die Oberfläche der Dinge zu betrachten. Welche tiefen Geheimnisse wurden hier offenbar?

»Hat sie Ihnen nicht von Ihrem Kind erzählt? Ihrer Tochter? Und dem, was geschah?«

»Nein.«

»HÖRT AUF!«

»Sie mag uns nicht.«

Madame Cacaelia schnitt eine Grimasse, die einmal ein Lächeln hätte werden sollen. »Und ich bin sicher, sie hat nach der Lyra gesucht. Dem Vogel, der über uns wachen soll.«

Danny schaute überrascht zu Calypso.

Hatte sie ihm nicht gesagt, dass die anderen nichts von dem Vogel wussten? Dass es ihr Überraschungsvorteil sein würde, mit der Lyra hier aufzutauchen?

Calypso lächelte dünn. »Ja, das habe ich, und er hat es mir geglaubt.«

Danny schwindelte.

Hatte er gerade richtig gehört?

Calypso trat auf die Seite ihrer Schwestern. »Ich habe ihm alles erzählt, und er hat alles geglaubt. Doch eine Sache, die habe ich vergessen.« Sie sah Danny an. »Wir müssen es zu dritt tun. Die Erneuerung funktioniert nur dann, wenn wir alle drei unsere Kräfte vereinen. Eine allein kann es niemals schaffen. Dazu sind wir einzeln zu schwach. Aber gemeinsam ...« Sie lachte ihr teuflisches Lachen.

Danny wandte sich Sunny zu.

Er fasste ihre Hand an, sie war ganz kalt.

Aber Sunny schlief.

Ruhig atmend, entspannt. Zumindest sah es so aus.

»Wie gesagt, Danny Darcy, wir mussten Zeit schinden. Alles hängt von dieser Nacht ab. *L'Orient*. Die Erneuerung muss gleich stattfinden, und dazu sind wir drei hier versammelt.« Calypsos Stimme wurde zur schneidenden Melodie.

»Warum haben Sie das getan?«

»Sagte ich dir nicht, dass ich böse bin?«

Er seufzte.

»Und dass die wichtigsten Dinge unter der Oberfläche verborgen sind?«

Er dachte an ihre beiden Alligatoren, wie sie im Wasser lagen, still und auf der Lauer.

»Warum sollte ich meine Schwestern verraten? Hm? Wir leben so lange schon auf dieser Erde.«

»Aber Sie ...«

»Wir streiten uns oft, und sie zieht es vor, allein da draußen auf dem Dampfer zu leben.« Madame Cal warf ihrer kleinen Schwester einen Blick zu, der liebevoll sein mochte.

»Aber wenn es drauf ankommt, dann halten wir zusammen.«

»Calypso! Sie können ...«

»Nein, Danny, ich gehöre hierher. Ins *Maison Rouge*. Ich lebe zwar da draußen auf dem Dampfer, aber mein Herz schlägt immer noch hier, in diesen Mauern, bei meinen Schwestern.« Sie kam ihm nahe. Wenn sie sprach, streichelte ihr Atem seine Haut, benetzte ihm die Augen, war ein Kuss, der im Verborgenen blieb. »Deine Frau ist ... hübsch. Weißt du, ich kann auch ihr ein Lied singen, so süß und liebreizend, dass sie alles andere vergessen wird.« Sie neigte den Kopf zu Dannys Ohr. »Ihr Körper wird sich biegen unter meinen Worten. Und wenn du möchtest, kannst du dabei zusehen.«

»Du bist eine Hexe!« Er stieß sie von sich fort.

Alle drei lachten.

»Ein kleines Spiel«, sagte Madame Cacaelia, »das war es.«

»Ja, nur ein Spiel. Wir hätten dich auf ewig durch diese Geschichte irren lassen können, aber so ist es doch ein wenig interessanter. Du hättest irgendwann sogar von allein dort hinausgefunden.« Calypso zwinkerte ihm zu. »Du bist geschickt, Danny Darcy, manchmal erkennst du die Dinge, die sich unter der Oberfläche verbergen. Du hättest vielleicht zu früh hinausgefunden, deshalb habe ich mich um dich gekümmert.« Sie warf ihren Schwestern einen lasziven Blick zu. »Nicht so, wie ich es gern getan hätte, aber ... ein wenig.«

Danny stand regungslos da.

Suchte fieberhaft nach Antworten.

»Bald schon werde ich alles durch kleine Kinderaugen sehen«, sagte Madame Cal.

»Aber der Plan«, gab Danny zu bedenken. »Sollte es nicht unauffällig sein?«

»Wir ändern den Plan«, sagte Calypso.

Ganz einfach.

Things have changed.

»Sunny und ich werden wissen, was geschehen ist.«

»Deswegen werdet ihr die Sümpfe niemals wieder verlassen.« Die Worte waren wie Messerstiche. Sie blitzten im Mondlicht und waren scharf wie Stahl.

»Zu viele Leute wissen, dass wir hier sind.«

»Lafitte?«

»Der hat keine Ahnung, wo er suchen muss.«

»Und Laveau?«

Madame Cacaelia klärte ihn auf: »Seine Urgroßmutter war hier die erste Voodoo-Königin. Marie Laveau – oh, sie hatte Anhänger im ganzen Land, müssen Sie wissen. Politiker und Geschäftsleute, sie alle reisten hier an, um sich die Zukunft weissagen zu lassen.« Sie lachte. »Ursprünglich war sie eine hundsgewöhnliche Friseuse, aber das interessierte bald niemanden mehr. Sie erzählte den Leuten ihre Geschichten und las den vornehmen Damen aus der gehobenen weißen Gesellschaft von New Orleans und Baton Rouge die Zukunft in allem, was sie ihr gaben.«

»Manche behaupteten, dass sie eine Betrügerin sei«, merkte Madame Cal an.

»Ja, sie sagten, dass sie sich die Informationen, die sie für ihre Horoskope benötigte, von den Bediensteten der Reichen holte. Man sagte ihr auch nach, dass sie ihre Konkurrentinnen allesamt mit Voodoo-Zauber getötet habe und dass in ihrem Haus eine sechs Meter lange Pythonschlange lebe, eine dunkle Manifestation des großen *Zombie*.«

»Sie war eine Betrügerin.«

»Wie ihr Urenkel.«

Danny ahnte, was jetzt kommen würde. Er ahnte es, weil Betrüger immer nach dem gleichen Muster arbeiteten.

»Wir lassen hin und wieder einige Geschichten laufen«, sagte Madame Cacaelia, »und erinnern die Sumpfleute daran, weshalb sie sich vor der Dunkelheit fürchten.«

»Und Laveau verkauft seinen *Gris-Gris*-Kram an die Sumpfleute.«

»Alles im Leben«, brachte es Madame Cal auf den Punkt, »ist ein Geschäft.«

»Das hat Laveau auch gesagt.« Er hatte Danny also auflaufen lassen.

Die drei Schwestern lachten.

Madame Cacaelia sagte: »Sie beide, Lafitte und Laveau, werden eine Geschichte zu hören bekommen, die sie glauben und weitererzählen können.« Ihre Stimme wurde hell und klar. »Sie werden wunderbare Gedanken haben, die sie fliegen lassen, und dann werden sie nach Hause gehen und von all den Dingen träumen, die sie nicht einmal in ihren tiefsten Abgründen getan haben.« Die Melodie ihrer Stimme schwoll an.

»Mir können Sie keine Geschichte auftischen.«

»Wir werden Sie den Alligatoren vorwerfen«, sagte Madame Cacaelia, als sei das die naheliegendste Lösung. »Und Ihre Frau wird ihr Kind hier in diesen Mauern zur Welt bringen. Das *Maison Rouge* ist eine gute Hebamme.«

»Und ein fürsorgliches Kindermädchen.«

»Wir werden uns der Kleinen annehmen.«

»Sie wird hier aufwachsen, in dem Haus, das sie wie ihre Westentasche kennt.«

»Aber ...«

»Keiner wird es bemerken.«

Danny zog sich der Magen zusammen.

Er fragte sich, wie das Ritual aussehen würde.

»Was werden Sie mit Sunny tun?« Niemand hatte bisher von ihr gesprochen.

Es war Calypso, die antwortete: »Das willst du nicht wirklich wissen.«

»Und dies hier«, verkündete Madame Cal, »ist der Ort, an dem es geschehen wird.«

Der Raum veränderte sich.

Einfach so.

Mit ihrem Fingerschnippen.

Sie befanden sich auf einer kleinen Lichtung mitten im Bayou. Natürlich wusste Danny, dass sie in Wahrheit den Raum im *Maison Rouge* nicht verlassen hatten, aber die Illusion war perfekt. Und so wirklich, wie eine Lüge nur sein konnte.

Eine kleine schäbige Kate stand am Rand einer Insel. Die Wurzeln der Bäume schoben sich unter ihr ins brackige Wasser, das den Mond spiegelte. Die tief hängenden Äste der Bäume berührten das Wasser, in dem Hunderte von Kreolen mit Kerzen in den Händen standen.

»Wenn wir uns schon etwas vorstellen«, sagte Madame Cal, »dann doch etwas Stimmungsvolles.«

Ein Alligator schwamm im Wasser, inmitten all der Menschen.

Danny stand jetzt auf torfigem Untergrund.

Calypso noch immer neben ihm.

Madame Cal und Madame Cacaelia wirkten äußerst zufrieden.

»Sehen Sie die Hütte dort?«

»Als das *Maison Rouge* noch ganz klein und gerade in den Sümpfen angekommen war, da sah es so aus. Ganz mickrig, wie verhungert, winzig und schwach.«

»Damit Sie sehen, was wir aus ihm gemacht haben.«

»Eine mächtige Festung.«

»Ein stolzes Anwesen.«

»Auf das die Menschen mit Ehrfurcht blicken.«

»Weil sie die Geschichten kennen, die man sich erzählt.«

»Weil sie die Geschichten fürchten, aus denen es erbaut wurde.«

»Und tief in ihrem Innern spüren, dass noch immer Geschichten in ihm leben.«

Danny schluckte.

Es war heiß hier draußen.

Oben am mit Sternen besprenkelten Himmel, der durch das Blätterwerk schimmerte, hing der Mond groß und voll.

Die Sirenen standen vor dem Haus auf einem kleinen Platz, der an den Steg angrenzte.

Die Kreolen, die bis zum Bauch im Wasser standen, hielten die Kerzen in die Höhe und stimmten einen Gesang an, der traurig und feierlich zugleich klang. Es war ein Summen, leicht wie der Schrei eines Reihers, verlassen im Dickicht.

Zwischen den Eichen, die hier genauso aussahen wie

draußen vor dem *Maison Rouge*, spannte sich ein Spinnennetz. Es war riesig, filigran, ein Kunstwerk.

Das Bett, in dem Sunny gelegen hatte, in dieser Welt hier war es ein Spinnennetz.

»Die weißen Baumwollspinnen«, erklärte Madame Cacaelia mit ruhiger Stimme, »konnten früher sogar sprechen.«

»Wenn Sie wüssten, welche Geschichten sie zum Besten gegeben haben!«

»Doch jetzt schweigen sie.«

»Seit Jahren schon.«

»Keiner weiß, warum.«

Weil ihnen euer Gequatsche auf den Geist geht, dachte Danny wütend.

Ehrlich gesagt, war es ihm scheißegal, ob die Baumwollspinnen redeten oder den Mund hielten.

Mitten in dem Spinnennetz war seine Frau gefangen.

Das war das Einzige, was ihn interessierte.

Sie klebte an den Fäden, die ihre Handgelenke umschlossen und ihre Beine umwanden.

Weiße Wesen huschten ihr über den Körper.

Baumwollspinnen.

Itsy bitsy spider ...

Er musste sich beruhigen. Er spürte, wie ihm das Herz bis zum Halse schlug. Er schwitzte.

»Warum schläft sie?« Er versuchte es mit einer Frage.

»Wir haben ihr Zypressenharztee gegeben.«

Warum hatte sie ihn getrunken? Warum, in aller Welt,

hatte sie etwas von diesen Hexen angenommen? Womöglich hatten sie Sunny gezwungen, ihn zu trinken.

Trink mich!

Iss mich!

Füttere mich!

Madame Cacaelia sagte mit gespieltem Bedauern: »Wissen Sie, Mr. Darcy, sie hat Sie nicht einmal vermisst.«

»Was?«

Er sah Sunny an. Sie sah so friedlich aus.

»Sie hat den ganzen Abend mit Ihnen gesprochen, und dann ist sie zu Bett gegangen.«

»Ja, ja, Sie beide haben sich glänzend unterhalten.«

»Unten im Salon.«

»Vielleicht«, erklärte Madame Cal, »sollte ich erwähnen, dass Ihre Frau den Tee von Ihnen bekommen hat.«

»Von mir?«

Fuck!

Er hatte es befürchtet.

»Wir haben sie das alles sehen lassen.«

»Und es hat lange gedauert.«

»Denn die Zeit ordnet sich immer nur der Geschichte unter, die sie für ihre Zwecke missbraucht, nicht wahr?«

Danny schluckte.

»Für Ihre Frau sind bereits einige Tage vergangen. Sie fühlt sich wohl an diesem Ort.«

Sunny hatte die ganze Zeit über gedacht, er sei bei ihr. Wie konnte das sein? Enttäuscht fragte er sich, warum sie nichts bemerkt hatte.

Natürlich wusste er die Antwort.

Es konnte sein, weil das, was er erlebt hatte, auch geschehen war.

»Lügen und Geschichten sind sehr mächtige Verbündete.«

Nichts Neues, so weit.

Wütend funkelte er sie an.

Er stellte sich vor, wie Sunny in einer weiteren Lüge gelebt hatte. Sie hatten ihr etwas vorgegaukelt.

»Zypressenharztee«, beruhigte ihn Calypso, »ist wohltuend.«

»Und gut für das Kind.«

Er ignorierte die Sirenen und berührte das Spinnennetz.

Ity bitsy ...

Die Baumwollspinnen nahmen keine Notiz von ihm.

Spiders.

Er schüttelte Sunny, doch sie rührte sich nicht. Er versuchte, die Fäden zu zerreißen, doch es misslang ihm. Sie waren fest wie Stahl und so klebrig, dass er selbst nur mit Mühe loskam.

»Sunny, ich bin hier.« Sie musste ihn doch hören. »Sunny!«

Nichts.

»Suzanna!«, versuchte er es strenger.

Keine Reaktion.

Ihr Atem ging ruhig. Danny betrachtete ihren Bauch, dachte an Jenny, verzweifelte.

»Oh, Danny Darcy.« Calypso war noch immer bei ihm.

»Sie ist so wunderschön«, hauchte sie, »es ist ein Jammer, dass sie mich nie kosten wird.«

Danny stieß sie fort.

Calypso lächelte und entblößte die dunklen Zähne. Sie leckte sich über die Lippen wie ein Raubtier, das sich seiner Beute sicher ist.

»Lass uns in Frieden!«

Dann begannen sie zu singen, alle drei.

Madame Cacaelia begann ihren Gesang. Sie hatte eine kräftige hohe Stimme, die wie ein Wirbelwind war. Dann setzte Madame Cal ein, tiefer und bedrohlicher, wie ein Baum, der im Sturm ächzt. Zuletzt Calypso, warm und dunkel.

Sie sangen, und die Stimmen wurden zu einer einzigen.

Madame Cal schloss die Augen.

L'Orient.

Es war so weit.

Das war der Moment, in dem die Erneuerung stattfinden würde. Danny hatte keine Ahnung, WAS jetzt passieren würde. In Filmen gab es an dieser Stelle immer Lichteffekte. Es donnerte, und die Welten verschoben sich, und weiß der Henker was passierte.

Doch hier geschah nichts.

Sie sangen einfach weiter, und gerade diese Ruhe, die über allem lag, machte die Szenerie so bedrohlich. Sie sangen in der fremden Sprache ihrer alten Heimat. Die Melodie klomm aus den Abgründen der Vergangenheit empor, schwebte über dem Bayou, berührte die flackernden Kerzenlichter in den Händen der Kreolen, schwang sich zu den Wipfeln der Zypressen und Eichen empor, um von dort dann wieder niederzusinken auf das Netz, in dem Sunny gefangen war.

Born to run ...

Danny sprang auf.

Born to fight ...

Er musste es tun. Er spürte die Revolver, die noch in seinen Holstern steckten.

Er würde niemanden töten können, so viel war ihm klar. Aber er entsann sich der Visionen, die er als Kind hatte durchleben müssen. Sie waren schmerzhaft gewesen. Wenn man in einer Geschichte geschlagen wurde, dann tat es im Nachhinein noch immer weh. Ein Schuss mochte sie also eine Weile außer Gefecht setzen. Dann hätte er Zeit genug, um sich etwas einfallen zu lassen.

Also sprang er vor.

Schnappte sich einen kräftigen Ast, der am Boden lag.

Bevor er tatenlos zusehen würde, wie sie Sunny und der Kleinen etwas antaten, würde er eben grob werden müssen.

Er hob den Ast über den Kopf, um Madame Cal damit den Schädel zu zertrümmern.

Sunny oder sie, jetzt zählte es.

Ein Kreole trat auf ihn zu und fing den Schlag ab.

Also den Revolver!

Don't take your gun to town.

Der Fremde ohne Namen kehrte zurück. Mit geübter Hand zog er die Waffe und zielte auf Madame Cal. Sie war diejenige, die er ausschalten musste. Sie war der Schlüssel, zumindest für den Moment.

Er spannte den Hahn, sein Finger legte sich um den Abzug.

Das alles in Sekundenbruchteilen.

Er wusste, dass man mit dem Herzen schießen musste, niemals mit dem Verstand. Filme und Literatur machten einen das glauben. All den Helden, die ihn gelehrt hatten, wie ein Held sich verhielt, wie ein Held redete, wie ein Held die Waffe zog, würde er Tribut zollen. John Wayne, Henry Fonda, Charles Bronson, Clint Eastwood und Roland Deschain. Sie alle waren seine Lehrmeister gewesen, Geister, die einem kleinen Jungen die Träume von Amerika ins Bewusstsein gebrannt hatten.

Er krümmte den Zeigefinger der rechten Hand.

Und ...

Nichts!

Er musste feststellen, dass er wie gelähmt dastand.

Er konnte sich nicht bewegen. Erstarrt wie zur Salzsäule stand er herum und konnte nur zusehen und hören, wie sie ihren Gesang weiter intonierten und es über dem Bayou donnerte.

Die drei Frauen reichten sich die Hände.

Es war ein gespenstischer Anblick.

Sie reichten sich die Hände und sangen weiter.

L'Orient.

Danny dachte nur einen einzigen Gedanken.

Oh, fuck!

Der Rhythmus wurde von den tiefen Stimmen der Kreolen geschöpft, dort drüben im Wasser.

Heiß wurden die Gesänge. Die Kreolen, die überall ihre Kerzen hielten, bewegten diese jetzt. Die Frauen unter ihnen stimmten in den Gesang der Sirenen mit ein.

Die Hitze steigerte sich, die Luft begann zu brodeln.

Danny sah, wie Glühwürmchen zu kleinen Flammen wurden und vor aller Augen in der Luft verbrannten. Der Himmel war rot besprenkelt mit entzündeten Erwartungen.

»Nein!«, schrie er.

Denn schreien konnte er noch.

Verdammt, verdammt.

Nur schreien, sonst nichts.

Er würde hilflos zusehen, wie sie seine Tochter töteten. Denn genau das hatten sie vor. Jenny würde sterben, und ihr Körper wäre ein Gefäß für diese schreckliche Sirene, die nicht alt werden wollte. Sie alle würden hier sterben, in diesem schwülen Sumpf, am Ende der Welt.

»Lasst sie IN RUHE!«

Dann, als seine Verzweiflung am größten war, geschahen zwei Dinge auf einmal.

Sunny schlug die Augen auf.

Er konnte es genau sehen.

Sie riss sie auf, als habe sie nur auf diesen Augenblick gewartet. Ihre Finger bewegten sich, versuchten, dem Spinnennetz zu entkommen. Und ihre blauen Augen, diese Seen, in denen sich die ganze Schönheit Minnesotas spiegelte, diese Augen, in die zu blicken Danny nie müde geworden war, diese Augen waren jetzt weit offen, und sie sahen, was er auch sah.

»Hey!«, schrie sie, und sie klang wütend.

Die Melodie zerbrach in dem Moment, in dem Sunnys grelle Stimme die Nacht zerriss.

Madame Cal stockte.

Starrte aufs Spinnennetz.

Die beiden funkelten einander an.

»Du bist wach!«

»Schlampe«, war alles, was Sunny sagte.

Doch bevor sich Madame Cal darüber wundern konnte, ließ Calypso die Hände ihrer Schwestern los.

»Was?« Madame Cacaelias Gesicht wurde zu einer wächsernen Maske, bleich und grimassenhaft.

Die jüngste der Sirenen verließ die Runde der Schwestern. Sie ging zum Spinnennetz, zu Sunny. Beiläufig berührte sie Danny an der Schulter.

Er konnte sich wieder bewegen.

Ein Schuss zerriss die Stille.

»Calypso!«, schrie Cal. Sie war panisch, verlor die Kontrolle. Blut rann ihr aus der Schulter.

Danny musste an einen Satz aus einem Roman denken, den er irgendwann einmal gelesen hatte. *Ich habe das Angesicht meines Vaters nicht vergessen, du singendes Flittchen.* Das dachte er gerade, wenngleich es widersinnig war, denn sein Vater war ein Idiot gewesen.

Cal indes starb nicht.

Fauchte ihn nur an.

»Danny!«, rief die wunderbare Frau, die gerade im Spinnennetz erwacht war.

Er drehte sich um, lief zu ihr hin. Ergriff ihre Hand, küsste sie. »Ich bin hier«, war alles, was ihm einfiel.

»Ich weiß«, sagte Sunny.

Er ahnte es, bevor sie es sagte. »Du bist die ganze Zeit über wach gewesen.«

»Ja.«

»Aber …«

Ein weiterer Schrei zerriss die Nacht.

Calypso stand nur da, still und abwartend.

Madame Cal war sichtlich geschwächt. Der Blutstrom aus ihrer Wunde versiegte.

Madame Cacaelia kniete am Boden neben ihrer Schwester.

»Was tust du da?«, herrschte sie Calypso an.

»Das, wozu ich hergekommen bin.«

»Calypso?«

Die schöne Frau, die den ganzen Weg mit Danny zurückgekommen war, sagte: »Calypso ist längst tot.«

Dann brach die Hölle los.

Die Sirenen heulten auf wie Wölfe, wie der *Rougarou*, der des Nachts durch die Sümpfe streift und die Sünder und Bösewichte anfällt. Der sich am Fleisch der Ungläubigen und Missetäter gütlich tut.

Calypsos Augen begannen grün zu leuchten, ihre Lippen bebten, das Kleid rutschte ihr von den Schultern, einen kurzen Moment lang konnte man einen Blick auf ihren Körper erhaschen, der dunkel und geheimnisvoll im Mondlicht glänzte, geformt für die Sünde und besungen von Poeten. Es geschah so schnell, dass Danny sich später fragen würde, ob seine Augen ihn nicht getäuscht hatten. Die Hitze der Nacht empfing die Gestalt der nackten Calypso, und dann wurde sie zu einem Vogel.

Du wirst mich finden. Am Ende.

Genau das passierte.

Ich bin, was du suchst.

Rasend schnell.

Der Vogel überragte die beiden Schwestern und wuchs, weiter und weiter, spross dem Himmel entgegen, bis sein Haupt die Kronen der Eichen berührte. Sein buntes Gefieder strahlte wie der Tag, und sein Schlund war tief wie die tiefste Nacht.

»Nein!«, kreischte Madame Cal.

Madame Cacaelia war stumm vor Entsetzen.

»Wer ist das?«, fragte Sunny.

Danny konnte den Blick nicht von dem abwenden, was da gerade geschah.

»Das«, sagte er, »ist die Lyra.«

Es war so weit.

Der letzte der stymphalischen Vögel stürzte sich auf die beiden Schwestern, die verzweifelt versuchten, ihn mit ihren Gesängen zu töten. Sie sangen unglaubliche Wesen aus den Tiefen der Zeiten hervor, die sich unter den Hieben des Schnabels in Luft auflösten. Sie ließen

Heere aus der Asche emporsteigen und sich in die Schlacht werfen. Engel stürzten, und Lügen zerrissen die Wahrheiten. Geschichten erhoben sich und wurden getötet, bevor sie zu atmen vermochten. Es war ein ungleicher Kampf, denn die Gesänge, die all jene Zauber bewirkten, wurden schwächer. Das laute Kreischen der Kreatur übertönte alles. Es ließ selbst die Bäume erbeben. Die Kreolen ergriffen schreiend die Flucht. Die Alligatoren, die ruhig im Bayou gelegen hatten, öffneten ihre Mäuler und machten sich über die Fliehenden her. Alles, was eine Ordnung gehabt hatte, zerfiel.

Danny begann, seine Frau aus dem Spinnennetz zu lösen. Er riss und zerrte an den Fäden, die ihm auf der Haut brannten. Doch nach und nach schaffte er es, sie zu befreien. Dann flüchtete er mit Sunny zwischen die Bäume.

»Warum hast du nichts gesagt?«, fragte er Sunny.

Sie deutete auf den großen Vogel. »Sie hatte es mir geraten.«

»Calypso?«

»Ja. Sie kam zu mir, als ich glaubte, du seist bei mir. Sie hat mich gewarnt.«

Welches Spiel wurde hier bloß gespielt?

Danny schaute auf das Inferno und wusste nicht, was noch alles passieren würde.

Senor, senor, do you know where we are headin'?

Der spitze Schnabel stach auf die beiden Sirenen ein, und ihre Gesänge wurden zu Schreien, in denen Schmerz und Wehmut klagten. Blut rann aus ihren Augen, als sie

Verzweiflung weinten, und Tod bebte auf ihren Lippen, die nass vom Lügen waren.

Lincoln County Road or Armageddon?

Sunny klammerte sich an Danny, als die Welt um sie herum in Flammen aufging.

»Sie hat mich gewarnt. Ich solle den Tee nicht trinken, sondern nur so tun, als würde ich fest schlafen.«

Danny fragte sich, was geschehen war. Calypso war in Sunnys Vision aufgetaucht?

Wie konnte das sein?

Warum war sie ein Vogel?

So viele Fragen und nicht die geringste Antwort in Sicht.

Sunnys Stimme drang an sein Ohr. »Sie wird sie töten, nicht wahr?«

Er nickte. »Ja, das wird sie.«

Die Lyra wütete, und ihr Schnabel zerfetzte die Schwestern, die sich bald nur noch wimmernd im Schmutz wanden. Sie bluteten aus Wunden, die sich nie wieder schließen würden. Die Schreie, die sie ausstießen, waren der letzte Gesang, den die Welt von ihnen hören würde. Er schallte durch die Sümpfe, während Schnabel und Krallen der Lyra ihr Werk vollendeten.

Madame Cacaelia und Madame Cal waren nur noch blutige Massen aus Fleisch und Knochen, als der Bayou sich aufzulösen begann. Die Holzhütte begann zu zerfallen. Die Bretter wurden zu Splittern, zerbrachen im Zorn der Lyra, und der Staub, zu dem sie wurden, bedeckte die Häupter der sterbenden Sirenen. Sie atmeten ein, was einmal die Hütte gewesen war. Sie sangen ein Lied von Staub und Sterben, als sie verschlangen, was einst aus ihnen geboren worden war.

Zwischen den Bäumen erkannte Danny plötzlich das Muster einer Tapete.

Er sah Fenster mit Vorhängen, unsichtbare Flammen, die züngelten, die Hitze der Geschichten, entfacht zum letzten Mal.

Der Bayou wurde wieder zu dem Haus, die Welt zu dem Zimmer, in dem sie die beiden Schwestern ausfindig gemacht hatten.

Danny hielt Sunny ganz fest.

Fasziniert sahen sie zu, wie auch dieses Haus sich auflöste, in der richtigen Welt.

Die sterbenden Sirenen kauerten am Boden und sahen noch schrecklicher aus als zuvor in der Vision.

Ein Sturm brach los.

Donner grollte, und Blitze zuckten.

Es war ein Wirbelsturm, der niemanden zurück nach Kansas bringen, entfesselte Gewalt, die nur weit vom fernen Oz wegführen würde.

Und dann …?

Erstarben die Schreie.

Das *Maison Rouge* war verschwunden. Die leblosen Körper der beiden Sirenen lagen auf der Lichtung, die verwüstet und kalt war. Nur die Eichen waren geblieben, wie mächtige Denkmäler, die ewig schon an diesem Platz lebten.

Der riesige Vogel stand über allem, und seine güldenen Augen sahen auf den Seemann herab, der seine Sonne in den Armen hielt, eine Sonne, die bald schon einem Stern das Leben schenken würde.

Dann sank er zu Boden, wirbelte in einer Wolke aus bunten Federn herum und war wieder der nackte Körper einer Frau, die sich das am Boden liegende Kleid überstreifte.

Sie trat vor die beiden.

Der Staub legte sich.

Der Sumpf wurde wieder still.

Als es vorbei war, stand Calypso vor ihnen, so, wie Danny sie vor wenigen Stunden zum ersten Mal auf dem Raddampfer erblickt hatte.

»Ich denke«, sagte sie, »dass ich euch eine Erklärung schuldig bin.«

Das jedenfalls sah Danny genauso.

Sie saßen auf einem Baumstumpf, an dem Ort, an dem bis vorhin noch das *Maison Rouge* gestanden hatte.

Und Calypso begann zu erzählen.

»Ich habe eine Tochter. Ihr Name ist Epiphany.« Die dunklen Augen sahen traurig aus. »Als sie schwanger wurde, wollte ich ihr das Gleiche antun, was meine Schwestern mit dir vorgehabt hatten, Sunny Darcy.« Sie seufzte. »Alles war vorbereitet. Sie war hier ins *Maison Rouge* gekommen. Wir hatten uns versammelt, sie hatte den Zypressenharztee getrunken, war eingeschlafen.« Die Melodie, die ihre Stimme war, zersplitterte in viele kleine Bilder. »Doch an *L'Orient* verlor sie ihr Kind.« Tränen traten ihr in die Augen. »Es passierte einfach so, ohne Grund, wie Dinge, die schlecht sind, manchmal passieren. Sie begann zu bluten, und dann war es auch schon vorbei.«

Sunny sah sie erschrocken an. Das Schlimmste, was man sich denken konnte.

»Das war der Tag, an dem etwas in mir zerbrach. Etwas, was Tausende von Jahren geleuchtet hatte. Ich nahm mir das Kind einer anderen Frau, um einen neuen Körper zu bekommen, aber von da an verspürte ich nur Hass und Abscheu.« Sie blickte auf. »Mir selbst gegenüber.«

Sunny legte ihr die Hand auf die Schulter, kurz nur, aber warmherzig und ehrlich.

»Ich wollte nichts mehr mit dem *Maison Rouge* zu tun haben. Alles dort erinnerte mich an Epiphany und das Kind, das sie verloren hatte.« Sie stand auf und schritt über den Torfboden. »Als ich herangewachsen war, da ging ich noch einmal nach New Orleans. Ich wollte sie sehen, unbedingt.«

»Ihre Tochter?«

»Ja.«

»Und was ist passiert?«

»Nichts ist passiert.« Sie zauderte. »Ich habe sie gesehen, das ist alles. Sie arbeitete in einem Laden, der Krimskrams feilbot. Sie war alt geworden. Das Leben hatte ihr nichts geschenkt. Ich selbst war jung und schön, dieser Körper war zwanzig Jahre jünger. Es brachte Männer um den Verstand, ihn auch nur anzusehen. Mit meiner Stimme konnte ich tun, was immer ich wollte. Es war mein Leben. Doch ich hatte das Leben anderer dafür geopfert. Ja, ich weiß, späte Reue. Aber so war es.«

»Was haben Sie getan?«, wollte Sunny wissen.

»Ich habe das *Maison Rouge* verlassen. Ich ging zu dem Raddampfer, der dort draußen vor Ewigkeiten gestrandet war, und dort lebte ich mein Leben.« Ein Lächeln erhellte ihr Antlitz. »Eines Tages im Frühjahr fand ich in den Sümpfen ein verwaistes Nest mit den Eiern kleiner Alligatoren. Ich nahm zwei von ihnen mit nach Hause, aus einer Laune des Augenblicks heraus. Ihnen konnte ich wenigstens Leben schenken.« Sie lachte. »Am Ende schlüpften Nero und Brutus, meine einzige Gesellschaft in all den Jahren.« Sie starrte zu Boden. »Die einzige Gesellschaft, *die ich mochte.*« Es war eine dumpfe Melodie in ihre Stimme getreten. »Männer, ja, die gab es immer wieder. Aber das, was den heißen Körper für Augenblicke in Ekstase versetzt, ist nichts, was der Seele Ruhe verschafft.« Sie schaute Danny offen an.

»Sie waren einsam.«

Calypso nickte. »Schlimmer als das.« Sie betrachtete den Mond, der hell und klar über den Sümpfen schien. »Irgendwann wurde ich des Lebens einfach überdrüssig.« Sie fuhr resigniert mit der Hand durch die Luft. »Wenn meine Schwestern ihre Erneuerung vollziehen wollten, musste ich ins *Maison Rouge* zurückkehren, weil sie es ohne mich nicht tun konnten. Sie waren einzeln zu schwach. Jede von uns war das. Wir konnten es nur tun, wenn es alle wollten. So funktionierte das eben. Wir hatten die Gesetze, nach denen wir handelten, nicht gemacht.«

»Wann haben Sie die Lyra getroffen?«, fragte Sunny.

»Als ich ein kleines Mädchen war«, erinnerte sie sich, »habe ich mich einmal in die Welt der Geschichten verlaufen.« Sie schmunzelte. »Ich nannte diesen Ort die *Teufelsbucht*, wie in dem Film mit den Mäusen, den ich als Kind so mochte. Dort traf ich die Lyra zum ersten Mal. Sie wollte mich töten, weil sie einen Hass auf die Sirenen hegte, aber ich war noch ein Mädchen, und sie hatte Mitleid.«

Ihre Stimme wurde zu einem Lied, das sie alle mit sich nahm. »Ich traf mich oft mit ihr, heimlich. Denn sie versteckte sich, vor den Menschen und vor der Welt. Sie lebte manchmal hoch oben am Sternenzelt, wo sie ruhen konnte. Doch die meiste Zeit verbrachte sie ruhelos auf der Erde. Sie war allein, weil alle anderen, die gewesen waren wie sie, gestorben waren.«

Ein trauriger Gedanke. Die Lyra, der letzte Vogel seiner Art. Das letzte Wesen seiner Art.

»Dann, als die Zeit gekommen war, ging ich wieder zu ihr hin.« Sie schluckte. »Damals, als ich des Ganzen überdrüssig geworden war. Ja, ich ging zu ihr zurück. Ich schenkte ihr mein Leben, und sie nahm es großzügig und dankbar in sich auf.«

Danny starrte sie an.

»Sie hat mich gefressen«, stellte Calypso klar.

Keiner ihrer beiden Zuhörer konnte etwas sagen.

»Damit ging alles, was einst Calypso war, in die Lyra

über. So läuft das nun mal, sie hat es mir vorher erklärt. Sie besaß fortan meine Erinnerungen, meine Gefühle, all das, was mich einst ausgemacht hatte. Sie konnte sogar meine Gestalt annehmen.« Jetzt musste sie lachen. »Ja, das war neu. Das hatte sie vorher nicht gewusst.« Sie zwinkerte ihnen zu. »Ist es nicht schön, wenn man noch Neues über sich in Erfahrung bringt, selbst dann, wenn man alt wie die Lyra ist?«

Danny verstand.

All die Jahre hatte die Lyra im Verborgenen gelebt, doch von dem Moment an, da ihr ein menschlicher Körper geschenkt worden war, hatte sie die Welt neu für sich entdecken können.

»Sie beschloss, die Sirenen zu töten, sobald es ihr möglich war. Doch die einzige Möglichkeit, gegen zwei Sirenen gleichzeitig zu bestehen, war, sie in geschwächtem Zustand zu erwischen.«

Und so wartete sie.

Geduldig.

Bis Danny Darcy in den Süden kam, mit seiner schönen Frau.

»Warum haben Sie mir nichts gesagt?«

»Sirenen«, sagte sie, »wittern eine Lüge. Du hättest dich nie gut genug verstellen können, um sie zu täuschen.« Sie lächelte. »Außerdem hat es doch funktioniert.«

Danny wischte sich den Schweiß von der Stirn. Dann ging er in die Büsche, um zu pinkeln.

Als er zurückkehrte, fühlte er sich besser.

»Ich verfolgte also meinen Plan«, fuhr Calypso, die

geduldig gewartet hatte, fort, »einen Plan, der zum Teil ein Plan der Calypso gewesen war.«

Es war Sunny, die plötzlich fragte: »Wer sind Sie denn nun? Calypso oder die Lyra?«

Die dunkle Schönheit lächelte. »Ich bin beide. Zwei Seelen wohnen in meiner Brust.« Zwei einsame Wesen, die nicht mehr allein waren. Die ihren Frieden gefunden hatten. »Aber ich nenne mich, wie ihr gesehen habt, die meiste Zeit über Calypso.« Sie lächelte. »Madame Calypso Fontaine.«

»Warum haben Sie mich belogen?«, fragte Danny nach einer Weile. »Warum haben wir die Lyra gesucht?«

»Du hattest keine Zuversicht mehr, Danny Darcy. Wir mussten den beschwerlichen Weg durch die Geschichtenwelt nehmen, um uns die Zuversicht zu verdienen.«

Der Sumpf war zu einem leisen Ort geworden. Nacht senkte sich über alles.

»Was wird jetzt geschehen?«, fragte Sunny.

Die Lyra, deren Namen Calypso war, sagte es ihr. »Es gibt jetzt keine Sirenen mehr. Das waren die letzten.«

»Und was wird aus uns?«

»Ihr werdet leben«, sagte sie, »gemeinsam, zu dritt.« Sie lächelte, erhob sich, ging auf Sunny zu. Sie umfasste ihr Gesicht mit beiden Händen, sah ihr in die Augen. Dann küsste sie Sunny, so tief und fest, bis sie die Lüge zu packen bekam und da herauszog, wo sie nie hätte wachsen dürfen. »Es ist wieder gut«, sagte sie.

Und die Nacht war plötzlich kein dunkler Ort mehr.

»Ich hasse Epiloge«, sagte Sunny traurig. »Sie sind wie Songs, die leise enden.«

Danny wusste, was sie meinte. »Es gibt kein Ende, niemals wirklich.«

Denn die meisten Songs, das wussten sie jetzt beide, sind wie Träume, die ein Kind sich singt, um nicht allein zu sein. Sie sind wie weit entfernte exotische Länder, in die man sich aufmacht, um das Leben zu erfahren, in all seiner Pracht und Einfachheit. Hat man erst einmal einen Schritt in diese Gefilde getan, dann lassen sie einen nie wieder los. Die Lieder, die man fortan singt, werden leicht wie der Regen, der an warmen Sommertagen zu weißem Dampf über den Wassern in den Sümpfen wird, jenen Wassern, in denen sich noch immer wie kleine Eilande die Gewitterwolken spiegeln, die abgezogen sein werden, bevor der Song verklungen ist.

»Was wird jetzt passieren?«, fragte Sunny.

Sie waren Calypso auf ihren Schaufelraddampfer gefolgt, wo sie inzwischen zwei Tage verbracht hatten, die ruhig und still und voll von Musik gewesen waren. Aber bald würden sie abreisen, denn nichts dauerte ewig, nicht einmal Tage wie diese.

Danny hatte seinen Bruder Colin in England angerufen und ihm mitgeteilt, was geschehen war. Jetzt wussten sie beide, dass es vorbei war. Jetzt wussten sie beide, dass sie leben konnten.

Danny saß wie am vergangenen, so auch an diesem Abend auf dem Oberdeck und spielte auf der Gitarre, die Calypso ihm gegeben hatte. Es war eine Gibson –

und wenn es Zufälle gab, dann sollten es solche wie dieser sein, immerzu und niemals anders.

Er zupfte an den Saiten, ließ seine Finger nach der Melodie suchen, die schon seit Jahren auf den Moment wartete, endlich geboren zu werden. Er saß einfach nur da und sang vor sich hin, jonglierte mit dem Text und suchte in den Worten nach der Sonne, die über den Sümpfen schien und ihm alle zwei Stunden einen heißen Kaffee brachte, und das, obwohl sie Kaffee mehr als alles andere hasste, jetzt, da die Kleine bald zu ihnen stoßen würde.

»Sie ist fort«, hatte sie geflüstert, als sie beieinandergelegen hatten.

»Die Lüge?«

»Ja.«

Alles war nun wieder so, wie es immer gewesen war.

»Keine Träume mehr?«

Sie hatte ihn geküsst. »Nur du.« Und gelacht; ihr berühmtes Lachen, das ihm alle, alle Lieder war.

Einen Tag, nachdem das *Maison Rouge* mitsamt der Sirenen aus der Welt entschwunden war, hatte Danny bei Billy Ray angerufen. Er hatte ihm versprochen zurückzukommen. Er würde sich mit den Jungs treffen und neue Songs schreiben, ja, viele neue Songs, so viele, dass sie ein ganzes neues Album füllen würden. Das Album, mit dem Dylan's Dogs die Bühnen der Folk-Szene erobern würden. Ja, Billy Ray war beruhigt gewesen, nachdem Danny ihn darüber in Kenntnis gesetzt hatte, dass er bereits zwei neue Songs in einer einzigen Nacht komponiert hatte. Zum Beweis hatte er sie ihm vorgespielt. Er hatte sie *Jenny* und *The Weeping Alligator's Song* genannt. Ach ja, und er sei wieder mit Sunny zusammen. Die beste Nachricht überhaupt. Denn sie war ihm die Stimme, schon immer gewesen.

»Was wird jetzt passieren?«, fragte Sunny.

Die Wipfel der Bäume bewegten sich kaum, die dichten Vorhänge aus Spanischem Moos verbargen den Ort, an dem Calypso lebte, vor der Welt. Unten im Bayou konnten sie die schuppigen Rücken und das sanfte Schlängeln der Alligatorenschwänze im Wasser erkennen. *Nichts ist so, wie es scheint.* Das hatte sie gesagt. *Die wichtigsten Dinge sind unter der Oberfläche verborgen.*

»Komm!«

Sunny ließ sich neben ihm nieder. Gemeinsam saßen sie auf dem Deck und sahen in die Weite des Landes hinaus.

Sie trug wieder die Zöpfe und das Hemd, das ihren Bauch entblößte, wenn sie sich räkelte. Danny legte ihr noch immer sanft die Hand darauf, wann immer sich die Gelegenheit bot.

Doch jetzt saß sie nur da.

»Es ist fertig«, sagte er.

Sie sah ihn an. Die wunderbar blauen Augen luden zum Versinken ein.

»Du hast es getan«, flüsterte sie. Fast war es eine Frage.

Er küsste sie.

Dann begann er zu spielen.

When the Sailor saw Sunny.

Es war eine leise Melodie, so leicht wie das Lachen, das ganz und gar Sunny Darcy war. Die Worte berührten die Musik und ließen sich von ihr tragen. Sie rauschten mit den Blättern und tauchten mit den Alligatoren, sie berührten die Sonne und entzündeten die Sterne. Und während Sunny in den Wolken die Geschichte erblickte, von welcher der Song handelte; während Calypso ein Deck tiefer im Schaukelstuhl saß und zum ersten Mal das Buch von Thomas Wolfe las; während Jenny Darcy sich geborgen fühlte und frei von bösen Träumen war; während all die Dinge, die um sie herum waren, nicht weniger als perfekt anmuteten; während dieses einen Augenblicks, der alle auf dem alten Raddampfer vereinte – da wusste Danny Darcy, dass sein Leben noch voll unentdeckter Länder sein würde, die zu bereisen er niemals müde werden würde.

Sein Lied aber hatte er in Sunny gefunden.

»Eigentlich«, stellte sie fest, »ist alles ganz einfach.«

Man musste es nur singen.

Landscapes & Songs

by

Dylan's Dogs

(lyrics and music by Daniel Darcy
and Soozie Sutcliffe)

courtesy of *Telegraph Records*

My Sweet Laura Lee

I remember you well,
a whole story to tell,
of the valley, the greens and blue
eyes.
I was younger then, though
so much wiser than now
and my words were as true as the
skies.
Saw you there in the store
as I'd seen you before
thousand times, ev'ry day, endless
hours.
Kissed you one summerday
then I begged you to stay
with me there on the farm in the
hills.

My sweet Laura Lee,
life lay in your eyes,
in your smile and your anger and
voice.
Life was there
'cause of you,
never dull, sometimes blue,
always honest and brave, the right
choice.

We were riding the car
to horizons, so far,
and a river to dive in and swim.
We were singing our song,
knowing where we belong
in the world, in the valley, our
place.
You gave birth to a boy,
to a girl, we had joy
when they grew up and went to
the shore.
Years were passing like sand,
time grew old in your hand
but your smile stayed the same as
before.

My sweet Laura Lee,
life lay in your eyes,
in your smile and your anger and
voice.
Life was there
'cause of you,
never dull, sometimes blue,
always honest and brave, the right
choice.

We were both in that room,
dressed like bride and groom,
and the clouds, they shadowed the
land.
We were talking all night,
knew you'd lost the strange fight,
yet I saw you like before, held your
hand.
As the river was dry,
stars abandoned the sky
over the valley, the greens, in your
eyes.
Saw you lying on the shore
as I'd seen you before
over years, floating slowly away.

My sweet Laura Lee,
life lay in your eyes,
in your smile and your anger and
voice.
Life was there
'cause of you,
never dull, sometimes blue,
always honest and brave, the right
choice.

I remember you well,
a whole story to tell
of the valley, the greens and blue
eyes.
Saw you there in that store
as I'd seen you before,
thousand times will I miss you,
for sure.

My sweet Laura Lee,
life died with your smile
in the graveyard up on the hills.
Life is gone
'cause of you,
always dark, never true,
never pretty, never laughing,
no more.

My sweet Laura Lee,
life was living, a try,
I kissed you goodbye
on this shore, in the end ...

... at the end of our way.

The Wolf and the Squirrel

One fine sunny day
into the woods, far away,
came a wolf, huge and black,
with grey hair on his back.
A deep cunny voice growled:
»Obey me!« And howled:
»I'm your new king, for now and
forever.«

The animals kneeled and ...

In fear of his threats
they lowered their heads.
»We obey you, our king,
and hymns we will sing,
but do us no harm,
we'll be pleasant and calm.
You're the king now, for now and
forever.«

So the wolf became king ...

In the woods by the rivers
the animals feared him, and
shivers
went through their spines
when they thought of the lines:
»I'll kill everyone who will not
worship me as your wolf and your
god.«
So the kingdom was forged with
despair.

But something was there
in the air ...

Up on a tree
with its small family
lived a squirrel, furry and red,
in a wooden and hidden small
flat.
It saw the new king
on a bright day in spring
and refused to give him some
nuts.

Such thing never happened
before ...

And Wolf said: »Bow!«
The squirrel said: »No!«
Wolf said: »I'm your king.«
»No, you're not such a thing.
I'm a squirrel«, said the squirrel,
»I live in this tree,
take orders from no one,
am brave, wild and free.«

The wolf was howling,
stamping and growling:
»I'll kill you and all those
you love.
That, you should know,
will happen if you don't bow.«

So the wolf rounded the tree
but the squirrel didn't flee,
just sat there – and then
threw a nut, two, three, ten,
and one of those
hit the wolf's nose,
so that he howled angry again.

»Last chance to obey!«

Again he said: »Bow!«
The squirrel said: »No!«
Wolf said: »I'm your king.«
»No, you're not such a thing.
I'm a squirrel«, said the squirrel,
»I live in this tree,
take orders from no one,
am brave, wild and free.«

And then ...

The animals came to see.
Asked: »How could that be,
that a squirrel that lived in a tree,
is stronger, braver and better
  than thee?«
Said the wolf: »On your knees
or I'll show you my teeth,
I'm your king, your master,
  your god.«

But none of them gave him a nod.

Wolf said: »Bow!«
But they all said: »No!«
Wolf said: »I'm your king!«
»No, you're not such a thing.
We're the people«, they said,
»we live in these woods,
take orders from no one,
never give you our goods.

We live here in freedom,
have no master, no king,
no god and no wolf
and no such a thing.«

So they drove him away
on that spring sunny day,
and the wolf never dared to come
  back.

Now there must be no sorrow,
you will always be free
as long as there's a squirrel
high up in the tree.

Landscapes and Songs

Ohio
made me silent,
Newark
made me sad,
Atlanta
made me crazy,
Frisco
made me mad.
Springfield
let me shiver,
Bangor
had no luck,
London
slept in bright daylight,
Virginia
wouldn't fuck.

All the girls I've stayed with
were only puzzle-pics,
I saw no pretty picture
that made my heart tick ticks ...

... never made my heart tick ticks.

New Orleans
made me worry,
L.A. was
much too thin,
Paris
was too ugly,
Chicago
made me spin.
Dallas
left too early,
Denver
left too late,
California's
hair was curly,
New Hampshire
never ate.

All the girls I've stayed with
were only puzzle-pics,
I saw no pretty picture
that made my heart tick ticks ...

... never made my heart tick ticks.

Woodstock
smelled like fire,
Niagara
felt like ice,
Memphis
walked too sticklike,
Kentucky
threw the dice.
Alaska
was a loner,
Vegas
was too rich,
Arizona
called me Homer,
Phoenix
was a bitch.

But then I met a woman
as shining as the sun.
She was the prettiest picture
and I felt like a con ...

... oh, I felt like a con.

She
never makes me silent,
she
never makes me sad,
she
is always so crazy,
so wonderful and mad.
She
never made me worry,
she
always makes me strong,
she
smells of all the pretty things
to which I now belong.

Her name is an enchantment,
a landscape and a song,
and it sings of all the pretty things
to which we now belong.

... to which we now belong ...

... oh, to where we now belong.

Idiots Rule

idiots
rule the country
idiots
made it up
idiots
don't do nothing
idiots
give no fuck.

idiots
are doing politics
idiots
are lucky chaps
idiots
listen to liars
idiots
like to sit in a trap.

idiots
are always shady
idiots
don't care a shit
idiots
are often lawyers
idiots
try just a bit.

so better be an idiot
that's my advice, you see?
there are so many of them out
  there
you're always in good company

your're always in good company.

Once Upon a Long Lost Time

The bells are ringing,
tolling, jingling,
war is coming from behind.
Sounds like thunder,
darkness floating
through the cities,
eyes are blind.

Mankind mourns
in sleep and daylight,
mankind sleeps
in mourns and fright.
Mankind lost
its love and senses,
mankind dances
through the night.

The beasts of past,
once dead, reborn,
in wonderous flowers
never seen,
their breath sets heavens
all on fire,
like the seers
had long forseen.

Mankind laughs
the sounds of madness,
mankind sings
the songs of How.
Mankind dreams
deep in the graveyards,
mankind's dreams
high-ho and low.

Tanks are rolling,
always hungry,
in a desert
far away.
't sounds like courtyards
in strange countries
someone else's
debts to pay.

Mankind sees
the world in showtime,
mankind wakes
but never talks.
Mankind tells
itself sick tales of
mankind's hate
and foreign wars.

Dreams of blood
and seas of tears,
the clothes mankind
always wears.
Remembrance of ev'ry crime,
not here, not now,
neither fast, nor slow,
but once upon a long lost time

Yeah, once upon a long
lost time.

The Lady in the Shadowy Coat

There was a chill in the wind
an abandoned boat
pretty eyes in the darkness
a silhouette in a coat.
Only shadows, painted dust,
Long lost words in my throat,
taste of pity and fear,
a silhouette in a coat.

She's the lady in my dream
ghostly echo, nightly scheme,
broken silence in my eye,
the loving kiss before I die.
She pulls me out for the road,
yeah, out for the road,
she's the lady in the cold and
shadowy dark coat.

If you're roaming the streets,
Seafaring the nights,
If you're feeding the geeks
and turn off the lights,
then the scholars cry out
burning songs in my throat
I am fallen, lost to
that silhouette in the coat.

She's the lady in my dream
ghostly echo, nightly scheme,
broken silence in my eye,
the loving kiss before I die.
She pulls me out for the road,
yeah, out for the road,
she's the lady in the cold and
shadowy dark coat.

She leads me to the shores
far away, where the days
are wrapped up like pretty whores,
and that's what she says:
»We'll be crossing this sea
in that small wooden boat,
trust me now and you'll see
why I'm wearing that coat.«

She's the lady in my dream
ghostly echo, nightly scheme,
broken silence in my eye,
the loving kiss before I die.
She pulls me out for the road,
yeah, out for the road,
she's the lady in the cold and
shadowy dark coat.

Monkey Zoo

Don't stop talking, don't stop
drinking,
have a party, don't stop thinking,
dance like devils, sing like sprites,
be the dog that barks and bites.

Come on and join the monkey
zoo
Lightning 's rolling yellow, blue,
Red and green and pink and
white,
Thunder likes to fly the kite.

Yeah, yeah ...
Oodle-di-doo
Shoo, shoo,
Woodle-the-poo

Be a lion, crown a king,
be a swampy greenish thing,
howl like the wolves and
be aware
that people out there like
to stare.

Come on and join the monkey
zoo
Lightning 's rolling yellow, blue,
Red and green and pink and
white,
Thunder likes to fly the kite.

Yeah, yeah ...
Oodle-di-doo
Shoo, shoo,
Woodle-the-poo

Paint the faces in the street,
on a toilet paper sheet,
add a poodle and a cat,
don't forget the flying bat.

Come on and join the monkey
zoo
Lightning 's rolling yellow, blue,
Red and green and pink and
white,
Thunder likes to fly a kite.

Yeah, yeah ...
Oodle-di-doo
Shoo, shoo,
Woodle-the-poo

Come on and join the monkey
zoo
Lightning 's rolling yellow, blue,
Red and green and pink and
white,
Thunder likes to fly a kite.

Oodle-di-doo
Woodle-the-poo

And if the kites fly like the
thunders,
colors, sounds, dreams, all these
wonders
rock the boat and speak to you
then you are in the monkey zoo.

Oodle-di-doo
Woodle-the-poo

Me and you,
Shoo, shoo, shoo ...

Jenny

Let Jenny dream dreams
so pure, sheer delight,
while angels are singing
their songs in the night.

Keep sorrows and griefs
away from her smile,
let luck shimmer softly
in her eyes all the while.

Be careful and guide her
through landscapes so bright,
embraced by the stars
in the midst of the night.

All the wonderful things,
the colors, every sound,
be her guardians and heavens
and wishes she found.

Let her dance, let her sing,
never weep, never cry,
give her courage to face
all »whatevers«, each »why«.

Let Jenny be Jenny,
a maiden and princess,
far away from the curses,
bad wolves and the witches.

Let a handsome young prince
set out for her tower,
in the dark of the woods
let him bring her a flower.

Let her smile, give her love
and a kiss that is true,
lucky eyes and a whisper
that whispers: »It's you!«

Let Jenny be Jenny,
a tale still to tell,
enchanted and wishful
and pretty as well.

Oh, Jenny, my Jenny,
so pretty as well.

The Weeping Alligator's Song

This is an alligator's song,
a prayer of all things so wrong,
a rhyme about a fearful thief
and all the things that lie beneath.

He is a beast, a hungry reptile,
he lives alone, is doomed in exile,
and no other animal
wants to be his friendly pal.

He lives there like some hidden
curse,
thinks of his past that is far
worse
than any part of any creature
deep in this swamp without a
future.

His yellow eyes don't even blink,
his cold dark heart will never sink
into the deep cold muddy waters,
these quiet realms of his fathers.

But then one brilliant day in
March
He hears the singing of a larch
and falls in love, that cannot be,
not with a bird up in the tree.

His heart is beating like a drum,
his body shakes, he cannot run
from this strange feeling that is
new
and simply wonderfully true.

But then the birdie flies away,
the alligator's forced to stay
and for the first time he feels
the fear
'cause in his eye there runs a tear.

So all the things go wrong
and in the end there is this song,
a rhyme about a fearful thief
and all the tears that run beneath.

When the Sailor Saw Sunny

When the Sailor saw Sunny
on the shore in the rain
his ship was a wreck
and his heart cried in pain.

Left his home years ago
and sailed all the seas,
tried to find a new haven
and watched out for some peace.

Sunny, oh Sunny,
handsome young maiden,
magic woman of mine,
Sunny, oh Sunny,
a heart full of heavens
in your eyes, sunny shine.

He was stranded, alone,
and she kissed him so sweet,
gave him breath and a hand,
all her love and relief.

They settled near the sea
in a lighthouse on the hill,
almost safe from the storms,
all those whispers to fulfill.

Sunny, oh Sunny,
handsome young maiden,
enchantress of mine,
Sunny, oh Sunny,
with eyes full of whispers,
your voice so divine.

A faded flower that blossoms,
forgetful hearts are so strong,
the roads ahead are never
ending
in your beautiful song.

Sunny, oh Sunny,
my wonderful wife,
all my words, every song,
Sunny, oh Sunny,
each sentence in my story is
where my words now belong.

I see the colors,
hear the laughter in the rain,
smell the sound of pure luck,
never acting in vain.

Touch the earth with my finger,
feel the water flowing low,
drown in eyes, oh, so blue,
when you lower your violin's
bow.

Sunny, oh Sunny,
singing for you
all the colors that I mean,
Sunny, oh Sunny,
gorgeous mother and lover,
my friend and my dream.

Nachwort

Danny Darcys Geschichte ist nun erzählt. Die Lichter werden gleich ausgehen, die Männer in den schwarzen Klamotten werden die Bühne abbauen, und im Konzertsaal wird es still werden. Die Band wird weiter in die nächste Stadt ziehen (wo irgendwann, irgendwo - vermutlich in Schottland - ein junges Mädchen namens Helen darauf wartet, die Musik der 60er zu entdecken - ich bin mir sicher, dass sie das tut, und ich bin mir ziemlich sicher, dass sie dort mit einigen Überraschungen auf uns wartet; und ich bin davon überzeugt, dass sie noch keine Ahnung davon hat, dass sie einmal zwei Söhne haben wird). Wer in der Zwischenzeit herausfinden will, was während Dannys kurzen Aufenthalts in Schottland geschah, dem sei ans Herz gelegt, in »Fabula« nach Ravenscraig zu reisen, zu jenem dunklen Anwesen in den Rhinns of Galloway, wo alles einmal begann.

Doch, wie bereits erwähnt, ist das Konzert an dieser Stelle erst einmal vorbei.

Und nun, wie nach jedem Konzert, bevor die Band die Bühne verlässt, erst einmal die Verbeugungen - und hier sind sie:

Die Musik ist immer (habe ich das schon einmal erwähnt?) der Takt einer jeden Geschichte - und während ich Danny Darcy in die Sümpfe Louisianas bis hin zum *Maison Rouge* gefolgt bin, haben mich folgende Legenden begleitet: Bob Dylan, Johnny Cash, Bruce Springsteen, Neil Young, Nick Cave and the Bad Seeds, Mark Lanegan und Isobel Campbell, Emmylou Harris, Michael Holland, Nancy Sinatra und Lee Hazlewood, Mark Knopfler, The Woven Hand, Dr. John und The Gaslight Anthem.

Aino Laos und Ralph Quick haben echte Melodien zu meinen Texten geschrieben, so dass es jetzt wirkliche Songs gibt, die sich genauso anhören, wie ich sie mir vorgestellt habe, was unglaublich cool und wunderbar ist.

Im *Fine Music & Art*, dem besten Musikladen in Saarbrücken, habe ich alles bekommen, was das Herz begehrt (und darüber hinaus viele wertvolle Tipps bezüglich der Musik der Sümpfe), und Christian Rocas kümmert sich darum, dass www.christophmarzi.de nicht im Sumpf versinkt.

Ich danke dem Team bei Heyne: Martina Vogl und Uta Dahnke, meine unentbehrlichen Begleiterinnen am Mischpult, sowie, allzeit cool, die Background Vocals Sebastian Pirling und Sascha Mamczak – nicht zu vergessen natürlich all die Roadies beim Verlag, die ein Konzert erst möglich machen. Das Cover und die Illustrationen sind wieder einmal Schöpfungen von Dirk Schulz und Andreas Hancock – wahre Magier mit dem Zeichenstift.

Die allerallertiefste Verbeugung aber gebührt – na klar! – meinen wundervollen Mädels: Tamara, Catharina, Lucia und Stella. Das Leben in dieser Band ist reinster Rock 'n' Roll, immer und überall.

Die magischen Welten des Christoph Marzi

LYCIDAS

Als die kleine Emily Laing eines Nachts Besuch von einer sprechenden Ratte erhält, weiß sie, dass nichts in ihrem Leben so bleiben wird, wie es einmal war. Denn dass sie auf der Suche nach dem Geheimnis ihrer Herkunft eine phantastische Stadt unter den Straßen Londons entdecken würde und schon bald von den seltsamsten Wesen verfolgt wird – das hätte sich Emily selbst in ihren kühnsten Träumen nicht ausgedacht.

LILITH

Grausige Dinge geschehen in London, denn nun bewahrheiten sich die Worte des Lichtlords: Alles wird irgendwann wieder leben. Erneut steigen die Waisenmädchen – in Begleitung des Alchemisten Wittgenstein und des Elfen Maurice Micklewhite – in die Welt unterhalb Londons hinab, besiedelt von phantastischen Geschöpfen, Göttern und sprechenden Tieren. Tief hinab in den Schlund der Hölle führt sie der Weg, wo die Asche einer Frau gefunden werden muss, die man einst Lilith nannte.

LUMEN

Mysteriöse Gestalten huschen durch die Winternacht, Menschen verschwinden vom Angesicht der Erde und fremde Nebel suchen die Stadt der Schornsteine heim. Wieder einmal muss das Waisenmädchen Emily, begleitet von ihrem Mentor, dem mürrischen Alchemisten Wittgenstein, in die geheimnisvolle Welt unterhalb Londons hinabsteigen und der Spur eines dunklen Rätsels folgen. Alle Zeichen deuten nach Prag, der düsteren Stadt mit dem Tor zur Hölle.

Somnia

Es geschehen seltsame Dinge in New York. Als Scarlet Hawthorne ohne jede Erinnerung an ihr bisheriges Leben in einer eisigen Winternacht im Central Park auftaucht, spürt sie, dass ihr etwas Schreckliches widerfahren ist. Doch bevor sie Hilfe suchen kann, tauchen Werwolfkreaturen auf und jagen sie durch die Nacht. Nur dem Eingreifen von Anthea Atwood verdankt sie ihr Leben. Die liebenswürdige alte Dame war nicht zufällig da – sie weiß, dass in der Vergangenheit des Mädchens der Schlüssel zu einem dunklen Rätsel liegt, das New York in Atem hält.

Fabula

Es gibt Geschichten, die können unser Leben für immer verändern. Es gibt Geschichten, die sind erfunden und zugleich auf magische Weise wahr. Und es gibt Geschichten, in denen man verloren gehen kann, sprichwörtlich. So wie in der, die Helen Darcy eines Nachts ihren beiden Söhnen Colin und Danny erzählt …

Nimmermehr

Wollen auch Sie mehr über Prinzessin Parvati und die Briefe vom Abgrund wissen? Oder von der lügenhaften Liebe der Lady Lynx lesen? Haben Sie den Mut, dem Mädchen Rose in einen verschneiten Winterwald zu folgen, in dem ein mysteriöser Wolf sein Unwesen treibt? Christoph Marzis Erzählungen sind mal magisch, mal unheimlich, mal bissig, mal humorvoll – und immer einzigartig.